Contos da era do jazz

FUNDAÇÃO EDITORA DA UNESP

Presidente do Conselho Curador
Mário Sérgio Vasconcelos

Diretor-Presidente
Jézio Hernani Bomfim Gutierre

Superintendente Administrativo e Financeiro
William de Souza Agostinho

Conselho Editorial Acadêmico
Danilo Rothberg
Luis Fernando Ayerbe
Marcelo Takeshi Yamashita
Maria Cristina Pereira Lima
Milton Terumitsu Sogabe
Newton La Scala Júnior
Pedro Angelo Pagni
Renata Junqueira de Souza
Sandra Aparecida Ferreira
Valéria dos Santos Guimarães

Editores-Adjuntos
Anderson Nobara
Leandro Rodrigues

A coleção CLÁSSICOS DA LITERATURA UNESP constitui uma porta de entrada para o cânon da literatura universal. Não se pretende disponibilizar edições críticas, mas simplesmente volumes que permitam a leitura prazerosa de clássicos. Nesse espírito, cada volume se abre com um breve texto de apresentação, cujo objetivo é apenas fornecer alguns elementos preliminares sobre o autor e sua obra. A seleção de títulos, por sua vez, é conscientemente multifacetada e não sistemática, permitindo, afinal, o livre passeio do leitor.

F. SCOTT FITZGERALD
Contos da era do jazz

TRADUÇÃO E NOTAS BRUNO GAMBAROTTO

© 2021 EDITORA UNESP

Título original: *Tales of the Jazz Age*

Direitos de publicação reservados à:
Fundação Editora da Unesp (FEU)
Praça da Sé, 108
01001-900 – São Paulo – SP
Tel.: (0xx11) 3242-7171
Fax: (0xx11) 3242-7172
www.editoraunesp.com.br
www.livrariaunesp.com.br
atendimento.editora@unesp.br

DADOS INTERNACIONAIS DE CATALOGAÇÃO NA PUBLICAÇÃO (CIP)
DE ACORDO COM ISBD
Elaborado por Vagner Rodolfo da Silva – CRB-8/9410

F553c   Fitzgerald, F. Scott

Contos da era do jazz / F. Scott Fitzgerald; traduzido por Bruno Gambarotto. – São Paulo: Editora Unesp, 2021.

Tradução de: *Tales of the Jazz Age*
Inclui bibliografia.
ISBN: 978-65-5711-077-5

1. Literatura americana. 2. Sociedade norte-americana. 3. Século XX. I. Gambarotto, Bruno. II. Título.

2021-3086   CDD 810
                                       CDU 821.111(73)

Editora afiliada:

SUMÁRIO

Apresentação
7

Contos da era do jazz

Um sumário
15

Minhas últimas melindrosas

O *bon-vivant*
23

As costas do camelo
47

Primeiro de maio
79

Porcelana e cor-de-rosa
139

Fantasias

O diamante do tamanho do Ritz
153

O curioso caso de Benjamin Button
199

O Tarquínio de Cheapside
231

"Ah, feiticeira ruiva!"
241

OBRAS-PRIMAS SEM CLASSIFICAÇÃO

A borra da felicidade
279

Sr. Icky
305

Jemma, a menina da montanha
315

APRESENTAÇÃO

FRANCIS SCOTT KEY FITZGERALD, filho de uma família de ascendência irlandesa, nasceu em 24 de setembro de 1896. A escolha de seu nome foi uma homenagem dos pais ao homem mais célebre de sua árvore genealógica, Francis Scott Key – autor, oitenta anos antes, de *The Star-Spangled Banner*, o hino nacional dos Estados Unidos. Daí a opção, quando efetivou a carreira de escritor, pela abreviatura do prenome, de modo a não ser confundido com o primo distante. Fitzgerald era universitário em Princeton quando eclodiu a Primeira Guerra, o que o levou ao alistamento. Em julho de 1918, conheceu aquela com quem formaria um dos casais literários mais famosos da história: Zelda Sayre. Casados já no ano seguinte, e com a badalação em torno do ressonante êxito obtido por ele em 1920 com a publicação de seu romance *Este lado do paraíso* – 50 mil cópias vendidas –, eles se deslumbram com uma vida de excessos. Todos queriam ser vistos na companhia do casal que esbanjava juventude, beleza, notoriedade; assim, eram convidados para os mais concorridos eventos da alta roda americana. Ficou famosa a análise que Fitzgerald fazia deles próprios: "Às vezes não sei se eu e Zelda existimos mesmo ou se somos personagens de algum dos meus romances".

Que análise acurada. Dona de uma personalidade extravagante e narcisista – que, diga-se, não diferia muito da do marido –, Zelda, na ficção, dificilmente teria sido uma personagem mais exótica que a real. Bebia, fumava, usava saia curta, em uma época em que isso era um acinte. Por causa do marido, ou com ele, protagonizou histórias envolvendo traições, ciúmes, bebedeiras e outras situações rocambolescas. Diagnosticada como esquizofrênica, Zelda passou boa parte da vida conjugal numa rotina de internações em sanatórios – foi numa delas, inclusive, que escreveu o único livro que publicou, *Esta valsa é minha*. Ele, por sua vez, sucumbia cada vez mais ao vício que o consumia desde a época de estudante: o alcoolismo. Ainda assim, nunca perdeu a obstinação por fama e dinheiro, trabalhando por anos na construção daquele que se tornaria seu romance mais notório, *O grande Gatsby*, que sintetiza grandezas e misérias que cercam o "sonho americano", núcleo duro de sua literatura.

No processo de maturação de suas qualidades de romancista, os contos são um laboratório revelador. Fitzgerald é dono de uma produção expressiva no gênero, com mais de uma centena de contos, os quais desenvolvia simultaneamente aos romances, tendo publicado as melhores delas em revistas bem reputadas, como *Esquire*, *The Smart Set* e *The Saturday Evening Post*. Que o leitor não se deixe enganar com o jazz que batiza a obra presente: os contos aqui reunidos não abordam necessariamente personagens e tramas focados nesse gênero musical. O termo serve muito mais para demarcar a *jazzist soul* de uma época, aquela em que ele viveu e na qual se inspirou, sugerindo a música de fundo a tocar imaginariamente ao longo da fruição da leitura.

O mundo experimentava uma euforia inebriante no início da década de 1920, período que, não por acaso, é evocado globalmente como os *Roaring Twenties*, "os loucos anos 20". O sentimento generalizado era de *carpe diem*: como se, depois de tantos anos de sofrimentos e privações causados pela Primeira Guerra, a vida agora estivesse de volta – para ser fruída sem moderação. Particularmente nos Estados Unidos, em grandes cidades como Nova

York, as festas não tinham hora para acabar. Esse novo momento se dava num cenário de transformações amplas, com o aquecimento da economia favorecendo o capitalismo ascendente; com as mulheres galgando espaços sociais até então de domínio masculino; com uma efervescência cultural incomum. Foi contagiado por esse espírito que F. Scott Fitzgerald escreveu estes *Contos da era do jazz*, publicados originalmente em 1922, e que chegam agora ao leitor brasileiro em nova tradução.

Histórias que radiografam dilemas e paradoxos próprios daquela "geração perdida", aparentemente fútil na ostentação das bonanças possibilitadas pela prosperidade econômica e, ao mesmo tempo, experimentando anseios – pessoais, profissionais, existenciais – desencadeados, justamente, por aquela nova América que reluzia tão promissora quanto opressiva. São questões que consomem, por exemplo, os personagens Jim Powell e Perry Parkhurst, que protagonizam, respectivamente, "O *bon-vivant*" e "As costas do camelo". Ou mesmo o Gordon Sterrett de "Primeiro de maio", um veterano da guerra em busca de seu lugar num mundo sem os estampidos de canhões.

Mas Fitzgerald, que morreria com apenas 44 anos, vítima de um ataque cardíaco, passa longe de ser monotemático; tanto que o conto mais conhecido que integra esta especialíssima seleção é "O curioso caso de Benjamin Button", que, em anos recentes, desencadeou um renovado interesse junto ao público mundial com a versão cinematográfica dirigida por David Fincher e estrelada por Brad Pitt. A trama propõe uma inversão de perspectiva para a temática da idade e da passagem do tempo: o protagonista nasce velho e, com a passagem dos anos, segue rumo a uma inexorável juventude. Cheio de facetas, F. Scott Fitzgerald, como estes contos comprovam, é sempre um mundo a se descobrir.

F. SCOTT FITZGERALD
(MINNESOTA, EUA, 1896 – LOS ANGELES, EUA, 1940)

RETRATO DE FITZGERALD, POR CARL VAN VECHTEN, 1937

F. SCOTT FITZGERALD

Contos da era do jazz

De forma um tanto inapropriada, à minha mãe

UM SUMÁRIO

MINHAS ÚLTIMAS MELINDROSAS

O *BON-VIVANT*

ESTA É UMA HISTÓRIA AMBIENTADA NO SUL, que se passa na pequena cidade de Tarleton, Georgia. Tenho um carinho imenso por Tarleton, mas, sei lá por quê, sempre que escrevo um conto sobre ela, recebo cartas do sul inteiro, todas com linguajar bem direto e reto. "O *bon-vivant*", publicado na *The Metropolitan*, conheceu seu quinhão desse tipo de advertência.

Foi escrito em circunstâncias estranhas, logo após a publicação de meu primeiro romance; ademais, foi o primeiro trabalho em que tive colaboração. Descobrindo que não era capaz de lidar com o episódio do jogo de dados, entreguei-o aos cuidados de minha mulher, que, moça sulista, revelava-se uma especialista na técnica e na terminologia desse grande passatempo regional.

AS COSTAS DO CAMELO

Creio que, de todos os contos que já escrevi, esse foi o que me deu menos trabalho e talvez o que mais diversão me proporcionou.

Quanto ao esforço empreendido, foi escrito no decorrer de um dia na cidade de Nova Orleans, com o propósito expresso de comprar um relógio de pulso de platina e diamante que custou seiscentos dólares. Comecei às sete da manhã e terminei às duas horas daquela mesma noite. Foi publicado no *Saturday Evening Post* em 1920 e, posteriormente, incluído na *O. Henry Memorial Collection* do mesmo ano. De todos os contos deste volume, é o que menos prima pela elegância.

Minha diversão deriva do fato de que a parte da história relativa ao camelo é absolutamente verídica; na verdade, tenho um compromisso acertado com o cavalheiro em questão, de comparecer à próxima festa à fantasia para a qual formos os dois convidados vestido da parte traseira do camelo – isso como espécie de expiação por ser seu cronista.

PRIMEIRO DE MAIO

Este conto um tanto desagradável, publicado como *novelette* na *Smart Set* em julho de 1920, relata uma enfiada de acontecimentos ocorridos na primavera do ano anterior. Todos os três eventos causaram-me forte impressão. Na vida, não eram interligados senão pela histeria generalizada daquela primavera que inaugurou a Era do Jazz, mas no meu conto tentei (temo que sem sucesso) entretecê-los de forma a compor um padrão – padrão capaz de produzir o efeito daqueles meses em Nova York, tal como se mostraram a pelo menos um membro do que então era a geração mais jovem.

PORCELANA E COR-DE-ROSA

"E você escreve para outras revistas?", perguntou a jovem.
"Ah, claro", respondi. "Publiquei alguns contos e peças na *Smart Set*, por exemplo..."
Vi a jovem estremecer.

"A *Smart Set*!", exclamou. "Que coragem a sua! Ora, eles publicam coisas sobre garotas em banheiras azuis, umas coisas muito idiotas."

E eu tive a magnífica alegria de lhe dizer que ela se referia a "Porcelana e cor-de-rosa", publicado pela revista vários meses antes.

FANTASIAS

O DIAMANTE DO TAMANHO DO RITZ

Os contos desta seção foram escritos no que eu chamaria de meu "segundo estilo", caso eu tivesse uma postura mais presunçosa. "O diamante do tamanho do Ritz", que apareceu no verão passado na *Smart Set*, foi inteiramente concebido para meu próprio divertimento. Eu me sentia naquele estado de espírito tão conhecido que se caracteriza por um absoluto desejo de luxo, e o conto começou como uma tentativa de satisfazer esse desejo com uns regalos imaginários.

Um crítico conhecido gostou demais dessa extravagância, mais do que de qualquer outra coisa que eu tenha escrito. Pessoalmente, prefiro "O pirata da costa". Mas, para mexer um pouco com Lincoln: se você gosta desse tipo de coisa, provavelmente esse é o tipo de coisa de que você vai gostar.

O CURIOSO CASO DE BENJAMIN BUTTON

Este conto foi inspirado por um comentário de Mark Twain, que dizia ser uma pena que a melhor parte da vida viesse no início, e a pior, no final. Ao produzir o experimento em apenas um homem cercado por um mundo perfeitamente normal, provavelmente não dei à sua ideia o melhor acabamento. Semanas depois de completá-lo, descobri um enredo quase idêntico nos "Cadernos" de Samuel Butler.

O conto foi publicado na *Collier's* no verão passado e suscitou esta carta surpreendente de um admirador anônimo em Cincinnati:

Senhor,
Li o conto sobre Benjamin Button na *Collier's* e gostaria de dizer que, como contista, você daria um bom maluco. Já vi muita gente do seu tipo, mas feito você, nunca. Não gosto nada da ideia de gastar papel de carta com você, mas vou.

O TARQUÍNIO DE CHEAPSIDE

Escrito há quase seis anos, este conto é um produto dos meus tempos de graduação em Princeton. Consideravelmente revisado, foi publicado na *Smart Set* em 1921. Na época de sua concepção, eu só tinha uma ideia – ser um poeta – e o fato de estar interessado em como soava cada frase, de temer o óbvio na prosa, para não dizer no enredo, fica evidente a cada instante. Provavelmente, a afeição particular que sinto por ele está calcada mais em sua idade do que em qualquer mérito intrínseco.

"Ó, FEITICEIRA RUIVA!"

Quando escrevi este conto, tinha acabado de completar o primeiro rascunho de meu segundo romance, e uma reação natural me levou a divertir-me com um conto em que nenhuma das personagens precisava ser levada a sério. E temo que fiquei um tanto empolgado com a sensação de que não havia um esquema estruturado ao qual eu devesse me conformar. Depois de uma boa avaliação, no entanto, decidi deixá-lo como estava, embora o leitor possa ficar um tanto intrigado com a questão do tempo. É melhor dizer que, por mais que os anos tenham lidado com Merlin Grainger, eu mesmo estava pensando sempre no presente. Foi publicado na *Metropolitan*.

OBRAS PRIMAS SEM CLASSIFICAÇÃO

A BORRA DA FELICIDADE

Deste conto, posso dizer que me ocorreu de forma irresistível, quase gritando para que eu o escrevesse. Talvez possa ser acusado de ser uma peça de sentimentalismo barato, mas, a meu ver, era muito mais. Se, portanto, falta-lhe o tom da sinceridade, ou mesmo, da tragédia, a culpa não está no tema, mas em como o trabalhei.

Foi publicado no *Chicago Tribune* e posteriormente obteve, creio eu, a folha quádrupla de louro dourado ou algum elogio semelhante de um desses antologistas que atualmente pululam entre nós. O cavalheiro a que me refiro prefere, via de regra, melodramas muito bem definidos com vulcões, ou o fantasma de John Paul Jones no papel de antagonista imbatível, melodramas cuidadosamente disfarçados nos primeiros parágrafos à maneira jamesiana sugerindo complexidades sombrias e sutis na sequência. Sobre essa ordem:

"É curioso que o caso de Shaw McPhee não tenha despertado a atenção acerca da postura quase incrível de Martin Sulo. Isso fica entre parênteses e, para pelo menos três observadores, cujos nomes no momento devo omitir, parece improvável, etc., etc., etc.", até que o pobre rato da ficção é finalmente forçado a sair à luz, e o melodrama começa.

SR. ICKY

Este tem a marca de ser o único texto de revista escrito em um hotel de Nova York. O negócio se fez num quarto no Knickerbocker e, pouco depois, aquela memorável hospedaria fechou suas portas para sempre.

Depois de um adequado período de luto, foi publicado na *Smart Set*.

JEMINA

Escrito, como "O Tarquínio de Cheapside", na época em que eu frequentava Princeton, esse *sketch* foi publicado anos depois na *Vanity Fair*. Por sua técnica, devo pedir desculpas ao sr. Stephen Leacock.

Eu ri bastante com ele, especialmente quando o escrevi, mas não consigo mais. Mesmo assim, como outras pessoas me dizem que é um conto divertido, eu o incluo aqui. Parece-me que vale a pena preservá-lo alguns anos – pelo menos até que o tédio da mudança de moda acabe comigo, com meus livros e, de roldão, com este conto.

* * *

Com as devidas desculpas por este sumário impossível, dedico, ofereço e consagro estes contos da Era do Jazz às mãos daqueles que leem como correm e que correm como leem.

MINHAS ÚLTIMAS MELINDROSAS

O BON-VIVANT

I

JIM POWELL ERA UM *BON-VIVANT*. Por mais que eu deseje fazer dele um personagem interessante, creio que seria indecoroso de minha parte enganá-los quanto a esse ponto. Era um *bon-vivant* em essência e ao extremo, até a medula dos ossos, do tipo puro-sangue, preguiçosamente formado na temporada *bon-vivant*, que na verdade é eterna lá nos confins da terra dos *bon-vivants*, bem abaixo da linha Mason-Dixon.

Bom, se você vier a chamar um sujeito de Memphis por essa alcunha, é bem possível que ele saque do bolso traseiro uma corda comprida e resistente e o pendure no poste mais próximo. Mas, se você chamar um homem de Nova Orleans de *bon-vivant*, é provável que ele dê um sorriso e lhe pergunte se sua namorada já tem companhia para o baile de carnaval. O lugarzinho *bon-vivant* específico que trouxe a lume o protagonista desta história fica em algum ponto entre os dois – uma cidadezinha de quarenta mil habitantes que há quarenta mil anos cochila no sul da Geórgia, ocasionalmente se revirando de um lado para o outro em sua soneca e resmungando alguma coisa sobre uma guerra que aconteceu um dia, em algum lugar, e que todo mundo já esqueceu faz um bom tempo.

Jim Powell era um *bon-vivant*. Repito porque a frase tem uma sonoridade tão agradável – como se fosse o início de um conto de fadas –, como se Jim fosse um sujeito bacana. Não sei por quê, mas ela me sugere uma figura de rosto redondo e apetitoso, com uma profusão de folhas e vegetais crescendo de seu boné. Mas Jim era alto e magro, e tinha as costas curvadas de tanto ficar debruçado sobre mesas de bilhar – era o que se podia chamar, à maneira mais despojada do norte, de vagabundo de esquina. Pelos quatro cantos da sólida Confederação, "*bon-vivant*" é o nome que se dá a alguém que passa a vida conjugando o verbo "vadiar" na primeira pessoa do singular – vadio, vadiei, vadiarei.

Jim nasceu em uma casa branca que ficava numa esquina repleta de verde. A fachada tinha quatro pilares bem castigados pelo tempo e um belo treliçado na parte de trás que criava um alegre fundo xadrez para um gramado florido banhado pelo sol. A princípio, os moradores da casa branca eram donos do terreno ao lado e do que ficava ao lado deste e do que ficava ao lado desse outro, mas isso fazia tanto tempo que nem o pai de Jim se lembrava bem disso. Na verdade, ele achava que essa era uma questão de tão pouca importância que, na hora de morrer – em decorrência de um ferimento à bala que sofreu durante uma briga –, até se esqueceu de contar ao pequeno Jim, que contava então 5 anos e estava tremendamente assustado. A casa branca se tornou uma pensão administrada por uma senhora carrancuda de Macon, a quem Jim chamava de tia Mamie e que ele detestava com todas as forças.

Ele fez 15 anos, foi para o colegial; tinha o cabelo preto e desgrenhado, e as garotas lhe davam medo. Ele odiava a própria casa, onde quatro mulheres e um velho se arrastavam num falatório interminável, de verão a verão, sobre os terrenos que a casa dos Powell originalmente incluía e quais tipos de flores estavam para desabrochar. Às vezes, os pais das mocinhas da cidade, lembrando-se de sua mãe e imaginando-o saído a ela pela semelhança dos olhos e dos cabelos escuros, convidavam Jim para as festas, mas as festas o deixavam acanhado, e ele tinha mais gosto em ficar sentado em um eixo de roda na oficina de Tilly, onde passava o tempo jogando dados ou explorando infinitamente a própria boca com um canudo comprido. Para fazer um dinheirinho, arranjava uns bicos, e foi por isso que parou de ir às festas. Em sua terceira festa, a pequena Marjorie Haight sussurrara indiscretamente e ao alcance dos ouvidos presentes que ele era o rapaz que às vezes fazia a entrega da quitanda. Por isso, em vez do *two-step* e da polca, Jim acabou aprendendo a jogar nos dados o número que desejasse e ouviu histórias picantes de todas as jogatinas que tinham acontecido nos arredores durante os últimos cinquenta anos.

Fez 18 anos. Quando veio a guerra, ele se alistou como marujo e passou um ano polindo latão no estaleiro da Marinha em Charleston. Depois, só para variar um pouco, foi para o Norte e durante um ano poliu latão no estaleiro da Marinha no Brooklyn.

Quando a guerra acabou, ele voltou para casa. Tinha 21 anos e calças muito curtas e muito justas. Seus sapatos abotoados eram longos e estreitos. Sua gravata era uma inquietante conspiração de púrpura e cor-de-rosa maravilhosamente combinadas, e acima dela havia um par de olhos azuis, desbotados como um pedaço de tecido velho, de boa qualidade, que ficou exposto ao sol por muito tempo.

No lusco-fusco de certo anoitecer de abril, quando uma bruma suave se estendia pelas plantações de algodão e cobria a cidade abafada, ele fazia vaga figura, recostado numa cerca de madeira, assobiando e admirando as franjas da lua acima das luzes da Jackson Street. Sua mente trabalhava obstinadamente em um problema que já lhe prendia a atenção por uma hora. O *bon-vivant* havia sido convidado para uma festa.

Lá nos idos em que todos os meninos detestavam todas as meninas, Clark Darrow e Jim se sentavam um ao lado do outro na escola. Mas, enquanto as aspirações sociais de Jim se extinguiam no ar impregnado de óleo da oficina, Clark engatou amores e desamores, foi para a faculdade, deu de beber, parou de beber e, para resumir, tornou-se um dos bons partidos da cidade. Apesar de tudo, Clark e Jim conservaram uma amizade que, não obstante casual, tinha contornos bem claros. Naquela tarde, Clark reduziu a velocidade do velho Ford ao passar por Jim, que estava na calçada; totalmente de supetão, Clark o convidou para uma festa no *country club*. O impulso que o levou a fazê-lo não era mais estranho do que o impulso que levou Jim a aceitar. Este último provavelmente se deixou mover por um tédio inconsciente, um senso de aventura meio temeroso. E agora Jim pensava seriamente sobre o caso.

Ele começou a cantar, marcando preguiçosamente o ritmo com seu pé comprido em um bloco de pedra da calçada até que este balançou para cima e para baixo no compasso da melodia baixa e gutural:

> A uma milha da cidade dos *bon-vivants*,
> Vive certa Jeanne, a rainha do local.
> Ela joga os dados, sempre com cuidado;
> Como poderia um dado tratá-la mal?

Ele se deteve e sacudiu as pedras da calçada com um galope acidentado.

"Que droga!", murmurou ele, num tom um pouco elevado.

Todos estariam lá: a turma das antigas, a turma da qual Jim – por causa da casa branca, que havia sido vendida fazia tempo, e do retrato do soldado de farda cinza sobre a lareira – devia ter feito parte. Mas aquela turma tinha crescido junta e formado um grupinho que foi se fechando aos poucos, do mesmo modo que os vestidos das meninas tinham ficado mais longos, centímetro a centímetro, e de forma tão categórica quanto as calças dos meninos haviam de súbito chegado aos tornozelos. E, para aquela sociedade de primeiros nomes e antigas paixonites de adolescência, Jim era um estranho – um camarada de brancos pobres. A maioria dos homens o conhecia, e olhava para ele com condescendência; ele tirava o chapéu para três ou quatro moças. Era tudo.

Quando o crepúsculo se adensou em um fundo azul para a lua, ele caminhou pela cidade quente e de odor agradavelmente pungente até a Jackson Street. As lojas fechavam as portas, e os últimos compradores voltavam para casa, como se carregados pela feérica revolução de um lento carrossel. Uma feira de variedades se estendia por um beco reluzente com suas barracas multicoloridas e contribuía com um toque de música para a noite – uma dança oriental acompanhada de um órgão a vapor, um clarim melancólico em frente a um espetáculo de aberrações, uma alegre interpretação de "Back Home in Tennessee" em um realejo.

O *bon-vivant* parou em uma loja e comprou um colarinho. Em seguida, caminhou tranquilo em direção ao Soda Sam's, em frente ao qual encontrou estacionados os três ou quatro carros habituais de uma noite de verão e os pretinhos correndo de um lado para outro com *sundaes* e limonadas.

"Olá, Jim."

A voz vinha da altura de seu cotovelo – era Joe Ewing, sentado em um automóvel com Marylyn Wade. Nancy Lamar e um homem desconhecido estavam no banco de trás.

O *bon-vivant* tocou o chapéu num gesto breve.

"Oi, Ben...", e então, depois de uma pausa quase imperceptível, "Como vocês *tão*?"

Prosseguindo, continuou a caminhada despreocupada até a oficina, onde ocupava um cômodo no andar de cima. Seu "Como vocês *tão*?" se dirigira a Nancy Lamar, com quem não falava havia quinze anos.

Nancy tinha uma boca que mais parecia a recordação de um beijo, olhos soturnos e um cabelo preto-azulado que herdara de sua mãe, nascida em Budapeste. Jim passava por ela na rua com frequência – ela caminhando como se fosse um garotinho, com as mãos enfiadas nos bolsos – e sabia que, com sua inseparável Sally Carrol Hopper, ela havia deixado um rastro de corações partidos de Atlanta até Nova Orleans.

Por alguns instantes fugazes, Jim desejou saber dançar. Então riu e, quando chegou à porta de casa, começou a cantar baixinho para si mesmo:

> Entre as pernas dela perde-se uma alma,
> Seus grandes olhos têm a cor da avelã,
> Entre os *bon-vivants*, é a Rainha das Rainhas –
> Minha Jeanne da cidade dos *bon-vivants*.

II

Às nove e meia, Jim e Clark se encontraram na frente do Soda Sam's e partiram para o *country club* no Ford de Clark.

"Jim", perguntou Clark como quem não quisesse nada, enquanto sacolejavam pela noite impregnada de perfume de jasmim, "de que você vive?"

O *bon-vivant* fez uma pausa e pensou.

"Bom", respondeu por fim, "eu ocupo um quarto no andar de cima da oficina do Tilly. Eu ajudo com os carros à tarde, e em troca ele me deixa morar lá de graça. Às vezes, faço uma corrida com um dos táxis dele, ou coisa assim. Mas me enche um pouco fazer isso o tempo todo."

"Só isso?"

"Bom, quando tem muito trabalho, ajudo durante o dia – normalmente aos sábados –, mas também tem uma fonte principal de renda que em geral não menciono. Talvez você não se lembre, mas sou o campeão do jogo de dados aqui da cidade. Hoje me fazem jogar com um copo, porque, assim que sinto os dados na palma da mão, eles fazem o que eu quero."

Clark sorriu agradecido.

"Nunca consegui aprender como fazer para eles me obedecerem. Queria que você jogasse com Nancy Lamar um dia desses e arrancasse todo o dinheiro dela. Ela joga com os rapazes e perde mais do que o pai pode dar pra ela. Inclusive, sei que no mês passado ela vendeu um belo anel para pagar uma dívida."

O *bon-vivant* não quis se comprometer.

"A casa branca na Elm Street ainda pertence a você?"

Jim fez que não com a cabeça.

"Vendida. Foi por um preço bem bom, considerando que ela já não tava mais na parte boa da cidade. O advogado me disse pra investir o dinheiro em títulos da Liberty, mas a tia Mamie ficou de um jeito que já não batia bem, então precisou de todo o dinheiro para cuidar dela no sanatório de Great Farms."

"Hum..."

"Eu tenho um tio velho no norte do estado e acho que posso ir pra lá se eu ficar muito pobre. Bela fazenda, mas tem pouco preto por lá pra trabalhar nela. Ele me pediu pra ir pra lá ajudar, mas acho que eu não ia gostar muito. O diacho do lugar não tem o que fazer..." Ele parou de repente. "Clark, queria te agradecer muito por me convidar pra sair, mas eu ia ficar mais feliz ainda se você parasse o carro aqui e me deixasse andar de volta pra cidade."

"Deixa disso!", grunhiu Clark. "É bom dar uma saída. Você não tem de dançar – só vá pra pista e acompanhe o balanço."

"Espere aí!", exclamou Jim, inquieto, "Não vá me levar até as garotas e me deixar lá pra eu ter de dançar com elas."

Clark deu risada.

"Porque", continuou Jim desesperado, "sem você jurar que não vai fazer isso, eu vou sair daqui agora mesmo e tenho umas pernas bem das boas pra me levar de volta à Jackson Street."

Eles concordaram, depois de algum debate, que Jim, sem ser molestado por mulheres, assistiria ao espetáculo de um banco com encosto isolado a um canto, onde Clark se sentaria com ele sempre que não estivesse dançando.

Assim, às dez horas, lá se via o *bon-vivant* de pernas e braços cruzados, um tanto defensivo, tentando parecer casualmente em casa e educadamente desinteressado da dança. No fundo, estava dividido entre um constrangimento devastador e uma intensa curiosidade por tudo o que acontecia ao redor. Ele viu as meninas emergirem uma a uma do camarim, alongando-se e se emplumando como pássaros exuberantes, sorrindo, por cima dos ombros empoados, na direção dos acompanhantes, lançando um rápido olhar ao redor para entender o salão e, ao mesmo tempo, a reação do salão à sua entrada – e então, novamente como pássaros, pousando e aninhando-se nos braços sóbrios dos acompanhantes que as aguardavam. Sally Carrol Hopper, loira e um tanto estrábica, apareceu trajando seu vestido cor-de-rosa favorito e piscando como uma rosa que desabrocha. Marjorie Haight, Marylyn Wade, Harriet Cary, todas as garotas que ele tinha o costume de ver passeando pela Jackson Street ao meio-dia, agora cheias de cachos e brilhantina e delicadamente pintadas para os holofotes do salão, eram como um estranho milagre de bonecas de porcelana de Meissen, pintadas em cor-de-rosa, azul, vermelho e dourado, todas recém-saídas da oficina e ainda não de todo secas.

Ele já estava ali havia meia hora; e as jubilosas visitas de Clark, sempre acompanhadas de um "Ei, meu velho, como você está se saindo?" e um tapinha no joelho, não o animavam nem um pouco. Uma dúzia de homens havia travado contato com ele ou parado por um instante ao seu lado, mas ele sabia que cada um deles se sentia surpreso ao encontrá-lo ali, e imaginava que um ou outro deviam mesmo estar ligeiramente incomodados. Mas às dez e meia seu constrangimento de súbito o abandonou, e uma onda de interesse o deixou quase sem ar, tirando-o completamente do prumo: Nancy Lamar havia saído do camarim.

Ela estava de organdi amarelo, um vestido de umas cem pregas vaporosas, com três camadas de babados e um grande laço nas costas, até que ela espalhou preto e amarelo ao seu redor numa espécie de brilho fosforescente. Os olhos do *bon-vivant* se arregalaram e um nó subiu-lhe à garganta. Pois ela ficou ao lado da porta até que seu parceiro se apressou. Jim reconheceu se tratar do estranho que estava com ela no carro de Joe Ewing naquela tarde. Ele a viu colocar os braços na cintura e dizer algo em voz baixa, e rir. O homem riu também, e Jim sentiu a estocada ligeira de um tipo novo e estranho de dor. Um raio havia passado por entre o par – um fulgor de beleza daquele sol que o aquecera um instante antes. O *bon-vivant* de repente se sentiu como mato na sombra.

Um minuto depois, Clark se aproximou dele, vívido e com um brilho no olhar.

"Ei, meu velho!", exclamou ele, com alguma falta de originalidade. "Como você está se saindo?"

Jim respondeu que estava se saindo tão bem quanto era de esperar.

"Venha comigo", pediu Clark. "Tenho uma coisinha que vai animar a noite."

Jim o seguiu sem jeito pela pista e subiu as escadas em direção ao vestiário, onde Clark sacou um frasquinho sem rótulo com um líquido amarelo.

"O bom e velho trigo."

O *ginger ale* chegou em uma bandeja. Um néctar potente como o "bom e velho trigo" precisava de um disfarce além da água carbonatada.

"Me diz se a Nancy Lamar não tá linda, rapaz!", exclamou Clark sem fôlego.

Jim fez que sim com um meneio.

"Bonita demais", concordou ele.

"Tá toda empetecada daquele jeito pra se dar bem esta noite", continuou Clark. "Reparou naquele sujeito que tá com ela?"

"O grandalhão? De calça branca?"

"Isso. Bom, é o Ogden Merritt, de Savannah. O velho Merritt fabrica as lâminas de barbear Merritt. Esse cara é louco por ela. Tá atrás dela o ano todo. Ela é doidinha, doidinha" continuou Clark, "mas eu gosto dela. Todo mundo gosta. Mas com certeza ela faz umas loucuras. Geralmente sai viva, mas tem uma reputação bem chamuscada de uma coisa ou outra que ela já aprontou."

"É mesmo?" Jim passou o copo. "Trigo do bom."

"Não é tão ruim. Ah, ela é doida. Jogue dados, rapaz! E ela gosta de um drinque. Prometi que faria um pra ela mais tarde."

"Ela tá apaixonada por esse tal de... Merritt?"

"Não tenho ideia. Parece que todas as melhores garotas da área se casam com uns figurões e se mudam daqui."

Ele se serviu de mais uma dose e enfiou cuidadosamente a rolha na garrafa.

"Olha só, Jim, eu preciso ir dançar, e ficaria muito agradecido se você guardasse esse trigo aí no bolso, já que você não tá dançando. Se um homem perceber que eu tomei uma, ele vai chegar em mim e querer saber e, antes de eu me dar conta, tudo vai ter acabado e outra pessoa vai se divertir às minhas custas."

Então Nancy Lamar ia se casar. Essa joia da cidade ia se tornar propriedade privada de um sujeito de calças brancas – tudo porque o pai do calças brancas havia fabricado uma navalha melhor que a do vizinho. Enquanto desciam as escadas, Jim achou a ideia inexplicavelmente deprimente. Pela primeira vez na vida, ele sentiu um anseio vago e romântico. Uma imagem dela começou a se formar em sua imaginação – Nancy caminhando pela rua como um garoto e cheia de elegância, pegando uma laranja como dízimo de um vendedor de frutas que a venerava, debitando um refresco de uma conta mítica, no Soda Sam's, montando uma escolta de moços e moças finos e elegantes e, em seguida, partindo em estado de triunfo para uma tarde de mergulhos e música.

O *bon-vivant* saiu pela varanda para um canto deserto, escuro, entre a lua no gramado e a única porta iluminada do salão de baile. Ali, encontrou uma cadeira e, acendendo um cigarro, mergulhou no devaneio vazio de pensamentos que marcava seu costumeiro estado de espírito. Agora, porém, era um devaneio prenhe da sensualidade da noite e do perfume quente das esponjas de talco úmidas, enfiadas na parte da frente dos vestidos de decote baixo e destilando mil aromas ricos que flutuavam porta afora. A própria música, que um trombone alto tornava incompreensível, fez-se quente e umbrosa, um tom etéreo para o arrastar de muitos sapatos e sandálias.

De repente, o quadrado de luz amarela que se projetava da porta foi obscurecido por formas escuras. Uma garota havia saído do camarim e estava parada na varanda a menos de três metros de distância. Jim ouviu um "droga!" quase sussurrado, e então ela se virou e o viu. Era Nancy Lamar.

Jim se levantou.

"Como você tá?"

"Oi...", ela fez uma pausa, hesitou e então se aproximou. "Ah, é você... Jim Powell."

Ele fez um leve meneio, tentando pensar em um comentário casual.

"Você acha", ela começou rapidamente, "quero dizer, você entende alguma coisa de chiclete?"

"Como?"

"Tô com chiclete no sapato. Um idiota sem noção cuspiu chiclete no chão e, claro, eu pisei nele."

Descabidamente, Jim corou.

"Você sabe como tirar isso?", perguntou ela, cheia de petulância. "Eu tentei com uma faca. Já tentei de tudo no camarim.

Já experimentei água e sabão – e até perfume, e estraguei minha esponja de pó tentando fazer ela grudar nele."

Jim pensou na pergunta com certa agitação.

"Bom... acho que um pouco de gasolina".

Mal tinha ele pronunciado aquelas palavras, ela já lhe agarrara a mão e o arrastava em desabalada carreira pela varanda baixa, por cima de um canteiro de flores e a galope em direção a um grupo de carros estacionados ao luar, perto do primeiro buraco do campo de golfe.

"Puxe a gasolina", pediu ela, sem fôlego.

"Oi?"

"Para o chiclete, é claro. Eu preciso tirá-lo. Não vou conseguir dançar com o chiclete grudado."

Obediente, Jim dirigiu-se aos carros e começou a inspecioná-los com o objetivo de obter o solvente desejado. Tivesse ela exigido um cilindro de motor, ele teria feito o possível para arrancar um.

"Aqui", disse ele depois de um momento de busca. "Aqui tem um que tá fácil. Tem um lenço?"

"Ficou molhado lá dentro. Usei para o sabão e a água."

Jim explorou laboriosamente os bolsos.

"Não acho que eu também tenha um."

"Droga! Bom, dá pra abrir o tanque e deixar a gasolina escorrer no chão."

Ele girou o bico da torneirinha; ela começou a gotejar.

"Mais!"

Ele abriu mais. As gotas se transformaram em uma torrente, e esta, em uma poça oleosa de brilho intenso, refletindo uma dúzia de luas trépidas em sua superfície agitada.

"Ah", ela suspirou contente, "deixe vazar tudo. Vou ter de chapinhar nela mesmo."

Em desespero, ele abriu totalmente o tanque, e a poça de repente se alargou, produzindo pequenos rios e gotejamentos em todas as direções.

"Tá ótimo. Agora sim."

Levantando as saias, ela pisou graciosamente.

"Sei que agora vai sair", ela murmurou.

Jim sorriu.

"Tem muitos outros carros."

Ela saiu graciosamente da gasolina e começou a raspar a sandália, lateral e sola, no estribo do automóvel. O *bon-vivant* não se conteve mais. Dobrou-se numa explosão de riso, e depois de um segundo ela juntou-se a ele.

"Você veio com Clark Darrow, né?", perguntou ela enquanto caminhavam de volta para a varanda.

"Sim."

"Você sabe onde ele tá agora?"

"Dançando, eu acho."

"Que diabo! Ele me prometeu um drinque."

"Bom", disse Jim, "acho que não tem problema. Eu tô com a garrafa dele bem aqui no bolso."

Ela lhe lançou um sorriso radiante.

"Só acho que talvez você vá precisar de *ginger ale*", acrescentou.

"Eu não. Só preciso da garrafa."

"Tem certeza?"

Ela riu zombeiteira.

"Experimente. Não tem bebida que homem beba que eu não possa beber. Vamos sentar."

Ela se empoleirou ao lado de uma mesa, e ele se deixou cair em uma das cadeiras de vime ao lado dela. Ao tirar a rolha, ela levou o frasco aos lábios e deu um longo gole. Ele a observou fascinado.

"Gostou?"

Ela balançou a cabeça, sem fôlego.

"Não, mas eu gosto de como fico quando bebo. Acho que a maioria das pessoas se sente assim."

Jim concordou.

"Meu pai gostava demais... e esse foi o fim dele."

"Os homens americanos", disse Nancy com seriedade, "não sabem beber."

"Como?", Jim surpreendeu-se.

"Na verdade", ela continuou, de um jeito despreocupado, "eles não sabem fazer nada muito bem. A única coisa que lamento na minha vida é não ter nascido na Inglaterra."

"Na Inglaterra?"

"Sim. É a única coisa de que me lamento na vida."

"Você gosta de lá?"

"Sim. Muito. Nunca estive lá pessoalmente, mas conheci muitos ingleses que estavam aqui no exército, homens de Oxford e Cambridge... você sabe, é como se Sewanee e a Universidade da Geórgia estivessem aqui... e é claro que li muitos romances ingleses."

Jim ficou interessado, surpreso.

"Você já ouviu falar de *lady* Diana Manners?", perguntou ela a sério.

Não, Jim não tinha.

"Ela é o que eu gostaria de ser. Morena, sabe?, feito eu, e doida feito o pecado. Ela é a garota que subiu a cavalo as escadas de alguma catedral ou uma igreja ou algo assim... e todos os romancistas colocaram suas heroínas fazendo a mesma coisa depois."

Jim meneou educadamente. Ele estava enlouquecido.

"Passe a garrafa", sugeriu Nancy. "Quero mais um golinho. Um pouco de bebida não faria mal a um bebê. Veja", prosseguiu ela, novamente sem fôlego depois de um gole, "lá as pessoas são estilosas, aqui ninguém sabe o que é isso. Quero dizer, os rapazes daqui não valem o nosso esforço de se vestir bem, nem de fazer nada extraordinário. Tô errada?"

"Acho que sim... ou melhor, acho que não", murmurou Jim.

"E eu gostaria de fazer tudo isso. Eu sou mesmo a única garota na cidade que tem estilo."

Ela se espreguiçou e bocejou agradavelmente.

"Linda noite."

"Muito", concordou Jim.

"Gostaria de ter um barco", disse ela com um ar sonhador. "De navegar em um lago de prata... ou no Tâmisa, por exemplo. Com champanhe e sanduíches de caviar. Umas oito pessoas. E um dos homens pularia na água para divertir todo mundo e se afogaria como aconteceu uma vez com um homem que estava com *lady* Diana Manners."

"Ele fez isso para agradá-la?"

"Não pretendia se afogar para agradá-la. Ele só queria pular na água e fazer todo mundo rir."

"Eu acho que eles morreram de rir quando ele se afogou."

"Ah, acho que eles riram um pouco", admitiu ela. "Imagino que ela tenha rido, de qualquer maneira. Ela é muito dura, eu acho... como eu."

"Você é dura?"

"Feito um prego." Ela bocejou novamente e acrescentou: "Dê-me um pouco mais dessa garrafa".

Jim hesitou, mas ela estendeu a mão desafiadoramente, "Não me trate como uma menina", ela o alertou. "Eu não sou como nenhuma garota que *você* já viu", ela comentou. "Bom, talvez você esteja certo. Você tem... você tem uma cabeça velha sobre ombros jovens."

Ela se ergueu num salto e foi em direção à porta. O *bon-vivant* se levantou também.

"Adeus", disse ela educadamente, "adeus. Obrigada, *bon--vivant*."

Em seguida ela entrou e o deixou de olhos arregalados na varanda.

III

À meia-noite, uma procissão de capas saiu em fila do camarim feminino, cada qual se emparelhando com um rapagão bem vestido, como se formassem pares para o cotilhão, atravessando a porta em meio a risadas sonolentas e felizes – através da porta e rumo à escuridão, onde automóveis roncavam e davam ré e grupos chamavam-se uns aos outros e se reuniam em torno da ventoinha dos motores.

Jim, sentado em seu canto, levantou-se para procurar Clark. Eles haviam se encontrado às onze; aí Clark tinha ido dançar. Então, procurando por ele, Jim perambulou até a mesa de refrescos que antes fora um bar. A sala estava deserta, exceto por um negro que cochilava atrás do balcão e dois garotos que brincavam preguiçosamente com um par de dados em uma das mesas. Jim estava prestes a sair quando viu Clark entrando. No mesmo momento, Clark ergueu os olhos.

"Ei, Jim", chamou ele. "Chegue mais e ajude a gente aqui com essa garrafa. Acho que não sobrou muito, mas dá pra todo mundo."

Nancy, o homem de Savannah, Marylyn Wade e Joe Ewing estavam muito à vontade e rindo na porta. Nancy chamou a atenção de Jim e piscou para ele com humor.

Eles foram a uma mesa e, organizando-se em torno dela, esperaram o garçom trazer *ginger ale*. Jim, um tanto constrangido, voltou os olhos para Nancy, que tinha entrado num joguinho a centavos com os dois garotos na mesa ao lado.

"Traga-os para cá", sugeriu Clark.

Joe olhou em volta.

"Não vamos chamar uma multidão. É contra as regras do clube."

"Não tem ninguém por perto", retrucou Clark, "exceto o senhor Taylor. Ele tá andando de um lado para o outro, feito um louco querendo descobrir quem fez toda a gasolina do carro dele vazar."

Houve uma risada geral.

"Aposto um milhão que Nancy pisou em alguma coisa de novo. Não dá pra estacionar o carro com ela por perto."

"Ó, Nancy, o senhor Taylor tá procurando você!"

As bochechas de Nancy reluziam pela empolgação com o jogo. "Não vejo aquele calhambeque dele faz duas semanas."

Jim sentiu um silêncio repentino. Ele se virou e viu um indivíduo de idade incerta parado na porta.

A voz de Clark pontuou o constrangimento.

"Não quer se juntar a nós, senhor Taylor?"

"Obrigado."

O sr. Taylor esparramou sua presença indesejável sobre uma cadeira.

"Acho que preciso, né? Estou esperando até que me arrumem um pouco de gasolina. Alguém fez uma farra no meu carro."

Seus olhos se contraíram, e ele os passou rapidamente de um para o outro. Jim se perguntava o que ele teria escutado da porta – tentou se lembrar do que havia sido dito.

"Hoje eu tô que tô", Nancy cantou, "a aposta tá feita."

"Tô dentro!", exclamou Taylor de repente.

"Ora, senhor Taylor, não sabia que você jogava dados!" Nancy ficou muito feliz ao perceber que ele havia se sentado e imediatamente coberto a aposta. A antipatia entre ambos era declarada desde a noite em que ela desencorajou em definitivo uma série de investidas um tanto incisivas da parte dele.

"Vamos lá, meus lindinhos, façam isso pela mamãe. Só um setezinho." Nancy *arrulhava* para os dados. Ela os sacudiu com um bravo floreio dissimulado e os rolou sobre a mesa.

"Ahh! Eu suspeitava. E agora de novo, subindo a aposta."

Cinco derrotas consecutivas revelaram em Taylor um péssimo perdedor. Ela estava tornando aquilo pessoal, e a cada sucesso Jim observava o triunfo vibrar em seu rosto. Ela estava dobrando a aposta a cada lance – uma sorte daquelas não podia durar.

"É melhor ir com calma", ele a advertiu timidamente.

"Ah, mas isso aqui agora", sussurrou ela. Era oito nos dados, e ela cantou o número.

"Minha Adinha querida, desta vez vamos para o Sul."

A Ada de Decatur[1] rolou sobre a mesa. Nancy estava vermelha e um tanto histérica, mas a sorte ainda estava do seu lado.

---

1 Segundo reza a lenda, nos idos do século XIX um sujeito simples chamado Will Cooper, espécie de faz-tudo na cidadezinha de Decatur, no estado da Geórgia, tinha duas paixões: uma criada chamada Ada e os dados. E sempre antes de rolá-los, para atrair a sorte, ele costumava dizer o nome da amada: "Ada de Decatur!". Mais tarde, um agrupamento militar que passava pela cidade teria contratado Will como cozinheiro, e este seguiu com eles no trem do exército. Ao longo do trajeto, um dos passatempos dos soldados era apostar nos dados, e a frase de Will Cooper logo se tornou talismã de todos ali, de onde possivelmente ela teria se espalhado para o restante dos Estados Unidos, ganhando inclusive um complemento: "*Ada from Decatur, county seat of wise!*" ["Ada de Decatur, o condado-sede dos sábios!"]. [N. T.]

Ela subiu as apostas seguidas vezes, recusando-se a encerrar o jogo. Taylor tamborilava com os dedos na mesa, mas não quis desistir.

Então Nancy tentou um dez e perdeu os dados. Taylor os agarrou avidamente. Ele os lançou em silêncio e, na quietude da excitação, o barulho de uma jogada após a outra sobre a mesa era tudo o que se escutava.

Nancy mais uma vez tinha os dados consigo, mas a sorte já não estava ao seu lado. Uma hora se passou. Os dados iam de um para o outro. Taylor não largava o osso. Eles estavam quites, afinal – Nancy havia perdido seus últimos cinco dólares.

"Você aceita um cheque meu", perguntou ela rapidamente, "de cinquenta, e a gente aposta tudo?" Ela tinha a voz um pouco trêmula, e sua mão tremia quando estendeu o dinheiro.

Clark trocou um olhar incerto, mas alarmado, com Joe Ewing. Taylor jogou outra vez. Ele ficou com o cheque de Nancy.

"Que tal outro?", disse ela descontroladamente. "Meu Deus, qualquer banco vai descontar... tenho dinheiro em qualquer lugar, na verdade."

Jim entendeu – o "bom e velho trigo" que ele lhe dera – o "bom e velho trigo" que ela tinha tomado. Ele quis ter coragem de interferir – uma garota daquela idade e posição dificilmente teria duas contas bancárias. Quando o relógio bateu duas, ele não se conteve mais.

"Posso... você pode deixar eu jogar por você?", sugeriu ele, e sua voz baixa e preguiçosa estava um pouco tensa.

De súbito sonolenta e apática, Nancy deixou os dados diante dele.

"Tudo bem, meu velho! Como *lady* Diana Manners diz, 'Manda brasa, *bon-vivant*'... porque minha sorte já era."

"Senhor Taylor", disse Jim, um tanto despreocupado, "vamos apostar um daqueles cheques lá por dinheiro."

Meia hora depois, Nancy cambaleou para a frente e deu um tapinha nas costas dele.

"Roubou minha sorte, você roubou." Ela estava balançando a cabeça sabiamente.

Jim pegou o último cheque e, colocando-o com os outros, os transformou em confete e os espalhou no chão. Alguém começou a cantar, e Nancy, chutando a cadeira para trás, se levantou.

"Senhoras e senhores!", ela anunciou, "Senhoras... é você, Marylyn. Quero dizer ao mundo que o senhor Jim Powell, que é um conhecido *bon-vivant* desta cidade, é uma exceção à grande regra 'sortudo nos dados, azarado no amor'. Ele tem sorte nos dados e, na verdade, eu... eu *amo* este homem. Senhoras e senhores, Nancy Lamar, a famosa beldade de cabelos castanhos frequentemente apresentada no *Herald* como figura das mais populares da juventude local, como outras garotas são frequentemente apresentadas neste caso particular; desejo anunciar... desejo anunciar, de todo modo... senhores..." ela cambaleou repentinamente. Clark a segurou e a recolocou de pé.

"Erro meu", ela riu, "ela... se curva... ela se curva para... de todo modo... um brinde ao *bon-vivant*... senhor Jim Powell, rei dos *bon-vivants*."

E alguns minutos depois, enquanto Jim, de chapéu na mão, esperava por Clark na escuridão daquele mesmo canto da varanda aonde ela viera em busca de gasolina, ela apareceu de repente ao lado dele.

"*Bon-vivant*", disse ela, "você está aqui, *bon-vivant*? Eu acho...", e sua leve instabilidade parecia parte de um sonho encantado – "Eu acho que você merece um dos meus beijos mais gostosos por isso, *bon-vivant*."

Por um instante, os braços dela pousaram em torno do pescoço dele – os lábios dela colaram-se nos dele.

"Eu sou uma doida neste mundo, *bon-vivant*, e você me fez uma boa ação."

Então ela se foi, descendo a varanda, atravessando o gramado e o canto dos grilos. Jim viu Merritt sair pela porta da frente e dizer algo para ela com raiva – viu ela rir e, virando-se, caminhar para o carro dele com os olhos voltados para outra direção. Marylyn e Joe o seguiram, cantando uma canção sonolenta sobre uma gatinha do jazz.

Clark saiu e se juntou a Jim nos degraus. "Todo mundo bem alto, eu acho", ele bocejou. "Merritt está de mau humor. Tá na cara que perdeu a Nancy."

Mais a leste, ao longo do campo de golfe, um tênue tapete cinza se estendeu aos pés da noite. O grupo no carro se pôs a cantar enquanto o motor esquentava.

"Boa noite a todos", gritou Clark.

"Boa noite, Clark."

"Boa noite."

Houve uma pausa e, em seguida, uma voz suave e feliz acrescentou:

"Boa noite, *bon-vivant*."

O carro partiu numa baita cantoria. Um galo numa fazenda do outro lado da estrada calou um corvo solitário e triste e, atrás deles, um último garçom negro apagou a luz da varanda, Jim e Clark caminharam em direção ao Ford, seus sapatos ruidosos rangendo no caminho de cascalho.

"Rapaz...", suspirou Clark suavemente, "como é que você joga desse jeito?"

Ainda estava muito escuro para ele perceber o rubor nas bochechas magras de Jim – ou saber que o rubor advinha de uma vergonha até então desconhecida.

IV

Em um quarto escuro em cima da oficina de Tilly ecoavam o dia inteiro os estrondos e os roncos de motor do andar de baixo e o canto dos lavadores negros que ligavam a mangueira sobre os carros do lado de fora. Era um cubículo bem sem graça, pontuado por uma cama e uma mesinha surrada sobre a qual havia meia dúzia de livros – *Slow Train thru Arkansas*, de Joe Miller, e *Lucille*, do mesmo autor, em uma edição antiga muito rabiscada numa caligrafia antiga; *The Eyes of the World*, de Harold Bell Wright, e um antigo livro de orações da Igreja da Inglaterra com o nome "Alice Powell" e a data "1831" escritos na folha de rosto.

O horizonte a leste, cinza no momento em que *bon-vivant* entrou na garagem, fez-se azul em tons fortes e vivazes quando ele acendeu a solitária luz elétrica. Ele a desligou de novo e, indo à janela, apoiou os cotovelos no parapeito e observou a manhã que se aprofundava. Com o despertar de suas emoções, sua primeira percepção foi um sentimento de futilidade, uma dor surda ante a completa penumbra de sua vida. Uma parede surgira de repente em torno dele, cercando-o, uma parede tão palpável e tangível quanto a parede branca de seu próprio quarto. E com sua percepção dessa parede tudo o que havia sido a história de sua existência – a casualidade, a despreocupada imprevidência, a milagrosa generosidade da vida – esvaneceu. O *bon-vivant* que passeava pela Jackson Street cantarolando qualquer melodia preguiçosa, conhecido em todas as lojas e barracas de rua, sempre cheio de saudações indolentes e anedotas locais, às vezes triste apenas por causa da própria tristeza e da passagem do tempo – aquele *bon-vivant* desaparecera. O próprio apelido era uma censura, uma trivialidade. Num rompante de discernimento ele entendeu que Merritt provavelmente o desprezava, que mesmo o beijo de Nancy ao amanhecer teria despertado não ciúme, mas tão somente asco por Nancy ter se rebaixado tanto. E, de sua parte, o *bon-vivant* tinha, por ela, se valido de um subterfúgio desonesto aprendido na oficina. Ele tinha sido sua lavanderia moral – as manchas tinham ficado todas com ele.

Quando o cinza se fez azul, iluminando e preenchendo o quarto, ele foi à cama e se jogou sobre ela, agarrando-se às beiradas com força.

"Eu a amo", gritou ele, "Deus!"

Quando disse isso, algo dentro de si cedeu como um nó que se lhe desfazia na garganta. O dia clareou e ficou radiante com o amanhecer; e virando-se de bruços ele começou a soluçar pesadamente no travesseiro.

* * *

Ao sol das três da tarde, Clark Darrow, passando com o motor que resfolegava dolorosamente pela Jackson Street, foi saudado pelo *bon-vivant*, que estava parado no meio-fio com os dedos nos bolsos do colete.

"E aí!", disse Clark, parando seu Ford de forma impressionante ao lado da calçada. "Acabou de acordar?"

O *bon-vivant* balançou a cabeça.

"Nem dormi. Me senti meio inquieto, então saí pra caminhar, andei bastante pelo campo esta manhã. Acabei de voltar."

"Bem que me passou pela cabeça que você *ia* se sentir inquieto. Eu tô me sentindo assim o dia todo..."

"Tô pensando em deixar a cidade", continuou o *bon-vivant*, absorvido por seus próprios pensamentos. "Tô aqui pensando em ir para a fazenda e trabalhar lá um pouco com o tio Dun. Acho que ando vagabundeando faz muito tempo."

Clark ficou em silêncio, e o *bon-vivant* continuou:

"Acho que depois da morte da tia Mamie eu podia enfiar aquele meu dinheiro na fazenda e ganhar alguma coisa com ele. Todo o meu pessoal veio daquele lugar lá. Tinha uma casa grande."

Clark olhou para ele com curiosidade.

"É engraçado", disse ele. "Isso... isso meio que me afetou da mesma maneira."

O *bon-vivant* hesitou.

"Não sei", começou ele lentamente, "tem alguma coisa sobre... sobre aquela garota ontem à noite falando sobre uma senhora chamada Diana Manners... uma senhora inglesa, que meio que me fez pensar!" Ele se recompôs e olhou estranhamente para Clark. "Eu já tive uma família", disse ele em tom de desafio.

Clark meneou.

"Eu sei."

"E só eu sobrei", continuou o *bon-vivant*, subindo ligeiramente o tom, "e eu não valho nada. Veja o meu apelido, todo mundo me chama de *bon-vivant*... um molenga, um mandrião! Gente que não era nada quando meus pais eram muita coisa torce o nariz quando passa por mim na rua."

Mais uma vez Clark ficou em silêncio.

"Pra mim já deu, eu vou hoje mesmo. E, quando eu voltar para esta cidade, vai ser como um cavalheiro."

Clark pegou o lenço e enxugou a testa úmida.

"Acho que você não foi o único que levou um tranco", ele comentou com desânimo. "Toda essa coisa de garotas saracoteando por aí desse jeito vai acabar bem rápido. Muito ruim também, mas todo mundo vai ter que cair na real."

"Você quer dizer", perguntou Jim surpreso, "que tudo aquilo vazou?"

"Vazou? Como eles iam conseguir manter aquilo em segredo? Vão anunciar na edição da noite dos jornais. O doutor Lamar precisa dar algum jeito de salvar o nome da família."

Jim colocou as mãos nas laterais do carro e apertou os longos dedos na lataria.

"Você quer dizer que Taylor investigou os cheques?"

Foi a vez de Clark ficar surpreso.

"Você não tá sabendo do que aconteceu?"

Os olhos assustados de Jim bastaram como resposta.

"Bom", anunciou Clark dramaticamente, "aqueles quatro conseguiram outra garrafa, ficaram loucos e decidiram chocar a cidade... então Nancy e aquele sujeito, o Merritt, se casaram em Rockville às sete horas desta manhã."

Um discreto amassado apareceu no metal sob os dedos do *bon-vivant*.

"Casaram?"

"Opa! Nancy ficou sóbria e correu de volta para a cidade, chorando e morrendo de medo... alegou que tudo tinha sido um erro. Primeiro, o doutor Lamar enlouqueceu e disse que ia matar Merritt, mas finalmente eles conseguiram dar um jeito, e Nancy e Merritt foram para Savannah no trem das duas e meia."

Jim fechou os olhos e com esforço superou um enjoo repentino.

"É péssimo", disse Clark filosoficamente. "Não me refiro ao casamento... acho que tá tudo bem, embora não ache que Nancy goste dele. Mas é um crime uma garota legal como ela ofender a família dessa forma."

O *bon-vivant* largou o carro e se afastou. Mais uma vez alguma coisa acontecia dentro dele, alguma mudança inexplicável, quase química.

"Aonde você vai?", perguntou Clark.

O *bon-vivant* se virou e lançou um olhar sem brilho sobre os ombros.

"Preciso ir", ele murmurou. "Tô acordado há muito tempo; tô me sentindo enjoado."

"Ah."

* * *

A rua estava quente às três e mais quente ainda às quatro; a poeira de abril parecia encobrir o sol apenas para em seguida liberar de novo o seu brilho, como uma peça mais velha que o próprio mundo, pregada para sempre em uma eternidade de entardeceres. Mas às quatro e meia uma primeira camada de quietude se fez sentir, e as sombras se alongaram sob os toldos e as árvores de folhagem pesada. Naquele calor, tudo perdia o sentido. A vida toda era o clima: uma espera, no decurso do calor, em que os acontecimentos não tinham significado, por uma brisa fresca que passasse pela testa cansada como a mão macia e carinhosa de uma mulher. Lá nos confins da Geórgia existe um sentimento – talvez inarticulado – de que essa é a grande sabedoria do Sul... Então, depois de um tempo, o *bon-vivant* entrou num bilhar da Jackson Street, onde ele estava certo de que encontraria uma turma simpática que contaria todas as velhas piadas – aquelas que ele conhecia.

AS COSTAS DO CAMELO

OS OLHOS VÍTREOS DO LEITOR CANSADO que por um instante repousem no título acima presumirão que este é meramente metafórico. Histórias sobre bocas e sopas, assombrações que teimam em aparecer e panelas velhas raramente têm a ver com bocas, sopas, assombrações ou panelas. O caso desta história, porém, é outro. Tem a ver com o dorso de um camelo concreto, visível e grande como só a vida.

Partindo do pescoço, seguiremos em direção à cauda. Quero lhes apresentar o sr. Perry Parkhurst, 28 anos, advogado, natural de Toledo. Perry tem belos dentes, um diploma de Harvard, o cabelo repartido ao meio. O rosto dele não lhes é estranho – vocês já toparam com ele em Cleveland, Portland, St. Paul, Indianápolis, Kansas City e por aí afora. A Baker Brothers, de Nova York, faz uma parada em sua viagem semestral pelo oeste americano unicamente para vesti-lo; a Montmorency & Co. despacha um jovem a cada três meses com a exclusiva missão de verificar se ele está com o número correto de furinhos em seus sapatos. Agora ele tem um conversível de marca nacional, terá um francês se viver o bastante e, sem dúvida, um tanque chinês, caso venha a ser a moda. Tem toda a pinta do jovem do anúncio que esfrega creme no peito da cor do pecado e a cada dois anos viaja ao oeste para o encontro com seus antigos colegas de classe.

Permitam-me lhes apresentar o seu Amor. O nome dela é Betty Medill e ela se daria muito bem em Hollywood. O pai lhe dá trezentos paus por mês para gastar com roupas, e ela tem olhos e cabelos castanhos e leques de penas de cinco cores. Preciso fazer as honras ao pai dela também, Cyrus Medill. Embora seja, tanto quanto se vê, de carne e osso, é quase sempre chamado em Toledo, por mais estranho que pareça, de Homem de Alumínio. Quando se senta à janela de seu clube com dois ou três Homens de Ferro, e o Homem de Pinho Branco e o Homem de Latão, todos eles parecem bastante semelhantes a vocês e a mim – com a diferença de que se assemelham mais, se é que vocês me entendem.

Ora, durante o Natal de 1919, ocorreram em Toledo, contando apenas as pessoas que trazem em itálico o artigo "*os*" antes do nome de família, quarenta e um jantares, dezesseis bailes, seis almoços, masculinos e femininos, doze chás, quatro jantares de solteiros, dois casamentos e treze encontros de *bridge*. Foi o efeito cumulativo de tudo isso que levou Perry Parkhurst, no dia 29 de dezembro, a tomar uma decisão.

Essa garota, a tal Medill, queria e não queria se casar com ele. Ela vinha se divertindo tanto que a ideia de dar um passo tão definitivo lhe causava repulsa. Enquanto isso, o noivado secreto deles já se arrastava havia tanto que parecia que a qualquer momento ele se romperia sob o próprio peso. Um homenzinho de nome Warburton, que sabia do caso, convenceu Perry a colocá-la contra a parede, a obter uma autorização matrimonial e ir à casa dos Medill e dizer que ela teria de se casar com ele imediatamente ou estaria tudo acabado. E foi assim que ele se apresentou de corpo, alma, autorização e ultimato, e em cinco minutos eles estavam no meio de uma discussão violentíssima, aquele tipo de explosão deflagradora das lutas abertas e esporádicas que caracterizam o fim de todas as longas guerras e confrontos. A briga gerou um daqueles lapsos medonhos em que duas pessoas apaixonadas puxam o freio de mão, olham friamente uma para a cara da outra e concluem que tudo não passou de um mal-entendido. A essa cena em geral se segue um beijo ardente e as atribuições da culpa a si mesmo, não à outra pessoa. Diga que foi tudo culpa minha! Diga! Quero ouvir da sua boca!

Mas, enquanto a reconciliação vacilava no ar, enquanto os dois em certa medida a retardavam para que pudessem desfrutá-la, quando viesse, com toda a volúpia e sentimento, eles foram permanentemente interrompidos por um telefonema de vinte minutos de uma tia tagarela de Betty. Passados dezoito minutos, Perry Parkhurst, incitado pelo orgulho, pela suspeita e pela dignidade ferida, vestiu seu longo casaco de peles, pegou seu chapéu leve, de um marrom-claro, e saiu pela porta.

"Está tudo acabado", disse num murmúrio entrecortado enquanto tentava engatar a primeira marcha. "Está tudo acabado... se eu tiver de afogar você por uma hora, que se dane!" Esta última frase ele dirigia ao carro, que estava parado havia algum tempo e estava bastante frio.

Ele dirigiu rumo ao centro da cidade – isto é, enfiou-se numa trilha aberta na neve que o levou até o centro. Estava muito encolhido no banco, desanimado demais para se importar com o próprio rumo.

Da calçada em frente ao Clarendon Hotel, recebeu os cumprimentos de um malandro chamado Baily, que tinha dentes grandes, morava no hotel e nunca havia se apaixonado.

"Perry", disse suavemente o malandro, quando o conversível parou ao lado dele no meio-fio, "eu tenho seis litros do champanhe mais safado que você já tomou. Um terço é seu, Perry, se você subir e ajudar ao Martin Macy e a mim a beber."

"Baily", disse Perry, tenso, "vou beber o seu champanhe. Vou beber cada gota... e dane-se se eu morrer depois."

"Sem essa, ô maluco!", exclamou o malandro gentilmente. "Eles não colocam álcool de madeira no champanhe. É o tipo de coisa que prova que o mundo tem mais de seis mil anos. É tão velho que a rolha virou pedra. Só se atravessa com uma britadeira."

"Vai, vamos subir", disse Perry mal-humorado. "Se essa rolha vir meu coração, vai se desfazer de vergonha."

O quarto no andar de cima estava cheio daquelas pinturas inocentes de hotel, de menininhas comendo maçãs, sentadas em balanços e conversando com cachorros. O restante da decoração se limitava a algumas gravatas e um homem rosado lendo um jornal rosado dedicado a mulheres em meias-calças rosadas.

"Quando você toma um atalho...", dizia o homem rosado, lançando um olhar de reprovação a Baily e Perry.

"E aí, Martin Macy?", disse Perry brevemente. "Onde está esse champanhe da idade da pedra?"

"Qual é a pressa? Isso aqui não é uma operação, sabe? Isso é uma festa."

Perry sentou-se apático e olhou com desaprovação para todas as gravatas.

Baily, com toda a calma do mundo, abriu a porta de um guarda-roupa e tirou dali seis belas garrafas.

"Dá pra tirar esse maldito casaco de pele?", disse Martin Macy para Perry. "Ou talvez fosse do seu agrado que abríssemos todas as janelas?"

"Anda, me sirva", disse Perry.

"Vai ao baile dos Townsend agora à noite? Ao baile de circo?"

"Não!"

"Convidado?"

"A-ham."

"Então por que não vai?"

"Tô de saco cheio de festas", desabafou Perry. "Saco cheio. Já fui a tantas que me deu no saco."

"E você não vai à festa dos Howard Tate?"

"Não vou; estou dizendo, pra mim já deu."

"Bom, de todo modo", disse Macy num tom de consolo, "a festa dos Tate é só pra garotada da universidade."

"Já disse..."

"Eu pensei que você iria a uma delas, ué. Vejo pelos jornais que você não perdeu nenhuma neste Natal."

"Hum", grunhiu Perry melancolicamente.

Ele nunca mais iria a uma festa. Frases clássicas surgiam em sua mente – aquele capítulo de sua vida estava encerrado, encerrado. Ora, quando um homem diz "encerrado, encerrado", desse jeito, tenha certeza de que alguma mulher o encerrou duplamente, por assim dizer. Perry também tinha em mente aquele outro pensamento clássico, sobre o quão covarde é o suicídio. Um nobre pensamento – caloroso e inspirador. Pense em todos os bons homens que teríamos perdido se o suicídio não fosse tão covarde!

Uma hora depois, às seis, Perry já em nada se assemelhava ao jovem do anúncio do creme. Ele parecia o rascunho de um cartum frenético. Eles estavam cantando – um improviso iniciado por Baily:

> Tem um tal de Perry, tão desajeitado, a cobra do salão,
> O jeito que ele toma chá não tem quem desconheça:
> Brinca com o chá, joga com o chá,
> Sem fazer barulho,
> Ele o equilibra num guardanapo sobre o joelho bem treinado...

"O problema", disse Perry, que acabava de pentear o cabelo com o pente de Baily e estava amarrando uma gravata laranja em torno dele para obter um efeito de Júlio César, "é que vocês não sabem cantar nada. É só eu terminar o solo e começar a cantar tenor, vocês entram na minha."

"Sou um tenor natural", disse Macy com seriedade. "Falta treinar a voz, só isso. Tenho uma voz natural, minha tia costumava dizer. Bom cantor por natureza."

"Cantores, cantores, todos bons cantores", comentou Baily, que estava ao telefone. "Não, não é o cabaré; quero meu ovo noturno. Quero dizer, algum maldito atendente aqui tem comida... comida! Quero..."

"Júlio César!", anunciou Perry, virando-se do espelho. "Homem com vontade de ferro e determinação pétrea."

"Calados!", gritou Baily. "Aqu'é o senhor Baily. Mand'uma ceia enooorme. Ao seu critério. Agora mesmo."

Ele pôs o telefone no gancho com alguma dificuldade e, com os lábios fechados e uma expressão de intensidade solene nos olhos, foi até a gaveta inferior de sua cômoda e a abriu.

"Vejam só!", chamou-lhes a atenção. Em suas mãos havia um traje curto em guingão cor-de-rosa.

"Calças!", exclamou ele num tom sério. "Vejam só!"

Em seguida surgiram uma blusa cor-de-rosa, uma gravata vermelha e um colarinho *à la* Buster Brown.

"Vejam só!", ele repetiu. "Fantasia pro baile de circo dos Townsend. Eu s'o menininho que carrega água pros elefantes."

Perry ficou interessado, para sua própria surpresa.

"Eu vou de Júlio César", declarou ele, após um momento de concentração.

"Pensei que você não fosse!", disse Macy.

"Eu? Claro que vou, nunca perc'uma festa. Faz bem pros nervos... feito aipo."

"César!", caçoou Baily. "Não dá pra ir de César! Não tem nada a ver com circo. César é Shakespeare. Vá de palhaço."

Perry balançou a cabeça.

"Não; vou de César."

"César?"

"Claro. Biga."

Uma luz se acendeu em Baily.

"Verdade... Boa ideia."

Perry lançou olhares ao redor da sala, como se procurasse algo.

"Você m'empresta um roupão de banho e esta gravata", disse ele por fim.

Baily pensou.

"Não serve."

"Claro que serve, isso é tudo de qu'eu preciso. César era um selvagem. Eles não podem achar ruim se eu for de César, ele er'um selvagem."

"Não", disse Baily, balançando a cabeça lentamente. "Alug'uma fantasia numa loja. Vá à loja dos Nolak."

"Fechada."

"Informe-se."

Depois de cinco intrigantes minutos ao telefone, uma vozinha cansada conseguiu convencer Perry de que era o sr. Nolak falando, e que eles permaneceriam abertos até as oito por causa do baile dos Townsend. Com essa garantia, Perry comeu uma grande quantidade de filé mignon e bebeu seu terço da última garrafa de champanhe. Às oito e quinze, o homem de cartola que fica parado em frente ao Clarendon o viu tentando dar partida em seu conversível.

"Congelou", disse Perry sabiamente. "O frio congelou. O ar frio."

"Congelou, é?"

"Sim. O ar frio o congelou."

"Não dá partida?"

"Não. Vai ficar aqui até o verão. Num daqueles dias quentes d'agosto vai descongelar qu'é uma beleza."

"Vai deixá-lo aqui?"

"Claro. Deix'ele aí. Só um ladrão bem quentinho pra conseguir roubar. Cham'um táxi pra mim."

O homem de cartola chamou um táxi.

"Para onde, senhor?"

"Pra loja dos Nolak... de fantasias."

II

A sra. Nolak era baixa e de aparência ineficaz, e, com o fim da guerra mundial, pertencera por um tempo a uma das novas nacionalidades. Devido às instáveis condições europeias, nunca mais tivera certeza do que era. A loja em que ela e o marido cumpriam sua labuta diária era sombria e fantasmagórica, povoada de armaduras e trajes de mandarins chineses, e com enormes pássaros de papel machê suspensos no teto. Em um fundo difuso, muitas fileiras de máscaras fitavam os visitantes com o vazio de seus olhos, e havia caixas de vidro cheias de coroas e cetros, e joias e enormes *pièces d'estomac*, tinturas, cabelos de crepe e perucas de todas as cores.

Quando Perry entrou na loja, a sra. Nolak estava guardando em uma gaveta cheia de meias de seda cor-de-rosa os últimos, assim pensava ela, aborrecimentos de um dia cansativo.

"Algo para o senhor?", perguntou ela com pessimismo.

"Uma fantasia de Júlio Hur, o condutor de biga."

A sra. Nolak lamentou, mas todos os trajes de condutor de biga já tinham sido alugados havia muito tempo. Era para o baile de circo dos Townsend?

Era.

"Desculpe", disse ela, "mas acho que não sobrou nada que seja realmente de circo."

Isso era um obstáculo.

"Hum", fez Perry. Uma ideia lhe ocorreu de repente. "Se você tiver um pedaço de lona, eu poderia ir de tenda."

"Desculpe, mas não temos nada desse tipo. É melhor você ir a uma loja de ferragens. Temos algumas de soldados confederados que são muito boas."

"Não. Nada de soldado."

"E eu tenho uma de rei muito bonita."

Ele balançou a cabeça.

"Vários dos cavalheiros", prosseguiu ela, esperançosa, "vão vestir cartolas e casacas e ir como mestres de picadeiro... mas não sobrou nenhum chapéu de copa alta. Posso oferecer um pouco de cabelo de crepe para fazer um bigode."

"Quero uma coi'selvagem."

"Uma coisa... vamos ver. Bom, nós temos uma cabeça de leão, e um ganso, e um camelo..."

"Camelo?" A ideia capturou a imaginação de Perry e agarrou-se a ela com toda a força.

"Sim, mas precisa de duas pessoas."

"Camelo, é disso qu'eu tô falando. Deix'eu ver."

O camelo foi retirado de seu local de descanso em uma prateleira alta. À primeira vista, ele parecia consistir inteiramente de uma cabeça cadavérica, macérrima, e uma corcova considerável, mas ao ser estendido descobria-se que possuía um corpo marrom-escuro, de aparência nada saudável, feito de tecido grosso e algodoado.

"Veja, são necessárias duas pessoas", explicou a sra. Nolak, segurando o camelo com sincera admiração. "Se você tiver um amigo, ele pode usá-la com você. Como você pode ver, tem uma espécie de calça para duas pessoas. Um par é para o sujeito da frente, e o outro par para o que vai atrás. O sujeito da frente vê através desses olhos aqui, e o de trás só tem de se curvar e seguir o da frente."

"Vista-a", ordenou Perry.

Obediente, a sra. Nolak enfiou sua cara de gato malhado dentro da cabeça do camelo e a virou com ferocidade de um lado para o outro.

Perry ficou fascinado.

"Que som faz um camelo?"

"Como?", perguntou a sra. Nolak quando seu rosto reapareceu um tanto manchado. "Oh, que barulho? Ora, ele meio que zurra."

"Deix'eu ver no espelho."

Diante de um espelho largo, Perry experimentou a cabeça e virou-a de um lado para o outro, avaliando-a. Na penumbra, o efeito era bastante agradável. A cara do camelo era um esboço de pessimismo, decorado com numerosas escoriações, e era preciso admitir que sua pelagem estava naquele estado de negligência geral própria aos camelos – na verdade, ela precisava ser limpa e passada –, mas não restava dúvida de que causava impressão. Era majestoso. Atrairia a atenção em qualquer reunião, nem que fosse pelo toque de melancolia do conjunto e a expressão de fome que jazia ao fundo de seus olhos sombrios.

"Veja, você precisa de duas pessoas", disse mais uma vez a sra. Nolak.

Perry tentava juntar o corpo e as pernas e se enrolar com elas, amarrando as patas traseiras como um cinto em torno da cintura. No todo, o efeito não era bom. Chegava a ser irreverente – como uma daquelas imagens medievais de um monge transformado em besta por obra de Satanás. Na melhor das hipóteses, o conjunto lembrava uma vaca corcunda, em meio a cobertores, sentada sobre as próprias ancas.

"Não parece com nada", objetou Perry com algum desânimo.

"Não", disse a sra. Nolak; "viu, ela precisa de duas pessoas."

Uma solução despontou nos pensamentos de Perry.

"Você tem algum compromisso hoje à noite?"

"Oh, eu não poderia..."

"Ah, vamos lá", disse Perry, encorajando-a. "Claro que pode! Aqui! Você podia me quebrar esse galhinho e subir nessas patas traseiras."

Com dificuldade, ele conseguiu localizá-las e estendeu suas profundezas cavernosas de forma convidativa. Mas a sra. Nolak não parecia interessada. Ela demonstrava resistência enquanto se afastava.

"Ah, não..."

"Vamos lá! Você pode ser a parte da frente se quiser. Ou decidimos na moeda."

"Ah, não..."

"Eu pago por hora."

A sra. Nolak cerrou os lábios firmemente.

"Pare com isso!", disse ela sem qualquer embaraço. "Nenhum cavalheiro jamais agiu dessa forma antes. Meu marido..."

"Você tem marido?", quis saber Perry. "Cadê ele?"

"Em casa."

"Posso ligar?"

Depois de considerável negociação, ele obteve o número de telefone pertencente ao sacro lar dos Nolak e entrou em contato com aquela vozinha cansada que em outra circunstância ele ouvira. Mas o sr. Nolak, embora pego de surpresa e um tanto confuso com o brilhante fluxo de lógica de Perry, conservou-se resoluto em sua posição. Recusou-se com firmeza, mas não sem deferência, a auxiliar o sr. Parkhurst na qualidade de parte traseira de um camelo.

Tendo desligado, ou melhor, diante de o telefone ter sido desligado, Perry sentou-se em um banquinho para pensar. Arrolou consigo os nomes dos amigos a quem poderia recorrer, e então sua mente interrompeu a lista quando o nome de Betty Medill lhe ocorreu de maneira vaga e triste. Ele teve um pensamento sentimental. Ele a convidaria. Seu caso de amor havia terminado, mas ela não podia lhe recusar este último pedido. Certamente não era pedir muito – ajudá-lo a cumprir sua obrigação social só por uma noitezinha. E ela, se assim o exigisse, poderia até ser a parte dianteira do camelo, e ele iria como a traseira. Sua magnanimidade o agradou. Sua mente até se voltou para os sonhos cor-de-rosa de uma doce reconciliação no interior do camelo – ali escondidos, apartados do mundo inteiro.

"Seria bom você se decidir de uma vez."

A voz burguesa da sra. Nolak interrompeu a ternura de suas fantasias e o despertou para a ação. Ele foi ao telefone e ligou para a casa dos Medill. A srta. Betty não estava; tinha saído para jantar.

Então, quando tudo parecia perdido, o dorso do camelo curiosamente surgiu vagando loja adentro. O sujeito estava em petição de miséria, com um resfriado na fuça e toda uma postura abatida. A boina lhe descia até a testa, o queixo lhe descia até o peito, o casaco lhe caía sobre os sapatos, não parecia mais do que um farrapo, a própria imagem da pobreza e – ao contrário do Exército da Salvação – mais do que na pior. Disse que era o taxista que o cavalheiro contratara no Clarendon Hotel. Tinha sido instruído a esperar do lado de fora, mas esperara algum tempo e lhe crescera a suspeita de que o cavalheiro havia saído pelos fundos com o propósito de passar-lhe a perna – cavalheiros às vezes o faziam –, então decidiu entrar. Ele afundou-se no banquinho.

"Quer ir a uma festa?", perguntou Perry a sério.

"Preciso trabalhar", respondeu o taxista com uma tristeza sem fim. "Preciso manter o meu emprego."

"É uma festa muito boa."

"O emprego também é muito bom."

"Deixa disso!", insistiu Perry. "Seja um bom sujeito. Veja... é lindo!", disse ele, erguendo o camelo.

O taxista devolveu-lhe um olhar cínico.

"Hum!"

Perry ficou procurando desesperadamente algo entre as dobras do pano.

"Veja!", exclamou ele com entusiasmo, segurando uma porção de dobras. "Você fica aqui. Você nem precisa falar. Tudo o que você tem de fazer é andar – e, de vez em quando, se sentar. Você fica responsável por sentar. Pense nisso. Eu fico de pé o tempo todo e *você* pode ficar sentado parte do tempo. *Eu* só vou poder me sentar quando estivermos deitados, e você pode se sentar quando... poxa, a hora que você quiser. Viu só?"

"Que negócio é esse?", quis saber o sujeito desconfiado. "Uma mortalha?"

"Nada disso", disse Perry indignado. "É um camelo."

"Oi?"

Perry mencionou, então, uma quantia em dinheiro, e a conversa deixou o terreno dos resmungos e assumiu um tom prático. Perry e o taxista provaram o camelo diante do espelho.

"Você não tem como enxergar", explicou Perry, espiando ansiosamente pelo buraco dos olhos, "mas, falando sério, meu velho, você tá ótimo! Sério mesmo."

Um grunhido da corcova reconhecia o elogio um tanto dúbio.

"Falando sério, você tá ótimo!", repetiu Perry com entusiasmo. "Dá uma mexidinh'aí."

As patas traseiras moveram-se para a frente, o que gerou o efeito de um enorme gato-camelo erguendo as costas e se preparando para um salto.

"Não... mova-se pro lado."

Os quadris do camelo ficaram absolutamente desconjuntados; uma dançarina havaiana teria se contorcido de inveja.

"Bacana, né?", perguntou Perry, voltando-se para a sra. Nolak, em busca de aprovação.

"Uma graça", concordou a sra. Nolak.

"Vamos ficar com ela", disse Perry.

O pacote foi colocado sob o braço de Perry, e eles deixaram a loja.

"Toca pra festa!", ordenou ele enquanto se sentava no banco de trás.

"Que festa?"

"A festa à fantasia."

"Onde fica?"

Aquilo introduzia um novo problema. Perry tentou lembrar, mas os nomes de todos os que haviam dado festas durante aquele fim de ano dançavam confusamente diante de seus olhos. Ele poderia perguntar à sra. Nolak, mas, ao olhar pela janela, viu que a loja estava às escuras. A sra. Nolak já tinha desaparecido, uma pequena mancha preta bem longe na rua coberta de neve.

"Vá no sentido bairro", instruiu Perry cheio de confiança. "Se você vir uma festa, pare. Caso contrário, eu direi quando chegarmos lá."

Perry caiu, então, em um nebuloso devaneio, e seus pensamentos fluíram de novo para Betty – imaginou vagamente que os dois haviam tido um desentendimento porque ela se recusara a ir à festa como a parte traseira do camelo. Ele havia acabado de cair em um cochilo gelado quando foi acordado pelo taxista, que abrira a porta e o sacudia pelo braço.

"Chegamos, eu acho."

Perry olhou para fora, sonolento. Um toldo listrado se estendia do meio-fio à fachada cinza de uma ampla casa de pedra, de onde saía o gemido baixo e percursivo de um belo jazz. Ele reconheceu a casa dos Howard Tate.

"Lógico", disse ele enfaticamente; "é isso aí! A festa dos Tate esta noite. Claro, todo mundo vai."

"Me diz uma coisa", falou o sujeito, preocupado depois de outra olhada para o toldo, "você tem certeza de que essas pessoas não vão encasquetar comingo por eu ter vindo?"

Perry se endireitou com dignidade.

"S'alguém disser qualquer coisa pra você, diga que você faz parte da minha fantasia."

O sujeito mostrou-se mais tranquilo ao se ver como um objeto e não como uma pessoa.

"Tudo bem", disse ele com alguma hesitação.

Perry desembarcou sob o abrigo do toldo e começou a desdobrar o camelo.

"Venha", ordenou ele.

Vários minutos depois, um camelo melancólico e aparentando fome, emitindo nuvens de fumaça de sua boca e da ponta de sua nobilíssima corcova, pôde ser visto a cruzar a soleira da residência de Howard Tate, passando por um lacaio assustado sem dar nem ao menos uma bufada, e rumando direto para as escadarias principais que levavam ao salão de baile. O animal tinha um passo peculiar, que variava entre o avanço vacilante e um arranque – mas que pode ser mais bem descrito pela palavra "capenga". O camelo tinha um passo capenga – e, enquanto caminhava, ora se alongava, ora se contraía, como uma enorme sanfona.

III

Os Howard Tate são, como sabem todos os que vivem em Toledo, as pessoas mais incríveis da cidade. A sra. Howard Tate era uma Todd de Chicago antes de se tornar uma Tate de Toledo, e a família geralmente afeta aquela simplicidade comedida que passou a ser a marca registrada da aristocracia americana. Os Tate chegaram a um ponto em que falam de porcos e fazendas e lhe lançam olhares frios se você não achar graça. Para os jantares, passaram a preferir colaboradores a amigos como convidados, gastam muito dinheiro de maneira discreta e, tendo perdido todo o senso de competição, encontram-se em processo de se tornar bastante entediantes.

O baile desta noite era para a pequena Millicent Tate e, embora todas as idades estivessem representadas, os dançarinos eram em sua maioria do colégio e da universidade – a turma dos jovens casados estava no baile de circo dos Townsend, no Tallyho Club. A sra. Tate estava parada no meio do salão de baile, seguindo com os olhos os movimentos de Millicent e sorrindo sempre que ela acenava. Ao lado dela estavam duas bajuladoras de meia-idade, que elogiavam o absoluto requinte da menina Millicent. Foi nesse momento que a sra. Tate foi agarrada com firmeza pela saia e sua filha mais nova, Emily, de 11 anos, se lançou com um "ai!" aos braços de sua mãe.

"Oh, Emily, qual é o problema?"

"Mamãe", disse Emily, com expressão de pânico nos olhos, porém loquaz, "tem um negócio lá na escada."

"Como?"

"Tem uma coisa lá fora na escada, mamãe. Acho que é um cachorro grande, mamãe, mas não parece um cachorro."

"O que você quer dizer, Emily?"

As bajuladoras balançaram suas cabeças com empatia.

"Mamãe, parece um... um camelo."

A sra. Tate riu.

"O que você viu foi uma sombra, daquelas que assustam, querida, só isso."

"Não, não é isso. Era uma coisa estranha, mamãe... grande. Eu estava descendo as escadas para ver se havia mais gente, e esse cachorro, sei lá, estava subindo as escadas. É meio estranho, mamãe. Ele parece manco. E então ele me viu e deu uma espécie de rosnado, e aí escorregou no topo do patamar, e eu corri."

A risada da sra. Tate diminuiu.

"A menina deve ter visto alguma coisa", comentou ela.

As bajuladoras concordaram que a menina devia ter visto algo – e de repente as três mulheres deram um passo instintivo para longe da porta quando se ouviu o som de passos abafados do lado de fora.

E então três arfadas de espanto ressoaram ao passo que uma forma marrom-escura adentrava o recinto, e elas viram o que era aparentemente uma enorme besta que as fitava com um olhar faminto.

"Ai!", gritou a sra. Tate.

"Oo-oh...", enunciaram em coro as senhoras.

O camelo subitamente ergueu as costas, e as arfadas se transformaram em gritos.

"Ai! Veja!"

"O que é isso?"

A dança parou, mas os dançarinos que correram para ver o que acontecia ali tiveram uma impressão bem distinta a respeito do invasor; aliás, os jovens logo desconfiaram que se tratava de uma atração, um animador contratado que chegava para agitar a festa. Os garotos de calças compridas olhavam com desdém para o animal e se aproximavam com as mãos nos bolsos, sentindo-se ultrajados em sua inteligência. Já as meninas soltavam gritinhos de contentamento.

"É um camelo!"

"Vai dizer que não é engraçado?"

O camelo empacou, hesitou, balançou ligeiramente de um lado para o outro, parecia examinar o salão com bastante atenção; então, como se tivesse chegado a uma repentina decisão, deu meia-volta e caminhou rapidamente porta afora.

O sr. Howard Tate acabara de sair da biblioteca, no andar térreo, e papeava com um jovem no corredor. De repente, os dois ouviram o barulho de gritos no andar de cima, e quase de pronto uma sucessão de pancadas, seguidas da inesperada aparição, ao pé da escada, de um enorme animal marrom que parecia ir a algum lugar com muita pressa.

"Mas que diabo!", exclamou o sr. Tate, no susto.

A fera se pôs de pé, não sem alguma deferência, e, afetando ar de extrema indiferença, como tivesse acabado de se lembrar de um compromisso urgente, seguiu em seu passo atabalhoado rumo à porta da frente. Na verdade, as patas dianteiras começavam a correr fortuitamente.

"Veja só que coisa", disse o sr. Tate com severidade. "Aqui! Agarre-o, Butterfield! Agarre-o!"

O jovem envolveu a retaguarda do camelo com um par de braços bastante persuasivos e, percebendo que era impossível continuar a se locomover, a dianteira deixou-se capturar e permaneceu resignadamente em estado de certa agitação. A essa altura uma enxurrada de jovens descia as escadas, e o sr. Tate, suspeitando todas as situações possíveis, de um ladrão engenhoso a um lunático fugitivo, dava ordens claras ao jovem:

"Segure-o! Traga-o aqui; logo veremos."

O camelo consentiu em ser conduzido à biblioteca, e o sr. Tate, depois de trancar a porta, sacou um revólver da gaveta da mesa e mandou o jovem arrancar a cabeça daquela coisa. Então ele soltou um suspiro e devolveu o revólver ao esconderijo.

"Ora, Perry Parkhurst!", exclamou ele, espantado.

"Entrei na festa errada, senhor Tate", disse Perry timidamente. "Espero não ter assustado o senhor."

"Bem... você nos deixou um tanto aturdidos, Perry." Foi quando se deu conta do ocorrido. "Você está indo para o baile de circo dos Townsend."

"Ess'é o plano."

"Deixe-me apresentar o senhor Butterfield, senhor Parkhurst." Em seguida, voltando-se para Perry: "Butterfield ficará conosco por alguns dias".

"Fiquei m'pouco confuso", murmurou Perry. "Sinto muito."

"Não há nenhum problema; é o erro mais natural do mundo. Consegui uma fantasia de palhaço e daqui a pouco vou para lá."

Ele se virou para Butterfield.

"Você devia mudar de ideia e ir conosco."

O jovem objetou. Estava indo para a cama.

"Quer beber alguma coisa, Perry?", perguntou o sr. Tate.

"Sim, obrigado."

"E, claro", emendou rapidamente Tate, "eu havia me esquecido deste... amigo aqui." Ele apontou para a parte traseira do camelo. "Não queria parecer descortês. É alguém que conheço? Tire-o daí."

"Não é um amigo", Perry apressou-se em explicar. "Eu só aluguei."

"Ele bebe?"

"Bebe?", perguntou Perry, realizando uma terrível contorção na direção do dorso.

Ouviu-se um leve ruído de assentimento.

"Claro que sim!", disse o sr. Tate com entusiasmo. "Um camelo que se preze deve ser capaz de beber o suficiente para três dias."

"Preciso lhe dizer uma coisa", disse Perry, ansioso, "ele não tá muito bem vestido para sair. Se você me der a garrafa, eu passo pra ele, e ele pode se servir aqui dentro."

Por baixo do pano era possível ouvir o som de estalidos entusiasmados inspirados pela sugestão. Quando um mordomo apareceu com garrafas, copos e um sifão, uma das garrafas foi entregue aos fundos da fantasia; depois disso, pôde-se ouvir o parceiro silencioso bebendo longos tragos a intervalos regulares.

Assim transcorreu uma hora de todo agradável. Às dez, o sr. Tate decidiu que era melhor se apressarem. Ele vestiu sua fantasia de palhaço; Perry recolocou a cabeça do camelo e, lado a lado, percorreram a pé o único quarteirão entre a casa dos Tate e o Tallyho Club.

O baile do circo estava a pleno vapor. Uma grande tenda fora montada dentro do salão de baile e, ao redor das paredes, haviam sido montadas fileiras de cabines representando as diferentes atrações secundárias ao picadeiro, mas estas agora estavam desocupadas e, ao centro, fervilhavam os risos e gritos de uma ruidosa mistura de juventude e colorido – palhaços, mulheres barbadas, acrobatas, cavaleiros, mestres de picadeiro, homens tatuados e condutores de biga. Os Townsend estavam determinados a garantir o sucesso de sua festa, então uma grande quantidade de bebida fora trazida sorrateiramente de sua casa e agora circulava livremente. Uma fita verde corria ao longo da parede em torno do salão de baile, com setas por todo o percurso e sinais que instruíam os não iniciados em "Siga a linha verde!". A linha verde dava direto no bar, onde havia ponche com e sem álcool e garrafas verdes-escuras sem rótulo.

Na parede acima do bar havia outra seta, vermelha e muito ondulada, e abaixo dela as palavras: "Agora siga esta!".

Mas, mesmo em meio à farra de fantasias e animação que ali se fazia presente, a entrada do camelo criou uma espécie de agito, e Perry foi imediatamente cercado por uma multidão entregue à curiosidade e às gargalhadas e que tentava penetrar a identidade daquela besta que estava parada próxima à ampla porta de entrada, observando os dançarinos com seu olhar faminto e melancólico.

E então Perry viu Betty parada na frente de uma cabine, conversando com um suposto policial. Ela estava vestida com a fantasia de uma encantadora de serpentes egípcia: seus cabelos castanhos estavam trançados e presos com anéis de latão, efeito que uma tiara oriental brilhante coroava. Seu belo rosto estava coberto do brilho de um verde-oliva caloroso e, em seus braços e na meia-lua de suas costas, contorciam-se serpentes pintadas, dotadas de verdes olhos venenosos. Tinha sandálias nos pés e vestia uma saia cortada à altura dos joelhos, de modo que, quando caminhava, avistavam-se outras serpentes delgadas pintadas logo acima de seus tornozelos nus. Em torno de seu pescoço havia uma cobra brilhante. No conjunto, uma fantasia encantadora – que fazia com que as mais nervosas dentre as mulheres mais velhas se esquivassem dela quando passava, e as mais encrenqueiras falassem muitíssimo sobre o que "não deveria ser permitido" e o "absolutamente reprovável".

Mas Perry, espiando pelos olhos oblíquos do camelo, via apenas o rosto dela, radiante, vívido e reluzindo excitação, e os braços e ombros, cujos gestos soltos e expressivos sempre faziam que ela se destacasse em qualquer grupo. Viu-se fascinado, e o fascínio exerceu sobre ele um efeito moderador. Com uma clareza cada vez maior, os eventos do dia retornavam – a raiva cresceu dentro de si e, com uma intenção um pouco vaga de afastá-la da multidão, começou a se aproximar dela – ou melhor, alongou-se de leve, pois não havia se preocupado em proferir o comando necessário para a locomoção.

Mas àquela altura a errática Kismet, que durante o dia brincara com ele da maneira mais dolorosa e sarcástica, decidiu recompensá-lo inteiramente pela diversão que ele lhe proporcionara. Kismet dirigiu os olhos fulvos da encantadora de serpentes para o camelo. Kismet a faz se inclinar em direção ao homem ao lado dela e perguntar:

"Quem é aquele? O camelo?"

"Como vou saber?"

Mas um homenzinho chamado Warburton, que sabia de tudo, achou necessário arriscar uma opinião:

"Veio com o senhor Tate. Acredito que parte dele seja Warren Butterfield, o arquiteto de Nova York que está na cidade em visita aos Tate."

Algo se agitou em Betty Medill – aquele antigo interesse de garota de província pelo forasteiro.

"Oh", murmurou ela casualmente, após breve pausa.

No final da dança seguinte, Betty e seu parceiro a encerraram a poucos metros do camelo. Com a ousadia informal que era a tônica da noite, ela estendeu a mão e esfregou suavemente o focinho do camelo.

"Olá, camelinho."

O camelo se mexeu, inquieto.

"Você está com medo de mim?", perguntou Betty, erguendo as sobrancelhas em reprovação. "Não fique. Veja, eu sou uma encantadora de serpentes, mas também sou muito boa com camelos."

O camelo fez uma reverência profunda, e alguém soltou o óbvio comentário sobre a bela e a fera.

A sra. Townsend aproximou-se do grupo.

"Bem, senhor Butterfield", disse ela, prestimosa, "eu não o teria reconhecido."

Perry curvou-se novamente e sorriu com satisfação por trás da máscara.

"E quem é esse que está com você?", perguntou ela.

"Oh", disse Perry, sua voz bastante irreconhecível, abafada pelo pano grosso, "ele não é um conhecido, senhora Townsend. É apenas parte da minha fantasia."

A sra. Townsend riu e se afastou. Perry voltou-se novamente para Betty.

"Pois é", pensou ele, "veja o quanto ela se preocupa! No mesmo dia de nosso rompimento final ela começa um flerte com outro homem... um completo estranho."

Num impulso, ele lhe tocou de leve com o ombro e acenou sugestivamente com a cabeça na direção do corredor, deixando claro que desejava que ela deixasse seu parceiro e o acompanhasse.

"Tchauzinho, Rus", disse ela a seu parceiro. "Este camelinho aqui me pegou. Para onde vamos, Príncipe das Feras?"

O nobre animal não respondeu, mas caminhou gravemente rumo a um canto afastado na escadaria lateral.

Lá ela se sentou, e o camelo, depois de alguns segundos de confusão que incluía ordens ríspidas e sons de uma acalorado debate que transcorria em seu interior, pôs-se ao seu lado – com as patas traseiras se esticando desconfortavelmente em dois degraus.

"Pois bem, meu chapa", disse Betty contentemente, "o que você está achando da nossa animada festa?"

O chapa indicou que ele estava gostando, rolando a cabeça em êxtase e batendo com satisfação os cascos no chão.

"Esta é a primeira vez que tenho um *tête-à-tête* com o criado de um homem por perto" – ela apontou para as patas traseiras – "ou seja lá o que for."

"Ah", murmurou Perry, "ele é cego e surdo."

"Talvez você se sinta um tanto travado... você não consegue se mover muito bem, ainda que queira."

O camelo abaixou a cabeça em sinal de tristeza.

"Gostaria que você dissesse algo", continuou Betty docemente. "Diga que gosta de mim, camelo. Diga que me acha bonita, que você gostaria de pertencer a uma bela encantadora de serpentes."

O camelo gostaria.

"Você vai dançar comigo, camelo?"

O camelo tentaria.

Betty dedicou meia hora ao camelo. Ela dedicava no mínimo meia hora a cada visitante do sexo masculino. Em geral, era o que bastava. Quando ela se aproximava de um novo homem, as debutantes presentes costumavam se afastar, à direita e à esquerda, como se formassem um corredor para a passagem de uma metralhadora. E assim foi concedido a Perry Parkhurst o privilégio ímpar de ver seu amor como os outros a viam. E ela flertava com ele como se não houvesse amanhã!

IV

Esse paraíso de tão frágeis alicerces foi invadido pelos sons de um avanço coletivo salão adentro – era o cotilhão que começava. Betty e o camelo uniram-se à multidão, a mão morena dela pousada com leveza no ombro do animal, símbolo desafiador de sua completa adoção da fera.

Quando os dois chegaram ao salão de baile, os casais já se encontravam sentados em mesas ao redor das paredes, e a sra. Townsend, no resplendor de uma superamazona com panturrilhas um tanto volumosas, ocupava o centro, de pé, ao lado do mestre de picadeiro encarregado dos arranjos. A um sinal dirigido à banda, todos se levantaram e começaram a dançar.

"Não é simplesmente bárbaro?", disse Betty com um suspiro. "Você acha que consegue dançar?"

Com um entusiasmado meneio, Perry indicou conseguir. De repente, ele se sentia exuberante. Afinal, ali estava ele, incógnito, conversando com seu amor – ele podia lançar uma piscadela magnânima para o mundo.

E assim Perry dançou o cotilhão. Digo que dançou, mas isso é estender o sentido da palavra para além dos sonhos mais loucos do mais jazzista dos dançarinos. Ele permitiu que a parceira pusesse as mãos em seus ombros indefesos e o arrastasse de um lado para o outro por todo o salão, enquanto ele pousava docilmente sua enorme cabeça sobre o ombro dela, fazendo movimentos fingidos, de todo inúteis, com os pés. Suas patas traseiras dançavam de uma maneira totalmente própria, basicamente saltando primeiro sobre um pé, depois sobre o outro. Sem jamais ter certeza se havia dança ou não, as patas traseiras jogavam no seguro, performando uma série de passos sempre que a música começava. Assim, o espetáculo com frequência apresentava a parte dianteira do camelo bastante tranquila enquanto a traseira mantinha um movimento enérgico e constante, calculado para suscitar um empático suadouro em qualquer observador de coração mole.

Não foram poucas as vezes que o requisitaram. Primeiro, dançou com uma senhora alta coberta de palha que declarou com bastante humor ser um fardo de feno, implorando-lhe timidamente para que não a devorasse.

"Eu bem que gostaria; você é um doce", disse o camelo galante.

A cada vez que o mestre de picadeiro gritava o seu "Agora, os homens!", ele claudicava ferozmente na direção de Betty, disputando espaço com o salsichão vienense montado em papelão, ou com a fotografia da senhora barbada, ou qualquer que fosse o par. Por vezes ele a alcançou primeiro, mas em geral suas investidas foram malsucedidas e resultaram em intensos embates interiores.

"Pelo amor de Deus", rosnava Perry, irritadíssimo, entre dentes, "dá pra ficar um pouco mais esperto? Se você tivesse movido os pés, eu poderia ter chegado nela da última vez."

"Dá uma avisada antes, né?"

"Eu avisei, caramba."

"Não consigo ver merda nenhuma aqui dentro."

"Tudo que você precisa fazer é me seguir. Andar com você e arrastar um saco de areia dá no mesmo."

"Talvez você queira ver como é aqui atrás."

"Cale a boca. Se essas pessoas dessem com você neste salão, você receberia a maior surra da sua vida. E cassariam a licença do seu táxi!"

Perry ficou surpreso com a facilidade com que fez essa ameaça monstruosa, mas ela pareceu ter uma influência soporífica sobre o companheiro, que emitiu um "Tá, boralá" e mergulhou num desconcertado silêncio.

O mestre do picadeiro subiu no piano e com um aceno pediu silêncio.

"É a hora da premiação! Todos juntos ao meu redor!"

"Êeee! Os prêmios!"

Um tanto acanhado, o círculo se formou. A menina até bastante bonita que reunira coragem para se apresentar de mulher barbada tremia de excitação, pensando na possibilidade de ser recompensada por uma noite horrível. O homem que passara a tarde tendo o corpo pintado com tatuagens se esgueirou até a borda da multidão, corando sobremaneira quando alguém lhe disse que ele certamente ganharia.

"Senhoras e senhores, artistas deste circo", anunciou o mestre espirituosamente, "tenho certeza de que é consenso que todos nos divertimos muito. Agora vamos honrar aqueles que são dignos de honra: é chegado o momento da premiação. A senhora Townsend me pediu para entregar os prêmios. Então, meus caros artistas, o primeiro prêmio é para aquela senhora que exibiu esta noite o traje mais admirável, o mais impressionante..." – neste ponto, a moça barbada suspirou paralisada – "e original" – neste ponto, o fardo de feno aguçou seus ouvidos. "Estou certo de que a decisão acordada será unânime entre todos os presentes. O primeiro prêmio vai para a senhorita Betty Medill, a charmosa encantadora de serpentes egípcia."

Houve uma explosão de aplausos, sobretudo masculinos, e a srta. Betty Medill, corando lindamente por sob a pintura verde-oliva, viu a multidão abrir-se para que ela recebesse seu prêmio. Com um olhar terno, o mestre de picadeiro entregou-lhe um enorme buquê de orquídeas.

"E agora", prosseguiu ele, olhando em volta, "o prêmio seguinte é para o homem de fantasia mais divertida e original. O prêmio será conferido, *hors concours*, a um convidado entre nós, um cavalheiro que visita nossa cidade, mas cuja estada todos esperamos que seja longa e prazerosa... em suma, para o nobre camelo que ao longo da noite nos divertiu a todos com sua expressão de fome e sua dança extraordinária."

Ele interrompeu a fala, e fez-se uma violenta salva de palmas incrementada por vivas, atestando tratar-se de uma escolha bastante popular. O prêmio, uma grande caixa de charutos, foi guardado para o camelo, pois ele era anatomicamente incapaz de recebê-lo em pessoa.

"E agora", continuou o mestre de picadeiro, "concluiremos o cotilhão com o casamento da Alegria com a Loucura! Façam a formação para a grande marcha nupcial, com a bela encantadora de serpentes e o nobre camelo na frente!"

Betty foi saltitando alegremente até a frente e entrelaçou o pescoço do camelo com um braço cor de oliva. Atrás de ambos se formava a procissão de garotinhos e garotinhas, caipiras, senhoras gordas, homens magros, engolidores de espada, selvagens de Bornéu e maravilhas sem braços, muitos já incapazes de deliberar, todos agitadíssimos, felizes e deslumbrados pelas torrentes de luz e cor que os cercavam, e pelos rostos conhecidos, estranhamente irreconhecíveis sob perucas bizarras e pinturas bárbaras. Os voluptuosos acordes da marcha nupcial executados em síncope profana elevaram-se numa mistura delirante de trombones e saxofones – e a marcha começou.

"Você não está feliz, camelo?", perguntou Betty com doçura, enquanto davam os primeiros passos. "Você não está feliz por nos casarmos e você pertencer para sempre à bela encantadora de serpentes?"

As patas dianteiras do camelo empinaram, expressando uma alegria transbordante.

"O ministro! O ministro! Onde está o ministro?", gritaram vozes em meio à celebração. "Quem vai ser o sacerdote?"

A cabeça de Jumbo, um negro obeso, garçom do Tallyho Club por muitos anos, precipitou-se através da porta da despensa entreaberta.

"Ah, Jumbo!"

"Peguem o velho Jumbo. É ele!"

"Vamos lá, Jumbo. Que tal casar um casal pra gente aqui?"

"Opa!"

Jumbo foi capturado por quatro palhaços, destituído de seu avental e conduzido a uma plataforma na frente do salão. Lá seu colarinho foi removido e recolocado ao contrário, com o intuito de se obter maior efeito eclesiástico. A procissão se dividiu em duas fileiras, deixando um corredor para os noivos.

"Ô, meu Senhor", rugiu Jumbo, "e tô aqui com Bíblia e tudo!"

Ele tirou uma Bíblia surrada de um bolso interno.

"Aê! O Jumbo tem uma Bíblia!"

"E navalha também, aposto!"

Juntos, camelo e encantadora de serpentes percorreram o corredor alegre e pararam diante de Jumbo.

"Tá com a autorização, camelo?"

Um homem próximo cutucou Perry.

"Dê a ele um pedaço de papel. Qualquer coisa serve."

Atabalhoado, Perry remexeu o bolso, encontrou um papel dobrado e o passou pela boca do camelo. Segurando-o de cabeça para baixo, Jumbo fingiu examiná-lo seriamente.

"Sim, é uma autorização especial, pra camelos", disse ele. "Prepara o anel, camelo."

Dentro do camelo, Perry virou-se e dirigiu-se à sua pior metade.

"Um anel, pelo amor de Deus!"

"Não tenho", protestou uma voz cansada.

"Claro que tem. Eu vi."

"Eu não vou tirar do dedo."

"Se você não fizer isso, eu mato você."

Ouviu-se um suspiro, e Perry sentiu pousar em sua mão uma enorme peça de cristal barato e latão.

Mais uma vez ele foi cutucado do lado de fora.

"Pronuncie-se!"

"Aceito!", exclamou Perry sem pestanejar.

Ele ouviu as respostas de Betty, pronunciadas num tom jovial e, mesmo em meio à farsa, o som o emocionou.

Em seguida, ele colocou o anel para fora através de um rasgo na pele do camelo e o enfiou no dedo de Betty, murmurando diante de Jumbo as históricas palavras ancestrais. Ele não queria que ninguém jamais soubesse daquilo. Só o que pensava era em escapar sem ter de revelar sua identidade, pois o sr. Tate até então guardara bem seu segredo. Perry, um moço bom... e aquilo tudo poderia macular sua prática ainda inicial do direito.

"Abrace a noiva!"

"Tire a máscara, camelo, beije a noiva!"

Seu coração pôs-se a bater instintivamente forte quando Betty se virou para ele toda risonha e começou a acariciar o focinho de papelão. Ele sentia que seu autocontrole cedia, louco que estava para envolvê-la em seus braços e declarar sua identidade e beijar aqueles lábios que sorriam a nem meio metro de distância – quando de repente morreram as risadas e aplausos em torno do casal, e um silêncio curioso se abateu sobre o salão. Perry e Betty ergueram os olhos surpresos. Jumbo dera vazão a um enorme "Atenção!" com uma voz tão assustada que todos os olhos se voltaram para ele.

"Atenção!", repetiu ele. Ele havia desvirado a autorização de casamento do camelo, que segurara até então de cabeça para baixo, tirou os óculos e a estudava com desassossego.

"Mas que coisa!", exclamou ele e, no silêncio que sobre tudo se impunha, suas palavras foram ouvidas em alto e bom som por todos na sala, "t'aí uma bela permissão pra casar."

"Como?"

"O quê?"

"Diga de novo, Jumbo!"

"Tem certeza?"

Jumbo pediu com um gesto que todos se calassem, e o rosto de Perry incendiou-se quando se deu conta do erro que havia cometido.

"Deus do céu!", repetiu Jumbo. "Isso aqui é uma autorização de verdade, com as partes mencionadas, e uma delas é essa jovem aqui, a senhorita Betty Medill, e a outra é o senhor Perry Pakhurst."

O salão inteiro quedou boquiaberto; em seguida, ouviu-se um murmúrio baixo, enquanto todos os olhos se voltavam para o camelo. Betty afastou-se dele imediatamente. Seus olhos fulvos emitiam faíscas de fúria.

"Seu Camelo, você é o senhor Pakhurst?"

Perry não respondeu. A multidão se achegou para fitá-lo. Ele ficou paralisado de vergonha, com o rosto de papelão ainda faminto e sarcástico enquanto mirava o ameaçador Jumbo.

"É melhor desembuchar!", disse Jumbo lentamente, "que isso é um assunto muito sério. Fora das minhas funções neste clube aqui, acontece que sou pastor na igreja Batista. Tá me parecendo que vocês se casaram."

V

A cena que se seguiu ficará para sempre nos anais do Tallyho Club. Matronas corpulentas desmaiaram, americanos puro-sangue blasfemaram, debutantes de olhos arregalados balbuciavam em rodas relâmpago que se formavam e se dissolviam num piscar de olhos, e um imenso palavrório, virulento, porém estranhamente resignado, zuniu por todo o caos que se instalou no salão de baile. Jovens enervados juravam que matariam Perry ou Jumbo, fosse com as suas próprias mãos ou as de outrem, e o pastor batista viu-se cercado de um bando vociferante de advogados amadores que lhe faziam perguntas e ameaças, exigiam precedentes e a anulação dos votos e, em especial, tentavam arrancar-lhe qualquer indício de premeditação no que havia ocorrido.

A um canto, a sra. Townsend chorava baixinho no ombro do sr. Howard Tate, que tentava em vão consolá-la; um "tudo culpa minha" brotava de um para o outro em borbotões. Do lado de fora, num caminho coberto de neve, o sr. Cyrus Medill, o Homem de Alumínio, era lentamente conduzido de um lado para o outro por dois musculosos gladiadores, dando vazão ora a uma enfiada de palavras impronunciáveis, ora a um desatino de súplicas para que apenas o deixassem se aproximar de Jumbo. Ele se encontrava jocosamente trajado para a ocasião como um selvagem de Bornéu, e mesmo o mais minucioso diretor de palco teria reconhecido a absoluta desnecessidade de qualquer retoque em seu figurino.

Enquanto isso, os dois protagonistas ocupavam o verdadeiro centro do palco. Betty Medill – ou Betty Parkhurst? –, furiosa, aos berros, encontrava-se cercada das moças mais sem graça – as mais bonitas estavam ocupadas demais falando sobre ela para lhe prestar muita atenção – e, do outro lado do salão, estava o camelo, ainda intacto, exceto pela cabeça, que balançava pateticamente sobre seu peito. Perry empenhava-se em se pronunciar em defesa de sua inocência a um círculo de homens zangados e perplexos. A cada poucos minutos, tão logo parecia ter provado seu ponto, alguém mencionava a autorização de casamento, e o inquérito recomeçava.

Uma garota chamada Marion Cloud, considerada a segunda maior beldade de Toledo, mudou o sentido do ocorrido com um comentário que fez a Betty.

"Logo vem a calmaria, querida", disse ela maliciosamente. "Os tribunais vão anular o casamento sem nem mesmo questionar."

Como por milagre, as lágrimas de raiva de Betty secaram, seus lábios se fecharam, e ela olhou fixamente para Marion. Ela então se levantou e, dispersando seus simpatizantes à direita e à esquerda, atravessou o salão a passos firmes rumo a Perry, que a fitava aterrorizado. Mais uma vez, o silêncio tomou conta do salão.

"Você teria a decência de me conceder cinco minutos de conversa – ou isso não constava dos seus planos?"

Ele acenou com a cabeça; sua boca não conseguia pronunciar uma palavra que fosse.

Indicando friamente que ele a deveria seguir, ela saiu em marcha, de queixo erguido, pelo salão, rumou para a privacidade oferecida por uma das saletas de jogos.

Perry começou a caminhar atrás dela, mas deteve-se bruscamente em razão da inoperância das patas traseiras.

"Você fica!", ordenou ele furiosamente.

"Não posso", lamentou uma voz vinda da corcova, "a não ser que você saia primeiro e me deixe sair."

Perry hesitou, mas já incapaz de tolerar os olhos da multidão curiosa, ele murmurou uma ordem, e o camelo marchou com zelo para fora do salão sobre suas quatro patas.

Betty esperava por ele.

"Vamos lá: você viu o que fez?", começou ela furiosa. "Você e essa autorização maluca! Eu disse que você não devia ter ido atrás disso!"

"Meu amor, eu..."

"Não diga 'meu amor' para mim! Guarde isso para sua esposa de verdade, se algum dia você tiver uma, depois dessa vergonha toda. E não tente fingir que não estava tudo combinado. Você bem sabe que deu dinheiro àquele negro, o garçom! Você sabe! Você vai me dizer que não tentou se casar comigo?"

"Não... é claro..."

"Sim, é melhor você admitir! Você tentou, e agora o que vai fazer? Você sabe que meu pai está a ponto de explodir? Você bem que merecia que ele viesse aqui matá-lo. Ele vai pegar a pistola e meter um pouco de chumbo quente em você. Mesmo que esse casa... que essa *coisa* seja anulada, isso vai me marcar pelo resto da vida!"

Perry não resistiu a citar baixinho: "Oh, camelo, você deseja permanecer com essa bela encantadora de serpentes por toda a sua..."

"Cale a boca!", gritou Betty.

Houve uma pausa.

"Betty", disse Perry por fim, "só há uma coisa a fazer para resolver tudo isso de uma vez. É você se casar comigo."

"Casar com você!"

"Sim. É mesmo a única..."

"Cale a boca. Eu não me casaria com você nem que... que..."

"Eu sei... nem que eu fosse o último homem na Terra. Mas se você se preocupa com sua reputação..."

"Reputação!", repetiu ela num grito. "Tá *aí* uma ótima pessoa para pensar agora na minha reputação. Por que você não pensou na minha reputação antes de contratar aquele Jumbo medonho para... para..."

Perry ergueu as mãos em desespero.

"Muito bem. Farei o que você quiser. O bom Deus sabe que eu renuncio a qualquer reivindicação!"

"Mas", disse uma nova voz, "eu não."

Perry e Betty tomaram um susto, e ela levou a mão ao coração.

"Pelo amor de Deus, o que foi isso?"

"Sou eu", disse o dorso do camelo.

Em um minuto, Perry havia arrancado a pele do camelo, e uma coisa molenga, tíbia, coberta de roupas úmidas, a mão agarrando com firmeza uma garrafa quase vazia, parou de modo desafiador diante deles.

"Oh", exclamou Betty, "você trouxe esse sujeito aqui para me assustar! Você me disse que ele era surdo... essa pessoa horrível!"

O dorso do camelo sentou-se em uma cadeira com um suspiro de satisfação.

"Não fal'assim de mim, dona. Eu não sou um sujeito. Sou seu marido."

"Marido!"

O grito irrompeu simultaneamente de Betty e Perry.

"Ora, claro. Sou tão seu marido quanto esse tonto aí. O camarada ali não casou você com a frente do camelo. Ele casou você com o camelo inteiro. Olha, esse anel aí que você tem no dedo é meu!"

Com um gritinho, ela arrancou o anel do dedo e num acesso o jogou no chão.

"O que é isso?", perguntou Perry atordoado.

"Jesus, é melhor você dar um jeito nisso, e um jeito do bom. Se não, vou reivindicar o mesmo que você, de estar casado com ela!"

"Isso é bigamia", disse Perry com um tom grave, voltando-se para Betty.

Então chegou o momento supremo da noite de Perry, a oportunidade final, o tudo ou nada. Ele se levantou e olhou primeiro para Betty, onde ela se sentara, sem forças, horrorizada diante dessa nova complicação, e depois para o indivíduo que oscilava de um lado para o outro na cadeira, hesitante, porém ameaçador.

"Muito bem", disse Perry lentamente para o sujeito, "você pode ficar com ela. Betty, vou provar a você que, no que me diz respeito, nosso casamento foi de todo acidental. Vou renunciar por completo aos meus direitos de tê-la como esposa, e vou dá-la ao... ao homem cujo anel você usa... ao seu legítimo marido."

Houve uma pausa e quatro olhos aterrorizados se voltaram para ele,

"Adeus, Betty", anunciou ele, com a voz embargada. "Não se esqueça de mim em sua felicidade recém-descoberta. Vou partir para o extremo oeste no trem da manhã. Pense em mim com carinho, Betty."

Com um último olhar para ambos, ele se virou, e sua cabeça repousava sobre o peito quando sua mão tocou a maçaneta da porta.

"Adeus", ele repetiu. Girou a maçaneta da porta.

Mas, ao ouvir esse som, as cobras, a seda e os cabelos castanhos precipitaram-se com veemência em sua direção.

"Oh, Perry, não me deixe! Perry, Perry, leve-me com você!"

O rosto e o pescoço dela estavam úmidos de lágrimas. Com bastante tranquilidade, ele a envolveu em seus braços.

"Eu não me importo", ela afirmou. "Eu amo você e, se você puder acordar um ministro a esta hora da noite e fazer tudo de novo, irei para o oeste com você."

Por cima do ombro, a parte da frente do camelo olhava para a parte de trás – e eles trocaram uma espécie de piscadela particularmente sutil e esotérica que apenas camelos de verdade podem entender.

PRIMEIRO DE MAIO

UMA GUERRA FORA TRAVADA E VENCIDA, e a grande cidade dos conquistadores estava repleta de arcos triunfais e fulgurante com as flores que se lançavam, brancas, vermelhas e rosadas. No decorrer dos longos dias da primavera, os soldados em regresso marchavam pela via principal em meio ao rufar de tambores e à alegre e reverberante melodia dos metais que seguiam à frente, enquanto comerciantes e balconistas abandonavam suas discussões e seus cálculos e, apinhados às janelas, voltavam solenemente seus rostos brancos, aglomerados como cachos, para os batalhões que passavam.

Nunca houvera tanto esplendor na grande cidade, pois a vitória na guerra trouxera em sua esteira a abundância, e os comerciantes, com suas famílias, chegavam aos bandos, vindos do sul e do oeste para desfrutar de todos os deliciosos banquetes e testemunhar os requintados espetáculos que se organizavam – e presentear suas mulheres com peles para o inverno seguinte e bolsas de malha dourada e sandálias multicoloridas de seda e prata e cetim cor-de-rosa e tecido de ouro.

Tão vivazes e ruidosas eram a paz e a prosperidade vindouras, assim cantadas pelos escribas e poetas do povo conquistador, que mais e mais gastadores chegavam das províncias para beber do vinho do êxtase, e a velocidade cada vez maior os comerciantes despachavam suas sandálias e bugigangas, até que se elevou um poderoso clamor por mais bugigangas e mais sandálias, a fim de que pudessem oferecer em troca o que lhes era exigido. Alguns deles chegavam a erguer as mãos aos céus em desespero:

"Oh, pobre de mim que não tenho mais sandálias! E, oh, pobre de mim que não tenho mais bugigangas! Que Deus me ajude, pois não sei o que farei!"

Mas ninguém lhes dava ouvidos, pois as turbas estavam ocupadíssimas – dia após dia, os soldados da infantaria palmilhavam com pompa a grande via, e todos os celebravam, porque os jovens que retornavam eram puros e briosos, tinham dentes saudáveis e bochechas rosadas, e as moças da terra eram virgens e formosas de corpo e de rosto.

Assim, durante todo esse período, muitas aventuras tiveram lugar na grande cidade, e, dessas, várias – ou talvez uma – estão aqui registradas.

I

Às nove horas da manhã de primeiro de maio de 1919, um jovem abordou o recepcionista do Biltmore Hotel, perguntando se o sr. Philip Dean estava hospedado ali e, em caso afirmativo, se poderia telefonar para o seu quarto. O inquiridor vestia um terno surrado, porém bem cortado. Era baixo, esguio e de uma beleza obscura; os olhos eram emoldurados, acima, por cílios excepcionalmente longos e, abaixo, pelo semicírculo azulado da saúde frágil, sendo este último efeito intensificado por um estranho brilho que lhe coloria o rosto como uma febre baixa e incessante.

O sr. Dean se hospedava ali. Indicaram ao jovem um telefone ao lado.

Um segundo depois, completou-se a ligação; uma voz sonolenta o saudou de algum lugar andares acima.

"Senhor Dean?" – a voz soava ansiosa – "Phil, aqui quem fala é Gordon... Gordon Sterrett. Estou aqui embaixo. Soube que você estava em Nova York e tive um palpite de que poderia ter se hospedado aqui."

Aos poucos a voz sonolenta ganhava entusiasmo. Nossa! Como é que estavam as coisas, Gordy, meu velho? Sem dúvida nenhuma, era uma surpresa e uma alegria! Gordy faria o favor de subir imediatamente, pelo amor de Deus?

Poucos minutos depois, vestindo um pijama de seda azul, Philip Dean abriu a porta, e os dois jovens se cumprimentaram com uma euforia um tanto encabulada. Ambos tinham 24 anos, haviam se formado em Yale um ano antes da guerra; mas as semelhanças acabavam bruscamente ali. Dean era um rapaz loiro, corado e com músculos salientes sob o tecido leve do pijama. Tudo nele irradiava boa forma e conforto corporal. Sorria com frequência, mostrando dentes grandes e proeminentes.

"Eu ia procurar você!", exclamou ele com entusiasmo. "Estou tirando algumas semanas de folga. Se você se sentar um minutinho, já conversamos. Estava entrando no banho."

Enquanto ele desaparecia no banheiro, os olhos negros do visitante percorreram inquietantemente a sala, parando por um instante em uma grande bolsa de viagem inglesa a um canto e em um jogo de camisas de seda grossa, espalhadas sobre as cadeiras em meio a gravatas belíssimas e meias de lã bem macias.

Gordon levantou-se e, pegando uma das camisas, examinou-a minuciosamente. Era de uma seda muito pesada, amarela, com uma faixa azul-clara – e havia quase uma dúzia delas. Ele olhou involuntariamente para os punhos de sua própria camisa – esfarrapados, fiapentos nas bordas, levemente encardidos. Largando a camisa de seda, ele puxou as mangas do paletó para baixo e enfiou para dentro os punhos da camisa puída até que não se pudesse vê-los. Em seguida, foi ao espelho e olhou para si mesmo com um interesse letárgico e infeliz. Sua gravata, de pretérita glória, estava desbotada e amarrotada – não servia mais para esconder as casas esgarçadas do colarinho. Pensou, sem nenhuma empolgação, que mal haviam se completado três anos desde que tinha recebido alguns votos esparsos nas eleições para o comitê dos formandos unicamente por ser o homem mais bem vestido de sua classe.

Dean saiu do banheiro lustrando o próprio corpo.

"Vi uma velha amiga sua ontem à noite", comentou ele. "Passei por ela no saguão e de jeito nenhum consegui me lembrar do nome dela para salvar meu pescoço. Aquela garota com quem você saía no último ano em New Haven."

Gordon sobressaltou-se.

"Edith Bradin? É dela que você tá falando?"

"Ela mesma. Muito bonita. Ainda faz bem o tipo de bonequinha linda... você sabe: como se ela fosse se desmanchar se você a tocasse."

Ele, com satisfação, examinava no espelho o seu eu reluzente, então abriu um leve sorriso, expondo uma fileira de dentes.

"Ela não deve ter mais de 23 anos, de todo modo", continuou ele.

"Vinte e dois no mês passado", disse Gordon distraidamente.

"O quê? Ah, no mês passado. Bem, eu imagino que ela esteja a fim de ir ao baile da Gamma Psi. Você tá sabendo que vai ter um baile da Gamma Psi de Yale hoje à noite no Delmonico's? Você tem de ir, Gordy. É bem possível que metade de New Haven vá estar lá. Eu posso conseguir um convite pra você."

Metendo-se com alguma relutância numa cueca limpa, Dean acendeu um cigarro e sentou-se perto da janela aberta, examinando as panturrilhas e os joelhos sob o sol da manhã que inundava o quarto.

"Sente-se, Gordy", sugeriu ele, "e conte-me tudo sobre o que você tem feito, o que está fazendo agora e tudo mais."

Gordon desabou de súbito na cama; jazia inerte e sem ânimo. Sua boca, que por hábito permanecia um pouco aberta quando o rosto se encontrava em repouso, assumiu feições desesperadas e patéticas.

"Qual é o problema?", perguntou Dean de uma vez.

"Oh, Deus!"

"Qual o problema?"

"Absolutamente tudo que há sobre a face da Terra", respondeu ele com enorme tristeza. "Estou destruído, Phil. Estou exaurido."

"Não entendi."

"Exaurido." Sua voz falseava.

Dean examinou-o mais atentamente com olhos azuis e inquiridores.

"Sem dúvida, você parece no fundo do poço."

"E estou. Fiz muita merda com tudo." Ele fez uma pausa. "É melhor eu começar do início... se não for aborrecê-lo."

"De jeito nenhum; pode contar."

Havia, no entanto, uma nota de hesitação na voz de Dean. Aquela viagem ao leste fora planejada como férias. Encontrar Gordon Sterrett em apuros o exasperava um pouco.

"Vá em frente", ele repetiu, e então acrescentou meio baixinho, "desembuche."

"Bem", começou Gordon, hesitante, "voltei da França em fevereiro, fui para casa em Harrisburg por um mês e depois vim para Nova York para conseguir um emprego. Consegui... em uma empresa de exportação. Eles me demitiram ontem."

"Demitiram você?"

"Vou chegar lá, Phil. Quero lhe falar com toda a franqueza. Você é praticamente a única pessoa a quem posso recorrer em um assunto como este. Você não vai se importar se eu for completamente franco com você, não é, Phil?"

Dean tensionou-se um pouco mais. Os tapinhas que dava nos joelhos tornaram-se perfunctórios. Ele tinha a vaga sensação de que injustamente lhe incumbiam de uma responsabilidade; ele nem sequer estava certo de que queria ser informado. Embora não chegasse a ser uma surpresa encontrar Gordon Sterrett em alguma dificuldade, havia algo na atual penúria que o repelia e o embrutecia, embora despertasse sua curiosidade.

"Continue."

"É uma garota."

"Hum." Dean decidiu que nada estragaria sua viagem. Se Gordon se mostrava depressivo, então ele veria Gordon o mínimo possível.

"O nome dela é Jewel Hudson", continuou a voz angustiada que vinha da cama. "Ela costumava ser 'pura', eu acho, até cerca de um ano atrás. Vivia aqui em Nova York... menina de família pobre. Os pais já morreram, e ela mora com uma tia velha. Veja, eu a conheci mais ou menos na época em que todos começaram a voltar da França em massa... e tudo o que fiz foi dar as boas-vindas aos recém-chegados e acompanhá-los em festas. Foi assim que tudo começou, Phil, apenas por eu estar feliz em reencontrar todo mundo e vê-los felizes em me ver."

"Você não podia ter sido tão irresponsável."

"Eu sei", Gordon fez uma pausa e então continuou apaticamente. "Hoje estou por minha conta, sabe... e, Phil, eu não suporto ser pobre. E justamente agora aparece essa maldita garota. Ela meio que se apaixonou por mim por um tempo e, embora eu jamais tivesse a intenção de me envolver tanto, tinha a impressão de que sempre topava com ela por toda a parte. Você pode imaginar o tipo de trabalho que eu fazia para aqueles exportadores... claro, sempre tive a intenção de desenhar, fazer ilustrações para revistas... ganha-se muito bem."

"Por que você não tentou? Você precisa dar duro se quer fazer a coisa bem feita", sugeriu Dean com fria formalidade.

"Eu tentei, um pouco, mas preciso me aperfeiçoar. Eu tenho talento, Phil; eu sei desenhar... só que simplesmente não consigo. Preciso ir para a escola de belas artes, mas não tenho dinheiro. Bem, a situação virou uma crise há cerca de uma semana. Exatamente quando nem bem me restava um dólar no bolso, essa garota começou a me importunar. Ela quer dinheiro, e diz que pode me causar problemas se eu não pagar."

"Ela pode?"

"Temo que sim. Essa é uma das razões pelas quais perdi meu emprego... ela ficava ligando para o escritório o tempo todo, e essa foi a gota d'água. Ela deixou uma carta escrita pronta para ser enviada à minha família. É, ela me pegou, de jeito. Eu preciso arranjar algum dinheiro para ela."

Houve uma pausa constrangedora. Gordon permaneceu imóvel, os punhos cerrados ao lado do corpo.

"Estou exaurido", continuou ele, com a voz trêmula. "Talvez eu tenha enlouquecido, Phil. Se eu não soubesse que você estava vindo para o leste, acho que teria me matado. Preciso que você me empreste trezentos dólares."

As mãos de Dean, que até aquele momento tinham se ocupado em acariciar seus tornozelos nus, de repente ficaram quietas – e a curiosa hesitação que pairava entre os dois fez-se tensa e constrangedora.

Depois de um segundo, Gordon continuou:

"Suguei minha família ao ponto de ter vergonha de pedir outro níquel."

Mesmo assim, Dean não respondeu.

"Jewel quer duzentos dólares."

"Mande-a passear."

"Sim, parece fácil, mas ela tem umas cartas que escrevi bêbado para ela. Infelizmente, ela não é o tipo sem determinação que você esperaria."

Dean fez uma expressão de desgosto.

"Não suporto esse tipo de mulher. Você devia ter ficado longe dela."

"Eu sei", admitiu Gordon, cansado.

"Você deve ver as coisas como elas são. Se você não tem dinheiro, precisa trabalhar e manter distância das mulheres."

"É fácil para você dizer", começou Gordon, estreitando os olhos. "Você tem todo o dinheiro do mundo."

"Tenho nada. Minha família controla de perto tudo o que eu gasto. Exatamente porque tenho um pouco de liberdade, preciso ser bastante cuidadoso para não abusar."

Ele suspendeu a persiana e deixou que o sol inundasse ainda mais o quarto.

"Não me coloco acima dos outros, Deus sabe", prosseguiu ele, deliberadamente. "Gosto de curtir – em especial quando estou de férias, como agora, mas você... você está péssimo. Nunca ouvi você falar assim antes. Você parece meio falido... moral e financeiramente."

"As duas coisas não costumam vir juntas?"

Dean balançou a cabeça com impaciência.

"Tem sempre uma aura em torno de você que eu não entendo direito. É uma espécie de mal."

"É o aspecto resultante da preocupação, da pobreza e das noites em claro", retrucou Gordon, em tom um tanto desafiador.

"Não sei."

"Tudo bem, eu admito: estou um lixo. Eu deprimo a mim mesmo. Mas, meu Deus, Phil, uma semana de descanso e um terno novo e algum dinheiro na mão e eu ficaria como... como eu era. Phil, eu levo jeito com desenho, e você sabe disso. Mas quase nunca tenho dinheiro para comprar materiais que prestem... e não consigo desenhar quando estou cansado e desanimado e acabado. Com um pouco de dinheiro na mão, posso tirar algumas semanas de folga e começar."

"Como vou saber que você não vai gastar com outra mulher?"

"Precisa humilhar?", perguntou Gordon calmamente.

"Não estou humilhando você. É horrível vê-lo nesse estado."

"Você vai me emprestar o dinheiro, Phil?"

"Não posso decidir agora. É muito dinheiro e vai ser bem inconveniente para mim."

"Vai ser um inferno pra mim se você não puder... Reconheço que estou choramingando, e que é tudo culpa minha, mas... isso não muda nada."

"Quando você conseguiria devolver?"

A pergunta era animadora. Gordon ponderou. Provavelmente, era mais sensato usar da franqueza.

"Claro, eu poderia prometer ressarcir o dinheiro no mês que vem, mas... é melhor dizer três meses. Assim que eu começar a vender as ilustrações."

"Como vou saber se você vai vender alguma ilustração?"

Aquela nova rispidez na voz de Dean suscitou em Gordon um leve arrepio de dúvida. Seria possível que ele não conseguiria o dinheiro?

"Imaginei que você tivesse um pouco de confiança em mim."

"Eu tinha... mas vendo você nesse estado eu começo a me questionar."

"Você acha que eu viria até você assim se não tivesse esgotado todas as minhas alternativas? Você acha que estou me divertindo aqui?" Ele interrompeu a fala e mordeu o lábio, sentindo que precisava controlar a raiva crescente em sua voz. Afinal, era ele quem pedia o favor.

"Você parece lidar bem com essa situação", disse Dean, irritado. "Você me põe numa posição em que, se não lhe empresto o dinheiro, me torno um canalha... é, é isso mesmo. E saiba que não é nada fácil para mim conseguir trezentos dólares. Minha renda não é grande a ponto de uma quantia dessas não fazer diferença para mim."

Ele se levantou e começou a se vestir, escolhendo as roupas com cuidado. Gordon esticou os braços e apertou as bordas da cama, lutando contra o desejo de gritar. Sua cabeça parecia rachar e zunir, sua boca estava seca e amarga, e ele podia sentir o sangue febril coagular em infinitas contas, como o lento gotejar de um telhado.

Dean amarrou a gravata com apuro, escovou as sobrancelhas e, com altivez, tirou um pedaço de tabaco do meio dos dentes. Em seguida, abasteceu a cigarreira, jogou o maço vazio no cesto de lixo com um gesto reflexivo e guardou a cigarreira no bolso do colete.

"Tomou café da manhã?", perguntou ele.

"Não; já não faço mais essa refeição."

"Bem, vamos sair e comer alguma coisa. Vamos decidir sobre esse dinheiro mais tarde. Estou farto do assunto. Vim para o leste para me divertir. Vamos para o Yale Club", disse ele, mal-humorado, acrescentando com implícita reprovação: "Você desistiu do seu emprego. Você não tem mais nada pra fazer."

"Eu teria muito o que fazer se tivesse um pouco de dinheiro", retrucou Gordon, incisivo.

"Ah, pelo amor de Deus, pare de falar no assunto um pouco! Não tem por que azedar a minha viagem inteira. Aqui, pegue esse dinheiro."

Ele tirou uma nota de cinco dólares da carteira e lançou-a para Gordon, que a dobrou com cuidado e a pôs no bolso. Produziu-se um novo matiz de cor em suas bochechas, um brilho adicional que não era febre. Por um instante, antes de se virarem para sair, os olhos deles se encontraram e, nesse instante, cada qual encontrou no outro algo que o fez baixar de súbito o próprio olhar. Pois naquele instante eles se odiaram repentina e definitivamente.

II

A Quinta Avenida e a rua 44 fervilhavam com a multidão do meio-dia. O sol próspero e feliz brilhava na transitoriedade de seu ouro atravessando o vidro das espessas vitrines das lojas elegantes, lançando luzes sobre malas de malha, bolsas e cordões de pérolas em estojos de veludo cinza; sobre leques de penas berrantes e multicoloridas; sobre as fitas e sedas de vestidos caros; sobre as pinturas cafonas e a requintada mobília de época dos salões montados por decoradores de interiores.

Moças trabalhadoras, em pares, grupos e bandos, passeavam diante dessas vitrines, escolhendo seus futuros *boudoirs* em algum desses cenários exuberantes, que incluiam até mesmo um pijama de seda masculino disposto domesticamente sobre a cama. Elas paravam diante das joalherias e escolhiam anéis de noivado, alianças de casamento e relógios de pulso de platina, e então como que flutuavam para inspecionar os leques de penas e as capas de ópera; fazendo entrementes a digestão dos sanduíches e *sundaes* que haviam ingerido no almoço.

Por toda a multidão havia homens uniformizados, marinheiros da grande frota ancorada no Hudson, soldados com seus distintivos divisionais que iam de Massachusetts à Califórnia, desejando a todo custo serem notados, mas encontrando a grande cidade apinhada de soldados, exceto pelos que estivessem devidamente agrupados em belas formações e sentindo-se desconfortáveis sob o peso de mochila e rifle.

Dean e Gordon vagavam em meio a essa barafunda; o primeiro, interessado, era todo atenção ante o espetáculo da humanidade em suas formas mais frívolas e extravagantes; o último, lembrando-se de quantas vezes havia sido um na multidão, cansado, vez por outra alimentado, sobrecarregado e exaurido. Para

Dean, a luta tinha sentido, jovialidade, alegria; para Gordon, era sombria, desprovida de sentido ou finalidade.

No Yale Club, encontraram um grupo de ex-colegas de turma que saudaram com entusiasmo o visitante Dean. Sentados em um semicírculo de divãs e grandes cadeiras, cada qual estava servido de seu drinque.

Gordon achou a conversa cansativa e interminável. Almoçaram juntos, *en masse*, aquecidos de licor no início da tarde. Todos iam ao baile da Gamma Psi naquela noite – prometia ser a melhor festa desde a guerra.

"Edith Bradin virá", alguém disse a Gordon. "Ela não era uma antiga paixão sua? Vocês dois não são de Harrisburg?"

"Sim." Ele tentou mudar de assunto. "Encontro o irmão dela de vez em quando. É um maluco socialista, coisa do tipo. Publica um jornal ou algo assim aqui em Nova York."

"Diferente da irmã alegrinha dele, não é mesmo?", continuou seu ávido informante. "Bom, ela virá esta noite... com um terceiro-anista chamado Peter Himmel."

Gordon tinha um encontro marcado com Jewel Hudson às oito horas – ele prometera levar-lhe algum dinheiro. De tempos em tempos ele olhava impaciente para o relógio de pulso. Às quatro, para seu alívio, Dean se levantou e anunciou que estava indo para a Rivers Brothers comprar algumas golas e gravatas. Quando deixavam o clube, porém, outro membro do grupo uniu-se a eles, para grande consternação de Gordon. Dean exibia um humor leve, feliz, ligeiramente hilário, na expectativa pela festa da noite. Na Rivers, escolheu uma dúzia de gravatas, cada qual selecionada não sem longas consultas ao outro rapaz. Ele por acaso achava que as gravatas estreitas estavam voltando à moda? E não era uma pena que a Rivers não conseguisse mais colarinhos Welch Margotson? Jamais houve colarinho como o "Covington".

Gordon estava à beira do pânico. Ele queria o dinheiro imediatamente. E agora também se via seduzido por uma vaga ideia de ir ao baile da Gamma Psi. Ele queria ver Edith – Edith, que ele não via desde uma noite romântica no Harrisburg Country Club, pouco antes de ir para a França. O caso havia morrido, afogado na turbulência da guerra e totalmente esquecido no arabesco daqueles três meses, mas uma foto dela, pungente, sofisticada, imersa em sua própria tagarelice inconsequente, ressurgiu inesperadamente, trazendo consigo uma centena de memórias. Era o rosto de Edith, que ele tanto havia apreciado nos tempos da faculdade com uma espécie de admiração desapegada, porém afetuosa. Ele adorava desenhá-la – tinha uma dúzia de esboços dela por todo o dormitório – jogando golfe, nadando – era capaz de desenhar seu perfil atrevido e cativante com os olhos fechados.

Eles deixaram a Rivers às cinco e meia e pararam por um momento na calçada.

"Bem", disse Dean cordialmente, "estou pronto agora. Acho que vou voltar para o hotel e fazer a barba, cortar o cabelo e fazer uma massagem."

"Nada mau", disse o outro rapaz, "acho que me juntarei a você."

Gordon se perguntou se, depois de tudo, ele se daria mal. Com dificuldade, conteve-se para não se virar para o rapaz e rosnar: "Vá embora, maldito!". Em desespero, suspeitou que talvez Dean tivesse contado ao rapaz e o estivesse mantendo consigo para evitar uma discussão sobre o dinheiro.

Eles foram para o Biltmore – um Biltmore efervescente de garotas –, principalmente do oeste e do sul, as debutantes estelares de muitas cidades, reunidas para o baile de uma famosa fraternidade de uma famosa universidade. Mas, para Gordon, eram rostos em um sonho. Ele reuniu forças para um último apelo, estava prestes a dizer não sabia o quê, quando Dean de repente pediu licença ao outro rapaz e, pegando Gordon pelo braço, levou-o para o lado.

"Gordy", disparou ele, "pensei em tudo com cuidado e decidi que não posso lhe emprestar esse dinheiro. Gostaria de lhe fazer essa vontade, mas não acho que devo... isso me quebraria as pernas por um mês."

Observando-o, Gordon, sem esboçar reação, perguntou-se por que nunca havia notado o quanto se projetavam aqueles dentes superiores.

"Eu... sinto muito, Gordon", continuou Dean, "mas é isso."

Ele sacou a carteira e deliberadamente contou setenta e cinco dólares em notas.

"Aqui", disse ele, estendendo-os, "aqui estão setenta e cinco dólares; no total, dá oitenta. Esse é todo o dinheiro que tenho comigo, além do que vou de fato gastar na viagem."

Gordon ergueu automaticamente a mão fechada, abriu-a como se fosse uma pinça que ele segurava e de novo travou-a em torno do dinheiro.

"Vejo você no baile", continuou Dean. "Tenho de ir à barbearia."

"Até mais", disse Gordon em uma voz tensa e rouca.

"Até."

Dean começou a sorrir, mas pareceu mudar de ideia. Acenou bruscamente com a cabeça e desapareceu.

Gordon permaneceu ali, com seu belo rosto contorcido pela angústia, o rolo de notas apertado com firmeza em sua mão. Então, cego por lágrimas repentinas, ele desceu, desajeitado, os degraus do Biltmore.

III

Por volta das nove horas da mesma noite, dois seres humanos saíram de um restaurante barato na Sexta Avenida. Eram feios, mal nutridos, desprovidos de tudo, exceto da forma mais baixa de inteligência, e mesmo sem aquela exuberância animal que por si só dá cor à vida; não fazia muito tempo que haviam sido reduzidos aos vermes que os infestavam, e ao frio e à fome em uma cidade imunda de uma terra estranha; eram pobres, não tinham amigos; lançados à vida como troncos de madeira abandonados à força de uma correnteza, também assim conheceriam a morte. Vestiam o uniforme do Exército dos Estados Unidos e carregavam, nos respectivos ombros, o distintivo de uma divisão convocada em Nova Jersey, que desembarcara havia três dias antes.

O mais alto dos dois chamava-se Carrol Key, nome indicativo de que, em suas veias, embora enormemente diluído por gerações de degeneração, corria sangue de algum potencial. Mas era possível fixamente para o rosto comprido e sem queixo, para os olhos opacos e lacrimejantes e para as salientes maçãs do rosto e mesmo assim não encontrar sugestão de valor ancestral ou engenhosidade nativa.

Seu companheiro era moreno e tinha pernas tortas, olhos de rato e um nariz adunco bastante acidentado. Ostentava um ar desafiador que não enganava ninguém, mera arma de proteção emprestada do mundo de rosnados e gritos, blefes e ameaça física no qual sempre vivera. Seu nome era Gus Rose.

Saindo do café, os dois soldados caminharam pela Sexta Avenida, empunhando palitos de dente com grande entusiasmo e total indiferença.

"Pra onde?", perguntou Rose, num tom em que se subentendia que não lhe causaria surpresa caso Key sugerisse as ilhas do mar do Sul.

"O que você acha de a gente conseguir um pouco de bebida?" A Lei Seca ainda não existia. O veneno na sugestão provinha da lei que proibia a venda de bebidas alcoólicas a soldados.

Rose concordou em gênero, número e grau.

"Tive uma ideia", continuou Key, depois de pensar um pouco. "Tenho um irmão em algum lugar."

"Em Nova York?"

"É. É um velhote." Ele quis dizer que era um irmão mais velho. "É garçom em um moquifo."

"Talvez ele consiga um pouco pra gente."

"Eu diria que sim!"

"Pode crer, vou arrancar esse maldito uniforme amanhã. E que eu nunca mais vista esse troço. Vou ver se arrumo umas roupas normais."

"Talvez não seja o meu caso."

Como todo o dinheiro que tinham juntos não chegava a cinco dólares, a intenção enunciada podia ser em grande parte compreendida como um agradável jogo de palavras, inofensivo e consolador. Pareceu agradar a ambos, entretanto, pois eles o reforçaram com risadinhas e a menção a personagens de importância nos círculos bíblicos, aplicando às frases ênfases adicionais tais como "Meu chapa...", "saca?..." e "é bem isso!", repetidas muitas vezes.

Todo o pábulo mental desses dois homens consistia em um desagravo anasalado, estendido ao longo de anos, sobre a instituição que os conservasse vivos – exército, negócios ou albergue –, e dirigido a seu superior imediato nessa instituição. Até aquela precisa manhã, a instituição em questão havia sido o "governo", e o superior imediato era o "capitão" – e de ambos eles haviam se afastado, de forma que se encontravam então no estado indefinidamente desconfortável que precede a adoção de um novo vínculo de servidão. Sentiam-se inseguros, ressentidos e um tanto incomodados. Isso eles dissimulavam fingindo um elaborado alívio por estarem fora do exército e assegurando um ao outro que a disciplina militar nunca mais se deveria impor à tenacidade e ao amor à liberdade que constituíam suas motivações. A bem da verdade, porém, em uma prisão eles estariam mais à vontade do que naquela liberdade recém-descoberta e inquestionável.

De repente, Key apertou o passo. Rose, erguendo os olhos e seguindo o olhar do companheiro, deparou-se com uma multidão que se aglomerava cinquenta metros adiante. Key deu uma risadinha e começou a correr na direção da multidão; Rose acompanhou o amigo, e suas pernas curtas e tortas se apressaram ao lado das longas e desajeitadas passadas do companheiro.

Ao tocar as franjas da multidão, eles de pronto se tornaram parte indistinguível dela. Era composta de civis em andrajos, um tanto prejudicados pela bebida, e de soldados representando muitas divisões e muitos estágios de sobriedade, todos agrupados em torno de um judeuzinho de longas suíças negras que gesticulava, agitando os braços e produzindo uma arenga agitada, porém sucinta. Key e Rose, tendo aberto caminho de modo a se aproximar do parquete, examinaram-no com aguda suspeita, enquanto as palavras dele lhes penetravam a ordinária consciência.

"... O que vocês conseguiram com a guerra?", clamava ele com fúria. "Olhem ao redor, olhem ao redor! Vocês são ricos? Ganharam muito dinheiro?... não; se vocês ainda estão vivos e sobre as duas pernas, é porque tiveram sorte... e tiveram sorte se voltaram e ainda descobriram que suas esposas não foram parar na cama de um sujeito com dinheiro suficiente para comprar uma dispensa da guerra! É isso o que acontece quando vocês têm sorte! Quem ganhou alguma coisa com isso, exceto J. P. Morgan e John D. Rockerfeller?"

Nesse ponto, o discurso do judeuzinho foi interrompido pelo impacto hostil de um punho na ponta de seu queixo barbudo, e ele tombou para trás, estatelado na calçada.

"Maldito bolchevique!", exclamou o enorme soldado-ferreiro que desferira o golpe. Fez-se uma onda de aprovação, e a multidão fechou ainda mais o cerco.

O judeu cambaleou e caiu de pronto diante de meia dúzia de punhos cerrados. Dessa vez, ele ficou abaixado, respirando pesadamente, o sangue escorrendo do lábio cortado por dentro e por fora.

Houve um tumulto de vozes e, em um minuto, Rose e Key se viram fluindo com a multidão desordenada pela Sexta Avenida sob a liderança de um civil magro com um chapéu desleixado e o soldado musculoso que havia encerrado o discurso de forma sumária. A multidão tinha crescido maravilhosamente, assumindo proporções formidáveis, e um fluxo de cidadãos não tão comprometidos a seguiu ao longo das calçadas, dando seu apoio moral com hurras intermitentes.

"Para onde estamos indo?", gritou Key para o homem mais próximo.

O vizinho apontou para o líder de chapéu desleixado.

"Aquele cara sabe onde tem um monte deles! Eles vão ver uma coisa!"

"Eles vão ver uma coisa!", Key sussurrou com imenso prazer para Rose, que com muito entusiasmo repetiu a frase para um homem do outro lado.

A coluna seguiu Sexta Avenida abaixo, acompanhada aqui e ali por soldados e fuzileiros navais e ocasionalmente por civis, que apareciam com o infalível clamor de que acabavam de sair do exército, como se desse modo apresentassem um cartão de admissão a um recém-formado clube de diversões e desportos.

Em seguida, o cortejo fez um desvio por uma rua transversal e dirigiu-se à Quinta Avenida, e o que se escutava em diferentes pontos da multidão era que eles estavam à caminho de uma reunião de socialistas no Tolliver Hall.

"Onde fica?"

A pergunta chegou à vanguarda, e dali, no instante seguinte, a resposta flutuou de volta. O Tolliver Hall ficava na rua 10. Havia outro bando de soldados que tinha ido pro pau ali e estava lá agora!

Mas a rua 10 soava distante e, ao ouvirem a resposta, elevou-se um lamento geral, e uns vinte soldados caíram fora. Entre eles estavam Rose e Key, que diminuíram o passo a uma velocidade de passeio e deixaram os mais entusiasmados seguirem.

"Prefiro tomar umas", pronunciou-se Key enquanto paravam e seguiam para a calçada em meio a gritos de "buraco de granada!" e "arregões!".

"Seu irmão trabalha por aqui?", perguntou Rose, assumindo o ar de quem passa do superficial ao eterno.

"Deve ser por aqui", respondeu Key. "Eu não o vejo faz uns anos. Eu tava na Pensilvânia na época. Talvez ele também não trabalhe à noite, é possível. É bem por aqui. Ele pode nos conseguir um pouco se ele já não tiver saído."

Eles encontraram o lugar depois de circular pela rua por alguns minutos – um restaurante com toalhas de mesa vagabundas entre a Quinta Avenida e a Broadway. Ali, Key entrou para perguntar por seu irmão George, enquanto Rose esperava na calçada.

"Ele não trabalha mais aqui", disse Key ao reaparecer. "Ele é garçom no Delmonico's."

Rose meneou sabiamente, como se esperasse pela resposta. Não deve causar surpresa o fato de um homem mudar de emprego vez por outra. Certa feita, ele conhecera um garçom – seguiu-se daí uma longa conversa enquanto esperavam para saber se os garçons ganhavam mais com o salário de fato do que com gorjetas; concluiu-se que isso dependia da qualidade social da lanchonete onde o garçom trabalhava. Depois de oferecerem um ao outro descrições vívidas de milionários jantando no Delmonico's e jogando fora notas de cinquenta dólares após a primeira garrafa de champanhe, ambos pensaram em se tornar garçons. Na verdade, a sobrancelha estreita de Key dissimiluva a decisão de pedir ao irmão que lhe arrumasse um emprego.

"Um garçom pode beber todo o champanhe que esses caras deixam nas garrafas", sugeriu Rose com algum gosto. Então acrescentou, como reflexão tardia: "Meu chapa...".

Quando chegaram ao Delmonico's, eram dez e meia, e eles ficaram surpresos ao ver uma torrente de táxis parando à porta, um após o outro, dos quais saltavam maravilhosas moças sem chapéu, cada qual acompanhada de um jovem cavalheiro em trajes de noite.

"É uma festa", disse Rose com algum espanto. "Talvez seja melhor não entrarmos. Ele vai estar ocupado."

"Não, não vai. Tá tudo bem."

Depois de alguma hesitação, entraram pelo que lhes pareceu ser a porta menos sofisticada e, com a indecisão recaindo de imediato sobre si, pararam nervosos a um canto discreto da pequena sala de jantar em que se encontravam. Eles tiraram as boinas e as seguraram nas mãos. Uma nuvem de escuridão recaiu sobre eles, e ambos se assustaram quando uma porta em uma extremidade da sala se abriu e dela surgiu um garçom que como um cometa atravessou o espaço e desapareceu por outra porta do outro lado.

Houve três dessas passagens relâmpago antes que os dois homens reunissem sapiência e astúcia suficientes para chamar um garçom. Este se virou, voltou-se com desconfiança para eles e então se aproximou a passos suaves e felinos, como se estivesse preparado para se virar e fugir a qualquer instante.

"Ei", começou Key, "me diz uma coisa: você conhece meu irmão? Ele é garçom aqui."

"O nome dele é Key", pontuou Rose.

Sim, o garçom conhecia Key. Segundo ele, o irmão estava no andar de cima. Estava acontecendo um grande baile no salão principal. Ele avisaria.

Dez minutos depois, George Key apareceu e cumprimentou o irmão com bastante cautela – seu primeiro e mais natural pensamento era que lhe pediriam dinheiro.

George era alto e tinha pouco queixo, mas a semelhança com o irmão terminava aí. Não havia apatia nos olhos do garçom, estes eram alertas e cintilantes, e seus modos, suaves, educados e ligeiramente altivos. Trocaram formalidades. George era casado e tinha três filhos. Ele se mostrava bastante interessado, mas não impressionado com a notícia de que Carrol estivera com o exército na Europa. Aquilo deixou Carrol um tanto frustrado.

"George", disse o irmão mais novo, depois de vencidos os protocolos, "queremos um pouco de bebida, e eles não vão nos vender. Você pode conseguir um pouco pra gente?"

George pensou.

"Claro. Talvez eu consiga. Mas pode demorar meia hora."

"Tudo bem", concordou Carrol, "vamos esperar."

Com isso, Rose iniciou o movimento de se sentar em uma cadeira ali perto, mas teve a atenção chamada pelo indignado George, ordenando que ele permanecesse de pé.

"Ei! Presta atenção! Não pode sentar aqui! Esta sala está preparada para um banquete à meia noite."

"Eu não ia quebrar nada", respondeu Rose, ressentido. "E eu passei pelo mata-piolho."

"Tudo bem", disse George severamente, "se o chefe dos garçons me visse aqui conversando, ele viria pra cima de mim."

"Eita."

A menção ao garçom-chefe fez as vezes de explicação completa para os soldados, que tamborilaram nervosamente em suas boinas transatlânticas e esperaram por uma sugestão.

"Escutem", disse George, depois de uma pausa, "tenho um lugar onde vocês podem esperar; só venham aqui comigo."

Eles o seguiram pela porta distante, através de uma despensa deserta e subindo por uma série de escadarias escuras e sinuosas, emergindo por fim em uma pequena sala, mobiliada, basicamente, por pilhas de baldes e montes de escovões e iluminada por uma única lâmpada difusa. Lá ele os deixou, após solicitar dois dólares e concordar em voltar dentro de meia hora com um litro de uísque.

"George está ganhando dinheiro, aposto", disse Key com tristeza, enquanto se sentava em um balde de cabeça para baixo. "Aposto que ele está ganhando cinquenta dólares por semana."

Rose meneou e escarrou.

"Sim, com certeza."

"Do que ele disse que era o baile?"

"Um bando de universitários. Yale College."

Ambos menearam solenemente um para o outro.

"Imagina por onde anda aquele bando de soldado agora?"

"Nem ideia. Sei que pra mim era muito tempo andando."

"Pra mim também. Você nunca me vê andando tanto assim."

Dez minutos depois, a inquietação os dominou.

"Eu vou ver o que tá acontecendo ali", disse Rose, dando um passo cauteloso em direção à outra porta.

Era uma porta giratória, forrada de baeta verde, e ele a empurrou com cuidado.

"Tá vendo alguma coisa?"

Como resposta, Rose prendeu a respiração bruscamente.

"Caramba! Olha, vou te dizer uma coisa... bebida, tem!"

"Bebida?"

Key se juntou a Rose na porta e olhou com avidez.

"Vou te dizer que isso é que é bebida", disse ele, após um momento de contemplação concentrada.

Era um espaço quase duas vezes maior do que aquele em que esperavam – e nela foi preparado um radiante festim de destilados. Havia paredes amplas com garrafas alternadas dispostas ao longo de duas mesas cobertas de toalhas brancas; uísque, gim, conhaque, vermute francês e italiano e suco de laranja, sem falar na variedade de sifões e duas grandes poncheiras vazias. O espaço ainda estava desabitado.

"É pra esse baile que tá começando", sussurrou Key; "tá escutando os violinos? Olha, meu chapa, eu não ia achar nada ruim um baile."

Fecharam a porta suavemente e trocaram um olhar de compreensão mútua. Não havia necessidade de descobrir o que um e outro pensavam.

"Como eu queria passar a mão em uma ou duas dessas garrafas", disse Rose enfaticamente.

"Eu também."

"Você acha que iam ver a gente?"

Key ponderou.

"Talvez seja melhor esperar até que comecem a beber. Eles acabaram de preparar tudo, e sabem quantas são."

Eles discutiram esse ponto por vários minutos. Rose ansiava por botar as mãos em uma garrafa e enfiá-la sob o casaco antes que alguém entrasse na sala. Key, no entanto, defendeu a cautela. Ele temia meter o irmão em confusão. Se esperassem até que algumas das garrafas fossem abertas, não haveria problema em pegar uma, e todo mundo pensaria que era coisa de um dos caras da faculdade.

Enquanto ainda debatiam, George Key atravessou ligeiro a sala e, mal grunhindo para os dois, desapareceu pela porta de baeta verde. Um minuto depois, eles escutaram várias rolhas estourando e, em seguida, o som de gelo quebrando e do líquido derramado. George estava misturando o ponche.

Os soldados trocaram sorrisos de contentamento.

"Rapaz...", sussurrou Rose.

George reapareceu.

"Fiquem abaixados, rapazes", disse ele rapidamente. "Trago o que vocês querem em cinco minutos."

Ele desapareceu pela porta por onde havia entrado.

Assim que seus passos retrocederam escada abaixo, Rose, após cauteloso exame, disparou para a sala da alegria e reapareceu com uma garrafa na mão.

"Olha aqui, olha aqui!", comemorou ele, enquanto se sentavam radiantes digerindo sua primeira bebida. "Vamos esperar ele subir, e então a gente pergunta se não pode só ficar aqui e beber o que ele trouxer pra gente, entende? A gente diz pra ele que não temos onde beber. Então a gente pode entrar ali de mansinho sempre que não tiver ninguém naquela sala e afanar uma garrafa debaixo do casaco. Aí a gente garante o bastante pra alguns dias... hein?"

"Claro", concordou Rose com entusiasmo. "Rapaz... e se calhar a gente pode vender pros soldados na hora que a gente quiser."

Por um instante eles se calaram, permitindo que a ideia fosse ganhando tons rosados. Então Key estendeu a mão e soltou a gola da farda.

"Tá quente aqui, não?"

Rose concordou sinceramente.

"Tá um inferno!"

IV

Ela ainda estava muito irritada quando deixou o camarim e atravessou a sala intermediária, repleta de boas maneiras, que dava para o salão – zangada não tanto com o fato concreto, que, afinal, não era mais do que a normalidade de sua existência social, mas porque aquilo se dera naquela noite em particular. Ela não havia discutido consigo mesma. Tinha agido com aquela mistura correta de dignidade e compaixão reticente que ela sempre empregava. Ela o havia esnobado com desenvoltura e eficiência.

Acontecera quando o táxi deles estava deixando o Biltmore – não tinha andado meio quarteirão. Ele levantara o braço direito, um tanto sem jeito – ela estava do seu lado direito –, e tentava acomodá-lo confortavelmente ao redor da capa de ópera, carmesim e com acabamento em pele, que ela usava. Por si só, esse ato tinha sido um erro. Era inevitavelmente mais gracioso, para um rapaz que tentasse beijar uma moça sem estar certo de sua aquiescência, valer-se, antes, do braço mais distante. Evitava aquele movimento constrangedor de erguer o braço mais próximo.

O segundo *faux pas* foi inconsciente. Ela havia passado a tarde no cabeleireiro; a ideia de qualquer calamidade acometer-lhe o cabelo era sumariamente odiosa – ainda assim, ao empreender sua tentativa infeliz, a ponta do cotovelo de Peter roçou-o levemente. Esse fora o segundo deslize. Dois eram o bastante.

Ele começara a murmurar. Ao primeiro murmúrio, ela concluíra consigo mesma que ele não passava de um garoto da faculdade... Edith tinha 22 anos e, de alguma forma, aquele baile, o primeiro do tipo desde que a guerra começara, naquele momento lhe lembrava, com o ritmo acelerado de suas associações, de outra coisa – de outro baile e de outro homem, um homem por quem seus sentimentos tinham sido pouco mais do que um luar adolescente de olhos tristes. Edith Bradin estava se apaixonando por suas lembranças de Gordon Sterrett.

Ela deixou, então, o camarim do Delmonico's e ficou por um segundo na porta, olhando, por cima dos ombros de um vestido preto à sua frente, em direção aos grupos de rapazes de Yale que esvoaçavam como majestáticas mariposas negras pelo topo da escadaria. Da sala de onde ela saíra, vinha a fragrância pesada deixada pela passagem de um lado para outro de muitas jovens belezas perfumadas – fragrâncias deliciosas e a poeira delicada carregada de memória de talcos perfumados. Esse eflúvio adquiriu os fortes matizes da fumaça de cigarro no corredor e então desceu sensualmente as escadas e impregnou o salão onde o baile Gamma Psi seria realizado. Era um odor que ela conhecia bem, excitante, estimulante, inquietamente doce – o odor de um baile da moda.

Ela pensou em sua própria aparência. Seus braços e ombros nus estavam cobertos de um pó que conferia um alvor cremoso a sua pele. Ela sabia que parecia muito macia e brilharia como leite contra as costas negras que a delineariam naquela noite. O trabalho do cabeleireiro estava impecável; amontoada, amassada e pregueada, sua massa avermelhada de cabelo formava um altivo portento de curvas móveis. Seus lábios estavam belamente cobertos de um carmim profundo; as íris de seus olhos tinham um azul delicado e frágil, como olhos de porcelana. Ela se erguia como um objeto de máxima beleza, infinitamente delicada e perfeita, fluindo em uma linha uniforme das sinuosidades do penteado a seus dois pequeninos pés.

Ela pensou nas coisas que diria na naquela noite, durante aquela grande festa, já levemente prestigiada pelos sons de risadas agudas e contidas, das sandálias pelo chão e movimentos de casais subindo e descendo as escadas. Ela usaria a língua que já falava havia muitos anos – seu papel –, composta das expressões atuais, traços de estilo jornalístico e gíria universitária amarrados em um todo essencial, despreocupado, ligeiramente provocativo, delicadamente sentimental. Ela reduziu um pouco o passo quando ouviu uma garota sentada na escada perto dela dizer: "Você não sabe a metade, querida!".

E, quando ela sorriu, sua raiva se derreteu por um instante e, fechando os olhos, ela inspirou uma boa lufada de prazer. Deixou cair os braços pelos flancos até que tocaram levemente o elegante invólucro que a envolvia e sugeria seus contornos. Ela nunca sentira tão intensamente sua própria suavidade, nem se afeiçoara tanto da brancura de seus braços.

"Tenho um cheiro doce", disse para si mesma com simplicidade. E então lhe veio outro pensamento: "Sou feita para o amor".

Ela gostou do som da frase e a repetiu mentalmente; então uma inevitável contingência acometeu seu recente turbilhão de sonhos com Gordon. A guinada de sua imaginação, que, dois meses antes, havia lhe revelado um desejo inadvertido de reencontrá-lo, parecia agora ter conduzido a esta dança, neste momento.

Apesar de toda sua elegante beleza, Edith era uma garota séria e de pensamento comedido. Havia nela um traço daquela mesma vontade de ponderar, daquele idealismo adolescente que transformara seu irmão em um socialista pacifista. Henry Bradin deixara Cornell, onde fora instrutor de economia, e se instalara em Nova York para despejar nas colunas de um semanário radical as mais recentes curas para males incuráveis.

Edith, com menos ingenuidade, teria se contentado em curar Gordon Sterrett. Havia em Gordon uma fraqueza da qual ela desejava cuidar; havia nele um desamparo contra o qual ela queria protegê-lo. E queria alguém que ela conhecesse havia muito tempo, alguém que a amasse havia muito tempo. Estava um pouco cansada; queria se casar. Com base em uma pilha de cartas, meia dúzia de fotos e igual volume de lembranças, e nesse cansaço, ela decidiu que da próxima vez que visse Gordon as coisas entre eles iriam mudar. Ela diria algo que os transformaria. Havia aquela noite. Aquela era sua noite. Todas as noites eram suas noites.

Naquele instante, seus pensamentos foram interrompidos por um solene estudante de graduação, de olhar magoado e ar de tensa formalidade, que se apresentou diante dela e lhe fez uma reverência exageradamente rebaixada. Era o homem com quem ela viera, Peter Himmel. Era alto e bem-humorado, com óculos de casco de tartaruga e um ar de atraente comicidade. De repente, ela passou a não gostar dele – provavelmente porque ele não conseguira beijá-la.

"Bem", começou ela, "você ainda está furioso comigo?"

"De forma alguma."

Ela deu um passo à frente e segurou seu braço.

"Sinto muito", disse ela suavemente. "Não sei por que me recolhi daquele jeito. Estou de mau humor esta noite por algum motivo estranho. Me desculpe."

"Tudo bem", ele murmurou, "não precisa se desculpar."

Ele se sentiu desconfortável e constrangido. Estava ela espezinhando seu recente fracasso?

"Foi um erro", prosseguiu ela no mesmo tom premeditadamente gentil. "Nós dois esqueceremos isso."

Por esta última frase ele a odiou.

Poucos minutos depois, afastaram-se na pista enquanto cerca de dez membros agitados e exauridos da orquestra de jazz especialmente contratada informaram ao salão lotado que "se eu e um saxofone ficarmos sozinhos, ora!, dois já são companhia!".

Um homem de bigode apresentou-se.

"Olá", começou ele em tom de reprovação. "Você não se lembra de mim."

"Não me ocorre o seu nome...", disse ela despreocupadamente, "mas sei que o conheço."

"Nós nos conhecemos em..." Sua voz desapareceu desconsoladamente quando um homem de cabelo muito claro aproximou-se. Edith murmurou ao desconhecido um convencional "Obrigada, muito obrigada... apareça mais tarde".

O homem muito loiro insistiu em apertar-lhe as mãos com euforia. Ela o classificou como um dos numerosos Jims que ela conhecia – o sobrenome era um mistério. Ela até chegou a lembrar que ele tinha um ritmo de dança bastante próprio e descobriu, quando começaram a dançar, que estava certa.

"Você vai ficar mais tempo aqui?", sussurrou ele confidencialmente.

Ela se inclinou para trás e olhou para ele.

"Algumas semanas."

"Onde você está hospedada?"

"Biltmore. Apareça algum dia."

"Falo sério", assegurou-lhe ele. "Vou fazer isso. Vamos tomar um chá."

"Eu também falo... de verdade."

Um homem moreno surgiu com transbordante formalidade.

"Você não se lembra de mim, lembra?", disse ele com a expressão séria.

"Talvez sim. Seu nome é Harlan."

"Nã-ão. Barlow."

"Bem, de todo modo, eu sabia que havia duas sílabas. Você é o garoto que tocou *ukulele* tão bem na festa na casa de Howard Marshall."

"Eu tocava... mas não fui eu..."

Um homem de dentes proeminentes apareceu. Edith inalou uma leve brisa de uísque. Gostava de homens que tivessem bebido; eles ficavam muito mais alegres, atentos e elogiosos – a conversa fluía com muito mais facilidade.

"Meu nome é Dean, Philip Dean", disse ele alegremente. "Você não se lembra de mim, eu sei, mas você costumava ir a New Haven com um cara com quem morei no meu último ano, Gordon Sterrett."

Edith ergueu os olhos de imediato.

"Sim, eu fui com ele duas vezes... para o Pump and Slipper e o baile de formatura."

"Sim, é claro", disse Dean, despreocupado. "Ele está aqui esta noite. Eu o vi agora mesmo."

Edith foi acometida de um sobressalto, embora estivesse certa de que ele estaria ali.

"Ora, não, eu não..."

Um homem gordo com cabelo vermelho havia se apresentado.

"Olá, Edith", começou ele.

"Ora... olá..."

Ela escorregou, tropeçou de leve.

"Sinto muito, querido", murmurou ela mecanicamente.

Ela acabara de avistar Gordon – um Gordon muito branco e apático, encostado na lateral de uma porta, fumando e olhando para o salão de baile. Edith percebeu que o rosto dele estava magro e abatido – que a mão que ele levava aos lábios com o cigarro estava trêmula. Eles estavam dançando bem perto dele agora.

"Convidam tanta gente a mais que...", o baixinho estava dizendo.

"Ei, Gordon", chamou Edith por cima do ombro do parceiro. Seu coração batia descontroladamente.

Os grandes olhos escuros dele fitavam os dela. Ele deu um passo em sua direção. Seu parceiro a afastou – ela ouviu a voz dele balindo...

"... mas metade desses sujeitos desacompanhados toma umas e vai embora logo, aí..." Então, ouviu-se uma voz baixa ao lado dela.

"Posso, por favor?"

De repente, ela estava dançando com Gordon; um dos braços dele a envolvia; ela sentiu-o pressioná-la espasmodicamente; sentiu os dedos abertos dele em suas costas. A mão dela que segurava o lencinho de renda estava apertada na dele.

"Gordon...", começou ela sem fôlego.

"Olá, Edith."

Ela escorregou de novo – foi lançada para a frente, enquanto recuperava o equilíbrio, até que seu rosto tocou o tecido preto de seu *smoking*. Ela o amava – sabia que o amava –, então, por um minuto, fez-se silêncio, enquanto uma estranha sensação de inquietação a invadia. Alguma coisa estava errada.

De repente, seu coração se contraiu e se revirou ao perceber o que era. Ele se encontrava em um estado lastimável, um pouco bêbado e miseravelmente cansado.

"Oh...", exclamou ela involuntariamente.

Os olhos dele fitavam os dela abaixo. De repente, ela notou que eles estavam avermelhados e em uma incontrolável agitação.

"Gordon", murmurou ela, "vamos nos sentar; eu quero me sentar."

Eles estavam praticamente no meio da pista, mas ela tinha visto dois homens avançando em sua direção de lados opostos da sala, então ela parou, agarrou a mão inerte de Gordon e o conduziu, abrindo caminho em meio à multidão, a boca bem fechada, o rosto um pouco pálido sob o ruge, os olhos trêmulos de lágrimas.

Ela encontrou um lugar no alto da escada acarpetada e macia, e ele sentou-se pesadamente ao lado dela.

"Bem", disse ele, olhando para ela sem firmeza, "eu certamente estou feliz em ver você, Edith."

Ela olhou para ele sem responder. Não era possível medir o efeito daquilo sobre ela. Durante anos, ela havia visto homens embriagados nos mais diversos estágios, de tios a motoristas, e as reações que ela tivera haviam variado da diversão ao nojo – mas ali, pela primeira vez, ela havia sido acometida de um novo sentimento, um horror inexprimível.

"Gordon", disse ela em tom de acusação e quase chorando, "você parece o diabo."

Ele acenou com a cabeça, "Eu tive problemas, Edith."

"Problemas?"

"Todos os tipos de problemas. Não diga nada para a minha família, mas estou arruinado. Estou uma bagunça, Edith."

Seu lábio inferior estava cedendo. Ele mal parecia vê-la.

"Você não pode... você não pode...", ela hesitou. "Você não pode me contar, Gordon? Você sabe que estou sempre interessada em você."

Ela mordeu o lábio – tinha a intenção de dizer algo mais forte, mas percebeu por fim que não era capaz de trazer à tona o que queria.

Gordon balançou a cabeça bem devagar. "Não posso. Você é uma boa mulher. Eu não posso contar essa história a uma boa mulher."

"Bobagem", disse ela, desafiadora. "Eu considero um absoluto insulto chamar alguém de boa mulher dessa forma. É uma afronta. Você andou bebendo, Gordon."

"Obrigado", disse ele, inclinando a cabeça gravemente. "Obrigado por me avisar."

"Por que você bebe?"

"Porque estou no fundo do poço."

"Você acha que beber vai resolver alguma coisa?"

"O que você está fazendo... tentando me corrigir?"

"Não; estou tentando ajudá-lo, Gordon. Você não pode me contar?"

"Estou em uma confusão terrível. A melhor coisa que você pode fazer é fingir que não me conhece."

"Por que, Gordon?"

"Me desculpe por ter puxado você para dançar... é injusto com você. Você é uma mulher pura... e tudo mais. Espere, vou chamar outra pessoa para dançar com você."

Desajeitado, ele se pôs de pé, mas ela estendeu a mão e puxou-o para baixo ao lado dela na escada.

"Aqui, Gordon. Você é ridículo. Está me magoando. Está agindo como um... como um louco..."

"Sim, é verdade. Estou um pouco maluco. Tem algo de errado comigo, Edith. Perdi alguma coisa. Não importa."

"Importa, sim. Conte-me."

"Só isso. Sempre fui esquisito... um pouco diferente dos outros garotos. Na faculdade tudo bem, mas agora tudo mal. As coisas estão se arrebentando dentro de mim há quatro meses, como os ganchinhos de um vestido, e não vai demorar muito para que tudo se arrebente de vez. Estou ficando maluco aos poucos."

Ele voltou os olhos diretamente para ela e começou a rir, e ela se encolheu para longe dele.

"O *que* está acontecendo?"

"Sou eu", ele repetiu. "Estou ficando maluco. Este lugar todo é como um sonho para mim... este Delmonico's..."

Enquanto ele falava, ela percebeu que ele mudara completamente. Não havia nele nenhuma leveza, nenhuma alegria, nenhum despojamento – estava dominado por uma imensa letargia e desânimo. A repulsa se apoderou dela, seguida de um leve e surpreendente tédio. A voz dele parecia sair de um grande vazio.

"Edith", disse ele, "eu achava que era inteligente, talentoso, um artista. Agora sei que não sou nada. Não sei desenhar, Edith. Não sei por que estou lhe contando isso."

Ela balançou a cabeça distraidamente.

"Não sei desenhar, não sei fazer nada. Não tenho um gato para puxar pelo rabo." Ele riu – uma risada alta e amarga. "Eu me tornei um merda de um mendigo, um sanguessuga de meus amigos. Sou um fracasso! Sou pobre como só o diabo."

O desgosto dela só aumentava. Ela mal balançou a cabeça dessa vez, esperando a primeira deixa possível para se levantar.

De repente, os olhos de Gordon encheram-se de lágrimas.

"Edith", disse ele, voltando-se para ela com o que era evidentemente um grande esforço de autocontrole, "não consigo lhe dizer o que significa para mim saber que sobrou uma pessoa interessada em mim."

Ele estendeu a mão e deu um tapinha na mão dela, e ela involuntariamente a recolheu.

"É muito bom da sua parte", ele concluiu.

"Bem", disse ela lentamente, olhando-o nos olhos, "qualquer um sempre fica feliz em ver um velho amigo... mas sinto muito por vê-lo assim, Gordon."

Fez-se uma pausa enquanto eles se entreolharam, e o ardor momentâneo nos olhos dele vacilou. Ela se levantou e ficou olhando para ele, o rosto totalmente inexpressivo.

"Vamos dançar?", sugeriu ela, friamente.

"O amor é frágil", pensava ela, "mas talvez se salvem os cacos, as coisas que pairaram nos lábios, as coisas que talvez tenham sido ditas. As novas palavras de amor, as ternuras aprendidas, são guardadas para o amor seguinte."

V

Peter Himmel, acompanhante da adorável Edith, não estava acostumado a ser esnobado; desprezado, sentiu-se magoado, constrangido e envergonhado de si mesmo. Por um período de dois meses, mantivera com Edith Bradin uma relação alicerçada sobre os serviços de entrega rápida dos correios, e entendendo que a única desculpa e explicação para a postagem de uma carta em entrega rápida é seu valor em correspondência sentimental, acreditava estar bastante certo do chão em que pisava. Ele era incapaz de encontrar qualquer motivo que a tivesse levado a tomar uma atitude tal em relação a um simples beijo.

Por isso, quando foi substituído pelo homem de bigode, partiu em direção ao salão e, formulando uma frase, repetiu-a várias vezes para si mesmo. Consideravelmente editada, ela dizia o seguinte:

"Bem, se alguma vez houve uma garota que alimentou as esperanças de um homem e depois o dispensou, essa garota era ela – e ela não tem do que reclamar se eu sair e tomar um porre."

Assim, ele atravessou a sala de jantar e chegou a uma salinha adjacente, que ele havia encontrado no início da noite. Era uma sala onde havia várias tigelas grandes de ponche, ladeadas por muitas garrafas. Ele se sentou ao lado da mesa onde estavam as garrafas.

No segundo drinque, o tédio, a repulsa, a monotonia do tempo, a opacidade dos acontecimentos mergulharam num difuso pano de fundo diante do qual se formavam teias de aranha cintilantes. As coisas se reconciliaram consigo mesmas, repousavam tranquilas em suas prateleiras; os aborrecimentos do dia assumiram formação em fileiras e, em resposta a uma breve ordem de Peter para que partissem em retirada, saíram em marcha e desapareceram. E com o afastamento da preocupação manifestou-se o simbolismo brilhante que permeava tudo. Edith tornou-se uma garota instável e insignificante, que não merecia suas preocupações; no máximo, seu escárnio. Ela se encaixava, como uma figura de seu próprio sonho, no mundo superficial que se formava ao redor dele. Ele próprio se tornou em certa medida um símbolo, uma espécie de folião contido, o sonhador brilhante em ação.

Então o clima simbólico se dissipou e, enquanto ele bebia o terceiro drinque, sua imaginação deu lugar ao cálido fulgor, e ele se sentiu como se boiasse de costas em águas calmas. Foi nesse momento que ele se deu conta de que uma porta de baeta verde perto de si estava entreaberta, algo como cinco centímetros, e que, pela fresta, um par de olhos o observava atentamente.

"Hum", murmurou Peter tranquilamente.

A porta verde se fechou... e então abriu novamente – nem dois centímetros desta vez.

"Buuuu", murmurou Peter.

A porta permaneceu inerte, e então ele percebeu uma série de sussurros tensos e intermitentes.

"Um cara."

"O que ele tá fazendo?"

"Tá sentado olhando."

"É melhor ele dar o fora. Precisamos peg'outra garrafinha."

Peter ouvia tudo enquanto as palavras eram filtradas por sua consciência.

"Olha só", pensou ele, "que interessante."

Ele estava animado. Estava radiante. Sentia-se como se houvesse tropeçado por acaso em um mistério. Afetando um elaborado descaso, levantou-se e ficou esperando próximo à mesa – e então, virando-se de supetão, abriu a porta verde, precipitando assim a queda do soldado Rose diante de si.

Peter fez uma reverência.

"Como vai?", perguntou ele.

O soldado Rose pôs um pé ligeiramente à frente do outro; estava pronto para morrer, correr ou ceder.

"Como vai?", repetiu Peter educadamente.

"Beleza."

"Posso lhe oferecer uma bebida?"

O soldado Rose o mirou de cima a baixo, suspeitando de um possível sarcasmo.

"Bora", respondeu ele finalmente.

Peter indicou uma cadeira.

"Sente-se."

"Tem um amigo", disse Rose, "tem um amigo meu lá dentro." Ele apontava para a porta verde.

"Por favor, que se junte a nós."

Peter avançou, abriu a porta e deu as boas-vindas ao soldado Key, que estava bastante desconfiado, inseguro e envergonhado. Encontraram-se umas cadeiras, e os três se sentaram ao redor da tigela de ponche. Peter deu a cada um deles um drinque e ofereceu um cigarro de sua cigarreira. Eles os aceitaram com alguma timidez.

"Pois bem", prosseguiu Peter à vontade, "posso perguntar por que vocês, cavalheiros, preferem desfrutar de suas horas de lazer em uma sala mobiliada, sobretudo, pelo que posso ver, com esfregões? E numa era em que a raça humana progrediu ao estágio de fabricar 17 mil cadeiras todos os dias, exceto aos domingos..." – ele fez uma pausa. Rose e Key lançaram-lhe um olhar vazio. "Vocês vão me dizer", continuou Peter, "por que escolheram descansar sobre itens destinados ao transporte de água de um lugar para outro?"

Nesse momento, Rose contribuiu com um grunhido para a conversa.

"E, por último", concluiu Peter, "vocês vão me contar por que, estando em um prédio lindamente decorado com enormes candelabros, vocês preferem passar essas horas noturnas sob uma lampadinha anêmica dessas?"

Rose olhou para Key; Key olhou para Rose. Eles riram; riram com gosto; descobriram que era impossível olhar um para o outro sem rir. Mas eles não estavam rindo com o homem – estavam rindo dele. Para eles, um homem que falava daquela forma era ou um bêbado alucinado ou um doido alucinado.

"Vocês são homens de Yale, eu presumo", disse Peter, terminando seu drinque e preparando outro.

Eles riram de novo.

"Na-ão."

"Sério? Pensei que talvez vocês fossem membros daquele grupo de gente humilde da universidade, a Sheffield Scientific School."

"Na-ão."

"Hum. É uma pena. Sem dúvida, vocês são homens de Harvard, ávidos por preservar suas identidades neste... neste paraíso de azul violeta, como dizem os jornais."

"Na-ão", disse Key com desdém, "a gente só tava esperando alguém."

"Ah!", exclamou Peter, levantando-se e enchendo seus copos. "Muito interessante. Um encontro com a faxineira, é isso?"

Ambos negaram indignados.

"Está tudo bem", garantiu Peter, "não precisam se desculpar. Uma faxineira não é diferente de qualquer outra mulher no mundo. Kipling diz: 'Sob a pele, Judy O'Grady não difere de qualquer senhora'."

"Com certeza", disse Key, piscando vulgarmente para Rose.

"Meu caso, por exemplo", prosseguiu Peter, terminando o copo. "Eu tenho uma garota aqui que é mimada. A garota mais mimada que eu já vi. Recusou-se a me beijar; sem qualquer razão. Levou-me deliberadamente a pensar 'é claro que quero beijar você' e então, pau! Me jogou fora! Aonde vai parar essa geração mais jovem?"

"Diria que isso é azar...", disse Key, "um baita de um azar."

"Rapaz...", disse Rose.

"Outro?", ofereceu Peter.

"A gente acabou meio que entrando numa briga, sabe?", disse Key após uma pausa, "mas era muito longe."

"Uma briga? – Opa!", exclamou Peter, sentando-se instavelmente. "Acabem com eles! Eu tava no exército."

"Era um sujeito bolchevique."

"Opa!", repetiu Peter, entusiasmado. "Foi o que eu disse! Matem o bolchevique! Matem todos!"

"A gente é americano", reforçou Rose, sugerindo um patriotismo vigoroso e desafiador.

"Claro", disse Peter. "A maior raça do mundo! Somos todos americanos! Tomem outra."

Tomaram outra rodada.

VI

A uma hora chegou ao Delmonico's uma orquestra especial, especial até mesmo para um dia de orquestras especiais, e seus membros, sentando-se arrogantemente ao redor do piano, assumiram o fardo de fornecer música para a Fraternidade Gamma Psi. Eram chefiados por um famoso flautista, famoso em toda a cidade de Nova York por sua façanha de ficar de cabeça para baixo e sacudir os ombros enquanto tocava na flauta o jazz do momento. Durante a apresentação da banda, as luzes eram apagadas, exceto pelo holofote que incidia sobre o flautista e outro feixe de luz que lançava sombras bruxuleantes e cores caleidoscópicas sobre a massa de dançarinos.

Edith havia dançado a ponto de chegar àquele estado de cansaço e sonho, comum apenas a debutantes, um estado equivalente ao brilho de uma alma nobre depois de vários e longos drinques. Sua mente flutuava vagamente no seio de sua própria música; seus parceiros mudavam com a irrealidade de fantasmas sob o crepúsculo cambiante e colorido, e em seu presente estado comatoso parecia que haviam se passado dias desde o início da dança. Ela falara sobre vários assuntos fragmentários com vários homens. Fora beijada uma vez e cortejada outras seis. No início da noite, diferentes graduandos tinham dançado com ela, mas agora, como todas as garotas mais populares ali, ela tinha sua própria *entourage* – ou seja, meia dúzia de rapazes galantes a haviam escolhido ou alternavam os encantos de Edith com os de alguma outra beldade eleita; e eles a tomavam dos braços uns dos outros em uma sucessão constante e inevitável.

Várias vezes ela vira Gordon. Ele estava sentado na escada havia muito tempo, com a cabeça apoiada sobre a palma da mão, os olhos opacos fitos em uma centelha infinita no chão à sua frente, aparentando estar muito deprimido e bastante bêbado – mas em todas as ocasiões Edith se apressara em desviar o olhar. Tudo isso parecia ter ocorrido havia muito tempo; sua mente estava passiva, seus sentidos, embalados por um oblívio semelhante ao transe; apenas seus pés dançavam, e sua voz se demorava em sentimentais e nebulosos flertes.

Mas Edith não estava cansada a ponto de ser incapaz de expressar indignação moral quando Peter Himmel veio a seu encontro, numa alegre e sublime bebedeira. Ela engasgou e olhou para ele.

"Ora, *Peter*!"

"Tô meio alto, Edith."

"Ora, Peter, você é um *doce*, ah se é! Você não acha que é uma maneira bem idiota de agir... quando você está comigo?"

Em seguida, ela lançou-lhe um sorriso amarelo, pois ele a fitava com os olhos transbordando um sentimentalismo astuto, modulados por um sorriso bobo e espasmódico.

"Minha cara Edith", começou ele seriamente, "você sabe que eu a amo, não é?"

"Você fala bem."

"Eu amo você... e só queria que você me beijasse", acrescentou ele, tristonho.

Constrangimento e vergonha haviam desaparecido. El'era a menina mais linda do mund'inteiro. Olhos d'um brilho que só as estrelas do céu. Ele quis "pedir pe-eeerdão... primeiro", pela pretensão de tentar beijá-la; depois, pela bebedeira – mas ele estava triste demais porque tinh'impressão de qu'ela estava brava com ele...

O homem gordo e corado os interrompeu e, olhando para Edith, sorriu radiante.

"Você trouxe alguém?", perguntou-lhe ela.

Não. O homem gordo e corado estava desacompanhado.

"Bem, você se importaria... seria um incômodo muito grande para você... me levar para casa esta noite?" (essa extrema deferência era uma afetação encantadora da parte de Edith – ela sabia que o homem gordo e corado se derreteria imediatamente em um paroxismo de deleite).

"Incomodar? Mas, Deus do céu, eu ficaria feliz demais! Você sabe que eu ficaria demasiado feliz."

"*Muito, muito* obrigada! Você é um doce."

Ela olhou para o relógio de pulso. Era uma e meia. E, quando disse "uma e meia" para si mesma, ocorreu-lhe vagamente que seu irmão lhe contara no almoço que trabalhava no escritório de seu jornal todas as noites até depois de uma e meia.

Edith voltou-se repentinamente para seu parceiro de momento.

"Em que rua fica o Delmonico's, afinal?"

"Rua? Oh, na Quinta Avenida, claro."

"Quero dizer, com que rua?"

"Ah, certo... com a 45."

Aquilo confirmava o que ela pensara. O escritório de Henry devia ficar do outro lado da rua, dobrando a esquina, e de pronto ocorreu-lhe que ela poderia dar uma passadinha ali um instante e fazer-lhe uma surpresa, flutuar devagarinho até ele, uma maravilha cintilante em sua nova capa de ópera carmesim, e "alegrá-lo". Era exatamente o tipo de coisa que Edith gostava de fazer – algo divertido e nada convencional. A ideia alcançou sua imaginação e dela não se soltou – após um instante de hesitação, ela estava decidida.

"Meu cabelo está prestes a despencar", disse ela em tom afável ao parceiro; "você se importaria se eu fosse arrumá-lo?"

"De forma alguma."

"Você é um doce."

Poucos minutos depois, envolta em sua capa de ópera carmesim, ela desceu correndo uma escada lateral, as bochechas reluzindo de emoção por sua pequena aventura. Ela correu por um casal parado na porta – um garçom sem queixo e uma jovem exageradamente maquilada que engatavam uma discussão acalorada – e, abrindo a porta de saída, adentrou na quente noite de maio.

VII

A jovem exageradamente maquilada a acompanhou com um olhar breve e amargo; em seguida, voltou-se novamente para o garçom desprovido de queixo e retomou a briga.

"É melhor você subir e dizer a ele que estou aqui", disse ela em tom de desafio, "ou eu mesma irei."

"Não, você não vai!", disse George bruscamente.

A garota abriu um sorriu irônico.

"Ah, não vou? É isso mesmo? Bem, deixe-me dizer uma coisa: conheço muitos universitários, assim como muitos deles me conhecem e ficariam absolutamente lisonjeados em me levar a uma festa – mais gente do que você jamais viu em toda a sua vida."

"É possível que sim..."

"É possível que sim", ela interrompeu. "Ah, não tem problema nenhum quando se trata de alguém como aquela que acabou de sair – só Deus sabe para onde *ela* foi. Essas aí que são convidadas podem ir e vir quando bem quiserem, sem nenhum problema... mas, quando sou eu quem quer ver um amigo, mandam um garçom chinfrim, fatiador de presunto e entregador de rosquinhas, para ficar plantado aqui na porta e não me deixar entrar."

"Olha só", disse o irmão mais velho de Key, indignado, "não posso perder meu emprego. Talvez esse cara de quem você tá falando não queira ver você."

"Ah, ô, se quer."

"De todo modo, como eu poderia encontrá-lo no meio dessa multidão toda?"

"Ah, mas ele vai estar lá", afirmou ela com segurança. "Basta perguntar a qualquer um sobre Gordon Sterrett e eles vão apontá-lo para você. Todos eles se conhecem, esses caras."

Ela pegou uma bolsa rendada e, sacando uma nota de um dólar, entregou-a a George.

"Aqui", disse ela, "tá aqui um agradinho. Você o encontra e lhe dá o meu recado. Diga a ele que, se ele não descer em cinco minutos, subo eu."

George balançou a cabeça com pessimismo, ponderou sobre o assunto por um instante, vacilou desmesuradamente e então se retirou.

Em um intervalo de tempo menor que o estipulado, Gordon desceu as escadas. Estava mais bêbado do que no início da noite e de uma maneira diferente. A bebida parecia ter se enrijecido nele como uma crosta. Estava pesado e cambaleante – e quase incoerente quando falava.

"Ei, Jewel", disse ele de forma arrastada. "Vim imediatamente, Jewel, não consegui o dinheiro, fiz tudo que pude..."

"Que dinheiro o quê?", retrucou ela. "Faz dez dias que você não aparece. O que tá acontecendo?"

Ele balançou a cabeça muito lentamente.

"Na pior, Jewel. Doente."

"Por que você não me disse que estava doente? Não me importo tanto assim com o dinheiro. Só comecei a importuná-lo com isso depois que você parou de me dar bola."

Ele balançou a cabeça novamente.

"Não é isso. De forma alguma."

"É sim! Você sumiu por três semanas, a menos que você tenha se embebedado tanto nesses dias que nem sabe o que estava fazendo."

"Doente, Jewel", repetiu ele, voltando os olhos para ela com ar cansado.

"Você parece muito bem para vir aqui se divertir com seus amigos da sociedade. Você me disse que me encontraria para jantar e que teria algum dinheiro para mim. Você nem se preocupou em me ligar."

"Eu não consegui nada."

"Não acabei de dizer que estou me lixando pro dinheiro? Eu queria ver *você*, Gordon, mas você parece preferir outra pessoa."

Ele negou essa afirmação amargamente.

"Então pegue seu chapéu e venha", sugeriu ela.

Gordon hesitou – e de repente ela se aproximou e passou os braços em volta do pescoço dele.

"Venha comigo, Gordon", disse ela, quase sussurrando. "Iremos ao Devineries' e tomaremos uma bebida, e então podemos subir para o meu apartamento."

"Eu não posso, Jewel..."

"Você pode", disse ela com força.

"Estou doente feito um cachorro!"

"Bom, então você não deveria ficar aqui e dançar."

Com um olhar ao redor, em que se misturavam alívio e desespero, Gordon hesitou; de repente, ela o puxou para si e o beijou com lábios macios e carnudos.

"Tá bem", disse ele com dificuldade. "Vou pegar meu chapéu."

VIII

Quando Edith saiu para o azul límpido da noite de maio, ela encontrou a avenida deserta. As vitrines das grandes lojas estavam escuras; sobre suas portas puxaram-se enormes máscaras de ferro até que se tornassem meras tumbas sombrias do esplendor do fim do dia. Olhando para na direção da rua 42, ela viu o borrão das luzes sobrepostas dos restaurantes que permaneciam abertos a noite toda. Na Sexta Avenida, nos trilhos do elevado, uma labareda de fogo rugia através da rua entre os cintilantes paralelos de luz da estação e corria pela vívida escuridão. Mas na rua 44 estava tudo muito quieto.

Abrigando-se sob a capa, Edith disparou pela avenida. Ela estremeceu, aflita, quando um homem solitário passou por ela e disse em um sussurro rouco – "Vai pra onde, moça?". Ela se lembrou de uma noite em sua infância, quando, de pijamas, dera uma volta no quarteirão e um cachorro uivou para ela de um quintal enorme e misterioso.

Em um minuto ela chegara ao seu destino, um prédio de dois andares, razoavelmente antigo, na 44, em cuja janela superior ela notava, aliviada, um fiapo de luz. Estava claro o suficiente do lado de fora para que ela distinguisse o que estava escrito na placa ao lado da janela – *The New York Trumpet*. Ela entrou em um corredor escuro e depois de um segundo viu as escadas no canto.

Em seguida, estava em uma sala comprida e de pé-direito baixo, mobiliada com muitas escrivaninhas e em cujas paredes estavam expostas por todos os lados diversas páginas de números já publicados. Havia apenas dois ocupantes. Eles estavam sentados em extremos diferentes da sala, cada qual usando uma viseira verde e escrevendo sob a luz de uma mesa solitária.

Por um instante ela hesitou à porta, e então os dois homens se viraram ao mesmo tempo e ela reconheceu o irmão.

"Ora, Edith!" Ele se levantou rapidamente e se aproximou, surpreso, removendo a viseira. Era alto, magro e moreno, tinha olhos escuros e penetrantes sob os óculos muito grossos. Eram olhos distantes, que pareciam sempre fixar-se logo acima da cabeça da pessoa com quem ele estava falando.

Ele pousou as mãos nos braços dela e beijou sua bochecha.

"O que houve?", perguntou ele com algum susto.

"Eu estava num baile aqui do lado, no Delmonico's, Henry", disse ela, empolgada, "e não pude resistir – corri para cá para lhe fazer uma visita."

"Que bom que você veio." Súbito, seu estado de alerta deu lugar a uma costumeira dispersão. "Você não deveria andar sozinha à noite, não é mesmo?"

O homem do outro lado da sala os observava com curiosidade, mas ao aceno de Henry ele se aproximou. Era gordinho, tinha olhos pequenos e cintilantes e, depois de tirar o colarinho e a gravata, parecia um fazendeiro do Meio-Oeste numa tarde de domingo.

"Esta é minha irmã", disse Henry. "Ela veio me visitar."

"Como vai?" disse o gordinho, sorrindo. "Meu nome é Bartholomew, senhorita Bradin. Eu sei que seu irmão já se esqueceu disso há muito tempo."

Edith riu educadamente.

"Bem", ele continuou, "não temos aqui um ambiente exatamente requintado, não?"

Edith olhou ao redor da sala.

"Parece ótimo", respondeu ela. "Onde vocês guardam as bombas?"

"As bombas?" repetiu Bartholomew, rindo. "Essa é boa! As bombas! Escutou essa, Henry? Ela quer saber onde guardamos as bombas. Ai, ai, esse é boa mesmo."

Edith se deslocou até uma mesa vazia e sentou-se sobre ela, balançando os pés na beirada. Seu irmão sentou-se ao lado dela.

"Bem", perguntou ele, um tanto alheio, "e como está a viagem a Nova York desta vez?"

"Ah, nada mal. Ficarei no Biltmore com os Hoyts até domingo. Você não pode vir almoçar amanhã?"

Ele pensou por um instante.

"Estou bastante ocupado", objetou ele, "e detesto mulheres em bando."

"Muito bem", concordou ela, sem se dar por vencida. "Vamos, só eu e você, almoçar juntos."

"Ótimo."

"Apareço ao meio-dia."

Bartholomew estava claramente ansioso para voltar à sua mesa, mas ao que parece considerou que seria rude partir sem fazer alguma graça de despedida.

"Bom...", começou ele sem jeito.

Ambos se viraram para ele.

"Bom, a gente... a gente se divertiu um bocado no início da noite."

Os dois homens trocaram olhares.

"Você precisava ter chegado antes", prosseguiu Bartholomew, um tanto confiante. "Aconteceu um espetáculo digno do nome."

"Sério?"

"Uma serenata", disse Henry. "Muitos soldados se reuniram ali na rua e começaram a gritar contra a placa."

"Por quê?", ela quis saber.

"Era só uma turba", disse Henry, distraidamente. "Todas as turbas precisam gritar. Eles não tinham ninguém com muita iniciativa na liderança, caso contrário teriam arrombado o prédio e quebrado as coisas."

"Sim", confirmou Bartholomew, voltando-se de novo para Edith, "você precisava ter visto."

Ele pareceu considerar esse comentário uma deixa boa o bastante para a retirada, pois se virou de súbito e voltou para sua mesa.

"Os soldados estão todos contra os socialistas?", perguntou Edith a seu irmão. "Quero dizer, eles atacam vocês com violência e tal?"

Henry recolocou a viseira e bocejou.

"A raça humana já caminhou um bocado", disse ele um tanto casualmente, "mas a maioria de nós é muito conservadora; os soldados não sabem o que querem, ou o que odeiam, ou do que gostam. Estão acostumados a agir em grandes contingentes e parecem sentir necessidade de fazer manifestações. Calhou de ser uma manifestação contra a gente. Houve tumultos por toda a cidade esta noite. É Primeiro de Maio, sabe?"

"A confusão aqui foi muito séria?"

"Nãããão", respondeu ele com desdém. "Uns 25 sujeitos pararam aí na frente, na rua, lá pelas nove horas, e começaram a uivar para a lua."

"Nossa!", e então ela mudou de assunto. "Você está feliz em me ver, Henry?"

"Mas é claro."

"Você não parece estar."

"Mas estou."

"Suponho que você pense que sou uma... uma fresca. Uma espécie de borboleta, do pior tipo."

Henry deu risada.

"Nada disso. Divirta-se enquanto é jovem. Por quê? Pareço o jovem pedante e sério?"

"Não...", ela fez uma pausa, "mas de alguma forma comecei a pensar em como a festa em que estou é absolutamente distinta... de todos os seus propósitos. Parece meio... incongruente, não?... eu estar em uma festa como essa, e você aqui trabalhando por uma coisa que tornará esse tipo de festa impossível, se suas ideias funcionarem."

"Não penso dessa forma. Você é jovem e está agindo exatamente como foi criada para agir. Vá em frente... está se divertindo?"

Seus pés, que estavam num balanço despreocupado, pararam, e sua voz baixou um tom.

"Eu queria tanto que você... que você voltasse para Harrisburg e se divertisse. Você tem certeza de que está no caminho certo..."

"Você está usando meias lindas", ele a interrompeu. "Que diabos é isso nelas?"

"São bordados", respondeu ela, olhando para baixo. "Não são legais?" Ela ergueu as saias e descobriu as panturrilhas finas embainhadas em seda. "Ou você desaprova meias de seda?"

Ele parecia ligeiramente exasperado, e voltou os olhos escuros na direção dela de forma penetrante.

"Você está querendo me pintar como se eu estivesse criticando você de alguma forma, Edith?"

"Nada disso..."

Ela fez uma pausa. Bartholomew tinha soltado um grunhido. Ela se virou e viu que ele havia deixado sua mesa e estava parado na janela.

"O que foi?", perguntou Henry.

"Gente", disse Bartholomew, e depois de um instante: "Um verdadeiro mar de gente. Estão vindo da Sexta Avenida."

"Gente?"

O gordinho pressionou o nariz contra o vidro.

"Soldados, por Deus!", disse ele com bastante ênfase. "Eu bem que imaginei que eles fossem voltar."

Edith levantou-se num salto e, correndo até a janela, juntou-se a Bartholomew.

"São muitos!", exclamou ela, agitada. "Venha cá, Henry!"

Henry arrumou a viseira, mas se conservou sentado.

"Não seria melhor apagar as luzes?", sugeriu Bartholomew.

"Não. Eles vão embora em um minuto."

"Não vão", disse Edith, espiando pela janela. "Nem sequer passa pela cabeça deles ir embora. Tem mais deles vindo. Olhem ali... tem uma multidão dobrando a esquina da Sexta Avenida."

Pelo lume amarelo e as sombras azuis produzidos pela luz dos postes, ela viu que a calçada estava abarrotada de homens. Estavam em sua maioria uniformizados, alguns sóbrios, outros histericamente bêbados, mas todos esparramavam uma incoerência de clamores e gritos.

Henry se levantou e, indo até a janela, exibiu-se como uma longa silhueta contra as luzes do escritório. De imediato, a gritaria se elevou em um berro constante e uma fuzilaria sonora de pequenos obuses, pedaços de tabaco prensado, maços de cigarros e até moedas que se chocavam contra a janela. Os ruídos da sonora agitação começaram a subir as escadas à medida que as portas camarão se abriam.

"Eles estão subindo!", gritou Bartholomew.

Edith voltou-se assustada para Henry.

"Eles estão subindo, Henry."

Dos degraus de baixo, no corredor inferior, seus gritos haviam se tornado então bastante audíveis.

"Malditos socialistas!"

"Pró-germânicos! Adoradores de chucrute!"

"Segundo andar, sala da frente! Vamos lá!"

"Vamos pegar vocês, seus filhos da..."

Os cinco minutos seguintes se passaram como em um sonho. Edith percebeu que o clamor desabou repentinamente sobre os três como uma pancada de chuva, que pelas escadas subia um trovão de muitas pernas, que Henry a agarrou pelo braço e a empurrou para os fundos do escritório. Então a porta se abriu, e uma multidão de homens se lançou para dentro aos empurrões – não os líderes, mas simplesmente aqueles que por acaso estavam na frente.

"Olha aí o comuna..."

"Acordado até tarde, hein?"

"Você e sua gatinha... malditos!"

Ela percebeu que dois soldados muito bêbados foram forçados para a dianteira, onde cambalearam como bobos – um deles era baixinho e moreno, o outro, alto e de rosto afilado.

Henry deu um passo à frente e ergueu a mão.

"Amigos!", pediu ele.

O clamor se desvaneceu em uma quietude momentânea, pontuada por murmúrios.

"Amigos!", repetiu ele, seus olhos distantes fixando-se acima das cabeças da multidão, "vocês não vão causar problemas a ninguém além de vocês mesmo ao fazer essa invasão. Parecemos homens ricos? Parecemos alemães? Peço-lhes com toda a justiça..."

"Bico fechado!"

"É melhor calar a boca!"

"Diga, quem é sua amiguinha, meu chapa?"

Um homem à paisana que vasculhava uma mesa de repente ergueu um jornal.

"Aqui está!", clamou ele. "Eles queriam que os alemães vencessem a guerra!"

Uma nova torrente vinda da escada chegou aos tropicões, e de repente a sala estava cheia de homens, todos fechando o cerco em torno do empalidecido grupo nos fundos. Edith viu que o soldado alto de rosto afilado ainda estava na frente. O baixinho e moreno havia desaparecido.

Ela recuou ligeiramente e ficou perto da janela aberta, por onde passou uma lufada do ar fresco da noite.

Então se fez um tumulto na sala. Ela percebeu que os soldados se aproximavam como um vagalhão que se ergue, viu de relance o gordinho balançar uma cadeira acima da cabeça – de pronto as luzes se apagaram, e ela sentiu o empurrão de corpos quentes envoltos em tecido áspero, e seus ouvidos se encheram de gritos, um tropel e respiração pesada.

Um vulto saído do nada passou por ela, cambaleou, foi empurrado para o lado e de repente desapareceu, sem qualquer resistência, janela abaixo, com um grito fragmentário e assustado que morreu num *staccato* no seio do clamor. Pela luz fraca que emanava do prédio logo atrás, Edith teve a rápida impressão de que era o soldado alto de rosto afilado.

Ela sentiu a raiva crescer dentro de si de forma impressionante. Agitava os braços violentamente, avançando às cegas rumo ao grosso da confusão. Ouvia grunhidos, palavrões, o impacto abafado dos punhos.

"Henry!", chamava ela freneticamente, "Henry!"

Então, minutos depois, ela sentiu de súbito que havia outros vultos na sala. Escutou uma voz profunda, agressiva, autoritária; viu raios de luz amarelos atravessando a refrega aqui e ali. Os gritos ficaram mais dispersos. A briga se avolumou e então cessou.

De repente, as luzes estavam acesas, e a sala, repleta de policiais, que batiam a torto e a direito. A voz profunda explodiu:

"Atenção! Atenção! Atenção!"

E então:

"Todos quietos e para fora! Atenção!"

A sala pareceu se esvaziar como uma pia. Um policial preso num canto se desvencilhou de seu antagonista, um soldado, e o pôs pra correr com um empurrão em direção à porta. A voz profunda continuou. Edith percebeu então que era a voz de um capitão da polícia, com pescoço de touro, parado perto da porta.

"Vejam só! Não é possível! Um de seus próprios soldados se jogou pela janela dos fundos e se matou!"

"Henry!", chamava Edith, "Henry!"

Ela bateu violentamente com os punhos nas costas do homem à sua frente; forçou passagem entre outros dois; lutou, gritou e abriu caminho até chegar a uma figura muito pálida, sentada no chão e recostada em uma mesa.

"Henry", gritou ela apaixonadamente, "o que houve? O que houve? Feriram você?"

Ele estava de olhos fechados. Em seguida, gemeu e, abrindo-os, respondeu com dor:

"Quebraram a minha perna. Meu Deus, esses idiotas!"

"Atenção!", chamava o capitão da polícia. "Atenção! Atenção!"

IX

O "Childs' da rua 59", às oito horas de qualquer manhã, difere de seus irmãos não só pela largura de suas mesas de mármore ou pelo grau de polimento das frigideiras. Ali você encontrará uma multidão de gente pobre, com sono nos cantos dos olhos, se esforçando para manter o foco na comida diante de si e assim não ver a pobreza dos demais. Mas o "Childs' da rua 59", quatro horas antes, é bastante distinto de qualquer outro Childs', seja ele o de Portland, no Oregon, ou o de Portland, no Maine. Dentro dos limites de suas paredes pálidas, porém limpas, encontra-se uma mistura barulhenta de coristas, universitários, debutantes, playboys, *filles de joie* – uma mistura não pouco representativa do que há de mais descontraído entre a Broadway e a Quinta Avenida.

No início da manhã de 2 de maio, o restaurante estava excepcionalmente cheio. Sobre as mesas com tampo de mármore estavam curvados os rostos entusiasmados das melindrosas, essas mocinhas moderninhas cujos pais são proprietários de vilarejos particulares. Comiam, com gosto e vontade, bolos de trigo sarraceno e ovos mexidos, um feito que lhes seria totalmente impossível de repetir no mesmo lugar quatro horas depois.

Quase todo mundo vinha do baile da Gamma Psi no Delmonico's, exceto por várias coristas de um teatro de revista da meia-noite, que se sentaram a uma mesa lateral, arrependidas por não terem tirado um pouco mais de maquiagem após o espetáculo. Aqui e ali, uma ou outra figura, tal qual um camundongo, exausta e desesperadamente deslocada, observava aquelas borboletas com uma curiosidade despojada e intrigada. Mas elas eram exceção. Era a manhã seguinte ao Primeiro de Maio, e a celebração ainda estava no ar.

Gus Rose, sóbrio, porém um pouco atordoado, merece ser classificado como uma das figuras exaustas. Seu caminho da rua 44 à rua 59, depois do tumulto, era apenas metade de uma memória nebulosa. Ele vira o corpo de Carrol Key ser colocado em uma ambulância e levado embora, e então se pôs a caminhar avenida acima com dois ou três soldados. Em algum lugar entre as ruas 44 e 59, os demais soldados encontraram algumas mulheres e desapareceram. Rose tinha vagado até o Columbus Circle e escolhido as luzes brilhantes do Childs' para saciar o desejo de café e rosquinhas. Ele entrou e se sentou.

Ao seu redor flutuavam conversas etéreas e despretensiosas e risadas agudas. A princípio, ele não conseguiu entender, mas depois de cinco minutos de dúvida percebeu que eram o resultado de uma festa animada. Aqui e ali, jovens inquietos e engraçados vagavam fraternal e familiarmente entre as mesas, apertando mãos indiscriminadamente e parando vez por outra para uma conversa jocosa, enquanto garçons agitados, carregando bolos e ovos pelo alto, xingavam-nos em silêncio e os empurravam para fora do caminho. Para Rose, sentado na mesa mais discreta e menos lotada, toda a cena era um circo colorido de beleza e prazer desenfreados.

Aos poucos, depois de alguns momentos, ele caiu em si e notou que o casal sentado na diagonal diante dele, de costas para a multidão, não era o par menos interessante na sala. O homem estava bêbado. Ele usava smoking, tinha a gravata e a camisa desgrenhadas por derramamentos de água e vinho. Seus olhos, turvos e vermelhos, vagavam sem qualquer normalidade de um lado para o outro. Tinha uma respiração ofegante entre os lábios.

"Esse aí meteu o pé na jaca!", pensou Rose.

A mulher estava quase, senão de todo, sóbria. Era bonita, tinha olhos escuros e uma intensa cor febril, e conservava os olhos fitos em seu companheiro, vigilantes como os de um falcão. De tempos em tempos, ela se inclinava e obstinadamente sussurrava para ele, e ele respondia inclinando a cabeça pesada ou dando uma piscadela bastante mórbida e repelente.

Rose, sem se dar conta, examinou-os por alguns minutos, até que a mulher lhe lançou um olhar fugidio e incomodado; ele voltou-se, então, para dois dos mais divertidos jovens, que perambulavam em um circuito estendido de mesas. Para sua surpresa, reconheceu em um deles o jovem com quem se divertira tanto no Delmonico's. Isso o fez pensar em Key com um vago sentimentalismo, ao qual não deixava de se juntar a dor. Key estava morto. Havia despencado dezoito metros e aberto o crânio como se fosse um coco verde.

"Era um puta sujeito legal", pensou Rose com tristeza. "Um puta sujeito legal, se era. Que fim mais triste."

Os dois caminhantes se aproximaram e começaram a se movimentar entre a mesa de Rose e a seguinte, dirigindo-se a amigos e estranhos com jovial intimidade. De repente, Rose viu o loiro de dentes proeminentes parar, lançar um olhar vacilante ao homem e à garota em frente, e então mover a cabeça em desaprovação de um lado para o outro.

O homem de olhos injetados ergueu a cabeça.

"Gordy", disse o sujeito de dentes proeminentes que perambulava de um lado para o outro, "Gordy".

"Fala", disse morosamente o homem de camisa manchada.

O dentuço sacudiu o dedo em desaprovação na direção do par, lançando à mulher um olhar de altiva condenação.

"O que foi que eu disse, Gordy?"

Gordon mexeu-se na cadeira.

"Vá pro inferno!", disse ele.

Dean continuou parado ali balançando o dedo. A mulher começou a ficar irritada.

"Cai fora!", gritou ela ferozmente. "Você é um bebum, é isso que você é!"

"E ele também", sugeriu Dean, mantendo o movimento do dedo e apontando-o para Gordon.

Peter Himmel aproximou-se vagarosamente, agora com ares de sabedoria e dado à oratória.

"Ei, ei", começou ele, como se tivesse sido chamado para resolver uma briguinha besta entre crianças. "O que tá acontecendo?"

"Leve seu amigo embora", disse Jewel asperamente. "Ele tá incomodando a gente."

"Como?"

"Você me ouviu!", ela disse com estridência. "Eu disse pra você levar o seu amigo bêbado embora."

Sua voz elevada se fez ouvir acima do burburinho do restaurante, e um garçom veio apressado.

"Por favor, não elevem o tom!"

"Esse cara tá bêbado", gritou ela. "Ele tá insultando a gente."

"Ah-ha, Gordy", insistiu o acusado. "Que foi que eu disse?" Ele se virou para o garçom. "Gordy e eu somos amigos. Tô tentando ajudar, não é, Gordy?"

Gordy ergueu os olhos.

"Ajudar? De jeito nenhum!"

Jewel de súbito pôs-se de pé e, agarrando o braço de Gordon, ajudou-o a se levantar.

"Vamos, Gordy!", disse ela, inclinando-se para ele e meio que sussurrando. "Vamos sair daqui! Esse sujeito tá bêbado, procurando encrenca."

Gordon se permitiu ser posto de pé e encaminhou-se para a porta. Jewel se virou por um instante e se dirigiu ao responsável por sua fuga.

"Eu sei tudo sobre *você*!", vociferou ela. "Que belo amigo você é. Ele me contou tudo."

Em seguida, agarrou o braço de Gordon e, juntos, abriram caminho por entre a multidão curiosa, pagaram a conta e saíram.

"Você vai ter de se sentar", disse o garçom a Peter depois que eles saíram.

"Como? Sentar?"

"Sim – ou sair."

Peter se virou para Dean.

"Ei, que tal a gente acabar com esse garçom?"

"Topo."

Eles avançaram em sua direção, com os rostos agora sérios. O garçom recuou.

Peter de repente estendeu a mão até um prato na mesa ao seu lado, pegou um punhado de carne com vegetais e jogou para o alto. A comida desceu numa parábola lânguida, como se fossem flocos de neve, nas cabeças dos que estavam em torno.

"Ei! Calma aí!"

"Ponha-o para fora!"

"Sente-se, Peter!"

"Pare com isso!"

Peter deu risada e fez uma reverência.

"Obrigado pelos gentis aplausos, senhoras e senhores. Se alguém puder me emprestar um pouco mais de comida e uma cartola, seguiremos com o ato."

O segurança se apressou.

"Você precisa ir embora!", disse ele a Peter.

"Nem a pau!"

"Ele é meu amigo!", indignou-se Dean.

Uma multidão de garçons já se reunia. "Ponha-o para fora!"

"Melhor ir, Peter."

Houve um breve embate, e os dois foram acompanhados e empurrados em direção à porta.

"Meu chapéu e meu casaco estão lá dentro!", gritou Peter.

"Bem, vá buscá-los, e seja ligeiro!"

O segurança soltou Peter, que, adotando um ar ridículo de grande esperteza, correu imediatamente até outra mesa, onde desatou num riso zombeteiro e mostrou a língua para os garçons exasperados.

"Acho melhor esperar um pouco mais", anunciou ele.

A perseguição começou. Quatro garçons foram para um lado, e quatro para outro. Dean segurou dois deles pelo paletó, e outra luta se deu antes que a perseguição a Peter pudesse ser retomada; por fim, ele foi imobilizado, não sem antes derrubar um açucareiro e várias xícaras de café. Uma nova discussão começou no guichê do caixa, onde Peter tentou comprar outro prato de carne com legumes para levar consigo e jogar nos policiais.

Mas a comoção após sua saída foi ofuscada por outro fenômeno que atraía olhares de admiração e um prolongado e involuntário "Ohhh!" de cada cliente do restaurante.

A grande vidraça lisa da fachada tinha ganhado o matiz de um azul profundo, a cor de um luar de Maxfield Parrish – um azul que parecia fazer pressão contra vidro como se quisesse forçar sua entrada no restaurante. O amanhecer havia surgido no Columbus Circle, um amanhecer mágico, de tirar o fôlego, que realçava os contornos da grande estátua do imortal Cristóvão e misturava-se de maneira curiosa e inusual ao amarelo desbotado da luz elétrica do lado de dentro.

X

O sr. Entrada e o sr. Saída não constam dos levantamentos do censo. Você os procurará em vão no registro geral ou nos de nascimentos, casamentos e óbitos, ou na caderneta da mercearia. O oblívio os engoliu, e o testemunho de que chegaram a existir é vago e obscuro, inadmissível em um tribunal. No entanto, para mim, não restam dúvidas de que, por um breve espaço de tempo, o sr. Entrada e o sr. Saída viveram, respiraram, responderam por tais alcunhas e irradiaram suas vívidas e únicas personalidades.

Durante o breve decorrer de suas vidas, caminharam em suas vestes nativas pela imensa estrada de uma grande nação; sofreram com risos, xingamentos e perseguições, e deles fugiram. Então se foram, e deles não se teve mais notícia.

Já estavam assumindo formas fugidias quando um táxi com a capota aberta passou pela Broadway no mais tênue luzir do amanhecer de maio. Nesse carro estavam as almas do sr. Entrada e do sr. Saída discutindo, impressionados, a respeito da luz azul que tinha colorido tão subitamente o céu atrás da estátua de Cristóvão Colombo, discutindo com perplexidade a propósito dos velhos rostos cinzentos dos madrugadores que deslizavam palidamente pela rua como pedaços de papel soprados num lago acinzentado. Eles estavam de acordo em tudo, do absurdo do segurança no Childs' ao absurdo dos assuntos da vida. Estavam tontos da felicidade extrema e piegas que a manhã despertara em suas almas repletas de luz. Na verdade, tão vivaz e vigoroso era o prazer de viver que sentiam ter compreendido que ele seria mais bem expresso na forma de gritos.

"Uow-ow!", urrou Peter, fazendo das mãos um megafone – com Dean se unindo a ele num chamado que, embora igualmente significativo e simbólico, extraía sua ressonância de sua própria falta de articulação.

"Uo-ho! Ééeé! Irruuulll! Bau-buba!"

Na rua 53 foi um ônibus com uma bela morena de cabelo chanelzinho; na 52 foi um gari que se esquivou, escapou e, com uma voz aflita e assustada, mandou um "Ei, olhem por onde andam!". Na rua 50, um grupo de homens em uma calçada muito branca em frente a um prédio muito branco se virou para a dupla e gritou:

"Que festa, rapazes!"

Na rua 49, Peter voltou-se para Dean. "Linda manhã", disse ele gravemente, apertando os olhos de coruja.

"Se é."

"Vamos tomar o café da manhã, que tal?"

Dean concordou – com algumas condições.

"Um café da manhã, mas com aquela birita..."

"Café da manhã, mas com aquela birita...", repetiu Peter, e eles se entreolharam, assentindo. "Lógico."

Em seguida, os dois explodiram em gargalhadas.

"Um café da manhã, mas com aquela birita... Deus, socorro!"

"Isso não existe", anunciou Peter.

"Não servem? N'importa. Vam'obrigá-los a servir. Pressionar até conseguir."

"Vamos botar essa lógic'em ação."

O táxi de súbito cruzou a Broadway, seguiu ao longo de uma rua transversal e parou em frente a um prédio pesado como um túmulo na Quinta Avenida.

"O que houve?"

O taxista informou que era o Delmonico's.

A informação os deixou um tanto intrigados. Foram necessários minutos e mais minutos de profunda concentração e reflexão, pois se tal ordem fora dada, devia haver uma razão para tanto.

"Vocês tavam falando aí de um casaco", sugeriu o homem do táxi.

Ah, claro. O sobretudo e o chapéu de Peter. Ele os havia deixado no Delmonico's. Assim concluída a reflexão, desembarcaram do táxi e caminharam de braços dados em direção à entrada.

"Ei!", chamou o motorista.

"Que foi?"

"É melhor vocês me pagarem."

Eles balançaram a cabeça numa surpresa negação.

"Mais tarde, agora não... nós mandamos, você espera."

O taxista objetou; queria seu dinheiro naquele instante. Com a desdenhosa condescendência de homens no exercício de um tremendo autocontrole, eles o pagaram.

Lá dentro, Peter tateou em vão, por uma sala escura e deserta, em busca do casaco e do chapéu-coco.

"Já era, eu acho. Alguém roubou."

"Algum aluno da Sheff."

"Bem provável."

"Não importa", disse Dean, nobremente. "Vou deixar o meu aqui também... aí estaremos ambos vestidos da mesma forma."

Tirou o sobretudo e o chapéu e os estava pendurando quando seu olhar errante foi capturado e preso, como que por um ímã, por dois grandes quadrados de papelão pregados nas duas portas da chapelaria. O da porta da esquerda trazia a palavra "Entrada" em letras garrafais pretas, e o da porta da direita ostentava a palavra igualmente enfática "Saída".

"Olhe!", ele exclamou, contente.

Os olhos de Peter seguiram seu dedo esticado.

"O quê?"

"Veja as placas. Vamos pegá-las."

"Boa ideia."

"Deve ser um par de letreiros muito raros e valiosos. Provavelmente será útil."

Peter removeu da porta a placa do lado esquerdo e usou de todos os meios para escondê-la em sua pessoa. Tendo o papelão proporções consideráveis, a questão não se resolveu sem alguma dificuldade. Uma ideia se lançou sobre ele, que, com ar de altivo mistério, deu meia-volta. Depois de um instante, fez outro giro dramático e, esticando os braços, exibiu-se ao admirado Dean. Ele inserira a placa sob o colete, cobrindo completamente a frente de sua camisa. Na verdade, a palavra "Entrada" havia sido estampada em sua camisa em grandes letras pretas.

"Uo-ho!", comemorou Dean. "Senhor Entrada."

Ele fez o mesmo com seu papelão.

"Senhor Saída!", anunciou-se triunfantemente. "O sr. Entrada encontra o sr. Saída."

Ambos deram um passo à frente e se cumprimentaram. Mais uma vez, o riso os dominou, e eles se sacudiram em um espasmo trêmulo de júbilo.

"Uoho!"

"A gente devia tomar um baita café da manhã."

"Nós vamos... para o Commodore."

De braços dados, saltaram porta afora e viraram a leste na 44, a caminho do Commodore.

Ao saírem, um soldado baixo e moreno, muito pálido e cansado, que vagava apático pela calçada, virou-se para olhá-los.

Ele tornou a andar como se fosse se dirigir a eles, mas, quando se voltaram de supetão para ele, resolveu esperar até que começassem a descer a rua em um caminhar tortuoso para segui-los a uma distância de uns quarenta passos, rindo para si mesmo e dizendo "Rapaz!" repetidas vezes, num sussurro de tons divertidos e cheios de expectativa.

O sr. Entrada e o sr. Saída estavam, enquanto isso, trocando gentilezas sobre seus planos futuros.

"Queremos birita, queremos café da manhã. Um com o outro. Uma coisa só, unidos, inseparáveis!"

"Queremos os dois!"

"Ambos!"

O dia já havia clareado, e os transeuntes começavam a olhar com alguma curiosidade para a dupla. Era evidente que estavam envolvidos em uma discussão que proporcionava intensa diversão a ambos, pois de vez em quando um ataque de riso se apoderava deles com tanta fúria que, ainda com os braços entrelaçados, eles quase se dobravam ao meio.

Chegando ao Commodore, eles trocaram alguns epigramas picantes com o porteiro sonolento, navegaram pela porta giratória com alguma dificuldade e, em seguida, caminharam por um saguão pouco povoado, mas aturdido, rumo à sala de jantar, onde um garçom intrigado levou-lhes até uma mesa a um canto escuro. Eles estudaram o cardápio sem entender bulhufas do que liam, recitando os itens um para o outro em murmúrios intrigadíssimos.

"Não tem birita aqui", disse Peter em tom de censura.

O garçom tornou-se audível, mas incompreensível.

"Repito", continuou Peter, com paciente tolerância, "que parece haver uma inexplicável e desagradável ausência de birita no cardápio."

"Ei!", disse Dean com confiança, "deixe-me cuidar disso." Ele se virou para o garçom: "Traga-nos... traga-nos...", examinava o cardápio ansiosamente. "Traga-nos uma garrafa de champanhe e um... um sanduíche, talvez de presunto."

O garçom parecia hesitar.

"Traga!", rugiram o sr. Entrada e o sr. Saída em coro.

O garçom limpou a garganta e desapareceu. Houve uma breve espera, durante a qual foram submetidos, sem seu conhecimento, a um cuidadoso escrutínio do garçom. O champanhe não tardou a chegar e, ao vê-lo, o sr. Entrada e o sr. Saída ficaram exultantes.

"Imagine a situação se eles não permitissem que a gente tomasse champanhe no café da manhã... imagine!"

Os dois se concentraram na visão de tão terrível possibilidade, mas tal façanha era demais para eles. Era impossível, mesmo com a união de esforços de suas imaginações, evocar um mundo onde qualquer um pudesse negar a qualquer outro que se tomasse champanhe no café da manhã. O garçom tirou a rolha com um fortíssimo *pop!* – e seus copos imediatamente se encheram de uma espuma amarelo-clara.

"Saúde, sr. Entrada!"

"Saúde, sr. Saída!"

O garçom se retirou; os minutos se passaram; a garrafa de champanhe praticamente secou.

"É... é ultrajante", disse Dean de repente.

"O que é ultrajante?"

"A ideia de eles se oporem a que tomemos champanhe no café da manhã."

"Ultrajante?", Peter refletiu. "Sim, a palavra é essa mesmo... ultrajante."

Novamente eles caíram na gargalhada, riam aos berros, desequilibravam-se nas cadeiras, balançavam para a frente e para trás, repetindo a palavra "ultrajante" vez por outra – cada repetição parecendo torná-la ainda mais brilhantemente absurda.

Depois de mais alguns minutos de maravilhamento, decidiram por outra garrafa. O garçom, preocupado, consultou o superior imediato, e essa pessoa discreta deu instruções implícitas para que não se servisse mais champanhe. Receberam a conta.

Cinco minutos depois, de braços dados, eles deixaram o Commodore e passaram por uma multidão curiosa que os olhava fixamente ao longo da rua 42, subindo a avenida Vanderbilt até o Biltmore. Lá, com súbita astúcia, puseram-se à altura da ocasião e atravessaram o saguão, a passos rápidos e forçosamente eretos.

Uma vez na sala de jantar, repetiram a atuação. Alternavam entre risos convulsivos e intermitentes e súbitas discussões espasmódicas sobre política, estudos e a condição radiante de seus humores. Os relógios que traziam consigo lhes informavam que já eram nove horas, e uma vaga ideia nasceu entre eles, segundo a qual estavam em uma festa memorável, algo de que se lembrariam para sempre. Demoraram-se na segunda garrafa. Um e outro precisavam apenas mencionar a palavra "ultrajante" para que se pusessem a resfolegar exageradamente. Naquele momento, a sala de jantar estava zunindo e mudando, e uma curiosa leveza permeou e afinou o ar pesado.

Eles pagaram a conta e saíram para o saguão.

Foi nesse instante que a porta da frente deu seu milésimo giro naquela manhã e permitiu a entrada, no saguão, de uma bela jovem, muito pálida, com olheiras, vestida com um vestido de noite bastante amarrotado. Ela vinha com um homem corpulento e simples, que claramente não lhe era um acompanhante apropriado.

No topo da escada, esse casal encontrou o sr. Entrada e o sr. Saída.

"Edith", começou o sr. Entrada, dando um passo hilário em sua direção e fazendo-lhe uma reverência, "bom dia, querida."

O homem corpulento lançou a Edith um olhar de dúvida, como se apenas aguardasse sua permissão para varrer sumariamente aquele sujeito do caminho deles.

"Desculpe a familiaridade", acrescentou Peter, como uma reflexão tardia. "Bom dia, Edith."

Ele agarrou o cotovelo de Dean e o empurrou para o primeiro plano.

"Conheça o sr. Entrada, Edith, meu melhor amigo. Inseparáveis. Sr. Entrada e sr. Saída."

O sr. Saída deu um passo à frente e fez uma reverência; na verdade, avançou tanto e fez uma reverência tão baixa que se inclinou ligeiramente para a frente e só manteve o equilíbrio apoiando levemente a mão no ombro de Edith.

"Eu sou o sr. Saída, Edith", murmurou ele agradavelmente. "Omisssterioso senhorsaída."

"Omisterioso senhorsaída", repetiu Peter com pompa.

Mas o olhar de Edith como que os atravessava – ela tinha os olhos fitos em algum ponto infinito na galeria acima dela. Com a cabeça, fez um ligeiro meneio para o homem robusto, que avançou como um touro e, em um gesto vigoroso, empurrou o sr. Entrada e o sr. Saída para os lados. Pelo espaço aberto, ele e Edith passaram.

Dez passos adiante, porém, Edith se deteve mais uma vez – parou e apontou para um soldado baixo e moreno que olhava para a multidão em geral, e para o *tableau* do sr. Entrada e do sr. Saída em particular, com uma espécie de espanto confuso e enfeitiçado.

"Ali", exclamou Edith. "Olhe!"

Sua voz se elevou, fez-se um tanto estridente. O dedo indicador tremia um pouco.

"Ali está o soldado que quebrou a perna do meu irmão."

Fez-se um ligeiro alvoroço; um homem de fraque deixou seu lugar próximo à mesa e avançou em alerta; o sujeito corpulento, como um raio, deu uma espécie de salto em direção ao soldado baixo e moreno, e então o saguão fechou-se em torno do pequeno grupo e os ocultou da visão do sr. Entrada e do sr. Saída.

Para o sr. Entrada e o sr. Saída, porém, tal acontecimento foi apenas um multicolorido segmento iridescente de um turbilhão murmurante do mundo.

Eles ouviram as vozes se elevarem; viram o homem robusto saltar; a imagem se borrou de repente.

Em seguida, estavam em um elevador em direção ao céu.

"Qual andar, por favor?", disse o ascensorista.

"Qualquer andar", disse o sr. Entrada.

"Último andar", disse o sr. Saída.

"Este é o último andar", disse o ascensorista.

"Peça para colocar outro andar", disse o sr. Saída.

"Mais alto", disse o sr. Entrada.

"O céu", disse o sr. Saída.

XI

No quarto de um pequeno hotel perto da Sexta Avenida, Gordon Sterrett acordou com uma dor na nuca e uma pulsação doentia em todas as veias. Olhou em direção às escuras sombras cinzentas nos cantos da sala e a um ponto bastante maltratado em uma grande cadeira de couro, no canto onde ela já se encontrava em uso havia muito tempo. Ele viu roupas espalhadas e amarrotadas no chão e sentiu o cheiro forte de fumaça de cigarro e álcool. As janelas estavam bem fechadas. Lá fora, a forte luz do sol havia lançado um raio saturado de poeira pelo peitoril – um raio interrompido pela cabeceira da ampla cama de madeira em que ele havia dormido. Ele ficou bem quieto – comatoso, drogado, os olhos arregalados, a mente estalando loucamente, como uma máquina sem óleo.

Aproximadamente trinta segundos depois de ter percebido o raio de sol com poeira sobre si e o rasgo na grande cadeira de couro, teve a sensação de haver vida ao seu lado, e se passaram outros trinta segundos até que percebesse que estava irrevogavelmente casado com Jewel Hudson.

Meia hora depois, ele saiu e comprou um revólver em uma loja de artigos esportivos. Em seguida, tomou um táxi para o quarto onde morava na rua 27 leste e, inclinando-se sobre a mesa onde estava seu material de desenho, disparou uma bala na cabeça logo atrás da têmpora.

PORCELANA E COR-DE-ROSA

UM CÔMODO NO ANDAR TÉRREO DE UMA CASA DE VERANEIO. No alto da parede corre um friso com a representação de um pescador com uma pilha de redes a seus pés e um navio em um oceano carmesim, um pescador com uma pilha de redes a seus pés e um navio em um oceano carmesim, um pescador com uma pilha de redes a seus pés e assim por diante. Em um ponto do friso há uma sobreposição – e ali temos meio pescador com meia pilha de redes a seus pés, amontoadas contra meio navio em meio oceano carmesim. O friso não faz parte do enredo, mas devo confessar que me fascina. Eu poderia ficar aqui divagando sobre ele indefinidamente, se um dos dois objetos no cômodo não me chamasse a atenção – uma banheira de porcelana azul. Trata-se de uma banheira com personalidade. Não tem nada da aerodinâmica dos carros de corrida que têm essas banheiras modernas; contudo, é pequena, com um cockpit *de espádua alta, e passa a impressão de que se prepara para saltar; desencorajada, porém, pela pequenez de suas pernas, subordina-se ao ambiente e à camada de tinta azul-celeste de que é revestida. Ainda assim, caprichosa, recusa-se a permitir que seus usufrutuários estiquem as pernas por completo – o que nos leva diretamente ao segundo objeto no recinto:*

É uma moça; claramente um apêndice da banheira, apenas cabeça e pescoço e uma sugestão de espáduas – as mais belas mulheres têm espáduas, não ombros –, que se insinuam acima da borda.

Durante os primeiros dez minutos da peça, a atenção do público é dominada pela dúvida quanto a ela estar jogando limpo e encontrar-se ali despida ou se trapaceia e está vestida.

O nome da moça é JULIE MARVIS. *Pela maneira altiva como se senta na banheira, deduzimos que não é muito alta e que tem belo porte. Quando sorri, retrai um pouco o lábio superior, o que lhe dá a feição de um coelhinho da Páscoa. Ela está a um suspiro de completar 20 anos.*

Mais uma coisa – acima da banheira, à direita, há uma janela. É estreita e tem um peitoril largo; permite a entrada de muito sol, mas evita, com boa eficácia, que quem olhe para dentro veja a banheira. Você começa a suspeitar da trama?

Abrimos, de maneira bastante convencional, com uma canção, mas, como os murmúrios desconcertados do público abafam a introdução por inteiro, apresentaremos aqui apenas a última parte:

JULIE: (*Num soprano ligeiro e animado*)

> Quando César ia ao baile
> Era uma verdadeira figura,
> Bastava os frangos sagrados
> Levantarem poeira pra todo lado
> Que as Vestais já iam à loucura.
> E quando os nérvios se enervavam
> Ele passava um pito geral
> E na mesma hora se punham a dançar
> Ao som daquele blues consular,
> Um jazz romano e imperial.

(*Durante os fervorosos aplausos que se seguem,* JULIE *move os braços suavemente e produz ondas na superfície da água – pelo menos é o que imaginamos. Então a porta à esquerda se abre e entra* LOIS MARVIS, *vestida, mas carregando roupas e toalhas.* LOIS *é um ano mais velha que* JULIE *e praticamente sua dublê de rosto e voz, mas seu vestuário e sua expressão apresentam os traços de uma moça conservadora. É, você adivinhou. O quiproquó é o velho eixo enferrujado em torno do qual o enredo gira.*)

LOIS: (*Começando*) Ai, desculpe. Eu não sabia que você estava aqui.
JULIE: Ah, olá. Estou no meio de um pequeno concerto...
LOIS: (*Interrompendo*) Mas por que você não trancou a porta?
JULIE: Não tranquei?
LOIS: Claro que não. Você por acaso acha que eu atravessei a parede?
JULIE: Achei que você tivesse arrombado a fechadura, querida.
LOIS: Você é *tão* descuidada...
JULIE: Nada disso. Estou feliz feito um pinto no lixo e estou dando meu showzinho.
LOIS: (*Com severidade*) Cresça!
JULIE: (*Girando um braço rosado para apontar o entorno no cômodo*) As paredes refletem o som, percebe? É por isso que cantar na banheira soa tão bem. Produz um efeito extremamente agradável. Gostaria que eu lhe dedicasse uma seleção?
LOIS: Gostaria que você saísse logo da banheira.
JULIE: (*Balançando a cabeça, pensativa*) Não posso ser apressada. Este reino no momento é meu, Lindeza.
LOIS: Por que você está me chamando assim?
JULIE: Porque rima com Limpeza. Não atire nada, por favor!
LOIS: Quanto tempo você vai demorar?
JULIE: (*Depois de alguma reflexão*) Não menos que quinze minutos, nem mais que vinte e cinco.
LOIS: Você me faria o favor de terminar em dez?
JULIE: (*Relembrando*) Oh, Lindeza, você se lembra de um dia, naquele frio de janeiro passado, quando certa Julie, famosa por seu sorriso de coelhinho da Páscoa, se preparava para sair e quase não havia água quente, e a jovem Julie tinha acabado de encher a banheira para si mesma quando sua irmã malvada veio e ali se banhou, forçando a jovem Julie a fazer suas abluções com creme frio... que é caro e dá um trabalho do inferno?
LOIS: (*Impaciente*) Então você não vai se apressar?
JULIE: Por que deveria?

Lois: Eu tenho um encontro.
Julie: Aqui em casa?
Lois: Não é da sua conta.
(Julie *encolhe as pontas visíveis das espáduas e faz a água vibrar em pequenas ondas.*)
Julie: Que assim seja.
Lois: Ah, pelo amor de Deus... Sim! Tenho um encontro aqui em casa... de certa forma.
Julie: De certa forma?
Lois: Ele não vai entrar. Vem aqui me chamar e vamos sair pra caminhar.
Julie: (*Erguendo as sobrancelhas*) Ah, e o enredo se esclarece... É aquele sr. Calkins, o literato. Pensei que você tivesse prometido à mamãe que não o convidaria pra entrar.
Lois: (*Em um tom desesperado*) Ela é tão boba... ela o detesta só porque ele acabou de se divorciar. Claro que ela tem mais experiência do que eu, mas...
Julie: (*Com sabedoria*) Não deixe que ela te faça de tonta! Experiência é a maior balela do mundo. Gente mais velha tem de sobra.
Lois: Eu gosto dele. A gente conversa sobre literatura.
Julie: Ah, então é por isso que tenho visto todos esses livros pesados pela casa ultimamente.
Lois: É ele quem empresta para mim.
Julie: Bom, você tem de jogar o jogo dele. Em Roma, faça como os romanos. Mas eu não quero saber de livros. Já me eduquei.
Lois: Você é muito volúvel... no verão passado, lia todos os dias.
Julie: Se eu fosse estável, ainda estaria tomando leite quente na mamadeira.
Lois: Sim, e provavelmente da minha. Mas eu gosto do sr. Calkins.
Julie: Nunca fomos apresentados.
Lois: Bem, você vai se apressar?
Julie: Sim. (*Depois de uma pausa*) Espero até a água ficar morna e depois encho com mais água quente.
Lois: (*Sarcástica*) Que interessante!
Julie: Lembra quando a gente brincava de "sa-sabão"?

LOIS: Sim... quando a gente tinha 10 anos de idade. Estou realmente surpresa que você não continue brincando.
JULIE: Eu brinco. Vou brincar em um minuto.
LOIS: Brincadeira boba.
JULIE: (*Calorosamente*) Não, não é. É boa para os nervos. Aposto que você se esqueceu de como se brinca.
LOIS: (*Desafiadoramente*) Não, não esqueci. Você... você enche a banheira de espuma de sabão e depois sobe na beirada e desliza para dentro.
JULIE: (*Balançando a cabeça com desdém*) Hum! Essa é apenas uma parte. Você tem de deslizar para dentro sem encostar as mãos ou os pés...
LOIS: (*Impaciente*) Oh, Senhor! E daí? Eu bem que gostaria que não viéssemos mais para cá no verão, ou que comprássemos uma casa com duas banheiras.
JULIE: Você pode comprar uma de lata, pequena, ou usar a mangueira...
LOIS: Ah, cale a boca!
JULIE: (*Mudando de assunto*) Deixe a toalha.
LOIS: O quê?
JULIE: Deixe a toalha quando sair.
LOIS: Essa toalha?
JULIE: (*Com doçura*) Sim, esqueci a minha.
LOIS: (*Olhando em volta pela primeira vez*) Ora, sua idiota! Você não trouxe nem mesmo um quimono.
JULIE: (*Também olhando em volta*) Nossa... não é que eu não trouxe?
LOIS: (*Suspeita crescendo nela*) Como você veio para cá?
JULIE: (*Rindo*) Acho que... acho que vim correndinho. Sabe... uma forma branca descendo rápido as escadas e...
LOIS: (*Escandalizada*) Ora, sua sem-vergonha. Você não tem orgulho ou respeito próprio?
JULIE: Tenho muito dos dois. Acho que essa é a prova. Eu estava magnífica. Sou mesmo uma graça em meu estado natural.
LOIS: Bem, você...

Julie: (*Pensando alto*) Eu queria que as pessoas não usassem roupas. Acho que eu devia ter nascido uma pagã, uma indígena, alguma coisa assim.
Lois: Você é uma...
Julie: Ontem à noite sonhei que um garotinho tinha levado para a igreja, num domingo, um ímã que atraía tecidos. Ele puxava as roupas de todo mundo, e as pessoas quase enlouqueciam – choravam, gritavam e agiam como se tivessem acabado de descobrir que tinham pele. Eu era a única que não se importava. Eu só ria. E tive de passar a cesta de coleta porque ninguém mais o faria.
Lois: (*Que havia feito ouvidos moucos a esse discurso*) Quer dizer que, se eu não tivesse aparecido, você teria voltado correndo para o seu quarto... sem... sem roupa?
Julie: *Au naturel* soa muito melhor.
Lois: Imagine se houvesse alguém na sala de estar.
Julie: Até hoje nunca aconteceu.
Lois: Até hoje! Meu Deus! Há quanto tempo...
Julie: Além disso, geralmente trago uma toalha.
Lois: (*Completamente passada*) Caramba! Você merecia uns tapas. Tomara que você seja pega. Espero que quando você sair haja uma dúzia de pastores na sala de estar... com suas esposas e filhas.
Julie: Não haveria lugar para eles na sala, respondeu a Kate Limpinha da Vila Lavanderia.
Lois: Tudo bem. Você fez a... banheira; agora, deite-se nela.
(*Lois caminha com determinação até a porta.*)
Julie: (*Alarmada*) Ei! Ei! Não me importo com o quimono, mas preciso da toalha. Não consigo me secar com um pedaço de sabão e um trapo molhado.
Lois: (*Irredutível*) Não vou fazer favores a uma criatura dessas. Dê um jeito de se secar. Por que você não rola no chão, como fazem os animais que não usam roupas?
Julie: (*Novamente despreocupada*) Tá bem. Saia!
Lois: (*Arrogante*) Huh!
(*Julie liga a água fria e com o dedo direciona um jato parabólico em Lois. Lois se retira rapidamente, batendo a porta atrás de si. Julie ri e desliga a água.*)

JULIE: (*Cantando*)

> Quando o gatão da Arrow-Collar
> Conhece a gatinha da D'jer Kiss
> No vagão *smoke free* da Santa Fé
> Com um sorriso Colgate de dentes brancos
> E o estilinho todo Lucile que ela tem
> De dum da-de-dum um dia...

(*Ela passa para um assobio e se inclina para a frente para abrir as torneiras, mas se assusta com o barulho de três golpes nos canos. Silêncio por um momento – então ela leva a boca para perto da torneira, como se fosse um telefone.*)

JULIE: Olá! (*Sem resposta*) É o encanador? (*Sem resposta*) É do departamento de água? (*Um estrondo alto e oco*) O que você quer? (*Sem resposta*) Talvez seja um fantasma. É isso? (*Sem resposta*) Bem, então, pare de bater. (*Ela estende a mão e abre a torneira quente. Não há fluxo de água. Mais uma vez, ela aproxima sua boca da torneira.*) Se você é o encanador, essa brincadeira não tem graça. Ligue a água de novo, por compaixão a essa sua amiga. (*Dois estrondos altos e vazios*) Não discuta! Eu quero água... água! Água!

(*A cabeça de um jovem aparece na janela – uma cabeça decorada com um bigode estreito e olhos simpáticos. Os olhos miram ao redor e, embora não consigam ver nada além de muitos pescadores com redes e muitos oceanos carmesim, eles o levam a falar.*)

O JOVEM: Alguém desmaiou?
JULIE: (*Assustada, fazendo-se de pronto toda ouvidos*) Mas será o Benedito?!
O JOVEM: (*Intrigado*) Quem é Benedito? Não é bom jogar água em alguém desmaiado.
JULIE: Desmaio? Quem desmaiou?
O JOVEM: Acho que foi o Benedito. Foi você quem disse.
JULIE: (*Num tom decidido*) Eu não!

O Jovem: Bem, podemos conversar sobre isso mais tarde. Você está pronta pra sair? Ou você ainda acha que sair comigo neste momento vai levantar muitos rumores?
Julie: (*Sorrindo*) Rumores! Se haveria rumores? Seria mais do que rumores... seria um escândalo.
O Jovem: Você está exagerando um pouco, não? Sua família pode estar um tanto descontente... mas para os puros todas as coisas são sugestivas. Ninguém mais se daria ao trabalho de pensar no caso, exceto algumas mulheres idosas. Por favor...
Julie: Você não sabe o que está pedindo.
O Jovem: Você acha que seríamos perseguidos por uma multidão em fúria?
Julie: Uma multidão? Haveria um trem especial, todo em aço, partindo de Nova York de hora em hora.
O Jovem: Diga, você está limpando a casa?
Julie: Por quê?
O Jovem: Vejo que todos os quadros estão fora das paredes.
Julie: Ora, nunca houve quadros neste cômodo.
O Jovem: Estranho, nunca ouvi falar de um cômodo sem quadros ou tapeçaria ou painéis ou algo assim.
Julie: Não tem nenhuma mobília aqui.
O Jovem: Que casa estranha!
Julie: Depende do ângulo pelo qual você vê.
O Jovem: (*Sentimental*) É tão bom falar com você assim... quando você é só uma voz. Estou até feliz por não poder vê-la.
Julie: (*Com gratidão*) Eu também.
O Jovem: Que cor você está usando?
Julie: (*Depois de um exame crítico das espáduas*) Ora, acho que é um branco meio rosado.
O Jovem: Fica bem em você?
Julie: Muito. É... é velho. Eu tenho há muito tempo.
O Jovem: Achei que você odiasse roupas velhas.
Julie: Sim, mas esta foi um presente de aniversário e eu meio que tenho que usá-la.
O Jovem: Branco rosado. Bom, aposto que dizer que é lindo é pouco. Está na moda?

Julie: Bastante. É um modelo comum, muito simples.
O Jovem: Que voz você tem! Como ecoa! Às vezes fecho os olhos e parece que vejo você em uma ilha deserta distante, chamando por mim. E eu mergulho em sua direção através das ondas, ouvindo seu chamado enquanto você fica ali, cercada de água...

(*O sabonete escorrega da lateral para dentro da banheira e faz um splash. O jovem pisca.*)

O Jovem: O que foi isso? Veio do meu sonho?
Julie: Sim. Você é... você é muito poético, não é mesmo?
O Jovem: (*Sonhador*) Não. Eu escrevo prosa. Faço versos apenas quando estou sentimental.
Julie: (*Murmurando*) "Seeeentimental eu sou..."
O Jovem: Sempre adorei poesia. Lembro-me até hoje do primeiro poema que aprendi de cor. Era "Evangeline".
Julie: Ai, que mentira.
O Jovem: Eu disse "Evangeline"? Eu quis dizer "O esqueleto de armadura."
Julie: Não tenho muita cultura. Mas posso me lembrar do meu primeiro poema. Tinha uma estrofe assim:

> Seu Luis e seu Mané
> Descansando numa cerca
> Tentando fazer dindim
> Só na base da fé.

O Jovem: (*Ansioso*) Você está começando a gostar de literatura?
Julie: Se não for muito antiga, nem complicada, nem deprimente. O mesmo vale para pessoas. Em geral prefiro aquelas não muito velhas, nem complicadas ou deprimentes.
O Jovem: Você sabe que já li muito. Você me disse ontem à noite que adorava Walter Scott.
Julie: (*Pensando*) Scott? Vamos ver. Sim, eu li *Ivanhoé* e *O último dos moicanos*.
O Jovem: Esse é do Cooper.

Julie: (*Com raiva*) Ivanhoé? Você tá louco! Tenho quase certeza. Eu li.
O Jovem: *O último dos moicanos* é de Cooper.
Julie: E eu com isso? Eu gosto de O. Henry. Não consigo entender como ele escreveu aquelas histórias. A maioria delas ele escreveu na prisão. *A balada da menina leitora*, ele inventou na prisão.
O Jovem: (*Mordendo o lábio*) Literatura... literatura! Quanto ela significa para mim!
Julie: Bem, como Gaby Deslys diz ao sr. Bergson, com minha aparência e seu cérebro não há nada que não possamos fazer.
O Jovem: (*Rindo*) É difícil acompanhá-la, não resta dúvida. Num dia você está terrivelmente agradável, e no outro, de mau humor. Se eu não entendesse seu temperamento tão bem...
Julie: (*Impaciente*) Ah, você é uma dessas pessoas que ficam analisando personalidades de forma amadora, não é? Avalie as pessoas em cinco minutos e pareça sensato sempre que forem mencionadas. Odeio esse tipo de coisa.
O Jovem: Não me gabo de analisá-la. Você está mais para um enigma, eu admito.
Julie: Existem apenas duas pessoas enigmáticas na história.
O Jovem: Quem são elas?
Julie: O homem da máscara de ferro e o cara que diz "ug uh-glug uh-glug uh-glug" quando a linha está ocupada.
O Jovem: Você é *mesmo* um enigma, amo você. É linda, inteligente e virtuosa, e essa é a combinação mais rara de que se tem conhecimento.
Julie: Você é um historiador. Diga-me se existe alguma menção a banheiras na história. Acho que ninguém nunca deu atenção a elas...
O Jovem: Banheiras! Vamos ver. Bem, Agamenon foi apunhalado em sua banheira. E Charlotte Corday apunhalou Marat em sua banheira.
Julie: (*Suspirando*) Bem lá atrás! Nada de novo sob o sol, não é? Ora, ainda ontem eu peguei uma partitura de comédia musical que devia ter pelo menos 20 anos; e ali na capa dizia "The

Shimmies of Normandy", mas *shimmie*[2] estava escrito da maneira antiga, com um "C".

O JOVEM: Eu não suporto essas danças modernas. Oh, Lois, gostaria de poder vê-la. Venha para a janela.

(*Ouve-se um grande estrondo no cano de água e, de repente, o fluxo começa a partir das torneiras abertas. Julie as desliga rapidamente.*)

O JOVEM: (*Intrigado*) O que diabos foi isso?
JULIE: (*Astutamente*) Eu também ouvi alguma coisa.
O JOVEM: Parecia água corrente.
JULIE: Não parecia? Estranho, né? Na verdade, eu estava enchendo o aquário do peixinho dourado.
O JOVEM: (*Ainda confuso*) O que foi aquele barulho de batida?
JULIE: Um dos peixes estalando as mandíbulas douradas.
O JOVEM: (*Num repentino tom decidido*) Lois, amo você. Não sou um homem mundano, apenas forjo...
JULIE: (*Imediatamente interessada*) Oh, que fascinante.
O JOVEM: ... forjo histórias. Lois, eu quero você.
JULIE: (*Ceticamente*) Hum! O que você realmente quer é que o mundo lhe dê atenção e fique lá até você dizer "descansar!"
O JOVEM: Lois, eu... Lois, eu...

(*Ele para quando* LOIS *abre a porta, entra e a bate atrás de si. Ela olha mal-humorada para* JULIE *e de repente avista o jovem na janela*)

LOIS: (*Horrorizada*) Sr. Calkins!
O JOVEM: (*Surpreso*) Ora, pensei que você tinha dito que vestia branco rosado!

(*Depois de um olhar desesperado,* LOIS *grita, ergue as mãos em sinal de rendição e cai no chão.*)

---

2 Shimmie refere-se a um ritmo dançante da época. A partitura em questão é a da opereta cômica "Les cloches de Corneville", do francês Robert Planquette, conhecida nos Estados Unidos como "Chimes of Normandy" ["Os sinos da Normandia"]. [N. T.]

O Jovem: (*Muito assustado*) Bom Deus! Ela desmaiou! Eu já chego aí.

(*Os olhos de* Julie *pousam na toalha que escorregou da mão inerte de* Lois.)

Julie: Nesse caso, já vou sair.

(*Ela coloca as mãos na lateral da banheira para se levantar e um murmúrio, meio suspiro, meio sussurro, vem em ondas da plateia. Uma meia-noite* à la Belasco *desce rapidamente e obscurece o palco.*)

CAI O PANO

FANTASIAS

O DIAMANTE DO TAMANHO DO RITZ

I

JOHN T. UNGER VINHA DE UMA FAMÍLIA BEM CONHECIDA já havia muitas gerações em Hades, uma pequena cidade às margens do rio Mississippi. O pai de John vencera o torneio de golfe amador após uma sequência de partidas apertadas; a sra. Unger era conhecida como "do viveiro ao vespeiro", expressão local que se referia à sua retórica política; e o jovem John T. Unger, que acabara de completar 16 anos, havia dançado todos os passos que eram moda em Nova York antes mesmo de vestir calças compridas. E agora, por algum tempo, ele se ausentaria de casa. Aquele respeito pela educação da Nova Inglaterra, uma maldição para todos os lugares provincianos, subtraindo-lhes ano após ano seus jovens mais promissores, havia se apoderado de seus pais. Nada mais lhes servia: era imperativo que ele fosse para a St. Midas's School, nas imediações de Boston – Hades era pequena demais para comportar seu querido e talentoso filho.

Ora, em Hades – como bem sabem aqueles que já estiveram lá – significam muito pouco os nomes das escolas preparatórias e faculdades mais elegantes. Os habitantes estão há tanto tempo fora do mundo que, embora se esforcem para demonstrar que se mantêm em dia quanto à moda, aos costumes e à literatura, dependem quase exclusivamente do que ouvem dizer a respeito, e um evento social que em Hades fosse considerado sofisticado seria, sem dúvida, saudado por alguma princesa dos matadouros de Chicago como "talvez um pouco cafona".

John T. Unger estava às vésperas da partida. A sra. Unger, com a ingênua vaidade maternal, encheu seus baús de ternos de linho e ventiladores elétricos, e o sr. Unger presenteou o filho com uma carteira de abestim recheada de dinheiro.

"Lembre-se, esta sempre será sua casa", disse ele. "Pode ter certeza, garoto, de que a gente vai continuar cuidando de tudo por aqui."

"Eu sei", respondeu John com voz rouca.

"Não se esqueça de quem você é e de onde vem", continuou o pai, com orgulho. "E que nada pode prejudicá-lo. Você é um Unger... de Hades."

Então velho e jovem apertaram as mãos, e John partiu com lágrimas nos olhos. Dez minutos depois, havia ultrapassado os limites da cidade e parou para olhar para trás e avistá-la uma última vez. Acima dos portões, o antigo lema vitoriano lhe parecia estranhamente encantador. Seu pai se esforçara, e não pouco, em mudá-lo para algo em que se imprimisse um pouco mais de vigor e entusiasmo, algo como "Hades – Sua Oportunidade", ou então uma simples placa de "Bem-vindo" disposta sobre um caloroso aperto de mãos desenhado com lâmpadas elétricas. O antigo lema era um pouco deprimente, pensava o sr. Unger – mas agora...

John lançou um último olhar e então apontou o rosto resolutamente na direção de seu destino. E, quando se virou, as luzes de Hades contra o céu pareciam tomadas de uma beleza calorosa e apaixonada.

* * *

A St. Midas's School fica a meia hora de Boston em um automóvel Rolls-Pierce. A distância real nunca será conhecida, pois, com a única exceção de John T. Unger, ninguém jamais chegara lá senão dentro de um Rolls-Pierce – e provavelmente ninguém mais o fará. A St. Midas's é o colégio preparatório para meninos mais caro e exclusivo do mundo.

Os primeiros dois anos de John transcorreram ali agradavelmente. Os pais de todos os meninos eram reis do dinheiro, e John passava o verão em visitas aos *resorts* da moda. Embora gostasse muito de todos os rapazes que o hospedavam, tinha a impressão de que os pais deles eram de alguma forma muito parecidos, e, à sua maneira pueril, ele se admirava com frequência daquela extrema uniformidade. Quando lhes contava onde ficava sua casa, eles perguntavam jovialmente: "Muito calor lá embaixo?"; e John arregimentava um leve sorriso e respondia: "Decerto que sim". Teria oferecido respostas mais cordiais se não tivessem todos feito essa mesma piada – na melhor das hipóteses, com a variação "É quente o bastante para vocês lá embaixo?", que ele odiava igualmente.

No meio de seu segundo ano na escola, um garoto bonito e calado chamado Percy Washington fora colocado na turma de John. O recém-chegado era agradável em seus modos e extremamente bem vestido até mesmo para os padrões da St. Midas, mas por algum motivo se mantinha distante dos outros garotos. A única pessoa com quem travava contato mais íntimo era John T. Unger, mas mesmo com John se mantinha absolutamente reservado em relação a sua casa ou família. Rico, obviamente ele era, mas, além de umas poucas inferências, John sabia pouco sobre o amigo, de modo que, quando Percy o convidou para passar o verão em sua casa "no Oeste", era como se oferecessem um banquete a sua curiosidade. Ele aceitou sem pensar duas vezes.

Foi só quando estavam no trem que Percy se revelou, pela primeira vez, bastante comunicativo. Um dia, enquanto almoçavam no vagão-restaurante e discutiam as personalidades imperfeitas de vários garotos da escola, Percy mudou repentinamente de tom e fez um comentário abrupto.

"Meu pai", disse ele, "é de longe o homem mais rico do mundo."

"Oh", fez John, educadamente. Não conseguia pensar em nenhuma resposta para dar a essa afirmação tão categórica. Considerou a possibilidade de usar um "Isso é muito bom", mas parecia vago; e esteve a ponto de dizer "Sério?", mas se conteve, pois talvez soasse uma contestação à revelação de Percy. E como duvidar de uma declaração tão surpreendente?

"De longe o mais rico", repetiu Percy.

"Eu estava lendo no *World Almanac*", começou John, "que havia um homem na América com uma renda de mais de cinco milhões por ano e quatro homens com renda de mais de três milhões por ano, e..."

"Oh, eles não são nada." A boca de Percy era uma meia-lua de desprezo. "Capitalistas baratos, financistas sem importância, comerciantes de mercearia, agiotas. Meu pai poderia comprá-los sem nem se dar conta de que o fizera."

"Mas como ele..."

"Por que não publicaram o imposto de renda *dele*? Porque ele não paga nada. Ou melhor: paga um pouquinho... mas não paga nada sobre sua *verdadeira* renda."

"Ele deve ser muito rico", pontuou John sem muita elaboração. "Fico feliz. Gosto de gente muito rica. Quanto mais rico é um sujeito, mais eu gosto dele." Havia uma expressão franca e apaixonada em seu rosto moreno. "Visitei os Schnlitzer-Murphy na última Páscoa. Vivian Schnlitzer-Murphy tinha rubis do tamanho de ovos de galinha e safiras que eram como globos com luzes dentro..."

"Amo joias", emendou Percy com entusiasmo. "Claro que não gostaria que ninguém na escola soubesse sobre isso, mas eu mesmo tenho uma coleção e tanto. Costumava colecionar joias em vez de selos."

"... e diamantes", prosseguiu John, ansioso. "Os Schnlitzer-Murphys tinham diamantes do tamanho de nozes..."

"Isso não é nada." Percy se inclinou para a frente e desceu o tom de voz para um sussurro baixinho. "Isso não é nada. Meu pai tem um diamante maior do que o Ritz-Carlton Hotel."

II

O pôr-do-sol em Montana ocupava o espaço entre duas montanhas como um gigantesco hematoma de onde artérias escuras se espalhavam por um céu envenenado. A uma imensa distância sob o céu se acocorava a aldeia de Fish, diminuta, lúgubre e esquecida. Havia doze homens, assim se dizia, na aldeia de Fish, doze almas sombrias e inexplicáveis que sugaram um leite esquálido tirado de um pedaço de rocha quase literalmente descampado, sobre o qual uma misteriosa força populacional os gerara. Eram uma raça à parte, esses doze homens de Fish, como algumas espécies surgidas por um capricho primitivo da natureza, que, depois de pensar melhor, as abandonara à luta e ao extermínio.

Do hematoma preto e azulado à distância, surgia uma longa linha de luzes móveis sobre a terra deserta, e os doze homens de Fish se reuniam como fantasmas na estação em ruínas para assistir à passagem do trem das sete horas, o Expresso Transcontinental de Chicago. Mais ou menos seis vezes ao ano, o Expresso Transcontinental, em razão de alguma insondável jurisdição, parava na vila de Fish e, quando isso acontecia, uma figura incerta desembarcava, subia em uma carruagenzinha que sempre surgia da escuridão do crepúsculo e partia na direção do hematoma solar. A observação desse fenômeno absurdo e sem sentido havia se convertido em uma espécie de culto entre os homens de Fish. Observar, tão somente isso; não lhes restava a qualidade vital da ilusão que os fizesse refletir ou especular, caso contrário uma religião poderia ter nascido em torno dessas visitações misteriosas. Mas os homens de Fish estavam além de toda religião – os princípios mais básicos e selvagens, até mesmo do Cristianismo, não encontrariam meios de se firmar naquela rocha estéril. Daí que não havia altar, sacerdote, sacrifício: apenas a silenciosa procissão, todas as noites, às sete, até o saguão ao lado da estação em ruína, uma congregação que enunciava uma prece de anêmico e melancólico espanto.

Naquela noite de junho, o Grão Guarda-Freios – figura que, caso tivessem promovido a deificação de quem quer que fosse, poderia muito bem ter sido escolhida como seu protagonista celestial – havia determinado que às sete horas o trem deixaria sua carga humana (ou não humana) em Fish. Dois minutos depois das sete, Percy Washington e John T. Unger desembarcaram, passaram apressados ante os olhos fascinados, arrebatados, temerosos dos doze homens de Fish, entraram em um coche que obviamente surgira do nada e partiram.

Depois de meia hora, quando o crepúsculo coagulara, transformado em escuridão, o negro silencioso que conduzia o coche saudou um corpo opaco em algum lugar à frente deles na escuridão. Em resposta ao seu grito, voltou-se sobre eles um disco luminoso que os mirava como um olho maligno vindo da noite insondável. Ao se aproximarem, John notou que se tratava da luz traseira de um automóvel imenso, maior e mais magnífico do que qualquer outro que ele já vira. Sua lataria era de metal reluzente, mais rica que o níquel e mais leve que a prata, e os cubos das rodas, cravejados de figuras geométricas iridescentes de verde e amarelo – John não ousou adivinhar se eram vidro ou pedras preciosas.

Dois negros, vestidos com *librés* cintilantes, como as que se veem nas fotos dos desfiles reais em Londres, estavam em posição de sentido ao lado do carro e, quando os dois jovens apearam do coche, foram recebidos em uma língua que o convidado não conseguia entender, mas que parecia ser uma versão exagerada do dialeto dos negros do sul.

"Entre", disse Percy ao amigo, enquanto seus baús eram lançados ao teto de ébano da limusine. "Peço desculpas por você ter chegado até aqui naquela carroça, mas é claro que não seria bom que as pessoas no trem ou aquela gente esquecida por Deus em Fish vissem este automóvel."

"Que carro, caramba!" Foi uma interjeição estimulada pelo interior do veículo. John observou que o estofamento consistia em milhares de minúsculas e delicadíssimas tapeçarias de seda, entretecidas de joias e bordados costurados contra um fundo de tecido de ouro. As duas poltronas nas quais os garotos se deleitavam eram revestidas de um material que lembrava o veludo, mas que parecia tecido das inúmeras cores de pontas de penas de avestruz.

"Que carro!", exclamou John mais uma vez, surpreso.

"Essa coisa?", Percy riu. "Ora, é só uma lataria velha que usamos como transporte para a estação."

A essa altura, já deslizavam escuridão adentro rumo à fenda que separava as duas montanhas.

"Chegaremos em uma hora e meia", comentou Percy, verificando relógio. "Acrescentaria que você jamais viu coisa igual em sua vida."

Se o carro era um indício do que John encontraria pela frente, ele já estava preparado para ficar surpreso de verdade. A fé simplória que predomina em Hades tem a fervorosa adoração e o respeito aos ricos como princípio fundamental de seu credo – se John tivesse sentido outra coisa que não a mais beata humildade diante deles, seus pais teriam se afastado horrorizados ante a blasfêmia.

O automóvel havia chegado à fenda entre as duas montanhas e quase de imediato o caminho se tornou bem mais acidentado.

"Se a luz da lua nos iluminasse aqui, você veria que estamos em uma enorme ravina", disse Percy, tentando espiar pela janela.

Ele disse alguma coisa em um bocal, e de pronto o lacaio acendeu um holofote que varreu as encostas com um feixe imenso.

"Rocha pura, está vendo? Um carro qualquer estaria em pedaços em questão de meia hora. Na verdade, só um tanque é capaz de navegar por aqui, a menos que você conheça o caminho. Percebeu que estamos subindo?"

Era evidente que estavam subindo e, em poucos minutos, o carro estava cruzando uma alta cumeeira, de onde vislumbraram, à distância, uma lua pálida que acabava de ascender ao céu. De repente, o carro parou, e várias silhuetas ganharam forma na escuridão que o cercava – também eram negros. Os dois jovens foram mais uma vez saudados no mesmo dialeto vagamente reconhecível; em seguida, os negros puseram-se a trabalhar, e quatro cabos imensos que desciam do alto foram presos com ganchos aos cubos das grandes rodas cravejadas de joias. Ao ressoar de um retumbante "Eia!", John sentiu o carro se erguer lentamente do solo – para o alto, cada vez mais ao alto – para longe das rochas mais altas de ambos os lados – e depois mais ao alto, até que pôde avistar um vale ondulado e iluminado pela lua, que se estendia diante deles em nítido contraste com o atoleiro de rochas que tinham acabado de deixar. Apenas de um lado ainda havia rocha – e, de repente, já não restavam pedras ao lado deles ou em qualquer lugar ao redor.

Era evidente que haviam galgado uma rocha imensa em forma de lâmina, como uma faca que se projetava perpendicularmente no ar. Em um instante, eles estavam descendo de novo e, por fim, com um leve solavanco, pousaram em terra plana.

"O pior já passou", disse Percy, espiando pela janela. "Fica a apenas cinco milhas daqui, e em nossa própria estrada de tijolos... todos encaixados, uma tapeçaria... por todo o caminho. Tudo isso nos pertence. Segundo meu pai, é aqui que os Estados Unidos terminam."

"Estamos no Canadá?"

"Não. Estamos no meio das Montanhas Rochosas, em Montana. Mas agora você está nas únicas cinco milhas quadradas de terra no país que nunca passaram por levantamento topográfico."

"Por que não? Foram esquecidas?"

"Não", respondeu Percy, sorrindo. "Tentaram três vezes. Na primeira, meu avô corrompeu todo um departamento de pesquisa estadual; na segunda, ordenou que mudassem os mapas oficiais dos Estados Unidos... o que os deteve por quinze anos. Da última vez foi mais difícil. Meu pai deu um jeito de as bússolas deles ficarem no mais forte campo magnético já criado artificialmente. Ele tinha todo um conjunto de instrumentos topográficos produzidos com pequenos defeitos que não permitiriam que este território fosse revelado, e então os substituiu pelos que deveriam ser usados. Depois, ele desviou um rio e construiu o que, para quem visse, era um vilarejo em suas margens... para que pudessem avistá-lo e concluíssem que era uma cidade dez milhas acima do vale. Só existe uma coisa de que meu pai tem medo", concluiu ele, "apenas uma coisa no mundo que poderia ser usada para nos descobrir."

"E o que é?"

Percy modulou a voz para um sussurro.

"Aviões", confidenciou ele. "Temos meia dúzia de armas antiaéreas e temos conseguido nos virar... mas houve algumas mortes e fizemos muitos prisioneiros. Não que nos importemos com isso, sabe?... digo, meu pai e eu, mas isso chateia minha mãe e minhas irmãs, e sempre há o perigo de que algum dia não possamos resolver isso."

Tiras e farrapos de chinchila, nuvens de brinde no céu de luar esverdeado, passavam pela lua verde no céu como em um desfile de preciosos produtos orientais para a inspeção de algum *khan* tártaro. Para John, parecia que já despontava o dia, e que ele avistava uns rapazes velejando acima deles no ar, despejando folhetos e anúncios de remédios patenteados, com mensagens de esperança para vilarejos cercados de rochas e desespero. Pareceu-lhe que podia vê-los a observar, do alto das nuvens, a terra abaixo – e ver o que quer que houvesse para se ver no lugar para onde ele seguia – E então? Seriam por acaso obrigados a pousar em razão de algum dispositivo insidioso ali instalado para serem, então, detidos e aprisionados longe de seus remédios patenteados e de folhetos até o dia de seu julgamento – ou, caso não caíssem na armadilha, trazidos ao solo depois de uma rápida baforada de fumaça e a forte explosão de uma granada –, deixando "chateadas" a mãe e as irmãs de Percy? John balançou a cabeça, e o espectro de uma risada vazia se desenhou silenciosamente em seus lábios entreabertos. Que negócios insanos se escondem aqui? Que expediente moral, digno de um Creso bizarro, é esse? Que mistério terrível e dourado?...

As nuvens de chinchila haviam passado; do lado de fora, a claridade do dia iluminava a noite de Montana. A tapeçaria de tijolos da estrada tratava com delicadeza as ranhuras dos imensos pneus enquanto contornavam um lago de águas calmas, onde a lua reluzia; por um instante se fez escuridão – adentraram um bosque de pinheiros, perfumado e fresco, que dava acesso a uma via que cortava um gramado, e a exclamação de prazer de John coincidiu com o taciturno "Chegamos" de Percy.

Iluminado pela luz das estrelas, avistava-se às margens do lago um belíssimo castelo que com o esplendor de seus mármores se projetava até metade da altura de uma montanha adjacente para, então, derreter-se em graça, em perfeita simetria, em translúcido langor feminino, na escuridão maciça de uma floresta de pinheiros. As muitas torres, o rendilhado delicado dos parapeitos inclinados, a maravilha cinzelada de mil janelas amarelas com seus retângulos, hectógonos e triângulos de luz dourada, a suavidade estilhaçada dos planos interseccionados de sombra azul e brilho estrelado – tudo vibrava no espírito de John como um acorde musical. Em uma das torres, a mais alta, a mais negra em sua base, um arranjo de luzes externas no topo produzia uma espécie de mundo das fadas flutuante – e enquanto John olhava ao alto com um encantamento caloroso, o som fraco e pulsante dos violinos descia em uma harmonia rococó diferente de tudo que ele já havia escutado antes. Então, em um piscar de olhos, o carro parou diante de elevados e largos degraus de mármore, em torno dos quais o ar da noite tinha a fragrância de uma hoste de flores. Acima dos degraus, duas portas imensas se abriram silenciosamente, e uma luz âmbar inundou a escuridão, destacando a silhueta de uma bela senhora de cabelos pretos armados num penteado alto, que estendeu os braços na direção dos rapazes.

"Mãe, este é meu amigo, John Unger, de Hades", anunciou Percy.

Posteriormente, John lembrou-se daquela primeira noite como um assoberbamento de cores, de impressões sensoriais fugazes, de uma música suave como uma voz apaixonada, e da beleza de coisas, luzes e sombras, de movimentos e rostos. Havia um homem grisalho que bebia um cordial multicolorido servido em um copinho de cristal sobre uma haste dourada. Havia uma garota cujo rosto mais lembrava um botão de flor, vestida de Titânia, com safiras trançadas nos cabelos. Havia uma sala onde o ouro sólido e suave das paredes cedia à pressão de seus dedos, e uma sala que não diferia da concepção platônica da prisão final – teto, chão e paredes forrados de uma massa ininterrupta de diamantes – diamantes de todos os tamanhos e formas, até que, iluminada por elevadas lâmpadas violeta nos cantos, ofuscavam os olhos com uma brancura que, diferente de tudo que concebesse o desejo ou sonho humano, só poderia ser comparada a si mesma.

Os dois garotos vagaram por um labirinto de salas. Às vezes, o chão sob seus pés flamejava nos padrões reluzentes de uma iluminação que vinha de baixo – padrões de cores bárbaras que se digladiavam, de delicadeza pastel, de pura brancura ou de sutil e intrincado mosaico, certamente de alguma mesquita no mar Adriático. Às vezes, sob camadas de cristal espesso, ele via água azul ou verde em redemoinhos habitados por peixes vivazes e brotos de folhagem com as cores do arco-íris – ou, de repente, palmilhavam peles de toda sorte de textura e matiz ou percorriam passagens do mais alvo marfim, inconsúteis, como fossem inteiramente esculpidas nas presas gigantescas de dinossauros extintos antes do surgimento do homem...

Em seguida, numa transição de vaga lembrança, eles se encontravam à mesa de jantar – na qual cada prato era feito de duas camadas quase imperceptíveis de diamante sólido entre as quais se via, curiosamente trabalhada, uma filigrana em esmeralda, uma lâmina cortada do ar verde. A música, plangente e discreta, flutuava pelos corredores a perder de vista – sua cadeira, forrada de penas e sutilmente curvada às costas, parecia envolvê-lo e dominá-lo enquanto bebia sua primeira taça de porto. Sonolento, John tentou responder a uma pergunta que lhe havia sido feita, mas o luxo melífluo que lhe envolvia o corpo aumentava a ilusão de sono – joias, tecidos, vinhos e metais se mesclavam diante de seus olhos em uma doce névoa...

"Sim", respondeu ele com educado esforço, "sem dúvida é bem quente lá embaixo."

John foi capaz de acrescentar uma risada fantasmática; então, sem movimento, sem resistência, sentiu-se flutuar e se afastar, deixando uma sobremesa gelada que era rosada como um sonho... Ele adormeceu.

Quando despertou, sabia que muitas horas haviam se passado. Ele estava em uma grande sala silenciosa com paredes de ébano e uma iluminação opaca, muito fraca, sutil demais para ser chamada de luz. O jovem anfitrião estava parado diante dele.

"Você adormeceu no jantar", comentou Percy. "Eu quase dormi também... foi muito bom sentir de novo esse conforto depois de um ano inteiro de escola. Os criados o despiram e deram banho em você enquanto você dormia."

"Estou em uma cama ou em uma nuvem?", suspirou John.
"Percy, Percy... antes de você ir, eu quero me desculpar."
"Pelo quê?"
"Por duvidar de você quando disse que tinha um diamante do tamanho do Ritz-Carlton."
Percy sorriu.
"Achei que você não tinha acreditado. É a montanha."
"Que montanha?"
"A montanha em que o castelo se apoia. Não é muito grande para uma montanha. Mas, exceto por quinze metros de relva e cascalho no topo, é diamante sólido. Um diamante inteiriço, de uma milha cúbica. Você está me ouvindo? Quero dizer..."
Mas John T. Unger havia adormecido novamente.

III

Manhã. Ao acordar, percebeu, com os olhos embaciados de sono, que no mesmo instante a luz do sol adensara o espaço do quarto. Os painéis de ébano de uma das paredes haviam deslizado para o lado sobre algo como um trilho, permitindo que o dia invadisse parcialmente o quarto. Um negro enorme, vestido de uniforme branco, estava ao lado da cama.

"Boa noite", murmurou John, arrancando a percepção a profundezas selvagens.

"Bom dia, senhor. Está pronto para o seu banho? Oh, não se levante... eu o coloco ali, se o senhor apenas desabotoar o pijama... isso. Obrigado, senhor."

John permaneceu quieto enquanto era despido do pijama – aquilo o divertia e encantava, e ele esperava ser erguido como uma criança por aquele Gargântua negro que lhe dedicava cuidados, mas nada disso aconteceu; em vez disso, sentiu a cama inclinar-se lentamente para o lado – ele começou a rolar, assustado a princípio, na direção da parede, mas, quando a tocou, a cortina cedeu, e ele, deslizando mais dois metros por uma inclinação felpuda, desabou suavemente dentro da água, aquecida à mesma temperatura de seu corpo.

John olhou ao redor. A rampa ou escorregador pelo qual deslizara havia se recolhido suavemente de volta ao lugar. Ele havia sido projetado para dentro de outra câmara e estava sentado em uma banheira submersa, com a cabeça logo acima do nível do chão. Todo o seu entorno, revestindo as paredes da sala e as laterais e o fundo da própria banheira, era um aquário azul; e olhando através da superfície de cristal em que estava sentado, podia ver peixes nadando entre luzes âmbar e mesmo deslizando sem qualquer curiosidade ante os dedos de seus pés estendidos, separados deles apenas pela espessura do cristal. De cima, a luz do sol descia através de um vidro verde-água.

"Que tal água de rosas quente e espuma de sabão esta manhã, senhor?... e talvez água fria e salgada para terminar."

O negro estava parado ao lado dele.

"Sim", concordou John, sorrindo estupefato, "como quiser." Qualquer ideia de pedir esse banho de acordo com a frugalidade de seus próprios padrões de vida teria sido pedante e não pouco perversa.

O negro apertou um botão, e uma chuva quente começou a cair, aparentemente vinda de cima, mas que, na verdade, como John descobriu depois de um momento, vinha de uma fonte perto de si. A água adquiriu tom rosado claro, e jatos de sabonete líquido jorraram nela de quatro cabeças de morsa em miniatura postadas nos cantos da banheira. Num instante, uma dúzia de pequenas pás giratórias, fixadas nas laterais, havia agitado a mistura em um radiante arco-íris de espuma vermelho-claro que, com sua deliciosa leveza, o envolvia suavemente e explodia em brilhantes bolhas rosadas aqui e ali ao seu redor.

"Devo ligar o cinematógrafo, senhor?", perguntou o negro com deferência. "Há um rolo de boa comédia na máquina hoje, mas também posso colocar um filme sério num instante, se o senhor preferir."

"Não, obrigado", respondeu John, educadamente, porém com firmeza. Ele estava gostando demais do banho para desejar qualquer distração. A distração, porém, veio. Em um instante, ele estava ouvindo atentamente o som de flautas vindo de fora, flautas das quais fluía uma melodia que era como uma cachoeira, fresca e verde como a própria sala, acompanhando um flautim volátil, em execução mais delicada que a renda de espuma que o cobria e encantava.

Depois de uma revigorante ducha de água fria salgada e uma finalização de água doce e fria, ele deixou a banheira e vestiu um robe felpudo e, em um sofá coberto com o mesmo material, foi esfregado com óleo, álcool e especiarias. Mais tarde, sentou-se em uma cadeira voluptuosa enquanto era barbeado e tinha o cabelo aparado.

"O senhor Percy o aguarda em sua sala de estar", disse o negro, tão logo os procedimentos terminaram. "Meu nome é Gygsum, sr. Unger. Recebi ordens para atendê-lo todas as manhãs."

John saiu para o sol forte de sua sala de estar, onde encontrou o café da manhã esperando por ele e Percy, que, muito belo em seus calções brancos de pelica, fumava sentado em uma poltrona.

IV

Esta é uma história da família Washington, tal como Percy a esboçou para John durante o café da manhã.

O pai do sr. Washington era natural de Virginia, descendente direto de George Washington e Lord Baltimore. No fim da Guerra Civil, ele era um coronel de 25 anos com uma plantação devastada e cerca de mil dólares em ouro.

Fitz-Norman Culpepper Washington, pois esse era o nome do jovem coronel, decidiu presentear seu irmão mais novo com a propriedade da Virginia e estabelecer-se no oeste. Escolheu 24 dos negros mais fiéis, que, evidentemente, o veneravam, e comprou 25 passagens para o oeste, onde pretendia comprar terras em seus nomes e fundar uma fazenda de ovelhas e bois.

Quando tinha passado já quase um mês em Montana e as coisas iam de mal a pior, tropeçou em sua grande descoberta. Tinha se perdido ao cavalgar pelas colinas e, depois de um dia sem comer, passou a sentir fome. Como havia saído sem o rifle, foi forçado a perseguir um esquilo e, no decorrer da perseguição, percebeu que o animal carregava algo brilhante na boca. Pouco antes de se enfiar em sua toca – pois a Providência não lhe havia permitido aliviar a fome –, o esquilo largou seu fardo. Ao sentar-se para refletir sobre sua situação, os olhos de Fitz-Norman foram capturados por um brilho na relva ao seu lado. Em dez segundos, ele havia perdido o apetite por completo e ganhado cem mil dólares. O esquilo, que se recusara com irritante pertinácia a se tornar alimento, deu-lhe de presente um grande e perfeito diamante.

Mais tarde naquela noite, ele encontrou o caminho para o acampamento e, doze horas depois, todos os seus negros estavam em torno da toca do esquilo, cavando furiosamente na encosta da montanha. Fitz-Norman lhes disse que havia descoberto uma mina de cristal e, como apenas um ou dois deles já tinham visto um pequeno diamante antes, o grupo acreditou nele sem qualquer questionamento. Quando a magnitude de sua descoberta se lhe tornou evidente, ele se viu em um dilema. A montanha era *um* diamante – literalmente, nada mais, nada menos do que um diamante sólido. Ele encheu quatro alforjes com amostras brilhantes e partiu a cavalo para St. Paul. Lá, conseguiu desovar meia dúzia de pedras de pouco tamanho – ao tentar vender uma maior, um lojista desmaiou, e Fitz-Norman foi preso por perturbar a ordem pública. Escapando da prisão, tomou um trem para Nova York, onde vendeu alguns diamantes de tamanho médio e recebeu, em troca, cerca de duzentos mil dólares em ouro. Ele não se atreveu, porém, a mostrar qualquer gema excepcional – na verdade, deixou Nova York na hora certa. Um tremendo frenesi havia tomado conta dos círculos de joalheria, não tanto pelo tamanho de seus diamantes, mas por seu aparecimento na cidade, vindo de fontes misteriosas. Correram rumores de que uma mina de diamantes fora descoberta em Catskills, na costa de Jersey, em Long Island, debaixo da Washington Square. Trens de viagem, abarrotados de homens carregando picaretas e pás, começaram a deixar Nova York de hora em hora com destino a vários desses Eldorados vizinhos. A essa altura, o jovem Fitz-Norman estava voltando para Montana.

Ao fim de quinze dias, ele havia estimado que o diamante na montanha era aproximadamente igual em quantidade a todos os outros diamantes conhecidos no mundo. Não havia, porém, como avaliá-lo por qualquer cálculo regular, pois era *um só diamante, sólido* – e, se fosse colocado à venda, não apenas o mercado desabaria ao fundo do poço, mas também, se o valor de um diamante aumentava de acordo com seu tamanho na progressão aritmética usual, não haveria ouro suficiente no mundo para comprar uma décima parte dele. E o que se poderia fazer com um diamante desse tamanho?

Era um problema incrível. Ele era, em certo sentido, o homem mais rico que já havia existido – e, no entanto, valia ele alguma coisa? Se o seu segredo viesse à tona, não havia como dizer a que medidas o Governo poderia recorrer para evitar o colapso, tanto do ouro quanto do mercado de joias. Ele poderia assumir o controle imediatamente e instituir um monopólio.

Não havia alternativa – ele precisava comercializar sua montanha em segredo. Mandou buscar o irmão mais novo no sul e o pôs no comando de seus seguidores negros, que nunca haviam se dado conta de que a escravidão fora abolida. Para consolidar a ideia, ele leu aos negros uma proclamação redigida por ele mesmo, anunciando que o general Forrest tinha reorganizado os exércitos confederados destroçados e derrotado a União em uma batalha campal. Os negros acreditaram nele sem reservas; em assembleia, declaram se tratar de coisa boa e prontamente realizaram cultos de celebração.

Fitz-Norman em pessoa partiu para o exterior com cem mil dólares e dois baús cheios de diamantes em estado bruto e dos mais variados tamanhos. Seguiu rumo à Rússia em um junco chinês e, seis meses após sua partida de Montana, encontrava-se em São Petersburgo. Alugou um alojamento lúgubre e chamou imediatamente o joalheiro da corte, anunciando que tinha um diamante para o czar. Ele permaneceu em São Petersburgo por duas semanas, sob o risco constante de ser assassinado, vivendo de pensão em pensão e com medo de verificar seus baús mais de três ou quatro vezes durante toda a quinzena.

Sob a promessa de retornar em um ano com pedras maiores e mais finas, foi autorizado a partir para a Índia. Antes da viagem, porém, os tesoureiros da corte haviam depositado em seu crédito, em bancos americanos, a quantia de quinze milhões de dólares – sob quatro pseudônimos diferentes.

Ele retornou à América em 1868, tendo partido havia pouco mais de dois anos. Visitara as capitais de 22 países e conversara com cinco imperadores, onze reis, três príncipes, um xá, um *khan* e um sultão. Naquela época, Fitz-Norman estimou sua própria riqueza em um bilhão de dólares. Um fato funcionou com bastante eficiência contra a divulgação de seu segredo. Nenhum de seus diamantes maiores permaneceu aos olhos do público por uma semana sem antes ser cercado de histórias de fatalidades, amores, revoluções e guerras suficientes para fazê-los remontarem os primeiros dias do Império Babilônico.

De 1870 até sua morte em 1900, a história de Fitz-Norman Washington foi um longo épico em ouro. Havia elementos secundários, é claro: escapou aos levantamentos topográficos, casou-se com uma senhora de Virginia, com quem tinha um filho solteiro, e foi compelido, devido a uma série de complicações infelizes, a matar seu irmão, cujo inconveniente hábito de beber a ponto de chegar a um indiscreto estupor havia por inúmeras vezes posto em perigo a segurança deles. De qualquer modo, foram poucos os assassinatos a manchar esses anos felizes de progresso e expansão.

Pouco antes de morrer, ele mudou de estratégia e, com uns meros milhões de dólares de sua riqueza visível, comprou minerais raros a granel, os quais depositou em cofres de bancos do mundo todo, registrados como *bric-a-brac*. Seu filho, Braddock Tarleton Washington, deu um passo além na mesma estratégia. Os minerais foram convertidos no mais raro de todos os elementos – o rádio –, de forma que o equivalente a um bilhão de dólares em ouro pudesse ser colocado em um recipiente do tamanho de uma caixa de charutos.

Quando já se contavam três anos da morte de Fitz-Norman, seu filho, Braddock, decidiu que o negócio já havia ido longe o suficiente. O montante de riqueza que ele e seu pai haviam extraído à montanha estava além de qualquer cálculo exato. Ele conservava um caderno cifrado no qual anotava a quantidade aproximada de rádio em cada um dos mil bancos que patrocinava, com os respectivos pseudônimos de registro. Em seguida, fez uma coisa muito simples: lacrou a mina.

A mina fora lacrada. O que dela havia sido extraído daria sustento a todos os Washingtons futuros em um luxo incomparável por muitas gerações. Sua grande preocupação devia consistir na proteção do segredo, sob o risco de que, no possível pânico resultante de sua descoberta, fossem reduzidos à extrema pobreza junto com todos os proprietários do mundo.

Essa era a família que tinha John T. Unger como hóspede. Essa foi a história que ele ouviu em uma sala de estar com paredes de prata na manhã seguinte à sua chegada.

V

Depois do café da manhã, John atravessou a grande entrada em mármore e olhou com curiosidade para a cena à sua frente. Todo o vale, desde a montanha de diamantes até o penhasco íngreme de granito a cinco milhas de distância, ainda exalava um sopro de névoa dourada que pairava preguiçosamente acima da fina extensão de gramados, lagos e jardins. Aqui e ali, grupos de olmos formavam delicados bosques de sombra, contrastando estranhamente com as densas massas de floresta de pinheiros que envolviam as colinas em um domínio verde-azulado. Enquanto John observava a paisagem, três veadinhos em fila despontaram de um bosque de árvores a cerca de oitocentos metros de distância e desapareceram com uma estranha alegria na penumbra raiada de luz e sombra de outro. John não teria ficado surpreso em ver um sátiro flauteando em seu caminho entre as árvores ou em vislumbrar entre as mais verdes folhas a pele rosada de uma ninfa de cabelos louros esvoaçantes.

Com essa prazerosa esperança, ele desceu os degraus de mármore, perturbando vagamente o sono canino de dois borzois sedosos ao pé da escadaria, e partiu ao longo de uma trilha de tijolos brancos e azuis que não parecia levar a qualquer direção em particular.

Estava tão contente quanto era capaz de estar. É a felicidade da juventude, bem como sua insuficiência, que ela jamais seja capaz de viver no presente, mas esteja sempre comparando o dia com o retrato imaginado e radiante de seu próprio futuro – flores e ouro, moças e estrelas são apenas prefigurações e profecias daquele incomparável e intangível sonho juvenil.

John dobrou uma leve curva, onde uma profusão de roseiras preenchia o ar com um intenso perfume, e disparou através de um parque em direção a um tapete de musgo sob algumas árvores. Ele nunca tinha se deitado no musgo e queria ver se era realmente macio o suficiente para justificar o uso de seu nome como referência para a maciez. Foi quando ele viu uma garota vindo em sua direção pelo relvado. Era a pessoa mais linda que ele já vira.

Ela trajava um vestidinho branco que se estendia até logo abaixo dos joelhos, e uma coroa de flores de resedá presas com lâminas azuis de safira amarradas a seu cabelo. Tinha os pés rosados descalços e espalhava o orvalho em sua esteira enquanto caminhava. Era mais jovem do que John – não tinha mais do que 16 anos.

"Olá", exclamou ela delicadamente, "sou a Kismine."

Ela já era muito mais do que isso para John. Ele caminhou em sua direção, mal se movendo ao se aproximar dela, temendo pisar em seus pés descalços.

"Você ainda não tinha me visto", disse ela, com sua voz suave, enquanto seus olhos azuis acrescentavam – "e veja o quanto você estava perdendo!"... "Você conheceu minha irmã, Jasmine, na noite passada. Eu não estava bem, sofri uma intoxicação por alface", continuou ela, acompanhada de seus olhos – "e, quando estou doente, sou um docinho... e também quando estou bem."

"Estou muito impressionado com você", disseram os olhos de John, "eu mesmo não sou assim tão lerdo." "Como vai?", perguntou sua voz. "Espero que já se sinta melhor nesta manhã." "... querida", acrescentaram seus olhos trêmulos.

John notou que estavam caminhando ao longo da trilha. Por sugestão dela, eles se sentaram juntos sobre o musgo, cuja maciez ele não conseguiu determinar.

Ele era bastante crítico no que se referia às mulheres. Um único defeito – um tornozelo grosso, uma voz rouca, um olho de vidro – bastava para deixá-lo totalmente indiferente. E aqui, pela primeira vez em sua vida, estava ao lado de uma garota que lhe parecia a encarnação da perfeição física.

"Você é da costa leste?", perguntou Kismine com um interesse encantador.

"Não", respondeu John, laconicamente. "Sou de Hades."

Ou ela nunca tinha ouvido falar de Hades, ou não conseguia pensar em nenhum comentário agradável para fazer sobre isso, pois ela não mencionou mais o assunto.

"Vou para a escola no leste neste outono", comentou ela. "Acha que vou gostar? Vou para a escola da srta. Bulge, em Nova York. É muito rígida, mas nos fins de semana eu vou morar em casa com a família em nossa casa em Nova York, porque papai ouviu que as moças tinham de andar em par."

"Seu pai quer que você seja altiva", observou John.

"Nós somos altivos", respondeu ela, com os olhos brilhando com dignidade. "Nenhum de nós jamais foi punido. Meu pai disse que nunca deveríamos ser. Uma vez, quando minha irmã Jasmine era uma garotinha, ela o empurrou escada abaixo, e ele simplesmente se levantou e saiu mancando. Minha mãe ficou... bem, um pouco assustada", prosseguiu Kismine, "quando ouviu dizer que você era de... que você *é* de... sabe? Ela disse que quando era uma menina... bom, mas na época ela era só uma menina espanhola bastante antiquada."

"Você passa muito tempo aqui?", perguntou John, para esconder o fato de que havia ficado um pouco magoado com a observação. Parecia uma alusão cruel ao seu provincianismo.

"Percy, Jasmine e eu ficamos aqui todos os verões, mas no próximo Jasmine vai para Newport. Ela vai para Londres daqui a um ano. Vai ser apresentada à corte."

"Sabe", começou John hesitante, "você é muito mais sofisticada do que pensei quando a vi pela primeira vez?"

"Ah, não, não sou", exclamou ela apressadamente. "Oh, jamais pensaria em ser. Acho que jovens sofisticados são *terrivelmente* comuns, você não acha? Eu não sou, mesmo. Se você disser que sim, vou chorar."

Ela estava tão angustiada que seu lábio tremia. John foi impelido a protestar:

"Eu não quis dizer isso; eu só disse isso para provocar você."

"Porque eu não me importaria se *fosse*", ela persistiu, "mas não sou. Sou muito ingênua e infantil. Nunca fumo, nem bebo, nem leio nada que não seja poesia. Mal sei o que é matemática ou química. Minhas roupas são todas muito simples... na verdade, quase não me arrumo. Acho que sofisticada é a última coisa que se pode dizer sobre mim. Eu sou da opinião de que as moças devem desfrutar de sua juventude de forma saudável."

"Eu também acho", disse John, sinceramente.

Kismine estava alegre de novo. Sorria para ele, e uma lágrima natimorta correu do canto de um olho azul.

"Gostei de você", sussurrou ela intimamente. "Você vai passar todo o seu tempo com Percy enquanto estiver aqui ou será legal comigo? Pense nisso... sou um campo absolutamente novo. Nunca conheci um garoto apaixonado por mim em toda a minha vida. Nunca tive permissão nem mesmo de ver garotos sozinha... exceto Percy. Vim até aqui para este bosque na esperança de encontrar você, onde minha família não estaria por perto."

Profundamente lisonjeado, John curvou-se a partir dos quadris, como havia sido ensinado na escola de dança em Hades.

"É melhor irmos agora", disse Kismine docemente. "Preciso estar com minha mãe às onze. Você não me pediu nem um beijo. Achei que os garotos sempre fizessem isso hoje em dia."

John endireitou a postura com orgulho.

"Alguns sim", respondeu ele, "mas eu não. As meninas não fazem esse tipo de coisa... em Hades."

Lado a lado, eles voltaram para a casa.

VI

John ficou diante do sr. Braddock Washington em plena luz do sol. Era um homem de cerca de 40 anos, de feições altivas e vazias, olhos inteligentes e porte robusto. Pela manhã, cheirava a cavalos – os melhores cavalos. Carregava uma bengala de bétula cinza sem maior requinte, exceto pelo castão – uma enorme opala. Ele e Percy estavam apresentando os arredores a John.

"A senzala fica ali." Com a bengala, ele apontava a um claustro de mármore à esquerda, que corria em um gótico gracioso ao longo da encosta da montanha. "Na minha juventude, deixei-me desviar por algum tempo dos negócios da vida e vivi um período de idealismo absurdo. Durante esse tempo, os escravos viveram com luxo. Por exemplo, instalei em cada uma das acomodações banheiras de azulejo."

"Suponho", arriscou John, com uma risada calculada para inspirar simpatia, "que eles usassem as banheiras para guardar carvão. O sr. Schnlitzer-Murphy me disse que uma vez ele..."

"As opiniões do sr. Schnlitzer-Murphy são de pouca importância, eu imagino", interrompeu Braddock Washington friamente. "Meus escravos não guardavam carvão em suas banheiras. Tinham ordens de tomar banho todos os dias, e assim o faziam. Se não tomassem, eu podia encomendar um xampu de ácido sulfúrico. Interrompi os banhos por outro motivo. Vários deles pegaram resfriado e morreram. A água não faz bem para certas raças... exceto como bebida."

John riu e então decidiu acenar com a cabeça em concordância sóbria. Braddock Washington o incomodava.

"Todos esses negros são descendentes daqueles que meu pai trouxe consigo para o norte. Hoje eles são cerca de duzentos e cinquenta. Você nota que eles vivem tanto tempo isolados do mundo que seu dialeto original se tornou uma língua própria, quase incompreensível. Ensinamos o inglês a alguns deles – a meu secretário e dois ou três empregados da casa."

"Este é o campo de golfe", prosseguiu ele, enquanto caminhavam pela relva aveludada do inverno. "É tudo verde, como você vê... sem trilha aberta, sem irregularidades, sem perigos."

Ele sorriu gentilmente para John.

"Muitos homens na jaula, pai?", perguntou Percy de repente.

Braddock Washington tropeçou e lançou uma imprecação involuntária.

"Um a menos do que deveria", exclamou ele em um tom soturno – e acrescentou, depois de um momento: "Tivemos dificuldades."

"Mamãe me contou!", exclamou Percy. "Aquele professor de italiano..."

"Um erro medonho", disse Braddock Washington com raiva. "Mas é claro que há uma boa chance de o capturarmos. Talvez ele tenha caído em algum lugar na floresta ou tropeçado em um penhasco. Mas também há sempre a possibilidade de que, se ele fugisse, ninguém acreditaria em sua história. Mesmo assim, coloquei mais de vinte homens à caça dele em diferentes cidades na região."

"E sem sorte?"

"Talvez. Quatorze relataram ao meu agente que cada um deles matou um homem que correspondia a essa descrição, mas é claro que provavelmente estavam, sim, interessados na recompensa..."

Ele interrompeu a fala. Haviam chegado a uma enorme cavidade na terra, com a circunferência de um carrossel e coberta por uma sólida grade de ferro. Braddock Washington acenou para John e apontou sua bengala através da grade. John foi até a borda e olhou. Seus ouvidos foram imediatamente acometidos de um clamor selvagem vindo do fundo.

"Venha para o Inferno!"

"Olá, garoto, como está o ar aí em cima?"

"Ei! Jogue-nos uma corda!"

"Tem uma rosquinha velha, meu chapa, ou alguns sanduíches sobrando?"

"Olha só, cara, se você empurrar esse sujeito aí do seu lado, mostraremos uma cena de desaparecimento rápido."

"Arrebente esse aí por mim, pode ser?"

Estava muito escuro para ver com clareza o fundo do fosso, mas John podia dizer, pelo otimismo vulgar e vitalidade áspera dos comentários e vozes, que eram homens de classe media, do tipo mais vivaz. Então o sr. Washington estendeu a bengala e apertou um botão na relva, e a cena abaixo ganhou luz.

"Estes são alguns dos ousados viajantes que tiveram a infelicidade de descobrir Eldorado", comentou.

Abaixo deles, revelou-se um buraco imenso na terra, com o formato do interior de uma tigela. As laterais eram íngremes e aparentemente de vidro polido, e em sua superfície ligeiramente côncava havia cerca de vinte homens vestidos com metade do traje, metade do uniforme, de aviador. Seus rostos voltados ao alto, iluminados pela ira, pela malícia, pelo desespero, pelo humor cínico, estavam cobertos de longos fios de barba, mas com exceção de alguns que haviam claramente definhado, eles pareciam ser um grupo bem alimentado e saudável.

Braddock Washington puxou uma cadeira de jardim à beira do fosso e sentou-se.

"Bem, como vocês estão, meninos?", perguntou ele cordialmente.

Um coro de execração, ao qual todos se uniram, exceto os alquebrados demais para gritar, ergueu-se no ar ensolarado, mas Braddock Washington ouviu-o com serenidade. Quando seu último eco morreu, ele tornou a tomar a palavra.

"Vocês já pensaram em uma maneira de resolver a dificuldade em que se meteram?"

Daqui e dali, entre eles, surgiam observações.

"Decidimos ficar aqui por amor!"

"Leve-nos aí em cima, e nós resolveremos isso!"

Braddock Washington esperou até que estivessem novamente em silêncio. Então disse:

"Já lhes contei a situação. Não quero vocês aqui; gostaria, de todo o meu coração, de nunca tê-los visto. Vocês chegaram até aqui por pura curiosidade e, caso encontrem uma alternativa que proteja a mim e meus interesses, terei o maior prazer em levá-la em consideração. Mas, enquanto limitarem seus esforços a cavar túneis – sim, eu sei sobre último que vocês começaram –, não irão muito longe. Isso não é tão difícil quanto vocês fazem parecer, com toda essa gritaria pelos entes queridos. Se vocês fossem do tipo que se preocupa com os entes queridos em casa, nunca teriam escolhido a aviação."

Um homem alto destacou-se do grupo e ergueu a mão para chamar a atenção de seu captor para o que estava prestes a dizer.

"Deixe-me fazer algumas perguntas!", bradou. "Você finge ser um homem justo."

"Que absurdo! Como pode um homem da *minha* posição ser justo com *vocês*? Você também pode falar de um espanhol sendo justo com um pedaço de bife."

Com essa dura observação, os rostos dos mais de vinte filés se voltaram ao chão, mas o homem alto continuou:

"Tudo bem!", gritou. "Já discutimos isso antes. Você não é humanitário e não é justo, mas é humano... pelo menos diz que é... e deve ser capaz de se colocar em nosso lugar por tempo suficiente para pensar o quão... quão... quão..."

"Quão o quê?", quis saber Washington, friamente.

"... desnecessário..."

"Não para mim."

"Bem... o quão cruel..."

"Já falamos disso. A crueldade não existe onde a autopreservação está envolvida. Vocês foram soldados, sabem disso. Tentem outra."

"Bom... então, o quão estúpido."

"Pronto", admitiu Washington, "isso eu aceito. Mas tentem pensar em uma alternativa. Ofereci a execução indolor de todos ou de qualquer um de vocês, se assim o desejassem. Ofereci o sequestro de suas esposas, namoradas, filhos e mães para trazê-los para cá. Ampliarei sua casa aí embaixo e pretendo alimentá-los e vesti-los pelo resto de suas vidas. Se houvesse algum método cirúrgico que produzisse amnésia permanente, teria operado todos vocês e liberado imediatamente, em algum lugar fora de minhas reservas. Mas isso é o mais longe que minhas ideias vão."

"Que tal confiar que não vamos dedurar você?", gritou alguém.

"Você não está me dizendo uma coisa dessas a sério, certo?", disse Washington, com uma expressão de desprezo. "Tirei daí um homem para ensinar italiano à minha filha. Na semana passada, ele fugiu."

Um grito selvagem de júbilo se ergueu de repente de mais de vinte gargantas e um pandemônio de alegria se seguiu. Os prisioneiros dançavam pesadamente e gritavam e uivavam e se debatiam em uma onda repentina de ânimo animal. Chegaram a subir pelas laterais de vidro da tigela tanto quanto puderam e deslizaram de volta para o fundo sobre as almofadas naturais de seus corpos. O homem alto começou uma canção na qual todos se uniram:

> Oh, vamos enforcar o kaiser
> Em uma macieira...

Braddock Washington ficou sentado em um silêncio inescrutável até que a melodia cessou.

"Vejam vocês", comentou ele, quando conseguiu ganhar um mínimo de atenção. "Não tenho má vontade com vocês. Gosto de vê-los se divertindo. É por isso que não contei a história toda de uma vez. O homem... qual era o nome dele? Critchtichiello?... foi baleado por alguns dos meus agentes em quatorze lugares diferentes."

Sem adivinhar que os lugares mencionados eram cidades, o tumulto de alegria diminuiu imediatamente.

"Mesmo assim", elevou a voz Washington com um toque de raiva, "ele tentou fugir. Vocês acham mesmo que eu vou me arriscar com qualquer um de vocês depois de uma experiência como essa?"

De novo, começou uma série de imprecações.

"Claro!"

"Sua filha gostaria de aprender chinês?"

"Ei, eu posso falar italiano! Minha mãe era carcamana."

"Talvez ela quisesse aprender o que se fala na rua em Nova York!"

"Se ela é a pequena com aqueles olhos azuis enormes, posso ensinar muitas coisas melhor do que italiano."

"Eu conheço algumas canções irlandesas... e também sou tanoeiro."

O sr. Washington avançou repentinamente com sua bengala e apertou o botão na relva, de modo que a visão que se tinha do fosso se desfez de imediato, restando somente aquela boca imensa e escura tristemente coberta pelos dentes negros da grade.

"Ei!", chamou uma única voz de baixo, "você vai embora sem nos dar sua bênção?"

Mas o sr. Washington, seguido pelos dois meninos, já estava caminhando em direção ao nono buraco do campo de golfe, como se o fosso e seu conteúdo não fossem mais do que um obstáculo que seu taco superaria sem maiores problemas.

VII

Julho sob o abrigo da montanha de diamante foi um mês de muitas noites frias e dias quentes e claros. John e Kismine estavam apaixonados. O rapaz não sabia que a bolinha de futebol de ouro que ele lhe dera (gravada com os dizeres *Pro deo et patria et St. Mida*) repousava em uma corrente de platina junto a seu colo. Mas lá estava ela. E a menina, por sua vez, não sabia que uma grande safira que um dia caíra de seu singelo penteado estava guardada com ternura na caixa de joias de John.

Em um fim da tarde, quando a sala de música de rubi e arminho se encontrava deserta, eles passaram uma hora juntos. Ele segurou-lhe a mão, e ela lhe lançou um olhar tão intenso que ele sussurrou o nome dela em voz alta. Ela se curvou em direção a ele... e então hesitou.

"Você disse 'Kismine'?", ela perguntou suavemente, "ou..." [3]

Ela queria ter certeza. Achava que poderia ter entendido mal.

Nenhum dos dois havia beijado antes, mas após uma hora isso já parecia ter pouca importância.

A tarde chegou ao fim. Naquela noite, quando um último suspiro de música desceu da torre mais alta, cada um deles

---

3 A homofonia entre o nome da personagem e a frase "Kiss me" (Beije-me) é intraduzível. [N. T.]

permaneceu acordado, sonhando feliz com cada minuto do dia. Eles haviam decidido se casar o mais rápido possível.

VIII

Todos os dias, o sr. Washington e os dois rapazes saíam para caçar ou pescar nas florestas profundas ou jogavam golfe ao redor do soporífico campo – partidas que John diplomaticamente permitia que seu anfitrião ganhasse – ou nadavam no frescor da montanha do lago. John considerava o sr. Washington dotado de uma personalidade um tanto rigorosa – totalmente desinteressada de quaisquer ideias ou opiniões que não as suas. A sra. Washington era altiva e reservada em todos os momentos. Era aparentemente indiferente às duas filhas e de todo focada em seu filho Percy, com quem mantinha conversas intermináveis em um lépido espanhol durante o jantar.

Jasmine, a filha mais velha, lembrava Kismine na aparência – exceto por ter as pernas arqueadas e mãos e pés grandes –, mas totalmente distinta em temperamento. Seus livros favoritos tratavam de meninas pobres que cuidavam da casa para pais viúvos. John soube por Kismine que Jasmine nunca se recuperara do choque e da decepção causados pelo fim da Guerra Mundial, quando estava prestes a partir para a Europa como especialista de provisões. Ela até chegou a perder peso por um tempo, e Braddock Washington tomou medidas para promover uma nova guerra nos Bálcãs – mas depois de ver uma fotografia de alguns soldados sérvios feridos, ela perdeu o interesse em todo o processo. Mas Percy e Kismine pareciam ter herdado de seu pai a postura arrogante em toda a sua severa magnificência. Um egoísmo casto e constante percorria todas as suas ideias como um padrão.

John ficou encantado com as maravilhas do castelo e do vale. Braddock Washington, Percy lhe contou, promoveu o sequestro de um jardineiro paisagista, um arquiteto, um cenógrafo, e um poeta decadente francês que havia sobrevivido ao século XIX. Ele colocou toda a sua força de trabalho escrava à disposição, garantindo o fornecimento de todos os materiais que o mundo pudesse oferecer, e deixou que eles elaborassem suas próprias ideias. Mas eles, um a um, revelaram sua inutilidade. O poeta decadente começou sem demora a lamentar a distância que estava dos bulevares na primavera – fez algumas observações vagas sobre especiarias, macacos e marfins, mas nada que tivesse algum valor prático. O cenógrafo, por sua vez, queria instalar por todo o vale uma série de truques e efeitos sensacionais – um estado de coisas do qual os Washingtons logo se cansaram. E quanto ao arquiteto e ao paisagista, pensavam apenas em termos de convenção. Precisavam fazer tais coisas assim e assado.

Mas eles tinham, ao menos, resolvido o problema do que fazer com eles – todos enlouqueceram uma manhã depois de passar a noite em um único quarto tentando chegar a um acordo sobre a localização de uma fonte, e estavam àquelas alturas confinados confortavelmente em um manicômio em Westport, Connecticut.

"Mas", perguntou John curiosamente, "quem projetou todas essas maravilhosas salas de recepção e corredores, e acessos e banheiros...?"

"Bom", respondeu Percy, "tenho até vergonha de contar, mas foi um cara do cinema. Ele foi o único sujeito que encontramos acostumado a lidar com quantias ilimitadas de dinheiro, embora enfiasse o guardanapo na gola da camisa e não soubesse ler nem escrever."

À medida que agosto chegava ao fim, John começou a lamentar-se de logo ter de voltar para a escola. Ele e Kismine decidiram fugir em junho do ano seguinte.

"Seria melhor casar-me aqui", confessou Kismine, "mas é claro que nunca conseguiria a permissão de meu pai para nos casarmos. Além disso, prefiro fugir. Anda terrível para pessoas ricas se casarem na América nos dias de hoje... elas sempre têm de enviar notas à imprensa dizendo que vão se casar com sobras, quando se referem de fato a um punhado de pérolas velhas de segunda mão e umas rendas usadas uma vez pela Imperatriz Eugênia."

"Eu sei", concordou John fervorosamente. "Quando eu estava em visita aos Schnlitzer-Murphys, a filha mais velha, Gwendolyn, casou-se com um homem cujo pai é dono de metade de West Virginia. Ela escreveu para a família falando sobre as dificuldades que tinha de suportar com o salário de funcionário do banco que ele recebia – e então ela terminava dizendo: 'Graças a Deus, ainda assim tenho quatro boas empregadas, e isso ajuda um pouco'."

"É um absurdo", comentou Kismine. "Pense nos milhões e milhões de pessoas no mundo, trabalhadores e tudo, que vivem a vida com apenas duas criadas."

Certa tarde, no fim de agosto, um comentário casual de Kismine mudou toda a situação e deixou John em estado de terror.

Eles caminhavam em seu bosque favorito e, entre beijos, John se permitia alguns arroubos românticos que, imaginava ele, davam um toque dramático a suas relações.

"Às vezes acho que nunca vamos nos casar", disse ele com tristeza. "Você é muito rica, muito nobre. Uma garota tão rica quanto você não pode ser como as outras garotas. Eu deveria me casar com a filha de algum atacadista de ferragens cheio da nota, de Omaha ou Sioux City, e me dar por satisfeito com seu meio milhão."

"Eu conheci a filha de um atacadista de ferragens uma vez", comentou Kismine. "Não acho que você teria ficado contente com ela. Era amiga da minha irmã. Ela nos visitou aqui."

"Ah, então vocês já receberam outros convidados?", exclamou John, surpreso.

Kismine pareceu se ressentir de suas palavras.

"Oh, sim", disse ela apressadamente, "nós recebemos algumas pessoas."

"Mas vocês não estavam... seu pai não estava com medo de que eles falassem lá fora?"

"Ah, até certo ponto, até certo ponto...", respondeu ela, "mas vamos falar sobre algo mais agradável."

O comentário despertou, porém, a curiosidade de John.

"Algo mais agradável!", repetiu ele. "O que há de desagradável nisso? Elas não eram garotas legais?"

Para sua grande surpresa, Kismine começou a chorar.

"Sim... esse... esse é... todo o problema. Fiquei ba-bastante apegada a algumas delas. Jasmine também, mas continuou convi-vidando-as ainda assim. Eu não conseguia *entender* isso."

Uma suspeita lúgubre nasceu no coração de John.

"Você quer dizer que elas *contaram*, e seu pai mandou que elas fossem... apagadas?"

"Pior do que isso", disse ela em um murmúrio entrecortado. "Papai não se arriscou... e Jasmine continuou escrevendo para elas virem, e elas se divertiam muito!"

Ela foi dominada por um paroxismo de tristeza.

Atordoado com o horror da revelação, John permaneceu ali, boquiaberto, sentindo os nervos de seu corpo vibrarem como muitos pardais empoleirados em sua coluna vertebral.

"Bem, eu contei, e não devia", desabafou ela, acalmando-se de repente e secando os olhos azuis-escuros.

"Você quer dizer que seu pai os *assassina* antes de partirem?"

Ela confirmou.

"Geralmente em agosto... ou no início de setembro. É natural que, antes, extraiamos deles todo o prazer que pudermos."

"Que abominável! Como... mas eu devo estar ficando louco! Você realmente admitiu que..."

"Sim", interrompeu-o Kismine, dando de ombros. "Não podemos aprisioná-los como aqueles aviadores – ali, eles nos imporiam xingamentos contínuos todos os dias. E isso sempre acaba tornando as coisas mais fáceis para mim e para Jasmine, porque papai fazia isso mais cedo do que esperávamos. Assim evitávamos choros de despedida..."

"Então vocês os assassinaram! Uh!...", gritou John.

"Foi tudo muito bem feito. Eles foram drogados enquanto dormiam... e suas famílias sempre foram informadas de que eles morreram de escarlatina em Butte."

"Mas... não consigo entender por que vocês continuam convidando-os!"

"Eu não", explodiu Kismine. "Nunca convidei ninguém. Jasmine, sim. E eles sempre se divertiam muito. Ela dava a eles os melhores presentes até o fim. Provavelmente terei minhas visitas também... vou me esforçar para isso. Não podemos permitir que algo tão inevitável como a morte nos impeça de aproveitar a vida enquanto a temos. Pense em como seria solitário este lugar se *nunca* recebêssemos visitas. Ora, meu pai e minha mãe também sacrificaram alguns de seus melhores amigos."

"E então", gritou John acusadoramente, "e então você estava me deixando cortejá-la e fingindo retribuir, e falando sobre casamento, o tempo todo sabendo perfeitamente bem que eu nunca sairia vivo daqui..."

"Não", protestou ela apaixonadamente. "Não mais. No começo, sim. Você estava aqui... Não pude evitar e pensei que seus últimos dias poderiam ser agradáveis para nós dois. Mas então eu me apaixonei por você, e... e eu honestamente sinto que você vai... ser descartado... embora eu prefira que você seja descartado a que você beije outra moça."

"Ah, você preferiria, é?", gritou John ferozmente.

"Claro! Além disso, sempre ouvi que uma garota pode se divertir mais com um homem com quem ela sabe que nunca poderá se casar. Ai, por que eu contei? Provavelmente estraguei todo o seu divertimento, e estávamos nos divertindo muito enquanto você não sabia. Eu sentia que isso tornaria as coisas meio tristes para você."

"Ah, você sentia, é?" A voz de John tremia de raiva. "Já ouvi o bastante. Se você não tem mais orgulho e decência do que ter um caso com um sujeito que você sabe que já não vale mais do que um cadáver, não quero ter mais nada com você!"

"Você não é um cadáver!", protestou ela horrorizada. "Você não é um cadáver! Eu não vou permitir que você diga que eu beijei um cadáver!"

"Eu não disse nada disso!"

"Disse sim! Você disse que eu beijei um cadáver!"

"Não disse!"

Suas vozes se elevaram, mas após uma interrupção repentina, ambos caíram em imediato silêncio. Passos vinham na direção deles e, um instante depois, as roseiras se abriram, revelando Braddock Washington, cujos olhos inteligentes enfiados em seu rosto bonito e vazio os espiavam.

"Quem beijou um cadáver?", quis ele saber em óbvia desaprovação.

"Ninguém", respondeu Kismine rapidamente. "Nós estávamos apenas brincando."

"O que vocês dois estão fazendo aqui, afinal?", perguntou ele rispidamente. "Kismine, você deveria... estar lendo ou jogando golfe com sua irmã. Vá ler! Vá jogar golfe! Melhor que eu não a encontre aqui quando eu voltar!"

Então ele cumprimentou John com um meneio e seguiu pela trilha.

"Está vendo?", disse Kismine irritada, quando o pai já estava fora de alcance. "Você estragou tudo. Nunca mais vamos poder nos encontrar. Ele não vai deixar. Ele envenenaria você se pensasse que estamos apaixonados."

"Nós não estamos mais!", exclamou John ferozmente, "então ele pode ficar tranquilo quanto a isso. Além disso, não se engane achando que vou ficar por aqui. Em seis horas estarei sobre aquelas montanhas, nem que eu tenha de cavar com os dentes uma passagem para atravessá-las, e a caminho do leste."

Os dois se levantaram e, com esse comentário, Kismine se aproximou e colocou o braço no dele.

"Vou também."

"Só se você estiver maluca..."

"Claro que vou", interrompeu ela com impaciência.

"Você certamente não vai. Você..."

"Muito bem", disse ela calmamente, "vamos alcançar meu pai e conversar sobre isso com ele."

Derrotado, John esboçou um sorriso nauseado.

"Tudo bem, querida", concordou ele, com uma afeição pálida e pouco convincente, "nós vamos juntos."

Seu amor por ela reapareceu e se restabeleceu placidamente em seu coração. Ela era sua – iria com ele para compartilhar os perigos que enfrentaria. Ele envolveu-a em seus braços e a beijou com fervor. Afinal, ela o amava; e, em verdade, o salvara.

Discutindo o assunto, caminharam lentamente de volta ao castelo. Decidiram que, como Braddock Washington os vira juntos, seria melhor partir na noite seguinte. No entanto, durante o jantar os lábios de John permaneceram estranhamente secos, e ele despejou nervosamente uma grande colher de sopa de pavão em seu pulmão esquerdo. Ele teve de ser carregado para a sala de jogos turquesa e zibelina e receber pancadas nas costas de um dos auxiliares de mordomo, o que Percy achou engraçadíssimo.

IX

Já muito passava da meia-noite quando o corpo de John sofreu um espasmo nervoso, e ele se pôs subitamente sentado, na cama, olhando para os véus de sonolência que cobriam o quarto. Através dos quadrados de escuridão azul que eram suas janelas abertas, ele escutou um ruído discreto e distante que morreu em uma lufada de vento antes mesmo que sua memória o pudesse identificar, nublada por sonhos intranquilos. Mas o som agudo que o sucedeu se revelou mais próximo, do lado de fora do quarto - era o clique de uma maçaneta girada, um passo, um sussurro, ele não sabia; formou-se um bolo na boca do estômago, e ele sentiu todo o corpo doer no instante em que se esforçou desesperadamente para ouvir. Ele viu, então, como que um dos véus se dissolver – e identificou em seguida uma difusa silhueta parada próxima à porta, uma figura apenas vagamente delineada na escuridão, misturada às dobras da cortina a ponto de parecer distorcida, como um reflexo visto em um painel de vidro sujo.

Com um movimento repentino de medo ou decisão, John apertou o botão ao lado da cama e, no momento seguinte, estava sentado na banheira verde da sala contígua, desperto e em estado de alerta pelo choque da água fria que a enchia pela metade.

Ele saltou e, com o pijama molhado espalhando um pesado filete de água em sua esteira, correu para a porta verde-água que sabia dar no patamar de marfim do segundo andar. A porta se abriu sem fazer barulho. Uma única lâmpada carmesim, acesa em uma grande cúpula ao alto, iluminava a magnífica extensão das escadas esculpidas com uma beleza tocante. Por um instante,

John hesitou, aterrorizado com o esplendor silencioso que se acumulava ao seu redor e parecia engolfar em suas sinuosidades e contornos gigantes a pequena silhueta encharcada, solitária e trêmula no patamar de marfim. Foi quando, simultaneamente, duas coisas aconteceram. A porta de sua própria sala de estar se abriu, e dela surgiram no corredor três negros nus – e, enquanto John cambaleava aterrorizado na direção da escada, outra porta deslizou para trás na parede do lado oposto do corredor, e John viu Braddock Washington de pé no elevador iluminado, vestindo um casaco de pele e um par de botas de montaria que lhe subiam aos joelhos e exibiam, acima, o brilho de seu pijama rosado.

Nesse instante, os três negros – John nunca os tinha visto antes, e lhe passou pela cabeça que deviam ser matadores profissionais – interromperam seu movimento em direção a John e se voltaram expectantes ao homem no elevador, que explodiu em uma ordem imperiosa:

"Venham aqui. Todos os três! Rápido!"

Os três negros correram imediatamente para dentro da gaiola, o retângulo de luz obscureceu-se com o fechamento da porta do elevador, e John viu-se novamente sozinho no corredor. Ele desabou sem forças contra uma escada de marfim.

Era evidente que algo imenso havia acontecido, algo que, pelo menos por ora, adiava seu próprio pequeno desastre. O que se passava? Os negros haviam se rebelado? Os aviadores haviam feito ceder as barras de ferro? Ou os homens de Fish haviam tropeçado cegamente pelas colinas e contemplado com olhos destituídos de brilho ou alegria o exuberante vale? John não sabia. Ele escutou um tênue zumbido no ar quando o elevador voltou a subir e então, no instante seguinte, ao descer. Era possível que Percy estivesse correndo ao socorro do pai, e ocorreu a John que aquela era sua oportunidade de se juntar a Kismine e planejar uma fuga imediata. Ele esperou até que o elevador permanecesse em silêncio por alguns minutos; um pouco trêmulo do frio da noite que açoitava o pijama molhado, voltou para seu quarto e se vestiu rapidamente. Em seguida, subiu um longo lance de escadas e desceu o corredor atapetado com zibelina russa que levava aos aposentos de Kismine.

A porta de sua sala de estar estava aberta, e as lâmpadas acesas. Envolta em um quimono angorá, Kismine estava perto da janela da sala em postura de escuta. Quando John entrou silenciosamente, ela se virou para ele.

"Ah, é você", sussurrou ela, cruzando a sala em sua direção. "Você os ouviu?"

"Eu ouvi os escravos de seu pai em meu..."

"Não", interrompeu ela com animação. "Os aviões!"

"Aviões? Talvez tenha sido esse o som que me acordou."

"Há pelo menos uma dúzia. Não faz muito, eu vi um inteirinho, a sombra dele contra a lua. A sentinela que faz guarda no penhasco disparou o rifle, e foi isso que despertou meu pai. Vamos abrir fogo contra eles imediatamente."

"Eles estão aqui com algum propósito?"

"Sim, foi aquele italiano que escapou..."

No mesmo instante, coincidindo com sua última palavra, os estalidos de uma rajada de disparos adentraram a janela aberta. Kismine deixou escapar um grito, fuçou em uma caixinha da penteadeira até encontrar uma moeda e correu para uma das lâmpadas. Em um instante, todo o castelo estava às escuras – ela havia estourado o fusível.

"Vamos lá!", exclamou ela para John. "Vamos subir ao jardim da cobertura e assistir de lá!"

Puxando uma capa sobre si, Kismine tomou a mão do rapaz, e eles deixaram o quarto. Não foi preciso mais do que um passo até o elevador da torre; e quando ela apertou o botão que os fez subir rapidamente, ele a cingiu na escuridão e beijou-lhe a boca. John Unger era finalmente apresentado ao romance. Um minuto depois, eles tinham os pés sobre uma plataforma branca como as estrelas. Ao alto, sob a lua enevoada, deslizando para dentro e para fora dos farrapos de nuvem suspensos logo abaixo dela, uma dezena de objetos dotados de asas escuras flutuavam em trajetória circular constante. Aqui e ali, no vale, os clarões de fogo dos disparos arremetiam a seu encontro, seguidos de agudas explosões. Kismine batia palmas de alegria, o que, um instante depois, se transformou em consternação quando os aviões, a algum sinal previamente combinado, começaram a lançar suas bombas, e todo o vale se converteu em um panorama de luzes lúgubres e profundas reverberações.

Em pouco tempo, o ataque se concentrou nos pontos onde se instalavam os canhões antiaéreos, e um deles foi quase imediatamente reduzido a uma brasa gigante, quedando fumegante em meio a um jardim de roseiras.

"Kismine", implorou John, "este ataque aconteceu na véspera do meu assassinato. Você ficará feliz por isso. Se eu não tivesse ouvido o disparo daquela sentinela, eu já estaria morto..."

"Não consigo escutar você!", exclamou Kismine, atenta à cena. "Você vai ter de falar mais alto!"

"Eu só disse", gritou John, "que é melhor sairmos antes que comecem a bombardear o castelo!"

De repente, todo o pórtico das senzalas se fez em pedaços, um gêiser de fogo se elevou de sob as colunatas, e enormes destroços de mármore chegaram a tocar as margens do lago.

"Lá se vão cinquenta mil dólares em escravos", exclamou Kismine, "a preços pré-guerra. São tão poucos os americanos que têm algum respeito pela propriedade."

John renovou esforços para obrigá-la a partir. As descargas dos aviões se revelavam cada vez mais precisas, e restavam somente dois canhões antiaéreos capazes de produzir retaliação. Estava claro que a guarnição, acossada pela artilharia, não resistiria por muito mais tempo.

"Vamos!", gritou John, puxando o braço de Kismine, "precisamos ir. Será que você não percebeu que, se esses aviadores encontrarem vocês, vão matá-los sem nem pestanejar?"

Ela concordou com relutância.

"Temos de acordar Jasmine!", disse ela, enquanto corriam em direção ao elevador. Em seguida acrescentou, com uma espécie de deleite infantil: "Seremos pobres, não seremos? Como as pessoas nos livros. E serei órfã e totalmente livre! Pobre e livre! Que divertido!". Ela parou e ergueu-lhe os lábios em um beijo de alegria.

"É impossível ser os dois juntos", retrucou John duramente. "As pessoas já entenderam isso. E, entre os dois, eu escolheria ser livre. Como precaução extra, é melhor despejar sua caixa de joias nos bolsos."

Dez minutos depois, as duas garotas encontraram John no corredor escuro e desceram para o andar central do castelo. Atravessando pela última vez a magnificência dos esplêndidos salões, demoraram-se um instante no terraço, observando as senzalas em chamas e as brasas incandescentes de dois aviões que haviam caído do outro lado do lago. Um canhão solitário ainda disparava com determinação, e os aviões pareciam temer voar mais baixo, porém lançavam sua estrondosa munição em torno dele, até que qualquer disparo casual pudesse aniquilar a equipe negra que a comandava.

John e as duas irmãs desceram os degraus de mármore, viraram bruscamente à esquerda e começaram a subir uma trilha estreita que, como uma cinta-liga, cingia a montanha de diamante. Kismine conhecia um ponto de floresta cerrada ao alto, na metade do caminho, onde os três poderiam encontrar esconderijo e, mesmo assim, conseguir observar a noite selvagem no vale – para finalmente escapar, quando fosse necessário, por uma trilha secreta aberta em uma ravina rochosa.

X

Eram três horas da manhã quando chegaram ao destino. A obediente e fleumática Jasmine adormeceu de imediato, recostando-se no tronco de uma imensa árvore, enquanto John e Kismine sentaram-se, ele com o braço em torno dela, e assistiram ao desesperado ir e vir da batalha que chegava ao fim entre as ruínas de uma paisagem que naquela manhã fora um jardim. Pouco depois das quatro horas, o derradeiro canhão emitiu um som metálico e quedou fora de ação sob uma efêmera língua de fumaça vermelha. Embora a lua estivesse baixa, eles perceberam a maior proximidade dos objetos voadores que em círculos sobrevoavam o terreno. Quando os aviões se certificassem de que os sitiados não mais dispunham de recursos, eles pousariam, e o sombrio reinado reluzente dos Washingtons conheceria seu fim.

Com a cessar-fogo, o vale encontrou o silêncio. As brasas dos dois aviões reluziam como os olhos de algum monstro escondido na relva. O castelo estava escuro e quieto, belo, porém sem luz, como belo fora ao sol, enquanto os guizos amadeirados de Nêmesis ao alto preenchiam o ar com um queixume que aumentava e diminuía. Então John percebeu que Kismine, como sua irmã, havia caído em sono profundo.

Passava muito das quatro quando ele percebeu passos ao longo da trilha que tinham percorrido não havia muito, e em um silêncio ofegante esperou até que os indivíduos a quem pertenciam aqueles passos tivessem ultrapassado o ponto de observação que ele ocupava. Havia, então, uma leve vibração no ar, que não era de origem humana, e o orvalho estava frio; ele sabia que o dia estava prestes a raiar. John esperou até que os passos alcançassem uma distância segura montanha acima e ficassem inaudíveis. Ele os seguiu. Na metade do caminho para o cume íngreme, já eram poucas as árvores, e uma manta de rocha se estendia sobre o diamante abaixo. Pouco antes de chegar a esse ponto, ele diminuiu o ritmo, alertado por um instinto animal de que havia vida bem à frente. Deparando-se com uma pedra alta, ergueu a cabeça pouco a pouco acima de sua superfície. Sua curiosidade foi recompensada – e eis o que viu:

Braddock Washington encontrava-se parado, imóvel, reduzido a uma silhueta contra o gris do céu, sem som ou sinal que manifestasse vida. Quando a aurora despertou ao leste, emprestando um verde frio à terra, sua figura solitária reduziu-se a um insignificante contraste ante o dia que nascia.

Diante dos olhos atentos de John, o anfitrião permaneceu por alguns momentos absorto em alguma contemplação inescrutável; em seguida, sinalizou aos dois negros que se agachavam a seus pés que levantassem o fardo que tinham entre si. Enquanto lutavam para ficar de pé, o primeiro raio amarelo do sol tocou os inúmeros prismas de um diamante imenso e primorosamente cinzelado – e um alvo esplendor se acendeu e reluziu no ar como um fragmento da estrela da manhã. Os carregadores cambalearam sob seu peso por um instante, até que seus músculos ondulantes se contraíram e endureceram sob o brilho úmido das peles, e as três silhuetas postaram-se mais uma vez imóveis em sua desafiadora impotência diante dos céu.

Transcorrido um tempo, o homem branco ergueu a cabeça e, lentamente, os braços, como quem chamasse a atenção de uma enorme multidão para ouvi-lo – sem que, porém, houvesse multidão, mas tão somente o silêncio imenso da montanha e do céu, entrecortado pelo tênue canto dos pássaros entre as árvores. A figura de pé sobre o cobertor de pedra pôs-se a falar com força e um orgulho inextinguível.

"Você... aí!", gritava com uma voz trêmula. "Você... aí!" Ele fez uma pausa, os braços ainda ao alto, a cabeça erguida na expectativa de uma resposta. John forçou os olhos para ver se havia homens descendo pela montanha, mas não havia ninguém por perto, apenas o céu e uma brisa que, zombeteira, assoviava por entre as copas das árvores. Por acaso Washington estava rezando? Foi o que John se perguntou por um instante. A ilusão, porém, foi passageira – na postura do homem havia algo antitético à oração.

"Ei, você, aí em cima!"

A voz se fez forte e confiante. Não era uma súplica desesperada. Na verdade, havia nela um tom de monstruosa superioridade.

"Você aí..." Palavras, proferidas demasiada rapidez para serem compreendidas, fluindo uma de encontro à outra.

John as escutava como se lhe faltasse o ar, captando uma frase aqui e ali, enquanto a voz se interrompia, ressurgia, novamente se apagava – ora robusta e argumentativa, ora colorida de uma inquietude lenta e intrigada. Nesse momento, uma convicção começou a ganhar forma nos pensamentos daquele único ouvinte, e à medida que a compreensão o invadia, um jato de sangue lhe atravessou as artérias. Braddock Washington queria subornar Deus!

Era isso, não havia dúvida! O diamante que seus escravos carregavam era um adiantamento – a promessa de mais!

Como John veio a perceber depois de um tempo, aquele era o fio condutor da fala. Um Prometeu Enriquecido invocava antigos sacrifícios, rituais esquecidos, preces que o nascimento de

Cristo fizera desaparecer. Por algum tempo, o discurso empenhava-se em lembrar Deus de um ou outro presente que a Divindade se dignara a aceitar dos homens – grandes igrejas, desde que Ele salvasse cidades inteiras da peste, mirra e ouro, vidas humanas, belas mulheres, exércitos cativos, crianças e rainhas, animais da floresta e do campo, ovelhas e cabras, colheitas e cidades, a conquista de imensos territórios oferecidos em luxúria ou sangue para Sua saciedade, em troca do apaziguamento da ira Divina – e agora ele, Braddock Washington, o Imperador dos Diamantes, rei e sacerdote da Era do Ouro, árbitro do esplendor e do luxo, ofereceria um tesouro como os príncipes antes dele nunca haviam sonhado, oferecia-o não em súplica, mas em orgulho.

Ele daria a Deus, dizia ele, iniciando uma sequência de detalhamentos, o maior diamante do mundo. Era um diamante a ser lapidado com a mesma infinitude de facetas que uma árvore conhece em folhas, e mesmo assim o diamante inteiro seria moldado com a perfeição de uma pedra não maior do que uma mosca. Um sem-número de homens trabalharia na pedra por muitos anos. Ela seria instalada sob um grande domo de ouro batido, maravilhosamente esculpido e ornado com portões de opala e safiras incrustadas. No meio, seria escavada uma capela encimada por um altar de rádio iridescente, cujas decomposição e constante transformação queimariam os olhos de qualquer adorador que levantasse a cabeça em oração – e nesse altar seria sacrificada, para o divertimento do Divino Benfeitor, qualquer vítima que Este escolhesse, mesmo que fosse o maior e mais poderoso homem vivo.

Em troca, ele pedia apenas uma coisa, muito simples, uma coisa que para Deus seria absurdamente fácil: apenas que as coisas fossem como haviam sido no dia anterior àquela hora e que assim permanecessem. Muito simples! Que os céus se abram, engolindo esses homens e seus aviões – e depois se fechem novamente. Que mais uma vez ele tenha seus escravos, redivivos e com saúde.

Jamais havia existido alguém com quem ele tivesse precisado tratar ou negociar.

Sua única dúvida era se seu suborno era grande o suficiente. Deus tinha Seu preço, é claro. Deus era feito à imagem e semelhança do homem, então se havia dito: Ele há de ter Seu preço. E o preço seria imenso – nenhuma catedral em seus muitos anos de construção, nenhuma pirâmide erguida por dez mil operários, seria como aquela catedral, como aquela aquela pirâmide.

Ele fez uma pausa. Aquela era a sua proposta. Tudo estaria de acordo com seu detalhamento, e não havia nada a discutir quanto ao fato de que se pagava bem pelo que se pedia. Ele deu a entender que a Providência podia pegar ou largar.

À medida que se aproximou do fim, suas frases começaram a ficar trêmulas, curtas e ininteligíveis, e seu corpo parecia tenso, todo atenção para que captasse a menor pressão ou sussurro de vida nos espaços ao redor. Durante a fala, seu cabelo aos poucos havia ficado branco, e agora ele erguia a cabeça bem alto ao céu como um profeta de outrora – magnificamente louco.

Assim, enquanto John observava com vertiginosa fascinação, pareceu-lhe que um fenômeno curioso ocorrera em algum ponto do espaço que os cercava. Era como se o céu tivesse escurecido por um instante, como se houvesse se revelado um súbito murmúrio em uma rajada de vento, um som de trombetas distantes, um suspiro como o farfalhar de um imenso manto de seda – por um momento, toda a natureza ao redor partilhou daquela escuridão; o canto dos pássaros cessou; as árvores se aquietaram, e muito além da montanha se fez o murmurar sombrio e ameaçador de um trovão.

Isso foi tudo. O vento morreu no percorrer da relva alta do vale. A aurora e a luz do dia recobraram seus lugares a certa altura, e do sol nascente vieram as ondas quentes de uma névoa amarela iluminando o caminho que tinham diante de si. As folhas riam-se ao sol, e suas risadas tremiam até que cada galho fosse como uma escola de meninas no país das fadas. Deus havia recusado o suborno.

Por mais um instante, John observou o triunfo do dia. Em seguida, virando-se, ele viu uma vibração marrom nas proximidades do lago, e depois outra, e mais outra, como a dança de anjos dourados que desciam das nuvens. Os aviões haviam aterrissado.

John desgarrou-se da pedra e desceu correndo a encosta da montanha até as árvores, onde viu as duas garotas despertas e à sua espera. Kismine se levantou de um salto, as joias em seus bolsos retiniram, havia uma pergunta em seus lábios entreabertos – mas o instinto disse a John que não havia tempo para conversa. Eles precisavam correr montanha abaixo, sem perder um minuto. Ele tomou a mão de cada uma e, em silêncio, eles se enfiaram por entre os troncos das árvores, agora banhadas pela luz e pela névoa que se erguia. Atrás deles, do vale, não se ouvia qualquer som, exceto o queixume dos pavões a distância e o agradável amanhecer.

Depois de percorrida cerca de meia milha, evitaram o parque e seguiram por uma trilha estreita que conduzia a uma nova elevação do terreno. No ponto mais alto, eles pararam e se viraram. Seus olhos pousaram na encosta da montanha que haviam acabado de deixar – oprimidos por alguma sensação sombria de trágica iminência.

Iluminado e contra o céu, um homem alquebrado e de cabelos brancos descia lentamente a encosta íngreme, acompanhado de dois negros apáticos e enormes que carregavam um fardo que ainda cintilava e reluzia à luz do sol. A meio caminho, duas outras figuras se juntaram a eles – John percebeu que eram a sra. Washington e seu filho, em cujo braço ela se apoiava. Os aviadores haviam saltado de suas máquinas no gramado extenso em frente ao castelo e, com rifles nas mãos, subiam em formação a montanha de diamante.

Mas o pequeno grupo de cinco pessoas que havia se unido mais acima e atraía a atenção de todos os observadores parara em uma saliência de rocha. Os negros se abaixaram e puxaram o que parecia ser um alçapão na encosta da montanha. Nele, todos desapareceram – primeiro, o homem de cabelos brancos, depois sua esposa e filho, por fim os dois negros, com as pontas brilhantes de seus chapéus encrustados de joias recebendo a luz do sol por um instante antes que a porta do alçapão se fechasse e engolfasse a todos.

Kismine agarrou o braço de John.

"Oh", gritou ela em desespero, "para onde eles estão indo? O que vão fazer?"

"Deve ser algum meio de fuga subterrâneo..."

Um grito ligeiro das duas meninas interrompeu-lhe a frase.

"Meu Deus! Mas a montanha está eletrificada!", exclamou Jasmine.

Enquanto ela dizia essas palavras, John ergueu as mãos para proteger a visão. Diante de seus olhos, toda a superfície da montanha havia mudado repentinamente para um deslumbrante amarelo ardente, que aparecia através da cobertura de relva como a luz aparece através da mão humana. Por um instante, o brilho insuportável continuou e depois desapareceu como um filamento que se apaga, revelando um resíduo negro de onde saía lentamente uma fumaça azul, levando consigo o que restava de vegetação e de carne humana. Dos aviadores não sobrou sangue ou osso – foram consumidos tão completamente quanto as cinco almas que haviam entrado.

Simultaneamente, e com o som de um imenso estrondo, o castelo literalmente foi aos ares, explodindo em fragmentos flamejantes que se projetavam para, então, cair sobre si mesmo em uma pilha fumegante que se lançava parcialmente para o lago. Não tinha fogo – a fumaça que havia se espalhou misturada à luz do sol, e por mais alguns minutos uma poeira fina de mármore flutuou da grande pilha irreconhecível que um dia fora a casa de joias. Todo o som cessara, e as três pessoas estavam sozinhas no vale.

XI

Ao pôr do sol, John e suas duas companheiras alcançaram o enorme penhasco que marcava os limites do território da família Washington e, olhando para trás, encontraram o delicioso e tranquilo vale à luz do crepúsculo. Eles se sentaram para terminar a comida que Jasmine trouxera em uma cesta.

"Ei!", disse ela, enquanto estendia a toalha de mesa e dispunha os sanduíches em uma pilha organizada. "Parecem uma delícia, não? Sempre achei que a comida fica mais gostosa ao ar livre."

"Com essa observação", comentou Kismine, "Jasmine entra para a classe média."

"Ah!", exclamou John, "revire seu bolso e vamos ver as joias que você trouxe. Se você fez uma boa seleção, nós três decerto viveremos confortavelmente pelo resto de nossas vidas."

Obedientemente, Kismine colocou a mão no bolso e jogou dois punhados de pedras brilhantes diante dele.

"Ótimo!", respondeu John com entusiasmo. "Elas não são muito grandes, mas... opa!" Sua expressão mudou enquanto ele segurava uma delas contra o sol poente. "Mas não são diamantes! Há algo de errado!"

"Ai!", exclamou Kismine, com um olhar assustado. "Mas como eu fui burra!"

"São bijuterias, não tem valor!", gritou John.

"Eu sei." Ela começou a rir. "Abri a gaveta errada. Eles pertenciam ao vestido de uma garota que visitou Jasmine. Fiz com que ela me desse as pedras em troca de diamantes. Nunca tinha visto nada além de pedras preciosas antes."

"E foi isso que você trouxe?"

"Acho que sim." Ela tocou os brilhantes melancolicamente. "Acho que gosto mais destes. Estou um pouco cansada de diamantes."

"Muito bem", disse John, soturno. "Teremos de viver em Hades. E você vai envelhecer dizendo a mulheres incrédulas que você escolheu a gaveta errada. Infelizmente, as cadernetas bancárias de seu pai foram consumidas com ele."

"Mas qual é o problema com Hades?"

"Se eu voltar para casa na minha idade com uma esposa, meu pai muito provavelmente não vai me deixar um gato pra puxar pelo rabo, como dizem por lá."

Jasmine se pronunciou.

"Eu amo lavar roupa", disse ela calmamente. "Sempre lavei meus próprios lenços. Vou trabalhar lavando roupa e ajudar vocês dois."

"Eles têm lavadeiras em Hades?" perguntou Kismine inocentemente.

"Claro", respondeu John. "É como em qualquer outro lugar."

"Eu pensei... talvez seja quente demais para usar roupas."

John deu risada.

"Experimente!", sugeriu ele. "Eles vão expulsá-la antes que você tenha tirado a primeira peça."

"O nosso pai estará lá?", perguntou ela.

John se virou para ela com espanto.

"Seu pai está morto", respondeu ele melancolicamente. "Por que ele deveria ir para Hades? Você está confundindo Hades com outro lugar, que deixou de existir há muito tempo."

Depois do jantar, dobraram a toalha de mesa e estenderam os cobertores para dormir.

"Que sonho", suspirou Kismine, olhando para as estrelas. "Que estranho estar aqui só com um vestido e um noivo sem um tostão!"

"Sob a luz das estrelas", prosseguiu ela. "Nunca tinha reparado nas estrelas antes. Sempre pensei nelas como grandes diamantes que pertenceram a alguém. Agora elas me assustam. Elas me fazem sentir que tudo foi um sonho, toda a minha juventude."

"*Foi* um sonho", disse John calmamente. "A juventude de todos é um sonho, uma forma de loucura química."

"Como é agradável ser louco!"

"Foi o que me disseram", disse John com algum desânimo. "Não sei mais. De qualquer forma, vamos nos dedicar ao amor por um tempo, por um ano ou mais, você e eu. Essa é uma forma de embriaguez divina que todos podemos experimentar. Existem apenas diamantes no mundo inteiro, diamantes e talvez o presente esfarrapado da desilusão. Bom, eu tenho esse último e com ele vou fazer o nada de costume." Ele sentiu frio. "Suba a gola do casaco, menina, a noite está fria, e você vai ficar doente. Que pecado cometeu quem primeiro inventou a consciência... vamos perdê-la por algumas horas."

E então, enrolando-se em seu cobertor, ele adormeceu.

O CURIOSO CASO DE BENJAMIN BUTTON

I

LÁ PELOS IDOS DE 1860, nascer em casa era uma coisa respeitável. Hoje em dia, segundo me disseram, os altaneiros deuses da medicina proclamam que os primeiros brados da juventude devem vir ao mundo na atmosfera anestésica de um hospital – hospital, de preferência, elegante. Daí que os jovens sr. e sra. Roger Button estavam cinquenta anos à frente de seu tempo no tocante à moda quando decidiram, em um dia de verão de 1860, que seu primogênito haveria de nascer em um hospital. Se esse anacronismo teve alguma influência sobre os acontecimentos extraordinários que vou relatar, jamais saberemos.

Contarei tudo tal qual aconteceu – e que vocês o julguem por si mesmos.

Os Roger Button ocupavam posição invejável, fosse social, fosse financeira, na cidade de Baltimore nos anos que antecederam a Secessão. Seus laços de parentesco se estendiam à família X e à família Y, e isso, como todo bom sulista sabia, os qualificava para integrar aquela vasta aristocracia que em grande parte povoava a Confederação. Aquela era a primeira experiência dos Button com o encantador e ancestral costume de ter filhos – o sr. Button estava naturalmente nervoso. Ele cultivava a esperança de que fosse um menino para que, então, o pudesse mandar ao Yale College, em Connecticut, instituição onde o próprio Button, quatro anos antes, circulava sob a alcunha um tanto óbvia de "Punhos".

Na manhã de setembro consagrada ao imenso acontecimento, Roger Button levantou-se, afoito, às seis horas, vestiu-se sozinho, ajustou o lenço do pescoço com raro esmero e, a toda brida, atravessou as ruas de Baltimore rumo ao hospital com o intuito único de saber se o negror da noite não havia trazido em seu seio uma nova vida.

Quando estava a cerca de cem metros do Hospital Privado de Maryland para Damas e Cavalheiros, o sr. Button avistou o dr. Keene, o médico da família, que descia os degraus da frente da instituição ao mesmo tempo que esfregava as mãos uma na outra como se as lavasse – o que se exige de todos os médicos segundo a ética tácita de sua profissão.

O sr. Roger Button, presidente da Roger Button & Co., Ferragens por Atacado, pôs-se a correr em direção ao dr. Keene com muito menos dignidade do que a esperada de um cavalheiro sulista daquele período pitoresco.

"Doutor Keene!", chamou ele. "Oh, doutor Keene!"

O médico o ouviu, olhou ao redor e o esperou, enquanto uma curiosa expressão se fixava em seu severo rosto medicinal à medida que o sr. Button se aproximava.

"O que houve?", perguntou o sr. Button, ao abordá-lo com pressa ofegante. "O que foi? Como ela está? É um menino? Diga! O quê..."

"Recomponha-se, homem!", respondeu o dr. Keene com aspereza. Ele se demonstrava um pouco irritado.

"A criança nasceu?", implorava por saber o sr. Button.

O dr. Keene franziu a testa. "Ora, sim, suponho que sim... de certa forma." Outra vez, lançou um olhar curioso para o sr. Button.

"Minha esposa está bem?"

"Está."

"É um menino ou uma menina?"

"Muita atenção!", exclamou o dr. Keene em um perfeito paroxismo de raiva. "Peço-lhe que vá e veja com seus próprios olhos.

Um ultraje!" Esta última palavra, ele disparou quase em uma só sílaba, para então se virar resmungando: "O senhor realmente pensa que um caso como esse vai trazer qualquer ajuda à minha reputação como médico? Outro desses, e eu estaria arruinado... como, aliás, qualquer um."

"O que está acontecendo?", perguntou o sr. Button, assustadíssimo. "São trigêmeos?"

"Não, não são trigêmeos!", emendou o médico sem esconder a irritação. "Ora, o senhor pode ir e ver com seus próprios olhos. E arrume outro médico. Eu o trouxe ao mundo, meu jovem, e há quarenta anos sou o médico de sua família, mas estou farto de vocês! Não quero ver você ou nenhum de seus parentes nunca mais! Adeus!"

Ele virou-se bruscamente e, sem dizer outra palavra, subiu em seu faetonte, que o esperava no meio-fio, partindo com o semblante duro.

O sr. Button permaneceu imóvel na calçada, estupefato, trêmulo da cabeça aos pés. Que terrível infortúnio teria se passado? De súbito, havia perdido toda a vontade de entrar no Hospital Privado de Maryland para Damas e Cavalheiros – e foi com grande dificuldade que, no instante seguinte, se forçou a subir a escadaria e atravessar a porta da frente.

Uma enfermeira encontrava-se sentada a uma mesa sob a penumbra opaca da recepção. Engolindo a vergonha, o sr. Button abordou-a.

"Bom dia", ela o saudou, mirando-o com cordialidade.

"Bom dia. Eu... meu nome é Roger Button."

Ao ouvi-lo, uma expressão de absoluto terror dominou o semblante da garota. Ela levantou-se como quem estivesse a ponto de sair voando da recepção, contendo-se somente com uma clara dificuldade.

"Quero ver meu filho", disse o sr. Button.

A boca da enfermeira emitiu um grito ligeiríssimo. "Oh... oh, claro", guinchou histericamente. "Subindo a escada. Bem lá em cima. Su... ba!"

Ela apontou-lhe a direção, e o sr. Button, banhado de um suor frio, virou-se vacilante e começou a subir rumo ao segundo andar.

Na recepção do andar de cima, ele chamou outra enfermeira, que de bacia na mão aproximou-se dele.

"Sou o sr. Button", ele conseguiu articular. "Quero ver o meu..."

Blém! – a bacia foi ao chão e rolou escada abaixo – Blém! – Blém! –, iniciando metódica descida, como se compartilhasse do terror geral que o cavalheiro gerava.

"Quero ver o meu filho!", exclamou o sr. Button quase aos berros. Ele estava à beira de um colapso.

Blém! – a bacia havia chegado ao andar térreo. A enfermeira recobrou o controle de si e lançou ao sr. Button um olhar de sincero desprezo.

"Sem *problema*, senhor Button", assentiu ela em voz baixa. "Muito *bem*! Uma *pena* não ter chegado ao conhecimento do senhor a situação que se instalou esta manhã! Absolutamente ultrajante! A reputação desta instituição virou pó depois de..."

"Rápido", gritou ele, enrouquecido. "Não aguento mais!"

"Então me acompanhe, sr. Button."

A passos arrastados, ele seguiu a enfermeira. Ao término de um longo corredor, eles chegaram a uma sala da qual advinham gritos e berreiros em grande variedade – na verdade, uma sala que, em nomenclatura futura, viria a ser conhecida como "berçário". Entraram.

"Muito bem", ofegou o sr. Button, "qual é o meu?"

"Ali!", apontou a enfermeira.

Os olhos do sr. Button seguiram-lhe o dedo, e eis o que ele viu: envolvido em um cobertor branco volumoso e parcialmente comprimido em um dos berços, jazia um homem idoso, aparentando ter cerca de 70 anos. Tinha os cabelos ralos, quase brancos, e uma longa barba cor de fumaça que lhe escorria do queixo e se agitava absurdamente ao sabor da brisa que entrava pela janela. Ele olhou para o sr. Button com olhos turvos e desbotados; neles, parecia esconder-se, furtiva, uma pergunta de puro estarrecimento.

"Eu enlouqueci?", trovejou o sr. Button, com seu terror se convertendo em fúria. "É por acaso alguma piadinha medonha de hospital?

"Não nos parece uma piada", respondeu a enfermeira com dureza. "E eu não sei se o senhor está louco ou não... mas este é certamente seu filho."

O suor frio redobrou na testa do sr. Button. Ele fechou os olhos e em seguida, abrindo-os, olhou novamente. Não havia sombra de dúvida: ele se via diante de um septuagenário – um *bebê* de 70 anos, um bebê cujos pés pendiam dos flancos do berço em que repousava.

Plácido, o velho olhou de um lado para o outro por um instante, e então disparou, sem mais, com a voz rachada de um ancião. "O senhor é o meu pai?", quis ele saber.

O sr. Button e a enfermeira tomaram um tremendo susto.

"Pergunto porque, se você for", prosseguiu o idoso queixoso, "gostaria que o senhor me tirasse daqui... ou, pelo menos, que me trouxessem aqui uma cadeira de balanço confortável."

"Diga, em nome de Deus, de onde você veio? Quem é você?", explodiu o sr. Button em desespero.

"Não consigo dizer *exatamente* quem sou, porque faz poucas horas que nasci", respondeu num tom queixoso e birrento, "mas meu sobrenome é Button, isso é certo."

"Mentira! Você é um impostor!"

O velho dirigiu-se, cansado, à enfermeira.

"Que maneira agradável de dar boas-vindas a um recém-nascido", queixou-se com a voz fraca. "Diga-lhe que ele está errado... por que você não diz?"

"Você está errado, sr. Button", disse a enfermeira com dureza. "Este é o seu filho, e quanto a isso o senhor faça o que lhe aprouver. Vamos pedir-lhe que o leve para casa o mais rápido possível, ainda hoje."

"Para casa?", repetiu o sr. Button, incrédulo.

"Sim, não podemos ficar com ele aqui. Realmente não podemos, entende?"

"Muito me apraz tal ideia", ralhou o velho. "Que maravilha de lugar para manter um jovem de hábitos tranquilos! Com todo esse berreiro, não preguei o olho um minuto sequer! E quando pedi uma coisa para comer" – aqui sua voz alcançou uma nota estridente de protesto – "eles me trouxeram uma mamadeira de leite!"

O sr. Button deixou-se cair sobre uma cadeira perto do filho e escondeu o rosto entre as mãos.

"Meu Deus!", murmurou ele, transido de horror. "O que as pessoas vão dizer? O que eu devo fazer?"

"O senhor terá de levá-lo para casa", reiterou a enfermeira – "imediatamente!"

Uma imagem grotesca formou-se com terrível nitidez diante dos olhos do homem torturado – uma imagem de si mesmo a caminhar pelas ruas abarrotadas da cidade com essa aparição medonha ao seu lado.

"Não posso. Não posso", gemeu ele.

As pessoas parariam para falar com ele – e o que ele diria? Teria de apresentar aquele... aquele septuagenário: "É meu filho, nasceu agora de manhã". E então o velho enrolaria o cobertor em torno de si, e eles se colocariam em marcha, passando pelo comércio movimentado, pelo mercado de escravos – por um instante sombrio, o sr. Button desejou apaixonadamente que seu filho fosse negro –, pelas casas luxuosas do bairro residencial, pelo asilo de idosos...

"Vamos! Acalme-se", ordenou a enfermeira.

"Olhe só uma coisa", anunciou o velho de repente, "se você acha que vou voltar para casa neste cobertor, está totalmente enganada."

"Os bebês sempre usam cobertores."

Com uma casquinada maliciosa, o velho ergueu uma fraldinha branca. "Olhe aqui!", disse ele com a voz estremecida. "Era *isso* que eles tinham para eu usar."

"Os bebês sempre usam fraldas", respondeu a enfermeira, altiva.

"Muito bem", retrucou o velho, "em dois minutos este bebê *aqui* não vai usar mais nada. Esse cobertor dá coceira. Podiam ao menos ter me dado um lençol."

"Fique vestido! Fique vestido!", apressurou-se o sr. Button, virando-se em seguida à enfermeira. "O que eu faço?"

"Vá ao centro da cidade e compre roupas para o seu filho."

A voz do filho do sr. Button o acompanhou ao corredor: "E uma bengala, pai. Eu quero uma bengala."

O sr. Button bateu a porta com fúria...

II

"Bom dia", o sr. Button, nervoso, cumprimentou o balconista da Chesapeake Dry Goods Company. "Eu quero comprar algumas roupas para o meu filho."

"Quantos anos tem seu filho, senhor?"

"Cerca de seis horas", respondeu o sr. Button, sem a devida ponderação.

"Seção infantil na parte de trás da loja."

"Bem, eu não acho... não estou certo de que é isso o que eu quero. É... ele é uma criança extraordinariamente grande. Excepcionalmente... é, grande."

"Lá o senhor encontrará tamanhos grandes."

"Onde fica a seção de roupas masculinas para jovens?", perguntou o sr. Button, adotando desesperadamente outra estratégia. Ele sentiu que o balconista acabaria por sentir o cheiro de seu segredo vergonhoso.

"Aqui."

"Bem...", hesitou ele.

A ideia de vestir o filho com roupas de homem lhe era repugnante. Se, digamos, ele conseguisse encontrar um paletó de menino *muito* grande, ele também poderia cortar aquela barba comprida e medonha, tingir-lhe o cabelo branco de castanho e, assim, dar um jeito de esconder o pior e conservar algo de seu respeito próprio... sem falar de sua posição na sociedade de Baltimore.

Mas uma inspeção frenética do departamento masculino não revelou ternos para o recém-nascido Button. Ele culpou a loja, é claro – nesses casos, a culpa é da loja.

"Que idade o senhor disse que seu filho tinha?", perguntou o balconista com curiosidade.

"Ele tem... 16 anos."

"Ah! Mil desculpas, Pensei ter ouvido seis *horas*. O senhor encontrará a seção de roupas juvenis no próximo corredor."

O sr. Button afastou-se com um aperto no peito. Logo, porém, ele parou, animado, e apontou para um manequim vestido na vitrine. "Ali!", exclamou. "Vou levar aquele conjunto, aquele que está no manequim."

O funcionário não escondeu a estranheza. "Ora", comentou, "esse não é um traje de criança. Quer dizer, até *é*, se for o caso de uma fantasia. O senhor mesmo poderia usar!"

"Embrulhe", reforçou nervosamente o cliente. "Vou levar."

Atônito, o funcionário obedeceu.

De volta ao hospital, o sr. Button entrou no berçário e praticamente atirou o pacote no filho. "Tome suas roupas", disparou ele.

O velho desamarrou o embrulho e examinou o conteúdo com curiosidade no olhar.

"Tudo me parece meio engraçado", queixou-se, "não quero ser feito de palhaço de..."

"Você me transformou em um palhaço!", retrucou com ferocidade o sr. Button. "Não importa o quão engraçado você fique. Vista... ou eu... ou eu vou lhe dar uma *palmada*." Ele engoliu com desconforto a última palavra, sentindo, no entanto, que era a coisa certa a dizer.

"Tá bom, pai", respondeu o velho com uma simulação grotesca de respeito filial . "Você tem mais experiência, sabe o que é melhor. Vou fazer do jeito que você disse."

Como acontecera antes, o som da palavra "pai" fez com que o sr. Button se sobressaltasse violentamente.

"E se apresse."

"Estou me apressando, pai."

Enquanto o filho se vestia, o sr. Button o observava com tristeza. O traje consistia em meias pontilhadas, calças cor-de-rosa e uma camisa cinturada com uma enorme gola branca. Sobre esta última agitava-se a longa barba esbranquiçada, que lhe caía quase até a cintura. O efeito não era bom.

"Espere!"

O sr. Button pegou uma tesoura e com três rápidos movimentos amputou um pedaço considerável da barba. Mesmo com tal melhoria, porém, o conjunto ficou muito aquém da perfeição. O cabelo ralo e desgrenhado, os olhos lacrimejantes, os dentes velhos, tudo parecia em estranho desarranjo com a vivacidade do traje. O sr. Button, no entanto, estava irredutível – ele estendeu a mão.

"Venha!", ordenou com severidade.

O filho tomou-lhe a mão com confiança.

"Que nome você vai me dar, pai?", agitava-se ele enquanto saíam do berçário – "Vai me chamar de 'bebê' por um tempo, até pensar em um nome melhor?"

O sr. Button resmungou.

"Não sei", respondeu asperamente. "Acho que vamos chamá-lo de Matusalém."

III

Mesmo depois de o novo membro da família Button ter o cabelo cortado curto e tingido de um preto ralo e artificial, haver sido barbeado e escanhoado a ponto de brilhar, e vestido com roupas de menino feitas sob encomenda por um alfaiate estarrecido, era impossível para o sr. Button ignorar o fato de que o filho em nada se adequava à imagem de um bebê primogênito da família. Apesar do abaulamento das costas envelhecidas, Benjamin Button – pois foi esse o nome que lhe deram, em lugar do apropriado, porém maldoso, Matusalém – tinha um metro e setenta e cinco de altura. Suas roupas não escondiam isso, assim como as sobrancelhas aparadas e tingidas não disfarçavam o fato de que os olhos abaixo delas eram baços, lacrimejantes e cansados. Em verdade, a babá, contratada de antemão, deixou o trabalho depois de uma simples mirada, e em estado de considerável indignação.

O sr. Button, contudo, conservou-se inabalável em seu propósito. Benjamin era um bebê, e um bebê deveria permanecer. A princípio, declarou que, se Benjamin não se acostumasse ao leite quente, que ficasse sem comer nada, tendo por fim cedido ao permitir que seu filho comesse pão com manteiga e até aveia como uma espécie de concessão. Um dia, ele trouxe um chocalho para casa e, entregando-o a Benjamin, reforçou em termos inequívocos que era seu dever "brincar com ele", ao que o velho o tomou para si com uma expressão aborrecida e, de tempos em tempos ao longo do dia, podia ser escutado a tilintá-lo obedientemente.

Não restava dúvida, porém, de que o chocalho o entediava, e que ele, quando sozinho, encontrava diversões mais relaxantes. Um dia, por exemplo, o sr. Button constatara que, durante a semana anterior, havia fumado mais charutos do que nunca – fenômeno que se explicou alguns dias depois, quando, entrando de surpresa no quarto do bebê, deparou-se com o cômodo tomado de uma tênue névoa azul, enquanto Benjamin, com expressão de culpa no rosto, tentava esconder a ponta de um Havana. Era o caso, evidentemente, de uma surra severa, mas o sr. Button percebeu que não tinha coragem de aplicá-la. Ele se limitou a advertir o filho de que aquilo "retardaria seu crescimento".

Mesmo assim, ele não abandonou sua postura. Trouxe para casa soldadinhos de chumbo, trenzinhos, grandes e adoráveis bichos de pelúcia e, para reforçar a ilusão – para si mesmo, pelo menos – de que estava criando um filho, exigiu saber do balconista da loja de brinquedos, sem sombra de dúvida, se "a tinta do pato cor-de-rosa sairia caso o bebê o colocasse na boca". Mas, apesar de todos os esforços do pai, Benjamin negava-se a desenvolver interesse por tais coisas. Furtivo, ele descia as escadas dos fundos e voltava ao quarto do bebê com um volume da *Enciclopédia britânica*, sobre o qual se debruçava durante toda uma tarde, enquanto relegava ao abandono vacas de algodão e uma Arca de Noé. Contra tal pertinácia, os esforços do sr. Button de pouco valeram.

A sensação criada em Baltimore foi, a princípio, enorme. O que o infortúnio teria custado socialmente aos Buttons e familiares não pode ser mensurado, pois a eclosão da Guerra Civil fez com que a atenção da cidade se dirigisse a outros assuntos. Pessoas de educação indefectível quebravam a cabeça em busca de elogios que pudessem oferecer aos pais – encontrando, por fim, a engenhosa saída de declarar que o bebê se parecia com o avô, fato que, em face do estado padrão de decadência compartilhado por todos os septuagenários, não podia ser negado. O sr. e a sra. Roger Button não ficaram felizes com a lisonja, e o avô de Benjamin tomou-a como um insulto.

Tendo deixado o hospital, Benjamin aceitou a vida tal como esta se lhe apresentava. Vários garotinhos eram levados para visitá-lo, e ele passava tardes inteiras (ao custo de grande aborrecimento de suas juntas) tentando cultivar algum interesse por bolinhas de gude e piões – chegou ao ponto, sem qualquer intenção, de quebrar uma janela da cozinha com uma estilingada, façanha que secretamente encantou seu pai.

Depois desse incidente, Benjamin passou a quebrar algo todos os dias; fazia essas coisas, porém, apenas porque era o que se esperava dele e porque era, por natureza, obediente.

Quando arrefeceu o antagonismo inicial de seu avô, Benjamin e tal cavalheiro passaram a desfrutar de enorme prazer na companhia um do outro. Ficavam sentados por horas, os dois, tão distantes em idade e experiência, mas, como velhos camaradas, discutindo com incansável monotonia os lentos acontecimentos do dia. Benjamin se sentia mais à vontade na presença do avô do que na dos pais – eles sempre pareciam um tanto temerosos diante dele e, apesar da autoridade ditatorial que exerciam, não era raro chamarem-no de "senhor".

Benjamin era tão intrigado quanto qualquer outra pessoa com a idade aparentemente avançada de seu corpo e mente ao nascer. Havia buscado informações no revistas médicas, mas descobriu que nenhum caso do tipo havia sido registrado anteriormente. Por insistência do pai, fez uma sincera tentativa de brincar com outros meninos e com frequência participava dos jogos menos agressivos – o futebol o deixava por demais apreensivo, pois temia que, em caso de fratura, seus velhos ossos se recusassem a colar.

Aos 5 anos, Benjamin foi matriculado no jardim de infância, onde foi iniciado na arte de colar papel verde sobre papel laranja, de desenhar mapas coloridos e produzir incontáveis colares de papelão. Ele tendia a cochilar e, por fim, dormir no meio dessas tarefas, hábito que a um só tempo irritava e amedrontava sua jovem professora. Para seu alívio, ela se queixou com os pais de Benjamin, e ele foi retirado da escola. Os Roger Button disseram aos amigos que o achavam ainda muito jovem.

À época em que completara 12 anos, seus pais já haviam se habituado a ele. Em verdade, tão forte é a força do costume que nem sequer sentiam que ele fosse diferente das demais crianças – exceto quando alguma anomalia curiosa os lembrava do fato. Mas um dia, algumas semanas depois de seu décimo segundo aniversário, enquanto se olhava no espelho, Benjamin fez, ou pensou ter feito, uma descoberta surpreendente. Seus olhos o enganavam ou seu cabelo sob a tintura, decorridos doze anos de vida, tinha passado do grisalho ao cinza plúmbeo? Era impressão sua ou a malha de rugas em seu rosto tinha se tornado menos pronunciada? Por acaso sua pele se mostrava mais saudável e firme, até mesmo com um toque do rubor do inverno? Não era capaz de dizer. Ele sabia que não tinha mais as costas abauladas, e que sua condição física havia melhorado desde os primeiros dias de sua vida.

"Será possível...?", pensava consigo mesmo – ou melhor, mal ousava pensar.

Ele recorreu a seu pai.

"Estou crescido", anunciou ele com determinação. "Quero usar calças compridas."

O pai hesitou.

"Bem", respondeu ele por fim, "não sei. Quatorze anos é a idade para usar calças compridas... e você tem apenas doze."

"Mas você tem de admitir", protestou Benjamin, "que sou grande para a minha idade."

O pai fitou-o em um exame ilusório.

"Ah, não tenho tanta certeza disso", concluiu. "Eu era tão grande quanto você quando tinha 12 anos."

Não era verdade – tudo fazia parte do acordo silencioso de Roger Button consigo mesmo para crer na normalidade do filho.

Por fim, chegaram a um bom termo. Benjamin deveria continuar a pintar o cabelo. Também lhe cabia fazer um esforço maior de brincar com os meninos de sua idade. Na rua, não poderia usar os óculos, nem carregar a bengala. Em troca dessas concessões, foi-lhe dado o primeiro terno de calças compridas...

IV

Sobre a vida de Benjamin Button entre seu décimo segundo e vigésimo primeiro aniversário, pouco pretendo dizer. Basta registrar que foram anos de um descrescimento normal. Aos 18 anos, Benjamin era ereto como um homem de 50; tinha mais cabelo, de um matiz cinza escuro; caminhava a passos firmes; a voz já havia perdido o tremor rachado e se revelava à altura de um saudável barítono. Desse modo, seu pai o mandou a Connecticut para que fizesse os exames de admissão no Yale College. Benjamin passou nos exames e tornou-se um membro da classe de calouros.

Três dias após a matrícula, ele recebeu uma notificação do sr. Hart, o responsável pelo registro dos ingressantes, segundo a qual era convidado a ir a seu escritório e organizar sua grade de estudos e atividades. Benjamin, ao olhar-se no espelho, constatou que os cabelos precisavam de uma nova aplicação de tintura castanha, mas uma inspeção ansiosa na gaveta da cômoda revelou que o frasco não estava lá. Foi quando se lembrou: ele o havia esvaziado no dia anterior e jogado fora.

Impunha-se um dilema. Era preciso que ele se apresentasse ao escritório do funcionário em cinco minutos. Parecia não haver saída: precisava ir como estava. E assim o fez.

"Bom dia", foi o cordial cumprimento do funcionário. "O senhor veio obter informações sobre seu filho."

"Na verdade, meu nome é Button...", começou Benjamin, mas foi interrompido pelo sr. Hart.

"Muito prazer em conhecê-lo, sr. Button. Estou esperando seu filho chegar a qualquer momento."

"Mas sou eu!", explodiu Benjamin. "Eu sou um calouro."

"Como?"

"Eu sou um calouro."

"Só posso imaginar que seja uma brincadeira."

"Absolutamente."

O secretário franziu a testa e olhou para uma ficha à sua frente. "Ora, segundo os meus registros, a idade do sr. Benjamin Button é de 18 anos."

"É essa minha idade", declarou Benjamin, corando ligeiramente.

O secretário olhou para ele aborrecido.

"Venhamos e convenhamos, sr. Button: o senhor não espera que eu acredite numa coisa dessas."

Benjamin devolveu-lhe um sorriso aborrecido.

"Tenho 18 anos", repetiu.

O secretário apontou duramente na direção da porta.

"Saia", disse ele. "Saia da faculdade, saia da cidade. Você é um lunático perigoso."

"Mas eu tenho 18 anos."

O sr. Hart abriu a porta.

"Que ideia!", exasperou-se. "Um homem da sua idade tentando entrar aqui como um calouro. Dezoito anos, não é? Pois bem: vou lhe dar dezoito minutos para sair da cidade."

Benjamin Button deixou a sala com altivez, e meia dúzia de alunos de graduação, que aguardavam no corredor, seguiram-no com olhares curiosos. Tendo se afastado um pouco, Benjamin virou-se, encarou o secretário enfurecido, que ainda estava parado à porta, e reiterou com firmeza:

"Tenho 18 anos."

Diante de um coro de risadinhas que se elevavam do grupo de graduandos, Benjamin partiu.

O destino não lhe reservava, porém, uma fuga tranquila. Em sua melancólica caminhada até a estação ferroviária, ele descobriu que o acompanhavam primeiro um grupo, em seguida uma multidão e, por um fim, uma densa massa de alunos de graduação. Corria entre eles o boato de que um lunático fora aprovado nos exames de admissão de Yale e tentara se passar por um jovem de 18 anos. O *college* inteiro vibrava em um frenesi. Homens deixavam as salas de aula às pressas, esquecidos de seus chapéus, o time de futebol abandonou o treino e juntou-se à turba, as esposas dos professores, com toucas e anquinhas tortas, corriam aos gritos atrás do préstito, do qual procedia uma sucessão de comentários dirigidos às delicadas sensibilidades de Benjamin Button.

"Só pode ser o Judeu Errante!"

"Devia ter ido a uma escola preparatória para gente de sua idade!"

"Olhem só! É o bebê prodígio!"

"Ele pensou que era um asilo."

"Vá para Harvard!"

Benjamin apertou o passou e não demorou a começar a correr. Eles iam ver só uma coisa! Ele iria, *sim*, para Harvard, e então eles se arrependeriam da insensatez de tantos insultos!

A bordo do trem para Baltimore, são e salvo, ele colocou a cabeça para fora da janela. "Vocês vão se arrepender", vaticinou aos berros.

"Haha!", riam-se os universitários. "Hahaha!" Foi o maior erro que o Yale College já cometeu...

V

Em 1880, Benjamin Button completou 20 anos e celebrou seu aniversário começando a trabalhar para seu pai na Roger Button & Co., Ferragens por Atacado. Foi nesse mesmo ano que ele também passou a "frequentar a sociedade" – isto é, que seu pai insistiu em levá-lo a vários bailes finos. Roger Button contava então seus 50 anos, e ele e o filho mostravam-se cada vez mais sociáveis um com o outro – em verdade, como Benjamin havia parado de tingir o cabelo (que ainda era grisalho), eles pareciam ter a mesma idade e podiam se passar por irmãos.

Certa noite, em agosto, subiram no faetonte vestindo seus fatos completos para ir a um baile na casa de campo dos Shevlins, situada nos arredores de Baltimore. Era uma noite magnífica. A lua cheia mergulhava a estrada em uma luz platinada opaca, e os botões das flores que ainda não tinham se aberto na estação exalavam na atmosfera inerte aromas que eram como risos baixos, quase meramente sussurrados. O campo aberto, que o trigo reluzente cobria como um carpete nos hectares em torno, revelava-se tão translúcido quanto à luz do dia. Era quase impossível não ser afetado pela beleza absoluta do céu – quase.

"Há um grande futuro no ramo dos secos e molhados", comentava Roger Button. Ele não era um homem espiritual – era dotado de um senso estético rudimentar. "Os mais velhos como eu não têm facilidade para aprender novos truques", observou ele com sabedoria. "São vocês, jovens, com energia e vitalidade, que têm um grande futuro pela frente."

Mais adiante, na estrada, surgiram as luzes da casa de campo dos Shevlins e logo se escutaram murmúrios que se arrastavam persistentemente em sua direção – podia ser o suave queixume dos violinos ou o farfalhar do trigo prateado sob a lua.

Quando chegaram a seu destino, viram-se parados atrás de uma bela carruagem, da qual os passageiros desembarcavam. Saiu uma senhora; em seguida, um senhor idoso; e, por fim, uma jovem linda como o pecado. Benjamin ficou impressionado – era como se algum processo químico dissolvesse e recompusesse os próprios elementos de seu corpo. Sentiu como que um rigor a atravessá-lo, o sangue a esquentar-lhe a testa e a face, um latejar ininterrupto em seus ouvidos. Apaixonava-se pela primeira vez.

A garota era esguia e delicada, tinha os cabelos gris à luz da lua e cor de mel sob os crepitantes lampiões de gás da varanda. Cobria-lhe os ombros uma mantilha espanhola do mais suave amarelo, com forro preto; seus pés eram botões brilhantes sob a bainha do vestido que se agitava.

Roger Button inclinou-se na direção do filho.

"Essa", disse ele, "é a jovem Hildegarde Moncrief, filha do General Moncrief."

Benjamin meneou com frieza.

"Uma belezinha", foi seu comentário indiferente. Quando o criado partiu com a charrete de pai e filho, ele acrescentou: "Pai, o senhor pode me apresentar a ela".

Eles se aproximaram de um grupo do qual a srta. Moncrief era o centro. Educada segundo as antigas tradições, fez ela profunda reverência a Benjamin. Sim, ele podia ter a honra da dança. Ele agradeceu e se afastou – com as pernas, porém, lhe faltando.

O intervalo de tempo até que chegasse sua vez arrastou-se interminavelmente. Ele permaneceu perto da parede, silencioso, inescrutável, observando com olhos mortíferos os jovens bons partidos de Baltimore saracoteando em torno de Hildegarde Moncrief com admiração e paixão estampadas em seus rostos. Como pareciam odiosos a Benjamin; quão intoleravelmente rosados! Seus cachos castanhos encaracolados despertavam nele sensação equivalente à indigestão.

Contudo, quando chegou seu momento e, acompanhado de Hildegarde, ele flutuou até o centro do salão de baile ao som da última valsa parisiense, seus ciúmes e ansiedades se derreteram como um manto de neve. Cego de encantamento, Benjamin sentia que a vida estava apenas começando.

"Você e seu irmão chegaram aqui ao mesmo tempo que nós, não é?", perguntou Hildegarde, que o fitava com olhos que lhe pareciam de esmalte azul brilhante.

Benjamin hesitou. Ela o considerava irmão de seu pai – seria melhor esclarecê-la? Veio-lhe à lembrança sua experiência em Yale; assim, decidiu permanecer calado. Seria rude contradizer uma senhora; seria um crime estragar uma ocasião tão deliciosa com a história grotesca de sua origem. Mais tarde, talvez. Ele acenou, então, com a cabeça, sorriu, ouviu, estava feliz.

"Gosto de homens da sua idade", confessou-lhe Hildegarde. "Os rapazes são tão idiotas... só sabem falar sobre a quantidade de champanhe que bebem na faculdade ou do dinheiro que perdem jogando cartas. Os homens da sua idade sabem apreciar as mulheres."

Benjamin sentiu-se a ponto de pedi-la em casamento – com algum esforço, reprimiu o impulso.

"Você está na idade romântica", prosseguiu ela, "nos 50. Os de 25 são muito aventureiros; os de 30 podem estar cansados pelo excesso de trabalho; os de 40 estão na idade das histórias compridas, que levam um charuto inteiro para serem contadas; 60 é... bom, os 60 estão muito próximos dos 70. Os 50 são a idade madura. Adoro os de 50."

Os 50 pareceram a Benjamin a glória do homem. Como desejava ter 50 anos!

"Eu sempre disse", continuou Hildegarde, "que preferia me casar com um homem de 50 anos e receber os cuidados dele do que me casar com um homem de 30 e *eu mesma* cuidar dele."

Para Benjamin, o restante da noite cobriu-se de uma névoa cor de mel. Hildegarde ofereceu-lhe mais duas danças, e os dois descobriram-se em maravilhosa sintonia a respeito de todos os assuntos da época. Combinaram um passeio de carro para o domingo seguinte, quando discutiriam em maior profundidade todos aqueles assuntos.

Retornando para casa no faetonte pouco antes do raiar do dia, quando as primeiras abelhas zumbiam, e a lua minguante cintilava no orvalho frio, Benjamin tinha a vaga impressão de que o pai estava falando sobre ferragens no atacado.

"... e o que você acha que deve merecer nossa maior atenção, depois de martelos e pregos?", perguntava o Button mais velho.

"O amor", respondeu Benjamin distraidamente.

"Os amortecedores?!", exclamou Roger Button. "Ora, mas acabei de falar da questão dos amortecedores."

Benjamin voltou-se para ele com atordoamento nos olhos, assim como o céu a leste era repentinamente rasgado pela luz, e um corrupião pipilou seu agudíssimo canto nas árvores que se agitavam...

VI

Quando, seis meses depois, deu-se a conhecer o noivado da srta. Hildegarde Moncrief com o sr. Benjamin Button (digo "deu-se a conhecer", pois o general Moncrief declarou preferir cair sobre sua espada a anunciá-lo), a sociedade de Baltimore ficou em polvorosa. A história quase esquecida do nascimento de Benjamin foi lembrada e espalhada pelos ventos do escândalo em incríveis formas picarescas. Dizia-se que Benjamin era, em verdade, o pai de Roger Button, que era seu irmão que estivera na prisão por quarenta anos, que era John Wilkes Booth disfarçado – e, para arrematar, que tinha dois chifrinhos cônicos brotando de seu cabeça.

Os suplementos dominicais dos jornais de Nova York davam ênfase ao caso com ilustrações fascinantes, nas quais a cabeça de Benjamin Button surgia presa a um peixe, a uma cobra e, finalmente, a um corpo de latão maciço. Nas páginas sensacionalistas, ficou conhecido como o Misterioso Homem de Maryland. Mas a verdadeira história, como costuma acontecer, teve uma circulação muito pequena.

Todos estavam de acordo, no entanto, com o general Moncrief: era "um crime" que uma linda garota, que poderia ter se casado com o namorado que quisesse em Baltimore, se lançasse aos braços de um homem que, sem sombra de dúvida, tinha 50 anos. O sr. Roger Button chegou a publicar a certidão de nascimento de seu filho em tipos grandes no *Baltimore Blaze* – mas ninguém acreditou. Bastava olhar para Benjamin e ver.

Da parte das duas pessoas a quem de fato tudo dizia respeito, não houve hesitação. Contavam-se tantas histórias falsas sobre seu noivo que Hildegarde recusou-se obstinadamente a acreditar mesmo na verdadeira. Em vão o general Moncrief procurou esclarecê-la quanto à alta mortalidade entre os homens de 50 anos – ou, pelo menos, entre os homens que pareciam ter 50; em vão contou-lhe sobre a instabilidade do negócio de ferragens no atacado. Hildegarde havia escolhido ter por marido um homem maduro com a gentileza que lhe era própria – e assim ela o fez...

VII

Em um particular, pelo menos, os amigos de Hildegarde Moncrief haviam se enganado. O negócio de ferragens no atacado conheceu surpreendente prosperidade. Nos quinze anos transcorridos entre o casamento de Benjamin Button, em 1880, e a aposentadoria de seu pai, em 1895, a fortuna da família dobrou – obra, em grande medida, do membro mais jovem da empresa.

Desnecessário dizer que Baltimore acabou por aceitar o casal em seu seio. Mesmo o velho general Moncrief reconciliou-se com o genro, quando Benjamin lhe deu o dinheiro para trazer a lume sua *História da Guerra Civil* em vinte volumes, recusada por nove editores proeminentes.

Mesmo em Benjamin esses quinze anos operaram muitas mudanças. Pareceu-lhe que o sangue corria com novo vigor em suas veias. Tornou-se um prazer levantar-se pela manhã, caminhar com passos ativos pela rua movimentada e ensolarada, trabalhar sem descanso com seus carregamentos de martelos e suas cargas de pregos. Em 1890, Benjamin deu sua grande cartada empresarial: sugeriu que *todos os pregos utilizados na fixação das caixas de transporte de pregos eram de propriedade do expedidor*, proposta que, aprovada pelo Chefe de Justiça Fossile, se fez estatuto e permitiu a Roger Button & Cia., Ferragens por Atacado, uma economia de mais de *seiscentos pregos todos os anos*.

Além disso, Benjamin descobriu estar cada vez mais atraído pelo lado festivo da vida. Bastante característico de seu crescente entusiasmo pelo prazer era o fato de ele ter sido o primeiro homem na cidade de Baltimore a possuir e dirigir um automóvel. Ao encontrá-lo na rua, seus contemporâneos miravam, invejosos, o semblante de saúde e vitalidade que ele ostentava.

"Ele parece mais jovem a cada ano", comentavam.

E se o velho Roger Button, agora com seus 65 anos, não fora capaz de dar, nos primórdios, boas-vindas ao filho, tal erro foi finalmente compensado por um tratamento que chegava às raias da adulação.

E aqui chegamos a um assunto desagradável, que convém ser tratado com toda a ligeireza possível. Havia apenas uma coisa que preocupava Benjamin Button: sua esposa já não mais o atraía.

Naqueles idos, Hildegarde era uma mulher de 35 anos, com um filho, Roscoe, de 14 anos. Nos primeiros dias de seu casamento, Benjamin tinha-lhe verdadeira adoração. Com o passar dos anos, no entanto, seu cabelo cor de mel ganhou um tom castanho insosso, o esmalte azul de seus olhos assumiu um aspecto de louça barata – ademais – e acima de tudo –, ela havia se tornado demasiado acomodada em suas maneiras, demasiado plácida, demasiado satisfeita, demasiado fria em suas emoções e demasiado sóbria em seu gosto. Como noiva, era ela quem "arrastava" Benjamin para bailes e jantares – agora, a situação tinha se invertido. Ela frequentava a sociedade ao seu lado, porém sem entusiasmo, já devorada por aquela sempiterna inércia que um dia vem a conviver com cada um de nós e conosco fica até o fim de nossos dias.

O descontentamento de Benjamin crescia. Com a eclosão da Guerra Hispano-Americana em 1898, sua casa lhe inspirava tão pouco encantamento que ele decidiu se unir ao Exército. Com sua influência empresarial, obteve a patente de capitão e mostrou-se tão capaz no trabalho que subiu a major e, por fim, a tenente-coronel a tempo de participar da célebre batalha na colina de San Juan. Sofreu ferimentos leves e recebeu uma medalha.

Benjamin havia se feito tão apegado à atividade e ao entusiasmo da vida na caserna que lhe doía abandoná-la, mas seus negócios exigiam atenção, e assim ele pediu desligamento do Exército e voltou para casa. Foi recebido na estação por uma fanfarra e escoltado até sua casa.

VIII

Hildegarde, tremulando uma grande bandeira de seda, saudou-o na varanda. No momento em que a beijou, porém, Benjamin sentiu um aperto no coração – os três anos que vivera longe haviam cobrado seu preço. Ela já era uma mulher de 40 anos, com uma tênue faixa de cabelos grisalhos na cabeça. Aquilo o deprimiu.

Em seu quarto de dormir, ele viu seu reflexo no tão conhecido espelho – aproximou-se e examinou o próprio rosto com sofreguidão, comparando-o um instante depois com um retrato de si mesmo em uniforme tirado um pouco antes da guerra.

"Meu Deus!", disse ele em voz alta. O processo continuava. Não havia dúvida: ele parecia um homem de 30 anos. Em lugar do encantamento, o sentimento que o acometeu foi de angústia: estava ficando mais jovem. Até então, esperava ele que, ao atingir a idade corporal equivalente à sua idade em anos, o fenômeno grotesco que havia marcado seu nascimento deixaria de ter efeito. Ele estremeceu. Seu destino pareceu-lhe terrível, inacreditável.

Quando desceu, Hildegarde esperava por ele. Ela parecia aborrecida, e ele se perguntou se ela teria por fim descoberto que havia algo de inadequado. Foi com um esforço para aliviar a tensão entre eles que ele abordou o assunto durante o jantar de uma forma que considerou sensível.

"Bem", comentou ele, sem grande pretensão, "todo mundo anda dizendo que eu pareço mais jovem do que nunca."

Hildegarde fitou-o com desprezo. Fungou.

"Você acha que isso é motivo para se gabar?"

"Não estou me gabando", devolveu ele, não sem desconforto.

Ela fungou mais uma vez.

"Como não?", retrucou ela, e depois de um momento: "Pensei que você tivesse um mínimo de orgulho e parasse com isso."

"Mas como?", quis saber ele.

"Não vou discutir com você", disse ela. "Mas existem duas maneiras de fazer as coisas – a certa e a errada. Se você decidiu ser diferente de todo mundo, acho que não posso impedi-lo, mas eu realmente não acho que seja muito atencioso de sua parte."

"Mas, Hildegarde, eu não consigo parar."

"Você consegue, claro que consegue. O problema é que você é teimoso. Na sua cabeça, você não pode ser como mais ninguém. Você sempre foi assim e sempre será. Mas pense em como seria se todo mundo olhasse para as coisas como você... como seria o mundo?"

Como se tratava de argumento fútil e irresponsável, Benjamin não retorquiu e, a partir de então, um abismo começou a se abrir entre eles. Ele se perguntava que eventual fascínio ela pôde algum dia exercer sobre ele.

Para aumentar a distância que se impunha entre os dois, ele percebeu, à medida que o novo século avançava, que seu desejo de diversão ganhava força. Não havia festa na cidade de Baltimore a que ele não comparecesse, dançando com a mais bela das jovens recém-casadas ou conversando com as mais populares dentre as debutantes e julgando encantadora a companhia dessas mulheres, enquanto sua esposa, megera de mau agouro, permanecia entre as damas de companhia, ora em altiva desaprovação, ora o seguindo com olhares sombrios, perplexos e reprovadores.

"Vejam!", começavam as pessoas a comentar. "É uma pena! Um homem tão jovem preso a uma mulher de 45 anos. Ele deve ser vinte anos mais novo que a esposa."

As pessoas haviam se esquecido – como inevitavelmente esquecem – de que, em 1880, suas mamães e papais também teciam comentários sobre a incompatibilidade desse mesmo casal.

A crescente infelicidade doméstica de Benjamin era compensada por seus muitos novos interesses. Passou a jogar golfe, atividade na qual conheceu grande êxito. Começou a se dedicar à dança: em 1906, era um especialista nos passos de "The Boston"; em 1908, foi considerado proficiente em "Maxine"; e, em 1909, seu "Castle Walk" causava inveja a todos os jovens da cidade.

Suas atividades sociais, é claro, em alguma medida interferiam em seus negócios, mas ele havia dado duro no atacado de ferragens por 25 anos e sentia que logo poderia passar a administração da loja para o filho, Roscoe, recentemente formado em Harvard.

Ele e o filho eram, em verdade, muitas vezes confundidos um com o outro. Isso agradava a Benjamin: ele não tardou a esquecer-se do medo insidioso que o dominara ao retornar da Guerra Hispano-Americana e passou a sentir um prazer ingênuo ante sua aparência. Havia apenas uma mosca no delicioso unguento: ele odiava aparecer em público ao lado da esposa. Hildegarde tinha quase 50 anos, e a presença dela o fazia se sentir ridículo...

IX

Em um dia de setembro de 1910 – alguns anos depois de o controle da Roger Button & Co., Ferragens por Atacado, ter passado ao controle do jovem Roscoe Button –, um homem que aparentava uns 20 anos ingressou como calouro na Universidade de Harvard, em Cambridge. Ele não cometeu o erro de anunciar que os seus 50 anos já começavam a ficar para trás, nem mencionou o fato de seu filho ter se formado na mesma instituição dez anos antes.

Foi admitido e quase imediatamente alcançou posição de destaque na turma, em parte porque parecia um pouco mais velho que os demais calouros, cuja média de idade era 18 anos.

O sucesso, contudo, devia-se em grande medida ao fato de que, em uma partida de futebol contra Yale, ele jogara tão brilhantemente, com tanto ímpeto e uma ira tão fria e implacável, que marcara sete *touchdowns* e quatorze *field goals* para Harvard e fez com que não menos do que onze jogadores de Yale saíssem, um a um, carregados de campo, inconscientes. Ele era o homem mais popular da faculdade.

É estranho dizer, porém, que em seu terceiro ano ele mal foi capaz de "entrar" no time. Os treinadores alegavam que ele havia perdido peso; a alguns de olhar mais arguto parecia até que não era tão alto quanto antes. Ele não marcou *touchdowns*; na verdade, sua manutenção no time se devia, sobretudo, à esperança de que sua assombrosa reputação trouxesse terror e desorganização à equipe de Yale.

Em seu último ano, ele não teve lugar no time. Havia ficado tão franzino e frágil que um dia foi alguns alunos do segundo ano o tomaram por calouro, incidente que o humilhou profundamente. Tornou-se conhecido como uma espécie de prodígio – um veterano que decerto não tinha mais do que 16 anos – e muitas vezes ficava chocado com a vulgaridade de alguns de seus colegas. Os estudos pareciam-lhe mais difíceis – ele sentia que estavam muito avançados. Havia ouvido seus colegas falarem sobre St. Midas, a famosa escola preparatória, na qual tantos deles tinham se preparado para a faculdade, e decidiu que, depois de sua formatura, ingressaria na St. Midas, onde a vida resguardada em meio a garotos do seu tamanho lhe seria mais agradável.

Após a formatura em 1914, Benjamin voltou para casa, em Baltimore, com o diploma de Harvard no bolso. Hildegarde fora morar na Itália; assim, restou a Benjamin viver com o filho, Roscoe. Embora de maneira geral fosse bem-vindo, obviamente não havia cordialidade no sentimento de Roscoe em relação a ele – havia até mesmo uma tendência perceptível, por parte de seu filho, de pensar que Benjamin, ao passar o tempo zanzando pela casa em meio a sua melancolia adolescente, atrapalhava um pouco. Roscoe já era um homem casado, figura proeminente da vida de Baltimore, e não queria ter nenhum escândalo associado à sua família.

Benjamin, não mais *persona grata* entre as debutantes e os jovens universitários, viu-se abandonado, muito sozinho, exceto pela companhia de três ou quatro garotos de 15 anos da vizinhança. A ideia de ir para a St. Midas School voltou-lhe aos pensamentos.

"Veja", disse ele a Roscoe um dia, "eu já disse várias vezes que quero ir para a escola preparatória."

"Pois então vá", respondeu Roscoe sem mais. O assunto lhe era desagradável, e ele desejava evitar uma discussão.

"Não posso ir sozinho", disse Benjamin, impotente. "Você precisa me matricular e me levar até lá."

"Não tenho tempo", retorquiu Roscoe. Seus olhos se estreitaram, e ele olhou com incômodo ao pai. "Na verdade", acrescentou ele, "era melhor você não seguir com esse negócio por muito mais tempo. É melhor você parar logo de uma vez. É melhor você... é melhor você..." – ele fez uma pausa, e seu rosto ficou vermelho enquanto procurava as palavras – "é melhor você dar meia-volta e tentar retornar àquilo que era. Isso foi longe demais para ser uma piada. Não é mais engraçado. Você... você se comporte!"

Benjamin olhou para ele, à beira das lágrimas.

"E outra coisa", continuou Roscoe, "quando tivermos visitas em casa, quero que me chame de 'tio'... não de 'Roscoe', mas de 'tio', entendeu? Parece absurdo um menino de 15 anos me chamar pelo meu primeiro nome. Talvez seja melhor você me chamar de 'tio' o tempo todo, para que você se acostume com isso."

Com um olhar severo direcionado ao pai, Roscoe se afastou...

X

Ao término dessa entrevista, Benjamin subiu a escada, triste e desanimado, e se olhou no espelho. Fazia três meses que não se barbeava, mas não conseguia encontrar nada em seu rosto – nada, a não ser uma leve penugem clara, com a qual parecia desnecessário ter qualquer cuidado. Quando retornou de Harvard para casa, Roscoe lhe propusera que usasse óculos e suíças falsas coladas nas bochechas, e pareceu-lhe por um momento que a farsa de seus primeiros anos se repetiria. Mas as suíças coçavam e o deixavam envergonhado. Ele chorou, e Roscoe cedeu após alguma relutância.

Benjamin abriu um livro de histórias para meninos, *Os escoteiros da baía de Bimini*, e começou a ler. Mas volta e meia ele se pegava pensando na guerra. Os Estados Unidos tinham aderido à causa dos Aliados no mês anterior, e Benjamin queria se alistar, mas, infelizmente, 16 anos era a idade mínima, e ele já não parecia ter tanta idade. De qualquer maneira, sua verdadeira idade – cinquenta e sete – o teria desqualificado.

Bateram à porta, e o mordomo apareceu com uma carta que trazia um grande selo oficial no canto e tinha por destinatário o sr. Benjamin Button. Ansiosamente, Benjamin abriu-a e leu seu conteúdo com prazer. O documento o informava de que muitos oficiais da reserva que haviam servido na Guerra Hispano-Americana estavam sendo reconvocados ao serviço com mais elevadas patentes, e a carta trazia sua convocação como general de brigada do Exército dos Estados Unidos, com ordens de apresentar-se prontamente.

Benjamin pôs-se imediatamente de pé, tremendo de entusiasmo. Era tudo que ele queria. Pegou o boné e, dez minutos depois, entrou em uma grande alfaiataria na Charles Street, onde pediu, com seus súbitos agudos, que lhe fossem tomadas as medidas para um uniforme.

"Quer brincar de soldado, filho?", quis saber um balconista sem qualquer pretensão.

Benjamin ficou vermelho de raiva.

"Ei! Que lhe interessa o que eu quero? Meu nome é Button e moro em Mt. Vernon Place, só para que o senhor saiba que posso pagar."

"Bem", reconheceu o balconista, não sem hesitar, "se você não puder, talvez seu pai possa."

Tiraram-lhe as medidas e, uma semana depois, o uniforme de Benjamin estava pronto. Ele teve dificuldade em obter a insígnia apropriada de general, porque o alfaiate insistia com Benjamin que um belo distintivo da YWCA teria a mesma aparência e seria muito mais divertido na brincadeira.

Sem dizer nada a Roscoe, ele saiu de casa uma noite e seguiu de trem para Camp Mosby, na Carolina do Sul, onde lhe seria designado o comando de uma brigada de infantaria. Num dia abafado de abril, ele se aproximou da entrada do acampamento, pagou o táxi que o trouxera da estação, e dirigiu-se à sentinela.

"Consiga alguém para cuidar da minha bagagem!", ordenou ele com vigor.

A sentinela mirou-o com censura nos olhos.

"Ei", gritou ele para o garoto que seguia em frente, "aonde você vai com essa beca de general, filho?"

Benjamin, veterano da Guerra Hispano-Americana, marchou em direção a ele com os olhos em chamas, mas, infelizmente, a voz lhe saiu um tanto como um falsete.

"Sentido!", ele tentou trovejar. Fez uma pausa para respirar – e então, sem mais, viu a sentinela bater os calcanhares e apresentar arma. Benjamin escondeu um sorriso de satisfação, mas quando olhou em volta ele se desfez. Não era ele quem inspirava obediência, mas um coronel de artilharia imponente que se aproximava a cavalo.

"Coronel!", chamou Benjamin com estridência.

O coronel se aproximou, puxou as rédeas e olhou friamente para ele com um brilho nos olhos.

"Você é filho de quem, garotinho?", perguntou gentilmente.

"Eu já vou mostrar filho de quem o garotinho é!", retorquiu Benjamin com uma voz feroz. "Desça desse cavalo!"

O coronel caiu na gargalhada.

"Você quer o cavalo, hein, general?"

"Aqui!", exclamou Benjamin desesperadamente. "Leia isso." E ele estendeu sua convocação para o coronel.

O coronel leu, com os olhos saltando das órbitas.

"Onde você conseguiu isso?", quis ele saber, enfiando o documento no próprio bolso.

"Recebi do governo, como você logo descobrirá!"

"Venha comigo", disse o coronel com um ar estranho. "Iremos até o quartel e conversaremos sobre isso. Venha."

O coronel se virou e seguiu com o cavalo na direção do quartel-general. Não restava a Benjamin mais do que o ir atrás do outro, com tanta dignidade quanto possível – prometendo a si mesmo, entrementes, uma vingança severa.

Essa vingança não se concretizou. Dois dias depois, porém, seu filho Roscoe apareceu, vindo de Baltimore, furioso e cansado depois de uma viagem feita às pressas, e escoltou o general chorão, sem uniforme, de volta para casa.

XI

Em 1920 nasceu o primeiro filho de Roscoe Button. Durante as festividades que sucederam o acontecimento, porém, ninguém julgou que "a coisa" a se mencionar era que aquele menininho sujo que, com seus 10 anos de idade, brincava pela casa com soldados de chumbo e um circo em miniatura, era o próprio avô do bebê.

Ninguém detestava o menininho, cujo rosto alegre e animado parecia marcado por uma pitada de tristeza, mas, para Roscoe Button, sua presença representava uma fonte de tormento. No jargão de sua geração, Roscoe não considerava a questão "produtiva". Pareceu-lhe que o pai, ao se recusar a parecer ter 60 anos, não se comportara como um "homem de fibra" – era a expressão favorita de Roscoe –, mas sim de uma maneira curiosa e perversa. Na verdade, pensar sobre o assunto por mais de meia hora o levava às raias da loucura. Roscoe acreditava que era próprio às "pessoas enérgicas" conservarem-se jovens, mas o fazer em tal escala era... era... era improdutivo. E Roscoe parava por aí.

Cinco anos depois, o filhinho de Roscoe tinha crescido o bastante para partilhar divertimentos infantis com o pequeno Benjamin, sob a supervisão da mesma babá. Roscoe levou os dois ao jardim de infância no mesmo dia, e Benjamin descobriu que brincar com pequenas tiras de papel colorido, fazer tapetes e correntes e desenhos curiosos e bonitos eram os divertimentos mais fascinantes do mundo. Uma vez ele fora um menino mau e tivera de ficar em um canto – nesse dia ele chorou –, mas na maior parte do tempo havia horas felizes na radiante sala de aula, com a luz do sol entrando pelas janelas e a mão gentil da srta. Bailey descansando por um momento, vez por outra, em seu cabelo despenteado.

O filho de Roscoe passou para a primeira série depois de um ano, mas Benjamin continuou no jardim de infância. Ele estava muito, muito feliz. Às vezes, quando outros pequeninos falavam sobre o que fariam quando crescessem, uma sombra nublava-lhe o rostinho, como se, de uma forma indeterminada e infantil, ele percebesse que jamais chegaria a partilhar daquelas coisas.

Os dias corriam em monótono contentamento. Benjamin retornou um terceiro ano ao jardim de infância, mas já era muito pequeno para entender a serventia daquelas tiras de papel brilhantes e reluzentes. Ele chorava porque os outros meninos eram maiores do que ele, e ele tinha medo deles. A professora conversava com ele, mas, embora tentasse compreender o que ela lhe dizia, não conseguia entender de jeito nenhum.

Ele foi retirado do jardim de infância. Sua babá, Nana, em seu vestido de algodão engomado, tornara-se o centro de seu mundo mínimo. Em dias claros, os dois caminhavam no parque; Nana apontava para um grande monstro cinza e dizia "elefante", e Benjamin o repetia logo em seguida, e quando lhe trocavam a roupa para ir para a cama à noite, dizia repetidamente para ela:

"Elifante, elifante, elifante". Às vezes, Nana o deixava pular na cama, o que era divertido, porque, se caísse de bunda direitinho, a cama o jogava pra cima e de novo o botava em pé; e se gritasse "Ah!" por um longo momento enquanto pulava, conseguia um efeito de interrupção vocal muito agradável.

Ele adorava tirar uma grande bengala da chapeleira e andar pela casa batendo em cadeiras e mesas e dizendo "Lute, lute, lute". Quando havia gente ali, as velhas cacarejavam para ele, o que lhe atraía o interesse, e as jovens tentavam beijá-lo, ao que ele se submetia com ligeiro tédio. E quando o longo dia terminava, às cinco horas, ele subia as escadas com Nana e se alimentava de aveia e de comidas pastosas e macias com uma colher.

Não havia lembranças perturbadoras em seu sono infantil; nenhum sinal lhe vinha de seus heroicos dias na faculdade, dos anos radiantes em que agitava o coração das moças. Havia apenas as paredes brancas e seguras de seu berço e Nana e um homem que ia vê-lo às vezes, e uma grande bola laranja para a qual Nana apontava pouco antes de sua hora de dormir e chamava de "sol". Quando o sol se punha, seus olhos estavam sonolentos – não havia sonhos, sonhos de nenhum tipo que o assombrassem.

O passado – o ataque selvagem à frente de seus homens subindo a colina San Juan; os primeiros anos de seu casamento, quando trabalhava para além das horas do expediente, adentrando a noite de verão, na cidade que fervilhava, pensando em sua jovem Hildegarde, a mulher de sua vida; os tempos anteriores, quando fumava até a madrugada na velha e sombria casa dos Button na Monroe St. com seu avô – tudo havia se apagado de sua mente, como se fossem sonhos sem substância, como se nunca tivessem existido.

Ele não lembrava. Não se recordava com clareza se o leite estava quente ou frio em sua última mamada ou como os dias se passavam – havia apenas seu berço e a presença familiar de Nana. E, então, toda e qualquer lembrança desapareceu. Quando estava com fome, ele chorava – e era tudo. No decorrer dos dias e das noites, ele respirava, e sobre ele havia suaves balbuciares, murmúrios que ele mal escutava, e cheiros vagamente diferenciados, e luz e escuridão.

Um dia, tudo escureceu, e seu berço branco, e os vagos rostos que se moviam acima dele, e o aroma doce e quente do leite desapareceram completamente de sua mente.

O TARQUÍNIO DE CHEAPSIDE

CÉLERES PASSOS – O PANTUFO LEVE, de solas macias, confeiçoado em curioso couro das Índias trazido, marcava o ritmo; no encalço, à distância de uma pedrada, dois pares de grossos e velozes borzeguins, de um azul escuro com dourado, a refletir a luz da lua em turvas manchas e cintilações.

Pantufo Leve reluz ao atravessar um raio de luar, e então se arroja num cego labirinto de vielas, alhures se tornando intermitente tumulto, em meio à escuridão que tudo envolve. De perto o seguem os Velozes Borzeguins, os gládios à cintura sacudidos e as longas plumas ao vento se dobrando, buscando fôlego para lançar injúrias a Deus e ao negrume das ruelas londrinas.

Pantufo Leve transpõe um portão umbroso e acomete, aos estalos e farfalhares, uma cerca viva. Os Velozes Borzeguins galgam o portão e varam igualmente a sebe – e ali, sobressaltadas, estão as sentinelas em guarda – dois mortíferos piqueiros, com bocarras de cruel contorno, recrutados em campanhas por Holanda e Espanha.

Não se escuta, porém, grito por socorro. Não cai o perseguido aos pés das sentinelas, ofegante, agarrado a uma bolsa; tampouco protestam os perseguidores em alto e bom som. Pantufo Leve passa e deixa uma lufada de brisa. As sentinelas praguejam e hesitam, avistam o fugitivo e trancam a via com seus piques severamente estendidos à espera dos Velozes Borzeguins. A escuridão, como fosse mão imensa, interrompe então o lume constante da lua.

Afasta-se a mão do orbe celeste – e as pálidas carícias deste tornam a encontrar beirais e lintéis, assim como as duas sentinelas, feridas, tombadas na via. Rua acima, um dos Velozes Borzeguins deixa um negro rastro de manchas até que se embaraça, desajeitado como corria, com a fina renda que trazia na garganta.

Nada daquilo dizia respeito às sentinelas: a noite parecia ter Satanás por dono, e Satanás parecia ser aquele que num vislumbre diante delas surgiu – o calcanhar sobre o portão, o joelho sobre a cerca. Ademais, o Tinhoso não se alongava do lar naqueles cantos de Londres consagrados a seus mais sórdidos caprichos, pois a via se estreitava como a estrada em uma pintura, e as casas sobre ela se curvavam, confinando em valhacoutos naturais, adequados ao assassínio e sua irmã histriônica, a morte súbita.

Por longas e sinuosas travessas serpenteavam o perseguido e os perseguidores, sempre a entrar e sair da lua em um perpétuo movimento da rainha sobre um tabuleiro de xadrez perfeito de luzes e sombras. Adiante, a caça, já despida do gibão de couro, um tanto cegada pelas gotas de suor e em franco desespero, punha-se a examinar o terreno de um lado e de outro. Dessarte, diminuiu de súbito a velocidade e, refazendo parcialmente os próprios passos, apressou-se por tão tenebroso beco que se tinha a impressão de que sol e lua ali se conservavam em eclipse desde que os idos em que última geleira deslizara tonitroante sobre a terra. Percorridas duzentas varas, Pantufo Leve parou e enfiou-se em um vão da parede, onde se encolheu e resfolegou sem alarde, um deus grotesco sem corpo ou contorno na treva.

Os Velozes Borzeguins, ambos pares, aproximaram-se, achegaram-se, alongaram-se e pararam a vinte varas de sua caça, travando conversação em esbaforidos e ligeiros sussurros:

"O vulto sempre esteve onde meus olhos o alcançavam; ele parou."

"A vinte passos."

"Escondeu-se."

"Permaneçamos juntos, e o apanharemos."

Calou-se a voz sob o discreto ranger do borzeguim, e Pantufo Leve não perdeu tempo – em três longas passadas, atravessou o beco, saltou, aprumou-se de braços abertos como asas sobre um muro e desapareceu, engolido pela noite esfaimada num só bocado.

II

Lia ao beber e lia ao deitar-se –
Alto, se fôlego havia.
Leu até a vida acabar-se,
Pois só nos mortos se via.

Quem quer que visite o antigo campo-santo de Jaime I, próximo a Peat's Hill, poderá ler essa quadra de pés quebrados, sem sombra de dúvida uma das piores legadas pela poesia elisabetana, no túmulo de Wessel Caxter.

A morte do citado, dirá o antiquário, ocorreu quando contava a idade de 37 anos; uma vez, porém, que este caso se refere à noite de uma certa caçada na escuridão, nós ainda o encontraremos com vida – e lendo. Tinha os olhos um tanto turvos, e o estômago um tanto óbvio – era um homem indolente e de saúde ruim – oh, meu Senhor! Mas uma era sempre será uma era, e nos tempos do reinado de Elizabeth, pela graça de Lutero Rainha da Inglaterra, não se podia deixar de responder ao espírito do entusiasmo. Cada canto de Cheapside publicava seu próprio *Magnum Folium* (leia-se revista) com as últimas novas do verso branco; as companhias de Cheapside produziam tudo que lhes caísse em mãos, desde que "passassem longe daquele tipo de auto carola", e a Bíblia em inglês havia chegado a sete tiragens "de porte" no mesmo número de meses.

Assim, Wessel Caxter (que, na juventude, havia conhecido o mar) fizera-se um leitor voraz: lia manuscritos em nome de suas bentas amizades; jantava poesia profana; perambulava pelas oficinas onde se faziam imprimir os *Magna Folia* e tinha ouvidos pacientes para as contendas e alfinetadas a que se dedicavam os jovens dramaturgos uns contra os outros, enquanto deitavam às costas uns dos outros duras e vis acusações de plágio ou tudo quanto lhes viesse à cabeça.

Na noite em questão, Caxter debruçava-se sobre tomo de obra que, não obstante a excessiva erudição, trazia em si – assim o julgava – uma excelente sátira política. Sob a luz trêmula das velas, estava *A rainha das fadas*, de Edmund Spenser. Havia acabado de fazer a dura travessia de um canto e começava o seguinte:

> A lenda de Britomartis, ou Da castidade
> Aqui discorro sobre a castidade,
> Das virtudes a mais bela e elevada...

Um súbito e apressado tropel pela escada, o ranger enferrujado da frágil porta que se abria, e um homem atirou-se sala adentro – ofegante, aos soluços, de seu gibão despido, à beira do colapso.

"Wessel" – sufocavam-no as palavras – "esconda-me em algum lugar, pelo amor de Nossa Senhora!"

Caxter fechou o livro com cuidado, levantou-se e trancou a porta com certa inquietude.

"Estão à minha caça!", exclamou Pantufo Leve. "Juro que circulam por aí dois gládios de inteligência curta com o intuito de me reduzir a picadinho... e estão perto de conseguir. Viram-me saltar o muro de trás!"

"Seriam necessários", refletiu Wessel, fitando o homem com curiosidade, "inúmeros batalhões armados de bacamartes e duas ou três Armadas para conservá-lo minimamente a salvo das vinganças que o mundo lhe reserva."

Pantufo Leve sorriu com gosto. O soluçar e resfolegar dava lugar a uma respiração rápida e precisa; seus ares de animal acuado se esvaneciam em uma ironia ligeiramente inquieta.

"Não me surpreende", continuou Wessel.

"Eram dois brutamontes de triste figura."

"Perfazendo um total de três."

"Dois, desde que você me esconda. Acorde, homem: não tarda até que batam à porta."

Wessel travou de uma haste de lança quebrada, que jazia a um canto, e, erguendo-a ao teto alto, desalojou um alçapão grosseiro que se abriu a um sótão acima.

"Não há escada."

Wessel colocou um banco debaixo do alçapão, no qual Pantufo Leve montou, agachou-se, hesitou, outra vez se agachou e, então, em um salto surpreendente, alcançou a borda da abertura. Agarrando-a, balançou para a frente e para trás por um instante, à guisa de dar firmeza às mãos; por fim ergueu o próprio corpo e desapareceu na escuridão. Fez-se uma agitação ao alto, uma migração dos ratos, enquanto o alçapão era recolocado... silêncio.

Wessel retornou à mesa de leitura, abriu "A lenda de Britomartis, ou Da Castidade" – e esperou. Não havia transcorrido um minuto quando se ouviu um tropel escada acima e uma pancadaria insuportável à porta. Wessel suspirou e, pegando sua vela, levantou-se.

"Quem está aí?"

"Abra a porta!"

"Quem está aí?"

Um golpe doloroso magoou a frágil madeira, arrebentando-a perto da borda. Wessel abriu-a não mais do que três polegadas e ergueu a vela. Cabia-lhe bancar o cidadão temente e mais do que cioso dos bons costumes, vítima de escandalosa perturbação.

"A esta hora se descansa. É pedir demais a cada arruaceiro e..."

"Quieto, amigo! Viu um sujeito embebido em suor?"

As sombras de ambos os valentes desciam em imensos e sinuosos contornos pela estreiteza das escadas; à luz da vela, Wessel realizou detido exame dos visitantes. Cavalheiros, certamente eram, uma vez que belamente vestidos, ainda que às pressas – um deles trazia grave ferimento na mão, e os dois irradiavam uma espécie de furioso temor. Sem dar atenção ao desentendimento inicial de Wessel, os perseguidores o empurraram para dentro da sala e, com seus gládios, procederam com cuidadosas estocadas em cada ponto escuro e suspeito que avistavam, estendendo sua busca à alcova de Wessel.

"Ele está escondido aqui?", exigiu saber o furioso homem ferido.

"Quem está aqui?"

"Outro homem, além de você."

"Que eu veja, só há dois outros homens aqui."

Por um instante, Wessel reputou ter se excedido na pilhéria, pois os valentes fizeram como se também o quisessem estocar.

"Escutei passos de homem na escada", disse com ímpeto, "há cinco minutos. É certo que não foi capaz de subir."

Procedeu, em seguida, com a explicação de sua leitura atenta de *A Rainha das fadas*, mas, ao menos naquele instante, os visitantes, como os grandes santos, mostravam-se insensíveis à cultura.

"Que fez ele?", perguntou Wessel.

"Uma violência!", exclamou o homem com a mão ferida. Wessel percebeu que este tinha os olhos em grande agitação. "Minha irmã. Oh, Cristo, entregue-nos esse homem!"

Wessel estremeceu.

"Quem é o homem?"

"Pela palavra de Deus, sequer isso sabemos. Que alçapão é esse aí em cima?", acrescentou ele de repente.

"Está pregado. Não é usado há anos." Pensou na haste de lança que jazia ao canto e sentiu um calafrio perpassar-lhe a espinha, mas o desespero a que os dois homens estavam entregues lhes embotava o engenho.

"Só um acrobata treparia ali sem a ajuda de uma escada", disse o homem ferido com indiferença.

O companheiro se desfez em uma gargalhada histérica.

"Treparia... ai, treparia."

Wessel olhou com espanto aos dois homens.

"Isso apela ao meu mais trágico humor!", exclamou o homem, "só um acrobata treparia... treparia..."

O valoroso homem de mão ferida usava a equivalente sã para estalar os dedos com impaciência.

"Devemos ir à porta ao lado... e seguir..."

Desconsolados, caminharam como dois viajantes sob uma tempestuosa noite escura.

Wessel fechou a porta, passou-lhe a tranca e permaneceu imóvel diante dela por um instante, a testa franzida de pena.

Um ligeiro "Ha!" o fez olhar para cima. Pantufo Leve já havia erguido o alçapão e olhava para dentro da sala, com seu rosto, que tanto lembrava o de um elfo, contraído em uma momice que insinuava a um só tempo melancolia e divertido sarcasmo.

"Os idiotas não sabem tirar um elmo sem deixar a cabeça dentro", sussurrou ele, "mas, quanto a você e a mim, Wessel, ambos somos homens de inteligência."

"Amaldiçoado seja o senhor", disparou Wessel com veemência. "Sabia que tinha diante de mim um cão, mas quando chegam a meus ouvidos não mais do que a metade de um caso como este, vejo em você um vira-lata tão imundo que não desejo menos do que lhe aplicar uma porretada no crânio."

Pantufo Leve o fitava e piscava.

"De qualquer modo", respondeu ele por fim, "me é impossível julgar a dignidade na posição em que me encontro."

Com isso, deixou o corpo atravessar o alçapão, pendurou-se por um instante na borda e despencou dois metros ao chão.

"Havia um rato que admirava minha orelha com ares de cozinheiro", prosseguiu ele, limpando a poeira das mãos nas calças. "Respondi-lhe em seu próprio idioma que eu era mortalmente venenoso, e assim ele se afastou."

"Escutemos sobre a luxúria desta noite!" exclamou Wessel com raiva.

Pantufo Leve produziu um esgar de desprezo e bruxuleou os dedos em gesto zombeteiro a Wessel.

"Garoto arruaceiro!", murmurou Wessel.

"Você tem papel?", perguntou Pantufo Leve, como desviasse o assunto, para na sequência acrescentar com aspereza – "ou você não usa esse tipo de coisa?"

"Por que eu deveria lhe dar papel?"

"Você queria saber sobre o divertimento da noite. Saberá, desde que me dê pena, tinta, um maço de papel e um quarto."

Wessel hesitou.

"Fora!", disse ele por fim.

"Se essa é sua vontade... mas acabará por perder um caso muito intrigante."

Wessel vacilou – nem o caramelo era tão macio quanto aquele homem – e cedeu. Pantufo Leve foi para o cômodo ao lado com os materiais de escrita com relutância entregues e ali se encerrou. Wessel resmungou e voltou a sua *A rainha das fadas*; então o silêncio mais uma vez reinou sobre a casa.

III

As três horas se tornaram quatro. O cômodo penumbroso, a escuridão eivada de frio e umidade do lado de fora, e Wessel, com as mãos em concha a amparar o crânio, curvou-se sobre a mesa, enquanto delineava um enredo de cavaleiros e fadas e as angustiantes agruras de muitas donzelas. Havia dragões às gargalhadas ao longo da viela do lado de fora; quando o sonolento filho do armeiro iniciou o dia de trabalho, às cinco e meia, o pesado retinir de folhas de metal e cotas de malha elevou-se ao ponto de sugerir uma cavalgada em marcha.

A névoa se dissipou ao primeiro luzir da alvorada, e a sala se encontrava sob penumbra amarela e gris às seis, quando Wessel foi na ponta dos pés a seu pequeno quarto de dormir e abriu a porta. Seu hóspede voltou para ele um rosto pálido como pergaminho, no qual dois olhos agitados ardiam como grandes letras vermelhas. Ele havia puxado uma cadeira para perto do *prie-Dieu* de Wessel, usando-o como escrivaninha; e nele havia um impressionante maço de folhas escritas a letra miúda. Com um longo suspiro, Wessel retirou-se e retornou a sua sereia, entendendo-se um idiota por não reivindicar sua cama ali ao amanhecer.

O tropel das botas do lado de fora, o coaxar das velhas megeras de casebre a casebre, o alarido monótono da manhã o enervavam e, cochilando, afundou na cadeira, com o cérebro sobrecarregado de cor e som, em uma intolerável faina sobre as imagens que o ocupavam. Nesse sonho inquieto, ele era um dos mil corpos a gemer esmagados na proximidade do sol, ponte indefesa para

Apolo com seu poderoso olhar. O sonho o apunhalava, rasgava-lhe a mente como uma faca embotada. Ao sentir uns dedos quentes lhes tocarem o ombro, despertou quase a ponto de gritar; encontrou, porém, a névoa densa da sala e seu hóspede, um fantasma cinza enevoado, ao seu lado com um maço de papel na mão.

"Há de ser uma história de bastante interesse, creio eu, embora exija um pouco de ajustes. Posso pedir-lhe para guardá-la e, por Deus, deixar-me dormir?"

Não esperou qualquer resposta; largou o maço de papel sobre Wessel e literalmente se derramou sobre um divã que havia a um canto, não diferente do líquido de uma garrafa que de repente entorna, e dormiu, com sua respiração regular, mas a testa franzida de maneira curiosa e um tanto estranha.

Wessel bocejou sonolento e, atentando à primeira página, inteira preenchida de uma caligrafia nervosa e apressada, pôs-se a ler em voz alta, porém suave:

O estupro de Lucrécia

Da Ardea sitiada, cada qual em posição,
Pelas ímpias asas do desejo levado,
Tarquínio, lascivo, deixa as hostes romanas...

"AH, FEITICEIRA RUIVA!"

MERLIN GRAINGER TRABALHAVA NA MOONLIGHT QUILL, livraria que vocês provavelmente conhecem, logo virando a esquina do Ritz--Carlton, na rua 47. A Moonlight Quill é – ou melhor, foi – uma livrariazinha muito romântica, considerada radical e reconhecidamente lúgubre. Espalhavam-se pelas paredes de seu interior pôsteres vermelhos e alaranjados com intenções exóticas de tirar o fôlego e iluminados tanto pela grande cúpula retangular de cetim carmesim que, acesa o dia todo, pendia ao alto, quanto pelas reluzentes encadernações das edições especiais, que a refletiam. Era sem sombra de dúvida uma livraria agradável. Sobre a porta de entrada, as palavras "Moonlight Quill" apareciam trabalhadas em uma espécie de bordado serpentino. As vitrines pareciam sempre repletas de obras que por muito pouco haviam sobrevivido aos censores literários; volumes com capas de um laranja profundo que oferecem seus títulos em quadradinhos de papel branco. E, acima de tudo, havia o cheiro do almíscar, que o inteligente e misteriosíssimo sr. Moonlight Quill pedia que fosse borrifado por toda a loja – cheiro que, em parte, remetia a uma loja de antiguidades na Londres de Dickens e, em parte, a um café nas margens quentes do Bósforo.

Das nove às cinco e meia, Merlin Grainger perguntava a viúvas entediadas e jovens de olheiras profundas se "tinham interesse por esse sujeito" ou se buscavam primeiras edições. Ou comprariam romances com árabes na capa, ou livros que traziam os mais novos sonetos de Shakespeare psicografados pela srta. Sutton da Dakota do Sul – era o que dizia a si mesmo, não sem desdém. Em verdade, seu gosto pendia aos últimos, mas como empregado da Moonlight Quill, tomava para si a jornada de trabalho com a postura de um *connoisseur* desiludido.

Depois de rastejar sobre a vitrine para fechar a cortina da frente às cinco e meia todas as tardes, e despedir-se do inescrutável sr. Moonlight Quill, da balconista, a srta. McCracken, e da estenógrafa, a srta. Masters, ele seguia para casa ao encontro dela, Caroline. Ele não jantava com Caroline. É impensável que Caroline considerasse a possibilidade de comer sobre sua cômoda, com os botões do colarinho flertando perigosamente com o queijo cottage, e as pontas da gravata de Merlin a um milímetro do copo de leite – ele nunca a havia convidado para jantar com ele. Comia sozinho. Ia à mercearia Braegdort, na Sexta Avenida, comprava um pacote de bolachas, um tubo de pasta de anchova e algumas laranjas, ou então uma conserva de salsichas, um pouco de salada de batata e uma bebida sem álcool, e seguia com tudo isso em um pacote marrom para seu cômodo no número cinquenta e tantos, oeste da rua 58. Ali jantava e via Caroline.

Caroline era uma moça muito jovem e alegre que vivia com uma senhora mais velha e teria cerca de 19 anos. Era como um fantasma, uma vez que não tinha existência senão à noite. Ela emergia à vida quando as luzes se acendiam em seu apartamento, por volta das seis, e submergia, no mais tardar, por volta da meia-noite. Morava em um ótimo apartamento, em um ótimo condomínio com fachada de pedra branca, em frente ao lado sul do Central Park. Na parte de trás, seu apartamento dava para a janela solitária do cômodo solitário ocupado pelo solitário sr. Grainger.

Ele a chamava de Caroline porque havia a ilustração de uma mulher parecida com ela na sobrecapa de um livro com esse nome na Moonlight Quill.

Bem, Merlin Grainger era um jovem magro de 25 anos, cabelo escuro, desprovido de bigode, barba ou qualquer coisa do gênero, mas Caroline era pura leveza e encanto, com um tufão cintilante de ondas ruivas que lhe fazia as vezes de cabelo, e aquelas características que fazem você se lembrar de um beijo – características que você pensava exclusivas de seu primeiro amor, mas que, quando você se depara com uma foto antiga, percebe não ser o caso. Estava em geral vestida de rosa ou azul, mas nos últimos tempos colocava vez por outra um delicado vestido preto, do qual evidentemente se orgulhava, pois sempre que o vestia ficava olhando para um determinado lugar na parede, que Merlin pensava ser um espelho. Ela geralmente se sentava de perfil na cadeira perto da janela, mas às vezes honrava a *chaise longue* ao lado da luminária, inclinando-se muitas vezes para trás e fumando um cigarro com posturas de braços e mãos que Merlin considerava muito graciosas.

Em outra ocasião, ela foi à janela e ali ficou magnificamente recostada, olhando para fora porque a lua havia se perdido e derramava o mais estranho brilho na área que separava os prédios, metamorfoseando o motivo pictórico protagonizado pelas latas de cinzas e os varais de roupa em um vivo impressionismo de tonéis de prata e gigantescas teias de aranha. Merlin estava sentado à vista, comendo queijo cottage com açúcar e leite; e tão rapidamente ele estendeu a mão à corda da janela que derrubou o cottage no colo com a mão livre – e o leite estava frio, e o açúcar fez manchas em suas calças, e ele teve absoluta certeza de que ela o tinha visto, afinal.

Às vezes ela recebia visitas – homens de fraque, que permaneciam de pé e se curvavam, chapéu na mão e casaco no braço, enquanto conversavam com Caroline; curvando-se em seguida mais um pouco e a seguindo para longe da luz, obviamente com destino a uma peça ou dança. Outros jovens vinham a seu encontro, sentavam-se, fumavam cigarro e pareciam tentar dizer algo a Caroline – ela ora sentada na cadeira de perfil e observando-os com sincero interesse, ora na *chaise longue* ao lado do abajur, parecendo de fato adorável e de uma juventude insondável.

Merlin apreciava dessas visitas. Alguns dos homens eram de seu gosto. Outros lhe haviam conquistado apenas uma hesitante tolerância, enquanto um ou dois ele, sim, detestava – em especial, o visitante mais frequente, um homem de cabelo e cavanhaque pretos e uma alma escura como o breu, que parecia a Merlin vagamente familiar, mas que nunca foi capaz de reconhecer.

De qualquer modo, a vida de Merlin não estava "atada", em sua inteireza, "a essa fantasia que ele havia construído"; aquela não era "a hora mais feliz do seu dia". Ele nunca chegou a tempo de resgatar Caroline de quaisquer "garras"; nem mesmo casou-se com ela. Uma coisa ainda mais estranha do que todas essas aconteceu, e é essa coisa estranha que logo será contada aqui. Tudo começou em uma tarde de outubro, quando ela adentrou cheia de vida o interior tranquilo da Moonlight Quill.

Era uma tarde escura, com ameaça de chuva e apocalipse, toda feita daquele cinza particularmente sombrio com que só as tardes de Nova York se regalam. O vento sibilava pelas ruas, arrastando jornais e pedaços de coisas surradas, luzinhas despontavam de todas as janelas – era tão desolador que havia quem lamentasse pelos cimos dos arranha-céus indefesos ali no céu verde escuro e gris, e sentisse que aquele era, finalmente, o momento de a farsa ser desmascarada e, então, todos os edifícios da cidade tombarem como estruturas de papelão e se amontoarem em uma só pilha de poeira e sarcasmo sobre todos os milhões que pensavam em entrar e sair deles.

Ao menos esse era o tipo de devaneio a pesar sobre a alma de Merlin Grainger, enquanto se encontrava próximo à vitrine e devolvia uma dúzia de livros a uma fileira após a visita de um furacão sob a forma de uma senhora ataviada de arminho. Ele olhou pela vitrine, tomado pelos mais angustiantes pensamentos – divagando sobre os primeiros romances de H. G. Wells, sobre o Livro do Gênesis, sobre como Thomas Edison dissera que em trinta anos não se habitaria mais a ilha de Manhattan, transformada em um vasto e caótico bazar; e então ele devolveu o último livro com a face correta para cima, virou-se – e Caroline entrou tranquilamente na loja.

Ela estava vestida com um traje de passeio elegante, porém convencional – ele se lembrou disso quando, mais tarde, pensou sobre os acontecimentos. A saia era xadrez, pregueada como uma sanfona; o paletó era de um bronze suave, mas vivo; tinha sapatos e polainas marrons; e seu chapéu, pequeno e elegante, completava-a como a tampa de uma caixa de doces muito cara e lindamente cheia.

Merlin, sem fôlego e assustado, acorreu nervosamente em sua direção.

"Boa tarde...", disse ele, e então parou – por quê, não sabia dizer, exceto que lhe ocorreu que algo imenso estava prestes a acontecer em sua vida, e que não precisava de qualquer cortesia, unicamente silêncio, e a quantidade certa de atenção expectante. E naquele minuto antes de a coisa começar a acontecer ele teve a sensação de um segundo em que a respiração se suspendia, e o tempo se imobilizava: ele viu através da divisória de vidro que isolava o pequeno escritório a cabeça cônica e malévola de seu patrão, o sr. Moonlight Quill, curvada sobre sua correspondência. Ele viu a srta. McCracken e a srta. Masters como duas mechas de cabelo a cobrir pilhas de papel; ele viu a cúpula carmesim no alto e percebeu com um toque de prazer como aquilo fazia a livraria parecer de fato agradável e romântica.

Foi então que a coisa aconteceu, ou melhor, começou a acontecer. Caroline pegou um coletânea de poemas que jazia sobre uma pilha de livros, folheou-a distraidamente com sua mão esguia e branca e, de repente, com um gesto tranquilo, lançou-a ao alto em direção ao teto, onde desapareceu na luminária carmesim e ali se alojou, vista através do seda iluminada como um retângulo escuro e protuberante. Isso a agradou – ela desatou a rir um riso jovem e contagiante, ao qual Merlin não resistiu e aderiu.

"Ficou lá no alto!", exclamou ela, alegre. "Ficou, não?" Para os dois, aquilo parecia o cúmulo do mais brilhante absurdo. Suas risadas se misturaram, preencheram a livraria, e Merlin ficou feliz ao descobrir que sua voz era viva e cheia de encantamento.

"Tente de novo, pegue outro", sugeriu ele de repente. "Experimente um vermelho."

Diante do convite, seu riso ficou maior, e ela precisou apoiar as mãos na pilha de livros para se equilibrar.

"Experimente outro", ela conseguiu articular entre espasmos de alegria. "Oh, meu Deus, experimente outro!"

"Dois, até!"

"Sim, dois. Ai, vou sufocar se não parar de rir. Aí vai."

Adequando ação e palavra, ela pegou um livro vermelho e o lançou em uma suave hipérbole na direção do teto, onde afundou na luminária ao lado do primeiro. Foram necessários alguns minutos até que um ou outro pudesse fazer mais do que balançar para a frente e para trás em uma incontornável regozijo; mas então, de comum acordo, eles retomaram o divertimento, desta vez ao mesmo tempo. Merlin agarrou um grande clássico francês com encadernação especial e o lançou girando ao alto. Aplaudindo a própria precisão, ele pegou um best-seller em uma das mãos e um livro sobre crustáceos na outra e aguardou sem fôlego enquanto ela lançava o seu. O negócio cresceu, então, rápida e furiosamente – às vezes eles se alternavam e, enquanto a observava, ele percebia o quanto ela era flexível em cada movimento; às vezes, um deles fazia uma sucessão de arremessos, pegando o livro mais próximo, mandando-o ao alto, apenas parando para acompanhá-lo com o olhar antes de pegar outro. Em três minutos, eles limparam um lugarzinho na mesa – eles haviam deixado a luminária de cetim carmesim tão carregada de livros que estava a ponto de despencar.

"Que jogo bobo, o basquete", exclamou ela com desdém enquanto um livro deixava sua mão. "Garotas do ensino médio o jogam com uns calções tão horríveis..."

"Estúpido", ele concordou.

Ela fez uma pausa no gesto de arremessar um livro e o recolocou repentinamente em sua posição sobre a mesa.

"Acho que agora temos espaço para sentar", disse ela, séria.

Eles tinham; haviam aberto um amplo espaço para dois. Com um leve toque de nervosismo, Merlin olhou para a divisória de vidro do sr. Moonlight Quill, mas as três cabeças se encontravam ainda seriamente debruçadas sobre o trabalho, e era evidente que não tinham visto o que havia acontecido na loja. Então, quando Caroline colocou as palmas das mãos sobre a mesa e se ergueu para sentar-se sobre o tampo, Merlin a imitou calmamente, e os dois ficaram lado a lado, fitando-se com seriedade.

"Eu precisava ver você", começou ela, com uma expressão bastante patética em seus olhos castanhos.

"Eu sei."

"Foi aquela última vez", prosseguiu ela, sua voz um pouco trêmula, embora tentasse mantê-la firme. "Eu estava apavorada. Não gosto que você coma em cima da cômoda. Fico com tanto medo de que você... de que você engula um botão do colarinho."

"Eu quase engoli uma vez... quase", confessou ele com relutância, "mas não é tão fácil, sabe? Quer dizer, você pode engolir a parte plana com bastante facilidade ou então a outra parte... quer dizer, uma de cada vez..., mas para engolir um botão de colarinho inteiro, você precisaria ter uma garganta feita na medida." Ele ficou surpreso com o charme sofisticado e tão adequado de seus próprios comentários. Pela primeira vez em sua vida, as palavras pareciam correr em sua direção, como se gritassem para serem usadas, reunindo-se em esquadrões e pelotões cuidadosamente organizados, e apresentando-se a ele mediante meticulosos ajudantes de parágrafos.

"Foi o que me assustou", disse ela. "Eu sabia que você precisava ter uma garganta feita sob medida... e eu sabia, pelo menos tinha certeza, que você não tinha uma."

Ele balançou a cabeça como se o admitisse.

"Não tenho. Custa dinheiro ter uma... e infelizmente mais dinheiro do que eu tenho."

Ele não sentiu vergonha de dizer aquilo – antes, foi um prazer admiti-lo –, e sabia que nada do que pudesse dizer ou fazer estaria além da compreensão de Caroline; muito menos sua pobreza e a impossibilidade concreta de algum dia ver-se livre dela.

Caroline baixou os olhos para o relógio de pulso e, com um gritinho, deslizou do tampo da mesa e se pôs de pé.

"Já passa das cinco", exclamou ela. "Não percebi. Tenho que estar no Ritz às cinco e meia. Vamos nos apressar e fazer isso. Eu tenho uma aposta a ganhar."

De comum acordo, eles puseram mãos à obra. Caroline começou pegando um livro sobre insetos e atirando-o longe, zunindo, finalmente quebrando a divisória de vidro que abrigava o sr. Moonlight Quill. O proprietário ergueu os olhos com um olhar assustado, limpou alguns cacos de vidro da mesa e retornou a suas cartas. A srta. McCracken não deu sinal de ter ouvido – apenas a srta. Masters se sobressaltou e deu um gritinho assustado antes de se debruçar sobre sua tarefa novamente.

Mas para Merlin e Caroline, nada disso importava. Em uma perfeita orgia de energia, jogaram livro após livro em todas as direções, até que por vezes três ou quatro atravessavam o ar ao mesmo tempo, indo de encontro às prateleiras, quebrando o vidro das molduras dos quadros nas paredes, caindo amassados e rasgados no chão. Por sorte, nenhum cliente apareceu, pois é certo que nunca mais voltariam – o barulho era muito intenso, um barulho de coisas que rasgavam e se arrebentavam, misturado vez por outra com o tilintar dos vidros, a respiração rápida dos dois arremessadores e as explosões intermitentes de gargalhadas às quais os dois se entregavam de tempo em tempo.

Às cinco e meia, Caroline lançou um último livro sobre a luminária e deu o ímpeto final à carga que a abarrotava. A seda enfraquecida se rasgou e deixou cair seu conteúdo em uma imensa torrente de branco e cor no chão já coberto de escombros. Então, com um suspiro de alívio, ela se virou para Merlin e estendeu-lhe a mão.

"Adeus", disse ela, simplesmente.

"Já vai?"

Sim, ele sabia que ela já estava de partida – a pergunta havia sido tão somente um derradeiro ardil para detê-la e extrair por mais um instante aquela essência deslumbrante de luz que emanava de sua presença, para seguir com sua enorme satisfação em observar-lhe os traços, que eram como beijos e, pensou ele, semelhantes aos de uma garota ele havia conhecido em 1910. Por um instante, ele pressionou a suavidade de sua mão – então ela sorriu e a retirou e, antes que ele pudesse saltar para abrir a porta, ela mesma o fez e saiu para o crepúsculo turvo e agourento que pairava estreitamente sobre a rua 47.

Gostaria de contar-lhes como Merlin, tendo visto como a beleza leva em conta a sabedoria dos anos, atravessou a pequena divisória do sr. Moonlight Quill e pediu demissão de seu emprego naquele exato momento; daí irrompendo à rua como um homem muito mais refinado, nobre e cada vez mais irônico. Mas a verdade é muito mais ordinária. Merlin Grainger levantou-se e examinou os destroços da livraria, os volumes em ruínas, os restos de seda rasgada da outrora bela luminária carmesim, os mínimos cristais aspergidos do vidro quebrado, que jazia em pó iridescente por todo o interior da loja – e então ele foi a um canto onde havia uma vassoura e começou a trabalhar na limpeza e reorganização do espaço, restaurando-o, na medida do possível, ao seu estado anterior. Ele percebeu que, embora alguns dos livros estivessem intactos, a maioria havia sofrido danos nos mais variados graus. Alguns haviam perdido a capa traseira, outros tinham páginas arrancadas, e havia os que tinham apenas pequenas avarias na capa, o que, como todas as pessoas descuidadas que devolvem livros sabem, torna um livro invendável e, portanto, de segunda mão.

Mesmo assim, por volta das seis horas, Merlin havia feito muito para reparar os danos. Recolocou os livros em seus lugares originais, varreu o chão e instalou novas luzes nos soquetes acima. Quanto à cúpula vermelha, não havia meio de repará-la, e Merlin pensou, com certa apreensão, que o dinheiro para a substituir talvez tivesse de sair de seu salário. Às seis, portanto, tendo feito o melhor que podia, ele rastejou sobre a vitrine da frente para descer a persiana. Enquanto recuava com todo o cuidado, viu o sr. Moonlight Quill levantar-se de sua mesa, vestir o sobretudo e o chapéu e sair para a loja. Ele meneou misteriosamente para Merlin e seguiu para a porta. Com a mão na maçaneta, deu uma parada, virou-se e, com uma voz em que se misturavam curiosamente ferocidade e incerteza, disse:

"Se aquela menina entrar aqui de novo, diga a ela para se comportar."

Com isso, abriu a porta, que com seu rangido afogou o manso "Sim, senhor" de Merlin, e saiu.

Merlin ficou parado por um instante, decidindo sabiamente não se preocupar com o que no momento era apenas um futuro possível, e então foi até o fundo da loja e convidou a srta. Masters para jantar com ele no Pulpat's, um restaurante francês onde se podia ainda beber vinho tinto no jantar, apesar do Grande Governo Federal. A srta. Masters aceitou o convite.

"Quando eu tomo vinho, sinto meu corpo todo formigar", disse ela.

Merlin riu por dentro ao compará-la a Caroline, ou melhor, ao *não* a comparar. Não havia comparação.

II

O sr. Moonlight Quill, misterioso, exótico e de temperamento oriental era, no entanto, um homem de decisão. E foi com decisão que abordou o problema de sua livraria destruída. A menos que fizesse um dispêndio idêntico ao custo original de todo o seu estoque – passo que, por certos motivos particulares, ele não desejava dar –, seria impossível seguir com a Moonlight Quill como antes. Havia apenas uma coisa a fazer. Sem demora, ele transformou o estabelecimento, uma livraria dedicada às últimas novidades literárias, em um sebo. Os livros danificados tiveram seus preços reajustados com descontos de vinte e cinco a cinquenta por cento; ao nome sobre a porta, cujo bordado serpentino outrora brilhara com tanta altivez, permitiu-se escurecer e assumir um matiz indescritivelmente vago de tinta velha; e, tendo forte inclinação para liturgias, o proprietário chegou até a comprar dois barretes de feltro vermelho de má qualidade, um para si, outro para seu balconista, Merlin Grainger. Além disso, deixou o cavanhaque crescer até que se assemelhasse às penas da cauda de um pardal antigo e substituiu o paletó, antes elegante, por um traje de alpaca brilhante que inspirava reverência.

Na verdade, um ano após a catastrófica visita de Caroline à livraria, a única coisa nela que preservava qualquer aparência de atualidade era a srta. Masters. A srta. McCracken seguiu os passos do sr. Moonlight Quill e entregou-se a um intolerável desalinho.

Merlin também, levado por um sentimento do qual participavam lealdade e indiferença, deixara seu exterior assumir a aparência de um jardim deserto. Aceitou o barrete de feltro vermelho como um símbolo de sua decadência. Sempre um jovem conhecido como "rapaz de ambição", havia sido, desde o dia de sua formatura no departamento de artes e ofícios de uma escola de ensino médio de Nova York, um inveterado escovador de roupas, cabelos, dentes e até sobrancelhas, e aprendera o valor de colocar todas as suas meias limpas belamente organizadas, dedo sobre dedo e calcanhar sobre calcanhar, em certa gaveta de sua cômoda, que viria a ser conhecida como gaveta de meias.

Essas coisas, tinha ele para si, haviam sido fundamentais para que conquistasse seu lugar quando a Moonlight Quill conhecera seu auge. Era por causa dessas qualidades que ele não estava ainda construindo "baús úteis para a acomodação de itens", como lhe fora ensinado com ofegante pragmatismo no colégio, e vendendo-os para quem quer que visse uso em tais baús – possivelmente agentes funerários. No entanto, quando a Moonlight Quill do progresso se tornou a Moonlight Quill do retrocesso, ele preferiu afundar com ela, e então passou a deixar seus ternos acumularem, sem qualquer incômodo, o leve peso do ar e a jogar suas meias indiscriminadamente na gaveta de camisas, de cuecas ou até mesmo em nenhuma gaveta. Não era incomum em seu novo desleixo deixar muitas de suas roupas limpas irem direto para a lavanderia sem ao menos terem sido usadas, excentricidade comum entre rapazes solteiros empobrecidos. E isso mesmo diante de suas revistas favoritas, que na época causavam grande ansiedade com artigos de autores de sucesso contra a atrevida impudência dos pobres condenados, tais quais a compra de camisas bem cortadas e bons cortes de carne, e o fato de preferirem belos investimentos em joias pessoais aos investimentos respeitáveis, em poupanças com rendimento de 4% ao ano.

Era realmente uma situação estranha e lamentável para muitos homens dignos e tementes a Deus. Pela primeira vez na história da República, quase qualquer negro ao norte da Geórgia era capaz de trocar uma nota de um dólar. Mas como naquela época o centavo de dólar estava se aproximando rapidamente do poder de compra do ubu chinês e era apenas uma coisa que você recebia ocasionalmente depois de pagar por um refrigerante, com serventia geralmente limitada à paga do uso de balanças, isso talvez não fosse um fenômeno tão estranho quanto parece à primeira vista. Era um estado de coisas muito curioso para Merlin Grainger, entretanto, dar o passo que ele deu – o passo arriscado, quase involuntário, de pedir a srta. Masters em casamento. Mais estranho ainda que ela o aceitasse.

Foi na noite de sábado, no Pulpat's, com uma garrafa de água diluída em *vin ordinaire*, ao custo de $1,75, que o pedido ocorreu.

"O vinho me deixa toda formigada, você não fica assim?", tagarelou a srta. Masters alegremente.

"Sim", respondeu Merlin distraidamente; e então, após uma longa pausa, repleta de significado: "Srta. Masters... Olive... eu quero lhe dizer uma coisa, se você me conceder sua atenção."

O formigamento da srta. Masters (que sabia o que estava por vir) aumentou a ponto de lhe parecer que logo seria eletrocutada por suas próprias reações nervosas. Mas seu "Quero, Merlin" veio sem qualquer sinal ou mínima vibração derivada de uma agitação interior. Merlin engoliu um pouco de ar que encontrou na boca.

"Não sou um homem de fortuna", disse ele, como se fizesse um anúncio. "Não tenho fortuna nenhuma."

Seus olhos se encontraram, permaneceram fitos um no outro, ficaram melancólicos, sonhadores e belos.

"Olive", disse ele, "eu amo você."

"Eu também amo você, Merlin", respondeu ela com singeleza. "Vamos tomar outra garrafa de vinho?"

"Sim", exclamou ele, com o coração acelerado. "Você diz para...?"

"... para brindar o nosso noivado", completou ela corajosamente. "Que seja curto!"

"Não!", quase bradou Merlin, dando com o punho ferozmente sobre a mesa. "Que dure para sempre!"

"Como?"

"Quer dizer... ah, entendo o que você quer dizer. Tem razão, que seja curto!" Ele riu e acrescentou: "Erro meu".

Depois de servido o vinho, eles discutiram os pormenores do assunto.

"No começo, vamos precisar alugar um apartamento pequeno", disse ele, "e eu acho... sim, caramba!... eu sei que tem um apartamentinho na casa onde eu moro, com uma sala espaçosa e uma espécie de quarto e cozinha, com o banheiro no mesmo andar."

Ela bateu palmas com alegria, e ele observou o quanto ela era realmente bonita, ou melhor, na parte superior do rosto – pois da ponte do nariz para baixo havia alguma coisa fora do prumo. Ela continuou com entusiasmo:

"E assim que tivermos condições, compraremos um apartamento realmente bacana, com elevador e zeladora."

"E depois disso uma casa no campo... e um carro."

"Não consigo imaginar nada mais divertido. Você consegue?"

Merlin permaneceu em silêncio por segundos. De repente, passava-lhe pela cabeça que teria de abandonar seu cômodo, no quarto andar, fundos. No entanto, aquilo importava muito pouco agora. Durante o último ano e meio – na verdade, desde a data da visita de Caroline à Moonlight Quill –, ele nunca mais a tinha visto. Por uma semana depois daquela visita, as luzes do apartamento de Caroline não se acenderam – a escuridão cobria o espaço entre os prédios e parecia adentrar, como tateasse às cegas, sua janela expectante e descortinada. Por fim, as luzes reapareceram, mas em vez de Caroline e seus visitantes, elas iluminavam uma família insossa – um homenzinho de bigode eriçado e uma mulher de seios fartos que passava as noites acariciando os quadris e organizando e reorganizando os enfeites da casa. Depois de dois dias a observá-los, Merlin desceu a persiana sem qualquer interesse.

Não – Merlin não conseguia pensar em nada mais divertido do que vencer na vida ao lado de Olive. Teriam um chalé em um subúrbio, um chalé pintado de azul, apenas um nível abaixo do tipo de chalés feitos de estuque branco com telhado verde. Na grama ao redor do chalé, haveria espátulas enferrujadas, um banco verde quebrado e um carrinho de bebê com o assento de vime afundado para a esquerda. E ao redor da grama e do carrinho de bebê e do próprio chalé, ao redor de seu mundo inteiro, estariam os braços de Olive, um pouco mais robustos, os braços de seu período neo-oliviano, quando, ao caminhar, suas bochechas sacudiriam muito ligeiramente para cima e para baixo, em decorrência do excesso de massagem facial. Ele era capaz de ouvir a voz dela agora, a duas colheres de distância:

"Eu sabia que você ia dizer isso esta noite, Merlin. Eu percebi..."

Ela percebia. Ah... de repente ele se perguntou o quanto ela percebia. Percebia, por acaso, que a garota que havia entrado com um grupo de três homens e se sentado na mesa ao lado era Caroline? Ah, ela percebia isso? Percebia que os homens trouxeram consigo uma bebida muito mais forte do que a tinta vermelha condensada três vezes que serviam no restaurante?...

Merlin a fitava como se lhe faltasse o ar, como ouvisse através de véus auditivos o monólogo baixo e suave de Olive, que, abelha persistente, sugava a doçura de sua hora memorável. Merlin escutava o tilintar do gelo e as risadas elegantes de todos os quatro com algum deleite – e aquela risada de Caroline que ele conhecia tão bem lhe trouxe inquietude, fê-lo levantar-se, conclamou seu coração imperiosamente para a mesa dela, em direção à qual com obediência ele foi. Ele podia vê-la em cada detalhe e observou que, talvez no último ano e meio, ela tivesse mudado, ainda que ligeiramente. Era a luz, ou seu rosto parecia mais afilado e seus olhos menos brilhantes, embora mais líquidos, do que antigamente? Os cabelos ruivos, no entanto, ainda largavam seu sombreado púrpura; os lábios ainda sugeriam beijos, bem como o perfil que, às vezes, surgia entre seus olhos e uma fileira de livros, quando era crepúsculo na livraria onde a luminária carmesim não existia mais.

E ela estivera bebendo. O rubor triplo em seu rosto se fazia de juventude, vinho e cosméticos finos – isso era certo. Ela divertia muito o jovem à sua esquerda e o sujeito corpulenta à sua direita, sem falar no velho à sua frente, pois deste vez por outra rebentavam as casquinadas de espanto e leve reproche próprias de outros tempos. Merlin captou a letra de uma canção que ela cantava intermitentemente –

> Só estale os dedos com cuidado:
> uma ponte nunca se atravessa
> até que estejamos d'outro lado

O sujeito corpulento encheu o copo dela com o frio âmbar. Um garçom, depois incontáveis idas à mesa e muitos olhares irrefreáveis na direção de Caroline – que sustentava um inquérito alegre e um tanto sem propósito sobre a suculência deste ou daquele prato –, conseguiu obter algo semelhante a um pedido e saiu correndo.

Olive estava falando com Merlin:

"Então, quando?", perguntou ela, com um tom de voz ligeiramente decepcionado. Ele percebeu que acabara de responder "não" a alguma pergunta que ela lhe fizera.

"Oh, algum dia."

"Você não... se importa?"

Uma pungência um tanto patética na pergunta trouxe os olhos de Merlin de volta para ela.

"O mais rápido possível, querida", respondeu ele com surpreendente ternura.

"Em dois meses... em junho."

"Assim logo?" O deleite embutido na empolgação de Olive a deixou sem fôlego.

"Ah, sim, acho melhor ficarmos com junho. Não faz sentido esperar."

Olive começou a fingir que dois meses era muito pouco tempo para ela fazer os preparativos. Que safadinho ele era! Quanta impaciência! Pois bem: ela mostraria que ele não devia ser muito rápido com *ela*. Na verdade, ele foi tão repentino que ela não sabia exatamente se deveria se casar com ele.

"Junho", repetiu ele a sério.

Olive suspirou e sorriu e tomou o café, o dedo mindinho erguido acima dos outros de forma verdadeiramente refinada.

Um pensamento aleatório ocorreu a Merlin de que ele gostaria de comprar cinco anéis e enfiá-los todos naquele dedo.

"Por Deus!", exclamou em voz alta. *Logo* ele estaria colocando anéis em um de seus dedos.

Seus olhos se voltaram bruscamente para a direita. O quarteto havia se agitado tanto que o garçom se aproximou e chamou-lhes a atenção. Caroline discutia com o *maître* num tom de voz elevado, e uma voz tão clara e jovem que parecia que todo o restaurante a ouvia – todo o restaurante, exceto Olive Masters, absorta em seu novo segredo.

"Como vai?", dizia Caroline. "Provavelmente o *maître* mais bonito em cativeiro. Muito barulho? Que coisa... Algo precisa ser feito. Gerald" – dirigiu-se ela ao homem à sua direita –, "o garçom disse que estamos fazendo muito barulho e pede encarecidamente que paremos. O que respondo?"

"Xiiiiu!", manifestou-se Gerald, rindo. "Xiiiiu!" – e Merlin o ouviu acrescentar baixinho: "A burguesia inteira ficará furiosa. É aqui que os gerentes de loja aprendem francês."

Caroline endireitou-se e colocou-se subitamente em alerta.

"Onde está um gerente de loja?", exclamou ela. "Mostre-me um gerente de loja." Isso pareceu divertir o grupo, pois todos, incluindo Caroline, desataram a rir mais uma vez. O *maître*, depois de uma última advertência conscienciosa, porém desesperada, deu de ombros e saiu à francesa, retirando-se para um segundo plano.

O Pulpat's, como todos sabem, porta a sólida respeitabilidade de uma *table d'hôte*. Não é um lugar festivo no sentido convencional. Alguém chega, pede vinho, fala talvez fale um pouco mais e um pouco mais alto do que de costume sob o teto baixo e enfumaçado, e depois vai para casa. Fecha às nove e meia em ponto; o policial é pago e recebe uma garrafa extra de vinho para a namorada; a moça do vestiário dá as gorjetas ao coletor; e então a escuridão recai sobre as mesinhas redondas, apagando-as da vista e da vida. O divertimento, porém, estava pronto para o Pulpat's esta noite – um divertimento de variedade em nada vulgar. Uma moça de cabelo ruivo, com tons sombreados de purpura, decidiu subir na mesa e começar a dançar.

"*Sacré nom de Dieu*! Desça daí!", exclamou o *maître*. "Parem com essa música!"

Mas os músicos já tocavam tão alto que podiam fingir não ouvir a ordem; conhecendo a juventude de outros tempos, tocavam mais alto e com mais alegria do que nunca, e Caroline dançava com graça e vivacidade, o vestido rosa transparente aos rodopios em seu entorno, os braços ágeis brincando em gestos flexíveis e delicados no ar esfumaçado.

Um grupo de franceses em uma mesa próxima irrompeu em gritos e aplausos, aos quais outras mesas se juntaram – e de repente a sala era um uníssono de palmas e gritos; metade dos comensais estava de pé, amontoando-se, e ao longe o proprietário, convocado às pressas, dava indistintas evidências vocais de seu desejo de pôr fim àquilo o mais rápido possível.

"... Merlin!", exclamou Olive, desperta e irritada por fim; "que mulher sem modos! Vamos embora... já!"

O fascinado Merlin contra-argumentou, embora sem força, que a conta não havia sido paga.

"Não tem problema. Coloque cinco dólares na mesa. Desprezo aquela garota. Não *suporto* olhar para ela." Ela estava de pé agora, agarrando o braço de Merlin.

Impotente, insensível e com o que equivalia a uma inequívoca má-vontade, Merlin levantou-se, seguiu Olive em silêncio enquanto ela abria caminho através do clamor delirante, que então se aproximava do clímax e ameaçava tornar-se um motim selvagem e memorável. Submisso, ele pegou o casaco e tropicou por meia dúzia de degraus sob a atmosfera úmida de abril, com os ouvidos ainda zunindo ao som daqueles pés leves sobre a mesa e de risadas que preenchiam todo o pequeno mundo do café. Em silêncio, eles caminharam em direção à Quinta Avenida e tomaram um ônibus.

Foi só no dia seguinte que ela lhe contou sobre o casamento – como ela havia antecipado a data: era muito melhor que se casassem em primeiro de maio.

III

E por fim casaram, de maneira um tanto insossa, sob o lustre do apartamento onde Olive morava com a mãe. Depois do casamento, veio a euforia e, aos poucos, o tédio crescente. A responsabilidade recaiu sobre Merlin – a responsabilidade de fazer com que seus trinta dólares semanais e os vinte dela fossem o bastante para mantê-los respeitosamente gordos e esconder debaixo de boas roupas a evidência de que assim estavam.

Decidiu-se, depois de seguidas semanas de desastrosas e quase humilhantes experiências com restaurantes, que eles se uniriam ao grande exército dos usuários de mercearia, de modo que ele recobrou seu antigo estilo de vida, segundo o qual parava todas as noites na mercearia de Braegdort e comprava salada de batata, presunto em fatias e às vezes até tomates recheados, quando tomado de arroubos de extravagância.

Em seguida, ele se arrastava de volta para casa, entrava no corredor escuro e subia três frágeis lances de escada, estes cobertos por um tapete antigo de padrões há muito apagados. O corredor tinha um cheiro de outras eras – de vegetais de 1880, dos lustra-móveis em voga quando Bryan "Adão e Eva" concorreu à presidência contra William McKinley, de *portières* ligeiramente mais carregados de pó, de sapatos usados e fiapos de vestidos que há muito haviam se transformado em colchas de retalhos. Esse cheiro o perseguia escada acima, reavivado e mais e mais presente a cada patamar pela aura da cozinha contemporânea, para então, ao iniciar o lance seguinte, desfazer-se no odor da finada rotina de gerações extintas.

Por fim, chegava à porta de suas acomodações, que se abria com vergonhosa disposição e se fechava com não mais do que um sopro, sob seu "Olá, querida! Trouxe um agradinho para você esta noite."

Enquanto isso, Olive, que sempre voltava para casa no ônibus para "pegar um bocadinho de ar", fazia a cama e pendurava coisas. Ao seu chamado, ela se aproximava e lhe dava um beijo rápido de olhos bem abertos, enquanto ele a erguia como se fosse uma escada, as mãos agarradas a seus dois braços, como se ela fosse uma coisa sem equilíbrio próprio e que, uma vez largada, pudesse cair dura para trás. Esse é o beijo que acompanha o segundo ano de casamento, sucedendo o beijo do noivo (um tanto teatral, como dizem aqueles que sabem dessas coisas, e tende a ser copiado dos filmes de amor).

Depois vinha o jantar e, depois do jantar, subiam dois quarteirões em caminhada e pelo Central Park, ou às vezes saíam para ver um filme – caminhadas que com toda a paciência do mundo lhes ensinavam que eles eram o tipo de gente para quem a vida era ordenada, e que algo muito grande, magnífico e belo logo lhes aconteceria desde que fossem dóceis e obedientes a seus superiores legítimos e se mantivessem longe do prazer.

Assim viveram seus dias por três anos. Depois, a mudança entrou em suas vidas: Olive teve um bebê – e Merlin, em decorrência disso, um novo influxo de despesas materiais. Na terceira semana de resguardo de Olive, passada uma hora de nervosos ensaios, ele foi ao escritório do sr. Moonlight Quill e exigiu um substancial aumento de salário.

"Estou aqui há dez anos", argumentou ele. "Tinha 19 anos quando comecei. Sempre procurei dar o meu melhor pelo bem do negócio."

O sr. Moonlight Quill disse que pensaria no caso. Na manhã seguinte, ele anunciou, para grande deleite de Merlin, que colocaria em prática um projeto há muito premeditado: ele se aposentaria do trabalho em presença na livraria, limitando-se a visitas periódicas, e deixaria Merlin como gerente, com um salário de cinquenta dólares por semana e um décimo de participação nos lucros da loja. Quando o velho terminou de falar, o rosto de Merlin brilhava e seus olhos estavam cheios de lágrimas. Ele agarrou a mão de seu empregador e apertou-a violentamente, dizendo repetidas vezes:

"É muito gentil da sua parte, senhor. É muito gentil da sua parte. É muito, muito gentil da sua parte, senhor."

Assim, depois de dez anos de trabalho e fidelidade à loja, ele por fim havia vencido. Olhando em retrospectiva, ele via seu próprio progresso rumo ao topo dessa colina de euforia não mais como uma década por vezes cruel e invariavelmente cinzenta, feita de preocupação, entusiasmo frustrado e sonhos fracassados, anos em que o luar havia se tornado mais baço no pátio entre prédios, e a juventude havia desaparecido do rosto de Olive, mas como uma escalada gloriosa e triunfante para além dos obstáculos que havia superado com determinação e uma inabalável força de vontade. A autoilusão otimista que o protegera do desespero maior era vista agora sob as vestes douradas de uma rígida resolução. Um sem número de vezes ele havia tomado providências no sentido de deixar a Moonlight Quill e alçar voos mais altos, mas por pura fraqueza havia permanecido. Era estranho, mas ele havia começado, então, a pensar que aqueles eram os tempos em que se valera de tremenda persistência e havia "decidido" lutar a partir do lugar que ocupava.

De qualquer forma, não vamos aqui e agora invejar Merlin por sua nova e extraordinária visão de si mesmo. Ele havia conseguido. Aos 30 anos, alcançava um posto de importância. Ele saiu da loja naquela noite bastante radiante, investiu cada centavo que trazia no bolso em um banquete tão espetacular quanto a mercearia de Braegdort podia oferecer e cambaleou para casa com grandes notícias e quatro colossais sacolas de papel. O fato de Olive estar enjoada demais para comer, de lhe ter causado um leve porém inconfundível mal-estar a batalha que travara com quatro tomates recheados, e de a maior parte da comida ter se estragado rapidamente em uma caixa de gelo sem gelo – o dia inteiro que se seguiu não manchou a ocasião. Pela primeira vez desde a semana de seu casamento, Merlin Grainger vivia sob o céu claro e sem nuvens da tranquilidade.

O menino foi batizado Arthur, e a vida tornou-se digna, significativa e, por fim, centrada. Merlin e Olive resignaram-se a um lugar um tanto secundário em seu próprio cosmos; mas o que perderam em personalidade, recuperaram em uma espécie de orgulho primordial. A casa no campo não aconteceu, mas temporadas de um mês em uma pensão em Asbury Park a cada verão preenchiam tal lacuna; e, durante as duas semanas de férias de Merlin, essa excursão assumia o ar de um passeio de fato alegre

– especialmente quando, com o bebê dormindo em um quarto amplo que se abria tecnicamente para o mar, Merlin passeava com Olive ao longo da passarela apinhada de gente fumando seu charuto e tentando assumir ares de quem ganhasse seus vinte mil por ano.

Não sem alguma ansiedade ante a desaceleração dos dias e a aceleração dos anos, Merlin fez 31, 32 – e então, quase em uma arrancada, chegou a essa idade da qual, apesar de todo o trabalho de lavagem e peneiramento, só se consegue reunir um punhado magro de pepitas juvenis: fez 35 anos. E um dia, na Quinta Avenida, ele viu Caroline.

Era domingo, uma radiante e florida manhã de Páscoa, e a avenida era um desfile de lírios, fraques e toucas de alegre colorido primaveril. Meio-dia: as grandes igrejas permitiam que seus fiéis saíssem – a St. Simon, a St. Hilda, a Igreja das Epístolas abriam suas portas como bocas largas até que a enxurrada de pessoas que delas saía parecessem uma risada feliz em meio a seus encontros e passeios e conversas, ou então na agitação de seus buquês brancos aos motoristas que os aguardavam.

Em frente à Igreja das Epístolas estavam seus doze sacristãos, cumprindo o costume consagrado de entregar ovos de Páscoa cheios de pó-de-arroz às debutantes do ano que frequentavam a igreja. Ao redor delas dançavam cheios de alegria os dois mil filhinhos miraculosamente bem tratados dos muito ricos, todos bonitinhos e cacheadinhos com muita correção, brilhando como pequenas joias cintilantes nos dedos de suas mães. Fala o sentimental em favor dos filhos dos pobres? Ah, mas o que são os filhos dos ricos, lavados, cheirosos, com a tez corada do campo e, acima de tudo, com vozes suaves apropriadas a recintos fechados?

O pequeno Arthur tinha 5 anos, uma criança de classe média. Insípido, comum, com um nariz que estragava para todo e sempre qualquer potencial helênico que suas feições pudessem ter conhecido, ele segurava com força a mão quente e pegajosa da mãe e, com Merlin do outro lado, movia-se com a multidão em seu retorno para casa. Na rua 53, onde havia duas igrejas, o congestionamento se adensava e intensificava. O progresso deles era necessariamente retardado a tal ponto que mesmo o pequeno Arthur não teve a menor dificuldade em acompanhá-lo. Foi então que Merlin avistou um *laudaulet* de capô aberto, do mais profundo carmesim e com belos ornamentos de níquel, deslizar lentamente até o meio-fio e parar. Era onde estava Caroline.

Ela estava vestida de preto, um vestido justo enfeitado com lavandas, florido com um buquê de orquídeas à cintura. Merlin se assustou e então olhou para ela com medo. Pela primeira vez em oito anos, desde seu casamento, ele tornava a encontrar Caroline. Mas ela não era mais uma garota. Tinha o corpo esguio de sempre – ou talvez nem tanto, pois com o primeiro florir do semblante haviam também partido certa insolência infantil e uma espécie de ousadia adolescente. Continuava linda – mas era a altivez que se via ali, e os encantadores traços de bem-afortunados 29 anos; e ela se postava no carro com tamanha propriedade e autocontrole que ele ficou sem fôlego ao observá-la.

De repente, ela sorriu – o sorriso de outrora, reluzente como a própria Páscoa e suas flores, melífluo como nunca –, mas de alguma forma desprovido do esplendor e da infinita promessa daquele primeiro sorriso na livraria, distante nove anos. Era, antes, um sorriso plúmbeo, desiludido e triste.

Mas era suave o bastante e sorriso o bastante para levar dois jovens em suas casacas a se apressar a tirar as cartolas dos cabelos molhados e iridescentes e trazê-los, agitados e curvados, à beira de seu automóvel, onde as luvas lilás dela tocavam delicadamente as cinza que eles lhe estendiam. E a esses dois logo se seguiu um terceiro, e ainda outros dois, de maneira que não demorou para que o veículo se encontrasse cercado de uma multidão. Merlin ouviu um jovem ao seu lado dizer à companheira, não pouco bela:

"Perdoe por um instante, mas tem alguém ali com quem eu *preciso* falar. Pode ir, que eu logo a alcanço!"

Em três minutos, cada centímetro do *landaulet*, na frente, atrás e nas laterais, estava ocupado por um homem – um homem no esforço de construir uma frase inteligente o suficiente para que fosse ouvida por Caroline em meio à barafunda de vozes. Para a felicidade de Merlin, parte das roupas do pequeno Arthur escolheu o momento para ameaçar um colapso, e Olive o conduziu às pressas contra um prédio para efetuar algum trabalho de reparo extemporâneo, de forma que Merlin pôde observar à vontade o salão que se formara na rua.

A multidão cresceu. Fileiras se formaram atrás da primeira. No centro, orquídea que se erguia de um buquê negro, vislumbrava-se Caroline entronizada em seu automóvel engolido pela multidão, a balançar a cabeça, exclamar saudações e sorrir com tamanha e tão sincera felicidade que, de repente, uma nova turma de cavalheiros havia deixado esposas e consortes para se dirigir a ela.

A multidão, agora convertida em falange, começou a ser engrossada por curiosos – homens de todas as idades que certamente não conheciam Caroline, mas se acotovelavam e se fundiam no círculo de diâmetro cada vez maior, até que a senhora em lavanda se encontrava no centro de um imenso auditório improvisado.

Tudo em seu entorno eram rostos – escanhoados, ataviados de suíças, velhos, jovens, apenas maduros e, a essas alturas, aqui e ali, de mulheres. A massa se alastrava rapidamente em direção ao meio-fio oposto – e quando a igreja de Santo Antônio, dobrando a esquina, liberou seus fiéis, ela transbordou sobre a calçada, esmagando-se contra o gradil de um milionário do outro lado da rua. Os veículos em alta velocidade que atravessavam a avenida foram obrigados a parar e, em um estalar de dedos, se amontoaram em três, cinco e seis nas franjas da multidão; os ônibus – tartarugas do tráfego –, com seus tetos carregados, mergulharam no congestionamento, e seus passageiros aglomeravam-se nas bordas do segundo andar do veículo em louco frenesi, olhando para o centro da massa, que mal se podia ver da periferia da multidão.

Era impressionante a massa que se formara. Não se tem notícia de público nas cavalheirescas partidas de futebol entre Yale e Princeton, tampouco de turba ensopada em uma final do *World's Series* de beisebol, que se possa comparar à variedade que tagarelava, espiava, ria e buzinava em torno da senhora vestida de preto e lavanda. Era estupendo – era terrível! A mais ou menos um quilômetro dali um policial um tanto esbaforido ligou para sua delegacia; na mesma esquina, um civil assustado se espatifou no vidro de um alarme de incêndio e com isso produziu uma selvagem invocação de todos os carros de bombeiros da cidade; das alturas de seu apartamento, em um dos edifícios altos da avenida, uma velha solteirona histérica decidiu telefonar para um agente da lei seca e, na sequência, para os deputados encarregados de uma comissão para assuntos bolcheviques e para a maternidade do Hospital Bellevue.

O alarido aumentou. O primeiro carro de bombeiros chegou, enchendo o ar dominical de fumaça, retinidos e a ressonância metálica de uma mensagem que reverberou pelas elevadas muralhas dos edifícios. Sob a crença de que alguma terrível calamidade havia atingido a cidade, dois diáconos ouriçados deram ordens para que se realizassem imediatamente missas especiais, e assim começou o dobre dos grandes sinos das igrejas de Santa Hilda e Santo Antônio, então acompanhados pelos gongos ciumentos de São Simão e da Igreja das Epístolas. Mesmo ao longe, no Hudson e no East River, ouviam-se os sons da comoção, e as balsas e rebocadores e transatlânticos contribuíram com suas sirenes e apitos, que fluíram em cadência melancólica, ora variada, ora reiterada, por toda a largura diagonal da cidade, de Riverside Drive aos quebra-mares cinzentos do Lower East Side...

No centro de seu *landaulet* permanecia a senhora em preto e lavanda, que trocava agradáveis palavras ora com um, ora com outro daqueles poucos afortunados de fraque na primeira investida haviam encontrado meio de permanecer a pouca distância do veículo. Passado um tempo, ela olhou ao redor e aos flancos com um semblante cada vez mais aborrecido.

Depois de um bocejo, ela perguntou ao homem mais próximo se ele não poderia correr em algum lugar e buscar-lhe um copo d'água. O homem desculpou-se com certo constrangimento: não era capaz de mover mão ou pé. Não conseguiria coçar a própria orelha nem se precisasse...

Quando o primeiro sopro das sirenes vindas do rio atravessou o ar como um lamento, Olive prendeu o último alfinete no macacão do pequeno Arthur e olhou para cima. Merlin a viu sobressaltar-se, endurecer aos poucos como se fosse de gesso e dar um pequeno suspiro de surpresa e desaprovação.

"Aquela mulher", exclamou de repente. "Oh!"

No olhar rápido que dirigiu a Merlin, mesclavam-se reprovação e dor. Sem mais dizer, agarrou o pequeno Arthur com uma das mãos, tomou o marido na outra e desembestou surpreendemente em um galope sinuoso e saltitante em meio à multidão. De um modo ou de outro, as pessoas cediam diante dela; de alguma forma, ela conseguiu manter o controle sobre o filho e o marido; e, sabe-se lá como, conseguiu emergir dois quarteirões adiante, amarrotada e desgrenhada, em um espaço aberto e, sem diminuir o ritmo, disparou por uma rua lateral. Então, por fim, quando o tumulto se extinguiu em um vago e distante clamor, ela reduziu a marcha e colocou o filho no chão.

"E em pleno domingo! Será que ela não se desgraçou o suficiente?" Esse foi o seu único comentário. Ela o dirigiu a Arthur, como de resto pareceu fazer pelo resto do dia. Por alguma razão curiosa e esotérica, ela não se voltou para o marido uma só vez durante toda a retirada.

IV

O tempo entre os 35 e os 65 anos gira diante da mente passiva como um carrossel inexplicável e confuso. Verdade seja dita, é um carrossel de cavalos mal treinados e castigados pelas intempéries, de cores inicialmente pastéis que, depois, se reduzem a tons de cinza e marrons opacos; mas, ainda assim, é coisa de deixar a pessoa confusíssima e tonta de perder o rumo, como não acontece com os carrosséis da infância ou da adolescência; e como jamais é o caso, isso é certo, com as montanhas-russas da juventude, com sua dinâmica e percurso sempre determinados. Para a maioria dos homens e mulheres, esses trinta anos se restringem a uma gradual retirada da vida – em primeiro lugar, o recuo de uma linha de frente com seus muitos abrigos, aquele sem número de divertimentos e curiosidades da juventude, para uma retaguarda onde estes são bastante escassos, quando reduzimos nossas ambições a um ambição, nossos divertimentos a um divertimento, nossos amigos a uns poucos que já nos são indiferentes; terminando, ao fim e ao cabo, em uma fortificação deserta e solitária que nada tem de sólida, onde as granadas ora assobiam abominavelmente, ora são apenas vagamente ouvidas enquanto, por vezes assustados e cansados, sentamo-nos à espera da morte.

Aos 40 anos, portanto, Merlin não era diferente de si mesmo aos 35; uma barriga maior, um grisalho começando a cintilar na imediação das orelhas, uma ausência de vivacidade mais acentuada no andar. Os 45 diferiam de seus 40 por margem similar, a menos que se mencionasse uma leve surdez no ouvido esquerdo. Mas aos 55, o processo precipitou-se em uma rápida mudança química. A cada ano que passava, ele se tornava mais e mais um "velho" para a família – praticamente senil, no que dizia respeito à esposa. A essa altura, era o único proprietário da livraria. O misterioso sr. Moonlight Quill, morto havia cinco anos e a quem não sobrevivera a esposa, havia deixado todo o estoque e loja para ele, e na livraria ele ainda vivia seus dias, já familiarizado pelo nome com quase tudo que o homem havia registrado ao longo de três mil anos – um catálogo humano, uma autoridade em gravação e encadernação, em in-fólios e primeiras edições, um inventário preciso de mil autores que nunca teria tido condições de compreender e decerto jamais havia lido.

Aos 65 anos, seu abatimento fez-se nítido. Havia assumido os hábitos melancólicos dos idosos tantas vezes retratados na personagem tão convencional do "velho" das comédias vitorianas. Consumia infinitos recursos temporais à procura dos óculos perdidos. "Implicava" com a esposa, que por sua vez lhe devolvia a implicância. Contava as mesmas piadas três ou quatro vezes por ano na mesa da família e dava ao filho conselhos estranhos e impossíveis quanto à sua conduta na vida. Mental e materialmente, era tão diferente do Merlin Grainger de 25 anos que parecia incongruente que ambos compartilhassem o nome.

Ainda trabalhava na livraria com a ajuda de um jovem, que, é claro, considerava muito preguiçoso, e de uma jovem, a srta.

Gaffney. A srta. McCracken, ancestral e tão pouco venerável quanto ele, ainda permanecia à frente da contabilidade. O jovem Arthur tomara o rumo de Wall Street para vender títulos, como todos os rapazes pareciam fazer naquela época. Isso, é claro, era como deveria ser. Que o velho Merlin extraísse o máximo de magia que pudesse de seus livros – o lugar do jovem rei Arthur era no departamento financeiro.

Uma tarde, às quatro, quando deslizava silenciosamente à frente da loja em suas pantufas de sola macia, conduzido por um hábito recém-constituído, do qual, para ser justo, ele tinha bastante vergonha – de espionar o jovem balconista –, ele olhou por acaso pela vitrine da frente, forçando a vista para que os olhos cansados alcançassem a rua. Uma limusine enorme, impressionante – realmente, um portento –, havia parado no meio-fio, e o motorista, depois de descer e travar algum tipo de conversação com quem ocupava o interior do carro, virou-se e seguiu desnorteado em direção à entrada da Moonlight Quill. Ele abriu a porta, entrou a passos miúdos e, olhando com hesitação para o velho de barrete, dirigiu-se a ele com uma voz densa e turva, como se suas palavras atravessassem um nevoeiro.

"O senhor... o senhor vende adições?"

Merlin meneou com a cabeça.

"Os livros de aritmética estão no fundo da loja."

O motorista tirou o quepe e coçou os cachinhos crespos cortados rente.

"Ai, não. Essa aí que eu tô procurando é de detetive." Ele apontou o polegar de volta para a limusine. "Foi a senhora que viu no jornal. Primeira adição."

O interesse de Merlin aumentou. Era possível que ali houvesse uma grande venda.

"Ah, edições. Sim, anunciamos algumas novidades, mas... histórias de detetive, não creio... Qual era o título?"

"Esqueci. É de um crime."

"Sobre um crime. Eu tenho... bem, eu tenho *Os crimes dos Borgias*... encadernação em couro marroquino, Londres, 1769, lindamente..."

"Não", interrompeu o chofer, "foi um sujeito que cometeu esse crime. Foi no jornal que a senhora viu que tava à venda." Ele rejeitou vários títulos possíveis com ar de conhecedor.

"Ele se veste de boina", proclamou ele de repente, após breve pausa.

"Como?", perguntou Merlin, suspeitando que seu barrete era alvo de crítica.

"Ele se veste de boina. O cara que cometeu o crime."

"Ele se veste de boina?"

"Isso. Uma pessoa elegante, pode ser."

Merlin coçou o rosto gris.

"Puxa", continuou o comprador em potencial, "se o senhor quer me salvar de uma baita bronca, faz um esforcinho aí. A velha vai ficar numa braveza só se eu não conseguir."

Mas as reflexões de Merlin sobre o uso de boinas foram tão inúteis quanto sua busca diligente pelas estantes, e cinco minutos depois um chofer muito abatido retornou para tratar com sua senhora. Através da vitrine, Merlin pôde identificar as evidências de um enorme tumulto no interior da limusine. O chofer fazia gestos selvagens em defesa de sua inocência, sem qualquer efeito, evidentemente, pois quando se virou e subiu de volta ao assento do motorista, sua expressão não estava pouco abatida.

A porta da limusine em seguida se abriu, e dela saiu um jovem pálido e esguio, com seus 20 anos, vestido com discrição, porém na moda, e carregando uma delicada bengala. Ele entrou na loja, passou por Merlin, buscou um cigarro no traje e o acendeu. Merlin se aproximou dele.

"Algo que eu possa fazer pelo senhor?"

"Meu velho", disse o jovem friamente, "pode fazer muitas coisas... mas, primeiro, permita-me fumar este cigarrinho aqui, longe da vista da boa senhora que ficou no carro e por acaso é minha avó. A questão de ela saber ou não se eu fumo antes de minha maioridade vale cinco mil dólares para mim. A segunda coisa é que o senhor deve procurar sua primeira edição de *O crime de Sylvester Bonnard*, que anunciou no *Times* do domingo passado. Acontece que minha avó quer tirá-la de suas mãos."

História de detetive! Crime de alguém! Se veste de boina! Tudo se explicava. Com uma leve e tímida casquinada, como que para dizer que teria gostado da situação se a vida lhe tivesse permitido cultivar o hábito de desfrutar de qualquer coisa, Merlin foi até os fundos de sua loja, onde guardava seus tesouros, para buscar o último investimento que fizera, a preço módico, na venda de uma grande biblioteca.

Quando retornou com o livro, o jovem tragava o cigarro e soltava uma grande baforada com imensa satisfação.

"Meu Deus!" desabafou ele. – "Ela não larga do meu pé um minuto o dia inteiro... são tantas tarefas idiotas que essa foi minha primeira tragada em seis horas. Eu pergunto ao senhor: aonde vai parar esse mundo, quando uma senhora frágil, que vive basicamente de leite e bolacha, começa controlar os vícios pessoais de um homem? Acontece que não estou disposto a receber ordens. Vamos ver o livro."

Merlin lhe passou o volume com ternura, e o jovem, depois de o abrir com um desleixo que causou palpitações momentâneas no coração do livreiro, correu as páginas com o polegar.

"Sem ilustrações, hein?", comentou ele. "Bem, meu velho, quanto vale? Pode falar! Estamos dispostos a lhe dar um preço justo, embora eu não saiba a razão."

"Cem dólares", disse Merlin com o cenho franzido.

O jovem emitiu um assobio de surpresa.

"Nossa! Calma lá. O senhor não está negociando com o rei do gado. Acontece que sou um homem criado na cidade, e minha avó, acontece que também é uma mulher criada na cidade, embora... cá entre nós... seria necessária uma coleta de impostos especial para conservar a velha em bom estado. Pagamos 25 dólares, um valor generoso. Temos livros em nosso sótão, guardados com os meus antigos brinquedos... livros que foram escritos bem antes do velhinho que escreveu esse aqui nascer."

Merlin aprumou-se, em contrapartida ao horror rígido e meticuloso que sentia.

"Sua avó lhe deu 25 dólares para comprar esse livro?"

"Não. Ela me deu cinquenta, mas espera um valor mais baixo. Eu conheço a velha."

"Pois diga a ela", disse Merlin com dignidade, "que perdeu um ótimo negócio."

"Dou quarenta", insistiu o jovem. "Vamos lá... seja razoável, não nos atrase..."

Merlin havia dado meia volta com o precioso volume debaixo do braço e estava prestes a devolvê-lo à gaveta especial de seu escritório quando se deu uma inesperada interrupção. Com magnificência nunca dantes vista, a porta da frente se escancarou, em vez de tão somente se abrir, e permitiu que adentrasse o interior escuro do estabelecimento uma régia aparição em seda preta e peles que marchou a passos céleres em sua direção. O cigarro saltou dos dedos do jovem citadino, e ele deu vazão a um inadvertido "Droga!" – mas foi sobre Merlin que a entrada parecia ter o efeito mais notável e incongruente – efeito tão forte que o maior tesouro de sua loja escorregou de sua mão e se uniu ao cigarro no chão. Caroline estava ali.

Era uma senhora idosa, de beleza e prumo invejáveis, de rara jovialidade – mas, ainda assim, uma senhora. Tinha cabelos grisalhos lindos e macios, reunidos em um sofisticado penteado e enfeitados de joias; o rosto, discretamente maquiado *à la grande dame*, exibia teias de rugas nos cantos dos olhos e duas linhas mais profundas, em forma de pontaletes, a ligar o nariz aos cantos da boca. Seus olhos eram turvos, mal-humorados e queixosos.

Mas, sem sombra de dúvida, era Caroline. Ali estavam as feições de Caroline, embora envelhecidas; o porte de Caroline, embora de movimentos frágeis e duros; as maneiras de Caroline, em sua inconfundível mistura de uma deliciosa insolência e uma autoconfiança invejável; e, acima de tudo, a voz de Caroline, áspera e trêmula, mas cujo timbre era ainda capaz de fazer, como fazia, com que motoristas preferissem dirigir carroças de lavanderia e cigarros caíssem dos dedos de netos urbanos.

Ela parou – havia sentido o cheiro de algo. Seus olhos encontraram o cigarro no chão.

"O que é isso?", exclamou ela. Não era uma pergunta: as palavras carregavam toda uma ladainha de suspeita, acusação, confirmação e pena. Demorou-se por um átimo diante dos dois. "Ereto!", disse, enérgica, ao neto. "Ereto... e expulse essa nicotina de seus pulmões!"

O jovem fitou-a aterrorizado.

"Sopre!", ordenou ela.

Ele contraiu os lábios debilmente e soprou no ar.

"Sopre!", repetiu ela, ainda mais severa do que antes.

Ele soprou de novo – impotente, risível.

"Você entendeu", prosseguiu ela com vigor, "que perdeu cinco mil dólares em cinco minutos?"

Por um momento, Merlin esperou que o jovem caísse de joelhos e implorasse à avó, mas tal é a nobreza da natureza humana que ele permaneceu de pé – chegando até a soprar uma outra vez, em parte por nervosismo, em parte, sem dúvida, com alguma tênue esperança de recuperar a simpatia da avó.

"Jovem burro!", gritou Caroline. "Mais uma vez, só mais uma única vez, e você sai da faculdade e vai trabalhar."

Tal ameaça teve um efeito tão avassalador sobre o jovem que este quedou ainda mais pálido do que lhe era natural. Mas Caroline não tinha acabado.

"Você pensa que eu não sei o que você e seus irmãos... sim, e seu pai estúpido também... pensam de mim? Pois é, eu sei. Vocês acham que estou senil. Vocês acham que eu sou mole. Mas não sou!" Ela se golpeou com o próprio punho, como quisesse provar que era uma massa de músculos e tendões. "E ainda terei mais cérebro sobrando quando vocês me colocarem deitada na sala de estar, qualquer dia ensolarado desses, do que a soma de todos os cérebros que vocês têm juntos."

"Mas vovó..."

"Quieto. Você, um rapazinho magricela, que, se não fosse pelo meu dinheiro, não tinha passado de aprendiz de barbeiro no Bronx... Deixe-me ver essas mãos. Eca! As mãos de um barbeiro... você *acha* que é esperto *comigo*, eu que já estive com três condes e um autêntico duque, sem falar na meia dúzia de dignatários papais que me perseguem de Roma até Nova York." Ela parou, respirou fundo. "Ereto! Sopre!"

O jovem soprou obedientemente. Enquanto isso, a porta se abriu, e um agitado cavalheiro de meia-idade, vestindo casaco e chapéu ataviados de peles e que, além disso, parecia idêntico enfeite sobre os lábios e no queixo, correu para dentro da loja e aproximou-se de Caroline.

"Finalmente encontrei a senhora!", exclamou ele. "Andei a cidade inteira a sua procura! Tentei sua casa pelo telefone, e sua secretária me disse que achava que a senhora tinha ido a uma livraria chamada Moonlight..."

Irritada, Caroline voltou-se para ele.

"Eu pago o senhor por suas reminiscências?", retrucou ela. "O senhor é meu tutor ou meu corretor?"

"Seu corretor", respondeu, não sem constrangimento, o homem coberto de peles. "Peço mil desculpas. Vim por causa daquelas ações da companhia fonográfica. Posso vender por cento e cinco."

"Então venda."

"Muito bem. Achei melhor..."

"Vá vender. Estou falando com meu neto."

"Muito bem. Eu..."

"Adeus."

"Adeus, madame." O homem ataviado de peles fez uma ligeira reverência e correu da loja, um tanto confuso.

"Quanto a você", disse Caroline, voltando-se para o neto, "fique bem aí onde está e fique quieto."

Ela virou-se para Merlin e observou-o dos pés à cabeça em um exame de forma alguma hostil. Em seguida, ela sorriu – e ele próprio se viu sorrindo. Quase imediatamente, os dois romperam num riso que, embora entrecortado, não era menos espontâneo. Ela agarrou-lhe o braço e correu para o outro lado da loja. Ali eles pararam, encararam-se e deram vazão a outro longo ataque de alegria senil.

"É a única maneira", disse ela, ofegante, em uma espécie de malignidade triunfal. "A única coisa que mantém gente idosa como eu feliz é a sensação de que se pode fazer outras pessoas de bobas. Ser velha e rica e ter descendentes pobres é quase tão divertido quanto ser jovem e bonita e ter irmãs feias."

"Ah, é", casquinou Merlin. "Eu sei. Invejo a senhora."

Ela balançou a cabeça, piscando.

"Estive pela última vez aqui há quarenta anos", disse ela, "o senhor era um jovem louco para se divertir."

"Eu era", assentiu ele.

"Minha visita deve ter significado muito para o senhor."

"A senhora sempre significou, desde então", exclamou ele. "Eu pensava... eu tinha para mim que a senhora era uma pessoa real... quero dizer, humana."

Ela riu.

"Muitos homens me consideram inumana."

"Mas agora", prosseguiu Merlin, bastante inquieto, "agora eu entendo. Aos idosos é dado o entendimento... depois que nada mais tem muito valor. Entendo agora que, uma certa noite, quando a senhora dançou em cima de uma mesa, não era nada além do meu anseio romântico por uma mulher linda e perversa."

Os velhos olhos dela miravam alhures, sua voz não era mais do que o eco de um sonho esquecido.

"E como eu dancei naquela noite! Eu lembro."

"Era como se estivesse me testando... os braços de Olive se fechando em torno de mim, e a senhora me advertindo para que fosse livre e conservasse minha medida de juventude e irresponsabilidade. Mas aquilo se colocou para mim no último instante. Já era tarde demais."

"O senhor está muito velho", disse ela inescrutavelmente. "Eu não tinha percebido."

"Também não me esqueci do que fez comigo quando eu tinha 35 anos. A senhora me abalou com aquele engarrafamento. Foi um esforço magnífico. A beleza e o poder que irradiou! Se fez personificada até para minha esposa, e ela teve medo da senhora. Durante semanas, eu quis escapar de casa na calada da noite e esquecer o abafamento da vida com música, coquetéis e uma mulher mais nova com quem eu me sentisse jovem. Mas àquela altura... eu já não sabia como."

"E agora o senhor está muito velho."

Com uma espécie de horror, ela se afastou dele.

"Sim, me deixe!", esbravejou ele. "A senhora também está velha – o espírito seca com a pele. Só apareceu aqui para me dizer uma coisa que teria sido melhor que eu tivesse esquecido – que ser velho e pobre talvez seja mais deprimente do que ser velha e rica... para me lembrar que *meu* filho joga meu fracasso insosso na minha cara?"

"Dê-me o livro", ordenou ela, ríspida. "Rápido, meu velho!"

Merlin olhou para ela mais uma vez e lhe atendeu a vontade. Pegou o livro e entregou-lhe, balançando a cabeça quando ela lhe ofereceu dinheiro.

"Por que passar pela farsa de me pagar? Uma vez que a senhora me fez destruir este mesmo lugar."

"Fiz", disse ela com raiva, "e fico feliz por isso. Talvez já tivessem feito o suficiente para arruinar a *mim*."

O olhar que ela lhe lançava unia certo desdém a um mal disfarçado incômodo, e com uma palavra enérgica dirigida ao neto, caminhou em direção à porta.

E assim ela se foi – assim ela saiu de sua livraria – assim ela saiu de sua vida. A porta se fechou. Com um suspiro, deu meia-volta e caminhou a passos frágeis até a divisória de vidro que encerrava as contas amareladas de muitos anos, bem como a presença mais suavizada e enrugada da srta. McCracken.

Merlin examinou-lhe o rosto, ressequido, como que coberto de uma teia de rugas, com um estranho tipo de pena. Ela, de qualquer forma, recebera menos da vida do que ele. Nenhum espírito rebelde e romântico que tivesse aflorado espontaneamente havia conferido a sua vida, em seus momentos memoráveis, qualquer entusiasmo e glória.

Então a srta. McCracken ergueu os olhos e lhe disse:

"A figurinha ainda é bem da valente, não?"

Merlin se assustou.

"Quem?"

"A velha Alicia Dare... hoje em dia, sra. Thomas Allerdyce, é claro. Assim tem sido, nestes últimos trinta anos."

"Como? Não entendi. Do que está falando?" Merlin sentou-se repentinamente em sua cadeira giratória; tinha os olhos arregalados.

"Ah, sr. Grainger, não vá me dizer que se esqueceu dela... por dez anos, ela foi a personagem mais famosa de Nova York! Ora, uma vez, quando ela foi o pivô do caso de divórcio dos Throckmortons, atraiu tanta atenção na Quinta Avenida que o trânsito parou. O senhor não leu sobre isso nos jornais?"

"Eu nunca lia o jornal." Um zumbido varava seu cérebro ancião.

"Bom, mas o senhor não pode ter se esquecido de quando ela veio aqui e destruiu a loja. Vou lhe contar uma coisa: eu quase pedi as contas ao sr. Moonlight Quill."

"A senhora quer dizer que... que a *viu*?"

"Vi, lógico! E como eu poderia não ter visto, com a confusão toda que aconteceu? Também não tenho dúvida de que o sr. Moonlight Quill foi *outro* que não gostou, mas é claro que ele não ia dizer nada. Ele era doido por ela... ela o podia fazer de gato e sapato. Foi só ele recusar a realizar um capricho dela, e ela já ameaçou contar à esposa dele. Bem feito! Que ideia a daquele homem de se apaixonar por uma mulher daquelas... linda e aventureira! Claro que ele não tinha dinheiro suficiente para o gosto dela, ainda que a loja rendesse bem naquela época."

"Mas quando eu a vi", Merlin gaguejou, "quer dizer, quando *pensei* que a tinha visto, ela morava com a mãe."

"Mãe? Mas que mãe?", indignou-se a srta. McCracken. "Havia uma mulher que vivia com ela e ela chamava de 'tia', mas que não era mais parente dela do que eu. Ah, ela não prestava... mas era inteligente. Logo depois do caso do divórcio dos Throckmortons, ela se casou com Thomas Allerdyce e se garantiu para o resto da vida."

"Quem era ela?", exclamou Merlin. "Pelo amor de Deus, o que era ela... uma feiticeira?"

"Ora, era Alicia Dare, a dançarina, claro. Naquela época, era impossível botar a mão em um jornal e não encontrar uma foto dela."

Merlin permaneceu sentado, muito quieto, o cérebro de repente exaurido e inativo. Havia se transformado em um velho, definitivamente um velho, tão velho que lhe era impossível sequer sonhar que um dia havia sido jovem, tão velho que o encanto do mundo havia se desfeito, sem que fosse transmitido aos rostos das crianças e aos persistentes confortos do carinho e da vida, mas simplesmente ficando fora do alcance da visão e do sentimento. Não lhe cabia mais sorrir, nem se demorar em longos devaneios enquanto as noites de primavera traziam o alarido das crianças a sua janela, até que gradualmente ele se transmutava nos gritos de seus amigos de infância na rua, chamando-o para a brincadeira antes que anoitecesse de verdade. Ele estava velho demais, mesmo para memórias.

Naquela noite, jantou com sua esposa e filho, que o usaram para seus incompreensíveis propósitos. Olive disse:

"Não fique aí como um morto. Diga alguma coisa."

"Deixe-o quieto", resmungou Arthur. "Se você der corda, ele vai contar alguma história que já ouvimos umas cem vezes antes."

Às nove, Merlin subiu as escadas muito silenciosamente. Já em seu quarto, tendo antes fechado bem a porta, ficou parado por um instante, seus membros magros tremendo. Sabia agora que sempre havia sido um idiota.

"Ah, feiticeira ruiva!"

Mas era tarde demais. Ele havia provocado a fúria da Providência ao resistir a muitas tentações. A ele não restava mais do que o céu, onde encontraria apenas aqueles que, como ele, haviam desperdiçado a terra.

OBRAS-PRIMAS SEM CLASSIFICAÇÃO

A BORRA DA FELICIDADE

SE O LEITOR ATRAVESSAR OS ARQUIVOS DAS ANTIGAS REVISTAS dos primeiros anos deste nosso século, encontrará, espremida entre os contos de Richard Harding Davis, Frank Norris e outros há muito tempo mortos, a obra de certo Jeffrey Curtain – um ou dois romances, talvez trinta ou quarenta contos. Caso esteja interessado, ele poderá acompanhar suas publicações até, digamos, 1908, quando de repente desaparecem.

Depois de lê-los todos, o leitor terá certeza de que não havia qualquer obra-prima – eram contos razoavelmente divertidos, um pouco datados aos olhos de hoje, mas sem dúvida do tipo capaz de fazer passar uma angustiante meia hora na sala de espera de um consultório odontológico. O homem que os escreveu era dotado de boa inteligência, talento e leveza – era jovem, provavelmente. Nas amostras de seu trabalho, o leitor descobrirá que nada havia ali que suscitasse, ao longo da leitura, mais do que um tênue interesse pelos acasos caprichosos da vida – nenhuma risada interior profunda, nenhum sentimento de absurdo, nenhuma sugestão de tragédia.

Depois de lê-los, é possível que o leitor boceje, devolva os exemplares aos arquivos e quem sabe decida, pelo gosto da variedade, caso esteja na sala de leitura de uma biblioteca, passar os olhos por algum jornal da época e ver se os japoneses haviam tomado Port Arthur. Mas, se por acaso o jornal que o leitor escolher for o certo e se por acaso ele o abrir na seção de teatro, seus olhos serão capturados e ali mantidos – e pelo menos por um minuto terá esquecido Port Arthur tão rapidamente quanto esqueceu Château Thierry. Pois ele estará, por esse feliz acaso, diante do retrato de uma mulher sofisticada.

Eram os tempos de "Florodora" e dos sextetos, das cinturinhas espremidas e das mangas armadas, das discretíssimas anquinhas e das saias de balé absolutas, mas aqui, sem dúvida, ainda que disfarçada pela rigidez incomum e antiquada de sua fantasia, está a borboleta das borboletas. Eis aqui a alegria do período – o suave colírio dos olhos, as canções que calavam fundo nos corações apaixonados, os brindes e os buquês enlaçados, as danças e os jantares. Eis aqui uma Vênus do cabriolé, a *Gibson girl* em seu glorioso auge. Eis aqui...

...eis aqui, como ele descobrirá na legenda abaixo, certa Roxanne Milbank, corista e substituta em *The Daisy Chain*, mas que, graças a uma excepcional atuação proporcionada por uma indisposição da estrela, ganhou um papel principal.

Ele examinará outra vez e se perguntará: por que nunca ouviu falar dela? Por que o nome de Roxanne Milbank não foi imortalizado por canções populares, piadas de *vaudeville* e fitas de charuto, ou na memória de um velho tio mais alegrinho, ao lado de Lillian Russell, Stella Mayhew e Anna Held? Roxanne Milbank – que fim teve? Que escuro alçapão de repente se abriu e a engoliu? O nome dela certamente não constava do suplemento do domingo passado, mencionado na lista de atrizes casadas com nobres ingleses. Sem dúvida está morta – pobre e bela jovem – e para sempre esquecida.

Talvez eu esteja esperando demais. Estou fazendo o leitor tropeçar pelos contos de Jeffrey Curtains e em um retrato de Roxanne Milbank, mas seria incrível que ele encontrasse um artigo de jornal datado de seis meses depois, um único artigo de cinco por dezoito centímetros, que informa ao público, muito discretamente, do casamento da srta. Roxanne Milbank, que estava em turnê com *The Daisy Chain*, com o sr. Jeffrey Curtain, o autor popular. "Sra. Curtain", acrescentava a nota sem maior emoção, "vai se retirar dos palcos."

Foi um casamento de amor. Ele era mimado o bastante para ser charmoso; ela, ingênua o bastante para ser irresistível. Como dois troncos flutuantes, eles se encontraram de frente, agarraram-se um ao outro e desceram a correnteza juntos. No entanto, se Jeffrey Curtain tivesse continuado a escrever por mais quarenta anos, não teria conseguido infundir surpresa mais insólita em qualquer um de seus contos do que a que se manifestou em sua própria vida. Se Roxanne Milbank tivesse desempenhado três dezenas de papéis e lotado cinco mil teatros, ela jamais teria desempenhado um papel com maior esmero e desespero do que o papel que o destino lhe preparou.

Por um ano eles viveram em hotéis, viajaram para a Califórnia, para o Alasca, para a Flórida, para o México, amaram e discutiram gentilmente e, na combinação entre as trivialidades douradas da inteligência dele e a beleza dela, conheceram o júbilo – em suma, eram jovens e muito apaixonados; exigiam tudo para, depois, tudo ceder em êxtases de altruísmo e orgulho. Ela amava a ligeireza da voz dele e a loucura de seus ciúmes, ainda que infundados. Ele amava o brilho misterioso que a envolvia, as íris brancas de seus olhos, o entusiasmo cheio de calor e luz em seu sorriso.

"E aí, o que achou?", sempre perguntava, a um só tempo animado e tímido. "Ela não é maravilhosa? Você já viu..."

"Ela é", respondiam, com um sorriso. "Ela é maravilhosa. Você teve muita sorte."

O ano passou. Eles se cansaram de hotéis. Compraram uma casa velha e vinte acres de terra perto do vilarejo de Marlowe, a meia hora de Chicago. Compraram um carrinho e para lá desembestaram com uma alucinação pioneira que teria deixado Balboa perplexo.

"Seu escritório será aqui!", exclamaram eles, cada um por sua vez.

E então:

"E o seu aqui!"

"E o quarto das crianças, quando tivermos filhos."

"E vamos construir uma varanda para cochilar... ah, no ano que vem."

Mudaram-se em abril. Em julho, o amigo mais próximo de Jeffrey, Harry Cromwell, chegou para passar uma semana com o casal – eles desceram para o receber no final do longo gramado e sem demora o levaram orgulhosamente para dentro de casa.

Harry também era casado. Sua esposa havia dado à luz cerca de seis meses antes e ainda se recuperava na casa da mãe, em Nova York. Roxanne inferira, a partir de comentários de Jeffrey, que a esposa de Harry não era tão interessante quanto Harry – Jeffrey a vira uma única vez e a considerara... "superficial". Mas Harry estava casado havia quase dois anos e, ao que tudo indicava, estava feliz; Jeffrey imaginou, portanto, que muito provavelmente ela era uma pessoa bacana.

"Estou fazendo biscoitos", disparou Roxanne com seriedade. "Sua esposa sabe fazer biscoitos? A cozinheira está me ensinando. Acho que toda mulher deveria saber fazer biscoitos. Parece totalmente sedutor. Uma mulher que sabe fazer biscoitos certamente não..."

"Você terá que vir para cá e viver aqui", exultou Jeffrey. "Encontre um lugar na região como nós, para você e Kitty."

"Vocês não conhecem Kitty. Ela detesta o campo. Ela precisa ficar perto dos teatros e *vaudevilles* dela."

"Traga-a para cá", repetiu Jeffrey. "Construiremos uma colônia. Já tem um pessoal muito legal aqui. Traga-a para cá!"

Eles estavam nos degraus da varanda, e Roxanne fez um gesto rápido em direção a uma estrutura em ruínas à direita.

"A garagem", disse ela. "Em um mês, também será o escritório de Jeffrey. Enquanto isso, o jantar é às sete. Enquanto isso, vou preparar um drinque."

Os dois homens subiram ao segundo andar – ou melhor, subiram até o meio do caminho, pois no primeiro patamar Jeffrey largou a mala de seu hóspede e, em uma mistura de pergunta e exclamação, disse:

"Pelo amor de Deus, Harry, o que você achou dela?"

"Vamos subir as escadas", respondeu o convidado, "e conversamos a portas fechadas."

Meia hora depois, quando já se encontravam sentados juntos na biblioteca, Roxanne ressurgiu da cozinha, trazendo consigo uma bandeja de biscoitos. Jeffrey e Harry se levantaram.

"Estão lindos, querida", entusiasmou-se o marido.

"Delicados", murmurou Harry.

Roxanne sorriu.

"Provem um. Não teria coragem de tocá-los antes que vocês os vissem e não suportaria levá-los de volta até descobrir o sabor que têm."

"O de um maná, querida."

Os homens levaram os biscoitos aos lábios ao mesmo tempo, mordiscando-os com hesitação. Ao mesmo tempo, também tentaram desviar-se do assunto. Mas Roxanne, sem se deixar enganar, largou a assadeira e pegou um biscoito. Depois de um segundo, seu comentário soou com um lúgubre veredito:

"Mas que horror!..."

"Sério?..."

"Ora, eu não percebi..."

Roxanne rugiu.

"Ah, eu sou uma inútil", exclamou ela rindo. "Já pode me deixar, Jeffrey, eu sou uma parasita... não sirvo pra nada..."

Jeffrey a abraçou.

"Querida, vou comer seus biscoitos."

"Eles são lindos, de qualquer maneira", insistiu Roxanne.

"Eles são... eles são decorativos", sugeriu Harry.

Jeffrey mergulhou loucamente no comentário do amigo.

"É isso mesmo! Decorativos – são obras-primas. Nós os usaremos."

Ele correu para a cozinha e voltou com um martelo e um punhado de pregos.

"Veja como vamos usá-los, Roxanne! Vamos fazer um friso com eles."

"Não faça isso!", protestou Roxanne. "Nossa casa tão linda..."

"Não se preocupe. Vamos trocar o papel de parede da biblioteca em outubro. Não lembra?"

"Bom..."

Bang! O primeiro biscoito foi empalado na parede, onde tremeu por um instante como se estivesse vivo. Bang!...

Quando Roxanne voltou, com uma segunda rodada de drinques, os biscoitos formavam uma fileira perpendicular, doze deles, como uma coleção de pontas de lança pré-históricas.

"Roxanne", exclamou Jeffrey, "você é uma artista! Cozinha?... que nada! Você precisa ilustrar meus livros!"

Durante o jantar, o entardecer se fez crepúsculo e, depois, uma escuridão estrelada, preenchida e permeada pela delicada beleza do vestido branco de Roxanne e sua risada trêmula e tímida.

"Mas é uma menininha", pensou Harry. "Bem mais jovem do que Kitty."

Ele comparou as duas. Kitty – nervosa sem ser sensível, temperamental sem temperamento, uma mulher aparentemente esvoaçante, porém nunca com leveza – e Roxanne, com o frescor de uma noite de primavera, e que se podia encontrar inteira na jovialidade de seu riso.

"Um bom par para Jeffrey", pensou ele novamente. "Duas pessoas muito jovens, do tipo que permanecerão muito jovens até que de repente se vejam velhas."

Harry pensava essas coisas entrecortadas por seus constantes pensamentos sobre Kitty. Ele não estava feliz com Kitty. Pareceu-lhe que ela já se encontrava suficientemente bem para retornar a Chicago com seu filhinho. Ele pensava vagamente em Kitty quando se despediu do casal, ao pé da escada, com um "boa noite".

"Você é o nosso primeiro hóspede de verdade", declarou Roxanne enquanto ele subia as escadas. "Você não está emocionado e orgulhoso?"

Quando ele sumiu de vista, dando a volta no canto da escada, ela se virou para Jeffrey, parado ao lado dela e apoiando a mão na ponta do corrimão.

"Está cansado, meu amor?"

Jeffrey esfregou o centro da testa com os dedos.

"Um pouco. Como você sabe?"

"Oh, como eu poderia deixar de saber alguma coisa a seu respeito?"

"É uma dor de cabeça", comentou ele com mau humor. "Muito forte. Vou tomar uma aspirina."

Ela estendeu a mão e apagou a luz, e com o braço dele cingindo-lhe a cintura, eles subiram as escadas juntos.

II

A semana de Harry passou. Dirigiram por alamedas de sonho ou, ociosos, curtiram sua alegre preguiça no lago ou no gramado. À noite, Roxanne, dentro de casa, tocou piano para eles enquanto as cinzas esbranquiçavam nas pontas incandescentes de seus charutos. Então chegou um telegrama de Kitty dizendo que ela queria que Harry fosse ao leste e a buscasse, e assim Roxanne e Jeffrey foram deixados a sós naquela intimidade da qual nunca pareciam se cansar.

"A sós", exultaram novamente. Vagavam pela casa, cada um sentindo no mais profundo de si a presença do outro; sentavam-se no mesmo lado da mesa como pombinhos em lua de mel; estavam intensamente absorvidos, intensamente felizes.

O vilarejo de Marlowe, embora fosse um povoado relativamente antigo, havia só recentemente adquirido uma "sociedade". Cinco ou seis anos antes, alarmados com o crescimento esfumacento de Chicago, dois ou três jovens casais, "gente de bangalô", haviam se mudado para lá – ao que foram seguidos por seus amigos. Quando chegaram, os Jeffrey Curtains encontraram um "ambiente" já formado e preparado para recebê-los; um clube de campo, um salão de baile e campos de golfe se abriam para eles; havia grupos de bridge e pôquer, e outros em que se bebia cerveja e ainda aqueles em que não se bebia absolutamente nada.

Foi em um encontro de pôquer que eles se viram, uma semana depois da partida de Harry. Dividiam-se em duas mesas, e uma boa parte das jovens esposas fumava e gritava suas apostas, comportando-se de forma muito ousadamente masculina para aqueles dias.

Roxanne deixou o jogo cedo e escapou para dar uma volta a esmo; vagou até a despensa da casa e encontrou um pouco de suco de uva – a cerveja lhe dava dor de cabeça – e depois passou de mesa em mesa, olhando por cima dos ombros dos jogadores para as mãos de cartas que tinham, enquanto mantinha a atenção voltada a Jeffrey e sentindo-se agradavelmente calma e contente. Jeffrey, com intensa concentração, erguia uma pilha de fichas de todas as cores, e Roxanne sabia, pela ruga profunda que se formava entre seus olhos, que ele estava compenetrado. Gostava de vê-lo focado nas pequenas coisas.

Ela se achegou em silêncio e sentou-se no braço da cadeira dele.

Permaneceu sentada ali por cinco minutos, ouvindo os comentários mordazes e intermitentes dos homens e a tagarelice das mulheres, que subia da mesa junto à fumaça de seus cigarros – sem que, porém, os ouvisse de todo. Então, de forma despretensiosa, ela estendeu a mão, com a intenção de pousá-la no ombro de Jeffrey – mas quando ela o tocou, ele se assustou, produziu um grunhido curto e, lançando o braço para trás com fúria, acertou-lhe com violência o cotovelo.

Fez-se um murmúrio geral. Roxanne recuperou o equilíbrio, deu um gritinho e levantou-se rapidamente. Havia sido o maior choque de sua vida. E vinha de Jeffrey, do coração da bondade, da consideração... aquele gesto instintivamente brutal.

O murmúrio se fez silêncio. Todos se voltaram para Jeffrey, que ergueu os olhos como se visse Roxanne pela primeira vez. Uma expressão de perplexidade dominou-lhe o semblante.

"Mas... Roxanne...", ele balbuciava.

Formava-se em uma dúzia de mentes uma súbita suspeita, o rumor de um escândalo. Será que nos bastidores daquela vida de casal a princípio tão apaixonada se escondia uma curiosa antipatia? Que mais explicaria aquele raio de fogo a rasgar um céu que parecia não conhecer nuvens?

"Jeffrey!" – a voz de Roxanne guardava o protesto – a um só tempo surpresa e horrorizada, ela sabia, porém, que a cena não passava de um engano. Em nenhum momento ocorreu-lhe culpá-lo ou guardar qualquer ressentimento. As palavras dela eram uma súplica trêmula – "Diga-me, Jeffrey", dizia, "diga a Roxanne, a sua Roxanne."

"Mas, Roxanne...", começou Jeffrey mais uma vez. A perplexidade do olhar se transfigurou em dor. Era evidente que estava tão surpreso quanto ela. "Não era essa minha intenção", prosseguiu ele; "você me assustou. Você... eu senti como se alguém estivesse me atacando. Eu... como... ai, que idiota!"

"Jeffrey!"

Mais uma vez, o chamado era como uma prece, um incenso oferecido a um grande Deus através daquela nova e insondável escuridão.

Os dois puseram-se de pé, despedindo-se, hesitando, desculpando-se, explicando. Não houve qualquer tentativa de abafar o caso. Seria um sacrilégio. Jeffrey não estava se sentindo bem, disseram. Ele ficou nervoso. No fundo de suas mentes restava o horror inexplicável daquele golpe – a surpresa de que houvesse por um instante algum problema entre ambos – a raiva dele, o medo dela – e agora para os dois uma tristeza, momentânea, sem dúvida, mas a ser superada de imediato, de imediato, enquanto ainda havia tempo. Era aquela correnteza castigando-lhes os pés – era ela por acaso o brilho feroz e instantâneo de algum abismo desconhecido?

No automóvel, sob a lua cheia, ele falava, porém em frases entrecortadas. Aquilo havia sido simplesmente... incompreensível para ele. Estava pensando no jogo de pôquer... absorto... e o toque em seu ombro pareceu-lhe um ataque. Um ataque! Ele se agarrou ao termo, agitou-o como um escudo. Havia detestado aquele toque. Com o impacto de sua mão, aquilo havia descarregado, aquele... nervosismo. Isso era tudo que sabia dizer.

Os olhos de ambos se encheram de lágrimas, e eles sussurraram palavras de amor ali sob a imensidão da noite, enquanto as ruas serenas de Marlowe ficavam velozmente para trás. Mais tarde, quando foram para a cama, já se encontravam bastante calmos. Jeffrey tiraria uma semana de folga do trabalho – com o único intuito de descansar, dormir e fazer longas caminhadas até que a tensão o deixasse. Quando assim decidiram, a segurança envolveu Roxanne. Os travesseiros sob a cabeça se tornaram outra vez macios e aconchegantes; a cama em que estavam deitados parecia larga, branca e robusta sob o esplendor que entrava pela janela.

Cinco dias depois, no primeiro frescor do fim da tarde, Jeffrey pegou uma cadeira de carvalho e a lançou contra a janela da frente. Em seguida, deitou-se no sofá como uma criança, chorando dolorosamente e pedindo para morrer. Um coágulo de sangue do tamanho de uma bola de gude havia se rompido em seu cérebro.

III

Há uma espécie de pesadelo desperto que às vezes se instala quando passamos uma ou duas noites em claro, uma sensação, derivada do cansaço extremo e da nova manhã que desponta, de que a vida ao redor sofreu uma profunda mudança. É uma convicção absolutamente sólida de que, de algum modo, a existência que se leva não passa de um galho que brota da vida e a ela se relaciona apenas como um filme de cinema ou um espelho – que as pessoas, as ruas e as casas são apenas projeções de um passado muito nebuloso e caótico. Foi nesse estado que Roxanne se viu durante os primeiros meses do adoecimento de Jeffrey. Dormia apenas quando ultrapassado o limite da exaustão; e acordava como que sob um nevoeiro. As longas e sóbrias consultas, o tênue odor dos remédios pelos cômodos, o repentino andar discreto em uma em casa que já haviam ecoado tantos passos alegres e, na maioria das vezes, o rosto lívido de Jeffrey afundado sobre os travesseiros da cama que haviam compartilhado – essas coisas a dobraram e a fizeram envelhecer de maneira indelével. Os médicos conservavam a esperança, mas era tudo. Um longo descanso, disseram, e em silêncio. A responsabilidade recaiu, assim, sobre Roxanne. Era ela quem pagava as contas, examinava com atenção a caderneta bancária, correspondia-se com seus editores. Também não deixava a cozinha. Aprendeu com a enfermeira a preparar as refeições de Jeffrey e, passado o primeiro mês, assumiu o controle total do quarto do doente. Fora necessário dispensar a enfermeira por motivos de economia. Uma das duas meninas negras da casa foi embora na mesma época. Roxanne havia constatado que a vida do casal se pagava de conto em conto.

O visitante mais frequente era Harry Cromwell. O estado do amigo o abalou e deprimiu e, embora a esposa estivesse vivendo à época com ele em Chicago, encontrava tempo para ir ao encontro dos amigos várias vezes por mês. Roxanne via em sua compaixão um alívio: havia uma espécie de sofrimento naquele homem, uma piedade que lhe era intrínseca e a confortava quando ele estava por perto. De repente, a natureza de Roxanne se fizera mais profunda. Havia ocasiões em que sentia que a perda de Jeffrey significava também a perda dos filhos – filhos de que necessitava mais do que nunca e deveria ter tido.

Foi seis meses depois do colapso de Jeffrey, quando o pesadelo já havia acabado, não para que ressurgisse o velho mundo, mas para revelar um novo, mais cinzento e frio, que ela veio a conhecer a esposa de Harry. Encontrando-se em Chicago com uma hora de espera até a partida do trem, ela decidiu fazer-lhes uma visita de cortesia.

Ao atravessar a porta, teve a impressão imediata de que o apartamento era muito parecido com algum lugar em que já havia estado antes – e quase instantaneamente se lembrou de uma padaria de esquina, em sua infância, uma padaria cheia de fileiras e mais fileiras de bolinhos cobertos de glacê cor-de-rosa – um rosa insípido, rosa feito comida, um rosa triunfante, vulgar e odioso.

E assim era o apartamento. Cor-de-rosa. Cheirava a cor-de-rosa!

A sra. Cromwell, vestida com uma túnica cor-de-rosa e preta, abriu a porta. Tinha um cabelo loiro cujo tom se intensificava, segundo Roxanne inferiu, por gotas de água oxigenada pingadas na água do enxágue todas as semanas. Um azul claro e cristalino lhe tingia os olhos – ela era bonita e bastante consciente de sua beleza. Sua cordialidade era estridente e íntima, e a hostilidade se misturava tão rapidamente à hospitalidade que parecia que ambas se encontravam apenas no rosto e na voz – nunca se tocando, nem sendo tocadas pelo centro profundo de egoísmo que cobriam.

Mas para Roxanne tudo isso era secundário – seus olhos haviam sido capturados pela túnica, que exercia sobre eles um misterioso fascínio. Estava imunda a ponto de causar repulsa. Da bainha mais baixa, subindo uns dez centímetros, estava absolutamente suja da poeira azulada do chão; subindo outros cinco, seis centímetros na cor cinza para, por fim, alcançar a sua cor natural, o rosa. A imundície impregnava também as mangas e a gola – e quando a mulher se virou para levá-la à sala de estar, Roxanne teve a certeza de que seu pescoço estava sujo.

Deu-se início, então, a uma tagarelice unilateral. A sra. Cromwell deixou claro o que a agradava e desagradava, falou sobre sua cabeça, estômago, dentes, apartamento – esquivando-se, com algo que se poderia chamar de meticulosidade insolente, de qualquer inclusão de Roxanne em tudo que dissesse respeito à vida, como se presumisse que a visitante, tendo recebido um duro golpe, desejasse ter a vida delicadamente evitada.

Roxanne sorriu. Gente, que túnica, que pescoço é esse!

Passados cinco minutos, um garotinho chegou à sala com passinhos desajeitados – um menininho sujo, vestindo um macacãozinho cor-de-rosa sujo. Seu rosto estava sujo – Roxanne sentiu o ímpeto de o levar ao colo e limpar-lhe o nariz; outras partes nas imediações da cabeça precisavam de atenção, seus minúsculos sapatos não estavam inteiramente calçados. Era inacreditável!

"Que menininho querido!", exclamou Roxanne, com um sorriso radiante. "Venha cá."

A sra. Cromwell olhou friamente para o filho.

"Ele *tinha* que se sujar. Veja só essa cara!" Ela inclinou a cabeça e examinou a criança criticamente.

"Ele não é um *querido*?", Roxanne repetiu.

"Olhe para esse macacão", franziu a testa a sra. Cromwell.

"Precisa trocar a roupinha... não é, George?"

George a fitava com curiosidade. Em sua mente, a palavra "macacão" conotava uma peça de roupa lambuzada em sua face exterior, exatamente como a que vestia.

"Tentei deixá-lo respeitável hoje de manhã", queixou-se a sra. Cromwell como alguém cuja paciência havia sido duramente testada, "e descobri que ele não tinha mais roupas limpas... então, em vez de deixá-lo sem roupa, vesti-o com a que ele já estava... e essa cara..."

"Quantos pares ele tem?" A voz de Roxanne soava agradavelmente curiosa. Era como se perguntasse: "Quantos leques de penas você tem?".

"Ai..." A sra. Cromwell franziu sua linda sobrancelha. "Acho que cinco. O bastante, tenho certeza."

"Você pode comprá-los por cinquenta centavos o par."

Os olhos da sra. Cromwell demonstraram surpresa – e uma levíssima superioridade. O preço dos macacões!

"Sério? Eu não fazia ideia. Ele deve ter o suficiente, mas não tive um minuto durante toda a semana para mandar a roupa para a lavanderia." Em seguida, descartando o assunto como tema irrelevante – "Preciso lhe mostrar umas coisas..."

Elas se levantaram, e Roxanne a seguiu, passando diante da porta aberta do banheiro – cujo chão cheio de roupas mostrava que, de fato, a roupa não era mandada para a lavanderia havia algum tempo – em direção a outro cômodo que era, por assim dizer, a quintessência do rosa. Era o quarto da sra. Cromwell.

Aqui, a anfitriã abriu a porta de um armário e exibiu aos olhos de Roxanne uma incrível coleção de *lingerie*.

Havia dezenas de maravilhas transparentes de renda e seda, todas limpas, intactas, aparentemente ainda intocadas. Em cabides ao lado delas havia três vestidos de noite novos.

"Eu tenho algumas peças lindas", disse a sra. Cromwell, "mas não tenho muita chance de usá-las. Harry não gosta muito de sair." Roxanne podia sentir o veneno em sua voz. "Para ele, está mais do que ótimo me fazer bancar a babá e dona-de-casa o dia inteiro e a esposa amorosa à noite."

Roxanne sorriu novamente.

"Você tem algumas roupas lindas aqui."

"Sim, tenho. Deixe-me mostrar."

"São lindas mesmo", repetiu Roxanne, interrompendo-a, "mas tenho que correr se quero pegar meu trem."

Ela sentiu que suas mãos tremiam. Queria colocá-las sobre aquela mulher e sacudi-la – sacudi-la. Ela a queria trancada em algum lugar e pronta para esfregar o chão.

"Lindas", repetiu, "mas eu só entrei para ficar um pouquinho."

"Sinto muito que Harry não esteja aqui."

Elas seguiram em direção à porta.

"...e, oh", Roxanne iniciou com algum esforço, embora sua voz ainda soasse gentil e seus lábios sorrissem – "acho que é na Argile que você pode comprar aqueles macacões. Tchau."

Só quando chegou à estação e comprou a passagem para Marlowe é que Roxanne se deu conta de que eram os primeiros cinco minutos em seis meses em que não havia pensado em Jeffrey.

IV

Uma semana depois, Harry apareceu em Marlowe. Chegou inesperadamente, às cinco horas, e, subindo a trilha, afundou em uma cadeira da varanda em estado de exaustão. Roxanne também havia tido um dia agitado e sentia-se esgotada. Os médicos chegariam às cinco e meia, trazendo um famoso neurologista de Nova York. Ela estava ansiosa e, ao mesmo tempo, completamente deprimida, mas o olhar de Harry levou-a a se sentar ao lado dele.

"O que houve?"

"Nada, Roxanne", quis desconversar. "Vim ver como o Jeff estava. Não se preocupe comigo."

"Harry...", Roxanne insistiu, "alguma coisa houve."

"Não houve nada", repetiu ele. "Como está Jeff?"

A ansiedade cobria de sombras o rosto de Roxanne.

"Um pouco pior, Harry. O doutor Jewett está a caminho... ele vem de Nova York. Os médicos pensaram que ele poderia me dizer algo definitivo. Ele vai tentar descobrir se essa paralisia tem relação com o coágulo original."

Harry se levantou.

"Oh, me desculpe", disse ele abruptamente. "Não sabia que você esperava uma consulta. Se soubesse, não teria vindo... pensei em apenas balançar na sua varanda por uma hora..."

"Sente-se", pediu ela.

Harry hesitou.

"Sente-se, Harry, querido." A bondade dela então fluiu... e o envolveu. "Eu sei que alguma coisa aconteceu. Você está branco feito um lençol. Vou buscar uma cerveja gelada para você."

De pronto, ele desabou na cadeira e cobriu o rosto com as mãos.

"Eu não consigo fazê-la feliz", disse ele, lentamente. "Eu tentei, eu tentei... Esta manhã trocamos algumas palavras sobre o café da manhã... eu tenho tomado meu café da manhã no centro da cidade... e... bom, logo depois que saí para o escritório, ela saiu de casa, foi para o leste, para a casa da mãe, com George e uma mala cheia de calcinhas de renda."

"Meu Deus!"

"E eu não sei..."

Ouviram-se ruídos no cascalho – era um carro chegando à trilha de acesso à casa. Roxanne deu um gritinho.

"É o doutor Jewett."

"Oh, eu vou..."

"Você vai esperar, não?", interrompeu ela distraidamente. Ele percebeu que seu problema já havia morrido na superfície agitada dos pensamentos de Roxanne.

Houve um minuto constrangedor de vagas e abreviadas apresentações, e então Harry seguiu o grupo para dentro da casa e o viu desaparecer escada acima. Ele seguiu até a biblioteca e se sentou no sofá comprido.

Por uma hora, observou o sol escalar as dobras estampadas das cortinas de chita. No silêncio profundo, uma vespa que zunia, presa, do lado de dentro da janela assumiu as proporções de um clamor. De vez em quando, outro zumbido descia pelas escadas, como se fossem vespas muito maiores presas nos vidros de caixilhos maiores. Ele ouviu passos baixos, o tilintar de garrafas, um jorro d'água.

Que fizeram ambos, Roxanne e ele, para que a vida lhes desse golpes tão devastadores? No andar de cima, a alma de seu amigo passava por um exame realista; ali, ele se encontrava sentado em uma sala silenciosa, a ouvir os lamentos de uma vespa, assim como quando era menino e fora obrigado por uma tia severa a permanecer sentado em uma cadeira por uma hora como castigo por algum mau comportamento. Mas quem o havia colocado ali? Que tia feroz se inclinou do céu para fazê-lo expiar... o quê?

Ele sentia uma enorme desesperança em relação a Kitty. Ela era muito cara... e essa era a dificuldade irremediável. De repente, Harry a odiava. Tinha vontade de enfrentá-la, de dizer-lhe o que sentia estar entalado na garganta – que ela era uma mentirosa, uma sanguessuga... que ela era suja. Além disso, ela tinha de lhe entregar o menino.

Ele se levantou e começou a andar pela biblioteca, de um lado para o outro. Entrementes, escutou os passos de outra pessoa no corredor escada acima – passos que tinham o mesmo ritmo dos dele. Ele se pegou imaginando se eles permaneceriam no mesmo passo até que a pessoa chegasse ao final do corredor.

Kitty tinha ido para a casa da mãe. Que Deus a ajude! Ter de recorrer a uma mãe como aquela... Ele tentou imaginar o encontro: a esposa maltratada desabando no colo da mãe. Mas não conseguia. Era inacreditável que Kitty fosse capaz de qualquer dor profunda. Aos poucos, passou a pensar nela como uma pessoa inacessível e insensível. Eles se divorciariam, é claro, e em algum momento ela se casaria novamente. Ele começou a pensar sobre isso. Com quem ela se casaria? Harry riu-se amargamente, mas logo parou – uma imagem formou-se como um relâmpago diante dele: a dos braços de Kitty em torno de um homem cujo rosto ele não podia ver, dos lábios de Kitty colados a outros lábios no que, sem dúvida, era paixão.

"Meu Deus!", exclamou ele em voz alta. "Deus! Deus! Deus!"

Em seguida, as imagens se abateram com peso e rapidez sobre ele. A Kitty daquela manhã havia se apagado; a túnica suja enrolou-se, desapareceu; os recolhimentos amuados, os ataques de fúria e as lágrimas – nada mais existia. Ela era, outra vez, Kitty Carr – a Kitty Carr de cabelos amarelos e lindos olhos de bebê. Ah, ela o havia amado, ela o havia amado.

Depois de um tempo, Harry percebeu que havia algo de errado consigo, algo que nada tinha nada a ver com Kitty ou Jeff, algo de um gênero muito distinto. A coisa por fim se revelou como uma explosão: ele estava com fome. Muito simples! Iria à cozinha num instante e pediria um sanduíche à negra na cozinha. Depois disso, voltaria à cidade.

Ele parou diante da parede, esforçou-se para tirar dali um objeto redondo e, passando-o entre os dedos distraidamente, levou-o à boca e provou como um bebê prova um brinquedo brilhante. Seus dentes se fecharam – Ah!

Ela tinha deixado aquela maldita túnica, aquela túnica cor-de-rosa imunda. Poderia ter tido a decência de levá-la consigo, pensou ele, mas a encontraria pendurada em casa como o cadáver de sua união doentia. Tentaria jogá-la fora, mas jamais teria condições de chegar a tanto. Ela era como Kitty, macia e flexível, porém impermeável. Não se conseguia remover Kitty; não se conseguia alcançar a Kitty. Nada havia nela a se alcançar. Isso, ele desde sempre soube – e nunca havia perdido de vista.

Ele foi à parede para buscar outro biscoito e com esforço arrancou-o dali, com prego e tudo. Removeu cuidadosamente o prego do centro, perguntando-se, sem muita preocupação, se havia comido o prego com o primeiro biscoito. Que bobagem! Teria se lembrado – era um prego enorme. Ele sentiu seu estômago se manifestar. Devia estar com muita fome. Ele pensou... lembrou: não havia jantado no dia anterior. Era o dia de folga da empregada, e Kitty estava deitada em seu quarto comendo gotas de chocolate. Disse que se sentia "confinada" e não suportava tê-lo perto dela. Ele deu banho em George e o colocou na cama, e então se deitou no sofá com a intenção de descansar um minuto antes de preparar o próprio jantar. Ali ele adormeceu e acordou por volta das onze, para descobrir que tudo que restava na caixa de gelo era uma colher de salada de batata. Ele a comeu, junto com algumas gotas de chocolate que encontrou na cômoda de Kitty. Naquela manhã, havia tomado o café da manhã às pressas no centro da cidade antes de ir para o escritório; e ao meio-dia, começando a se preocupar com Kitty, havia decidido passar em casa e levá-la para almoçar. Foi quando encontrou o bilhete sobre o travesseiro. A pilha de lingerie no armário havia desaparecido – e ela deixara instruções para o envio de seu baú.

Ele nunca havia sentido tanta fome, pensou.

Às cinco horas, quando a enfermeira visitante desceu a escada na ponta dos pés, ele se encontrava no sofa, com os olhos fitos no tapete.

"Sr. Cromwell?"

"Sim?"

"A sra. Curtain não poderá vê-lo no jantar. Ela não está bem. Ela me disse para lhe dizer que a cozinheira vai preparar algo para o senhor e que há um quarto de hóspedes."

"Ela está indisposta, você disse?"

"Ela está deitada em seu quarto. A consulta acabou de terminar."

"Eles... eles chegaram a alguma conclusão?"

"Chegaram", disse a enfermeira suavemente. "O doutor Jewett diz que não há esperança. O sr. Curtain pode viver indefinidamente, mas nunca mais vai enxergar, se movimentar ou pensar. Ele vai apenas respirar."

"Só respirar?"

"Sim."

Pela primeira vez, a enfermeira notou que, ao lado da escrivaninha, onde se lembrava de ter visto uma linha de curiosos objetos redondos, que vagamente imaginara ser uma forma exótica de decoração, agora havia apenas um. Onde os outros haviam estado, agora havia uma série de pequenos orifícios de pregos.

Harry seguiu o olhar dela atordoado e então se levantou.

"Acho que não vou ficar. Creio que há um trem."

Ela assentiu. Harry pegou o chapéu.

"Até logo", disse ela agradavelmente.

"Até logo", respondeu ele, como se estivesse falando sozinho, e, evidentemente movido por alguma necessidade involuntária, parou a caminho da porta, e a enfermeira o viu arrancar o último objeto da parede e colocá-lo no bolso.

Em seguida, ele abriu a porta de tela e, descendo os degraus da varanda, sumiu de seu campo de visão.

V

Passado algum tempo, a camada de tinta branca da casa de Jeffrey Curtain entrou em acordo definitivo com os sóis de muitos julhos e mostrou sua boa-fé tornando-se cinza. Escamou-se – enormes cascas de tinta velha muito quebradiça inclinavam-se para trás como homens idosos na prática de uma grotesca ginástica para, ao fim, caírem em sua morte mofada na grama alta abaixo. A pintura nos pilares da frente ficou raiada; a bola branca que encimava o poste do corrimão esquerdo havia caído; as cortinas verdes escureceram, depois perderam qualquer pretensão de cor.

A casa começou a se tornar um espaço evitado pelos mais sensíveis – uma igreja comprou um lote diagonalmente oposto para dele fazer um cemitério, e isso, combinado ao "lugar onde a sra. Curtain vive com aquele morto vivo", bastou para que se lançasse uma aura fantasmagórica sobre aquele pedaço da via. Não que ela tenha ficado sozinha. Homens e mulheres vinham visitá-la, encontravam-na no centro comercial do vilarejo, onde ia fazer suas compras, traziam-na para casa em seus carros – e entravam por um instante para conversar e descansar no espetáculo que ainda se revelava em seu sorriso. Mas os homens que não a conheciam já não a acompanhavam com olhares admirados pela rua; um véu diáfano havia descido sobre sua beleza, destruindo-lhe a vivacidade, mas sem trazer rugas ou gordura.

Ela se tornou uma personagem do vilarejo – em seu entorno havia constituído um conjunto de historietas. Elas versavam, por exemplo, sobre como, durante um inverno, quando a região inteira ficou congelada e de tal forma que nenhum automóvel ou caminhão estava em condições de atravessá-la, ela aprendeu a patinar por conta própria para que pudesse chegar rápido ao merceeiro e ao farmacêutico e não deixar Jeffrey sozinho por muito tempo. Dizia-se que todas as noites, desde a paralisia dele, ela dormia em uma caminha instalada ao lado do marido para segurar-lhe a mão.

As menções a Jeffrey Curtain o davam sempre como já morto. Com o passar dos anos, aqueles que o conheceram ou haviam morrido ou se mudado – restavam apenas uns poucos da velha guarda, que um dia haviam bebido coquetéis juntos, chamado as esposas uns dos outros pelos primeiros nomes e visto em Jeff o sujeito mais espirituoso e talentoso que Marlowe já havia conhecido. Já então, para o visitante que vez por outra aparecia, ele se reduzia à razão pela qual a sra. Curtain podia eventualmente pedir licença para correr escada acima; não passava de um gemido ou grito agudo que chegava à sala silenciosa no ar pesado de uma tarde de domingo.

Jeffrey era incapaz de se mover; estava cego como uma pedra; mudo e de todo inconsciente. Permanecia deitado em sua cama o dia inteiro, exceto por uma passagem para a cadeira de rodas todas as manhãs, enquanto Roxanne arrumava o quarto. A paralisia que o acometera rastejava pouco a pouco em direção ao coração. No início – durante o primeiro ano –, quando segurava a mão do marido, Roxanne recebia por vezes um sutilíssimo aperto em resposta. Houve o momento, porém, em que este desapareceu – parou uma noite e nunca mais voltou a acontecer. Por duas noites Roxanne ficou deitada de olhos arregalados, olhando para a escuridão e imaginando o que havia acontecido, que fração da alma de Jeffrey havia levantado voo, que último grão de compreensão aqueles nervos aniquilados ainda levavam ao cérebro.

Depois disso, a esperança morreu. Não fosse por seu incessante cuidado, a última fagulha teria desaparecido muito tempo antes. Todas as manhãs ela lhe fazia a barba e dava banho, transportando-o com suas próprias mãos da cama para a cadeira e, em seguida, de volta para a cama. Circulava todo o tempo pelo quarto, levando-lhe remédios, endireitando-lhe o travesseiro, falando com ele quase como tivesse diante de si um cão humano, sem esperança de resposta ou agradecimento, mas com a turva persuasão do hábito, uma prece vazia de fé.

Não poucas pessoas – entre as quais, um famoso neurologista – deram-lhe a clara impressão de que era inútil desvelar tantos cuidados; que, estivesse Jeffrey consciente, teria desejado morrer; que, estivesse seu espírito pairando em mais amplas esferas, não concordaria com tamanho sacrifício, incomodando-se unicamente com a prisão imposta pelo próprio corpo, que lhe recusava a libertação total.

"Mas veja", respondeu ela ao especialista, balançando a cabeça suavemente, "quando me casei Jeffrey era... até que eu deixasse de amá-lo."

"Mas", retrucou o médico, "você não pode amar o que está aí."

"Eu posso amar o que um dia ele foi. O que mais me resta?"

O especialista encolheu os ombros e partiu, dizendo a todos que a sra. Curtain era uma grande mulher e quase tão doce quanto um anjo. Acrescentava, porém: dava uma pena terrível.

"Deve haver algum homem, ou sabe-se lá quantos, simplesmente louco para cuidar dela..."

Vez por outra... sim. Vez por outra houve quem começasse alimentando esperanças... e terminando com grande respeito por ela. Não havia amor na mulher, senão – e estranhamente – o que dedicava à vida, às pessoas do mundo, desde o vagabundo, a quem dava a comida que mal podia pagar, ao açougueiro, que lhe vendia um pedaço de carne barata do outro lado do balcão. A outra face desse amor estava selada em algum ponto daquela múmia inexpressiva que jazia com o rosto sempre voltado para a luz, tão mecanicamente quanto a agulha de uma bússola, e esperava estupidamente pela última onda que lhe atravessasse o coração.

Depois de onze anos, ele morreu no meio de uma noite de maio, quando o perfume dos lilases pairava sobre o parapeito da janela e uma brisa trazia o som estridente das rãs e das cigarras do lado de fora. Roxanne acordou às duas da manhã e percebeu que estava finalmente sozinha em casa.

VI

Depois disso, foram muitas as tardes em que ela permaneceu sentada em sua varanda castigada pelo tempo, olhando para os campos que ondulavam em uma lenta descida ao vilarejo branco e verde. Perguntava-se o que faria de sua vida. Tinha 36 anos – era bonita, saudável e livre. Os anos haviam consumido o seguro de Jeffrey; não sem hesitar, vendeu os acres à direita e à esquerda de sua propriedade, e chegou a colocar uma pequena hipoteca sobre a casa.

Com a morte do marido, passara a sofrer de uma grande inquietação física. Sentia falta de cuidar dele pela manhã, sentia falta da corrida à cidade e das breves e, portanto, intensificadas reuniões com a vizinhança no açougue e na mercearia; sentia falta de cozinhar para dois, de preparar-lhe delicados alimentos líquidos. Um dia, movida por tamanha energia, saiu e limpou todo o jardim, coisa que não se fazia havia anos.

À noite, ficava sozinha no quarto em que conhecera o júbilo e, depois, a dor de seu casamento. Para reencontrar Jeff, retornava em espírito àquele ano maravilhoso, àquela absorção e companheirismo intensos e apaixonados, em vez de ansiar por um encontro problemático no além; acordava muitas vezes para ficar ali e desejar aquela presença ao lado dela – inanimada, mas respirando – ainda Jeff.

Uma tarde, seis meses após a morte de Jeff, estava ela sentada na varanda, com um vestido preto que tirava de sua figura a mais leve sugestão de gordura. Era o veranico – castanho dourado em toda a sua volta; um silêncio que apenas o farfalhar das folhas perturbada; a oeste, um sol das quatro horas do qual irradiavam faixas vermelhas e amarelas por sobre um céu em chamas. A maioria dos pássaros havia sumido – restava apenas um pardal, que havia construído um ninho na cornija de um pilar e conservava um pipilar intermitente que vez por outra dava lugar a um adejar de asas para fora. Roxanne moveu a cadeira para onde pudesse observá-lo e seu espírito pairou sonolento no seio da tarde.

Harry Cromwell vinha de Chicago para jantar. Desde seu divórcio, havia mais de oito anos, era um visitante frequente. Os dois construíram o que se tornara uma tradição entre eles: quando ele chegava, ambos subiam para ver Jeff; Harry se sentava à beira da cama e com uma voz cordial perguntava:

"Jeff, meu velho, como você se sente hoje?"

Roxanne, de pé ao lado, olhava atentamente para Jeff e sonhava que algum reconhecimento, ainda que vago, desse antigo amigo havia passado pelas ruínas de seu espírito – mas a cabeça, pálida, esculpida, só se movia lentamente em seu único gesto em direção à luz como se algo atrás dos olhos cegos procurasse outra luz que há muito se apagara.

Essas visitas se estenderam por oito anos. Na Páscoa, no Natal, no Dia de Ação de Graças e em muitos domingos, Harry chegava, fazia sua visita a Jeff e conversava por um longo tempo com Roxanne na varanda. Ele era dedicado a ela. Em nenhum momento fingiu escondê-la, mas tampouco fazia qualquer movimento no sentido de aprofundar a relação que tinham. Roxanne era sua melhor amiga – assim como a massa de carne na cama havia sido seu melhor amigo. Ela era paz, ela era repouso; ela era o passado. Só ela conhecia a tragédia dele.

Harry estivera presente ao funeral, mas desde então a empresa para a qual trabalhava o transferira para o leste; e apenas uma viagem de negócios o trouxera para os arredores de Chicago. Roxanne havia escrito para ele a visitar quando pudesse – depois de uma noite na cidade, ele tomou um trem.

Eles se cumprimentaram com um aperto de mãos, e ele a ajudou a colocar as duas cadeiras de balanço lado a lado.

"Como está George?"

"Está bem, Roxanne. Parece gostar da escola."

"Claro que era a única coisa a fazer, mandá-lo para lá."

"Claro..."

"Sente muita falta dele, Harry?"

"Muita. Ele é um menino divertido..."

Ele falou muito sobre George. Roxanne mostrava-se interessada. Harry o levaria em suas próximas férias. Ela só o tinha visto uma vez na vida – uma criança vestida com um macacão sujo.

Ela o deixou com o jornal enquanto preparava o jantar: serviria quatro costeletas e alguns vegetais de sua própria horta. Ela pôs a mesa, chamou-o e, sentados juntos, continuaram a conversar sobre George.

"Se eu tivesse um filho...", disse ela.

Depois, tendo Harry dado a ela os conselhos que pôde sobre investimentos, os dois caminharam pelo jardim, parando aqui e ali para reconhecer o que um dia fora um banco de cimento ou onde a quadra de tênis ficava...

"Você se lembra?"

Em seguida, partiram em uma enxurrada de reminiscências: o dia em que haviam gasto um rolo de filme, e Jeff foi fotografado montado no bezerro; e o esboço que Harry fizera de Jeff e Roxanne, ambos esparramados na grama, com as cabeças quase se tocando. Ergueriam em algum momento uma treliça coberta que ligaria o estúdio-celeiro com a casa, para que Jeff pudesse atravessar até lá nos dias de chuva – o treliçado havia sido iniciado, mas dele nada restou, senão uma peça triangular quebrada que ainda aderia à casa e parecia um galinheiro maltratado.

"E aqueles drinques de hortelã!"

"E o caderno de Jeff! Você se lembra de como ríamos, Harry, quando o tirávamos de seu bolso e líamos em voz alta uma página de material? E o quão louco ele costumava ficar?"

"Era maravilhoso! Quando o assunto era a escrita dele, parecia uma criança."

Ambos ficaram em silêncio por um momento, e então Harry disse:

"Nós também íamos comprar um lugar aqui. Você se lembra? Íamos comprar os vinte acres aqui ao lado. E que festas nós faríamos!"

Novamente houve uma pausa, interrompida desta vez por uma pergunta de Roxanne, baixinha:

"Você voltou a ter notícias dela, Harry?"

"Bom... sim", confessou, placidamente. "Está em Seattle. Casou-se de novo, com um sujeito chamado Horton, uma espécie de rei da madeira. É muito mais velho do que ela, creio eu."

"E ela está se comportando?"

"Sim... quer dizer, foi o que eu ouvi falar. Ela tem de tudo, sabe. Nada muito a fazer, exceto vestir-se para o sujeito na hora do jantar."

"Entendo."

Sem esforço, ele mudou de assunto.

"Você vai ficar com a casa?"

"Acho que sim", disse ela, balançando a cabeça. "Moro aqui há tanto tempo, Harry, a ideia de me mudar parece terrível. Pensei em estudar enfermagem, mas é claro que isso significaria ir embora. Estou prestes a decidir por uma pensão."

"A viver em uma?"

"Não. A ter uma. É assim esquisito ser uma dona de pensão? De qualquer forma, eu empregaria uma negra e ficaria com umas oito pessoas no verão e duas ou três, se as conseguisse, no inverno. Claro que precisaria repintar a casa e reformá-la por dentro."

Harry pensou.

"Bom, Roxanne... naturalmente você sabe melhor o que pode fazer, mas é um pouco chocante. Você chegou aqui como noiva."

"Talvez seja por isso que não me importo de permanecer aqui como dona de pensão."

"Lembro-me de uma certa fornada de biscoitos."

"Ah, esses biscoitos", exclamou ela. "Mesmo assim, de tudo que eu ouvi sobre a maneira como você os devorou, eles não deviam ser tão ruins. Eu estava *tão* triste aquele dia, mas foi impossível não rir quando a enfermeira me contou sobre os biscoitos."

"Percebi que os doze buracos de pregos ainda estão na parede da biblioteca onde Jeff os fez."

"Sim, estão."

A noite caía, e uma friagem se instalara no ar; uma pequena rajada de vento levou as derradeiras folhas. Roxanne sentiu um leve arrepio.

"É melhor entrarmos."

Ele olhou para o relógio.

"Já é tarde. Preciso ir. Viajo para o leste amanhã."

"Precisa mesmo?"

Ficaram por um instante debaixo da varanda, observando uma lua que parecia cheia de neve, a flutuar na distância onde estava o lago. Havia acabado o verão; agora era a vez do veranico. A grama estava fria, não havia neblina ou orvalho. Depois de sua partida, ela entraria, acenderia o gás e fecharia as janelas; ele desceria a trilha e seguiria para o vilarejo. Para os dois, a vida chegou e se foi rápido demais, sem deixar amargura, mas apenas piedade; não desilusão, mas apenas dor. Já havia luar o bastante quando se apertaram as mãos e puderam ver a bondade concentrada nos olhos um do outro.

SR. ICKY

A QUINTESSÊNCIA DA EXCENTRICIDADE EM UM ATO

A cena é a área externa de um chalé em West Issacshire em uma tarde desesperadamente bucólica de agosto. SR. ICKY, excentricamente fantasiado de camponês elisabetano, canta e camba entre canteiros e cambeiros.[4] *É um senhor de idade, que há muito se despediu da força do homem, não é mais um jovem. Pelo fato de carregar nos rr's e de ter vestido distraidamente o casaco do avesso, supomos que esteja acima ou abaixo das superficiais trivialidades da vida.*

Perto dele, no relvado, encontra-se PETER, *um garotinho.* PETER, *evidentemente, está com o queixo apoiado na palma da mão, como nos retratos do jovem Sir Walter Raleigh. Ele tem todo um conjunto de características, que incluem os olhos sérios gris, soturnos e até mesmo fúnebres – e irradia aquele ar tão sedutor de quem jamais comeu comida. Esse ar se manifesta com mais efeito sob a luz crepuscular de um jantar de assado. Ele está olhando para o* SR. ICKY, *fascinado.*

Silêncio... O canto dos pássaros.

---

4 No original: *"is pottering and doddering among the pots and dods."* Dods é um neologismo intraduzível de Fitzgerald, designando um recipiente que apenas pode ser intuído pelo contexto. [N. T.]

PETER: Muitas vezes, à noite, sento-me à janela e ali fico a observar as estrelas. Às vezes penso que são minhas estrelas... (*Gravemente*) *Acho que serei uma estrela algum dia...*
SR. ICKY: (*em tom de brincadeira*) Lógico... lógico... lógico...
PETER: Conheço todas elas: Vênus, Marte, Netuno, Gloria Swanson.
SR. ICKY: Não acredito na astronomia... Minha cabeça tem estado em London, meu jovem. Sempre trazendo à memória minha filha, que partiu para ser datilógrafa... (*Respira fundo.*)
PETER: Gostei de Ulsa, sr. Icky; tão cheinha, redondinha, rechonchuda.
SR. ICKY: Não vale o papel com que foi preenchida, rapaz. (*Tropeça nos canteiros e cambeiros.*)
PETER: Como vai a asma, sr. Icky?
SR. ICKY: Pior, graças a Deus!... (*Melancolicamente.*) Tenho meus 100 anos... Estou ficando frágil.
PETER: Imagino que a vida ande bem da mansa desde que o senhor desistiu de ser um pequeno incendiário.
SR. ICKY: Anda... anda... Veja, Peter, meu rapaz, quando eu tinha 50 anos, passei por uma reforma... foi na prisão.
PETER: O senhor deu problema de novo?
SR. ICKY: Pior do que isso. Uma semana antes do fim da minha pena, fizeram questão de transferir para mim as glândulas de um jovem prisioneiro saudável que estavam executando.
PETER: E elas reformaram o senhor?
SR. ICKY: Reformaram! Foi o que botou o bom e velho Nick dentro de mim! Esse jovem criminoso era, sem dúvida, um arrombador de subúrbio, um cleptomaníaco. O que era botar fogo aqui e ali na brincadeira quando comparado com isso!
PETER: (*Pasmo*) Gente do céu! A ciência não faz sentido.
SR. ICKY: (*Suspirando*) Ele já anda bem mansinho hoje em dia. Não é todo mundo que precisa botar para cansar dois pares de glândulas uma vida inteira. Não carregaria outro par nem por todos os espíritos animais de um orfanato.
PETER: (*Refletindo*) Não acho que você se recusaria a um par que viesse de clérigo tranquilo.

Sr. Icky: Os clérigos não têm glândulas... eles têm almas.

(*Escuta-se baixinho, porém audível, uma buzina fora de cena; ela indica que um automóvel de porte parou nas imediações. Em seguida, um jovem elegantemente vestido, de terno e com um chapéu de couro envernizado e seda, entra no palco. É completamente ligado às coisas mundanas. Mesmo no fundo da galeria não há quem não perceba o contraste entre ele e a espiritualidade dos outros dois. O nome dele é* Rodney Divine.)

Divine: Estou procurando Ulsa Icky.
(Sr. Icky *se levanta e fica trêmulo entre dois cambeiros.*)
Sr. Icky: Minha filha está em London.
Divine: Ela deixou Londres. Está vindo para cá. Eu a segui.

(*Ele enfia a mão na bolsinha de madrepérola pendurada a tiracolo para pegar um cigarro. Escolhe um, risca um fósforo e o leva ao cigarro. O cigarro acende de pronto.*)

Divine: Esperarei.

(*Ele espera. Muitas horas se passam. Não há som, exceto uma farfalhar ou crepitar ocasional dos cambeiros enquanto eles discutem entre si. Muitas músicas podem ser introduzidas neste ponto ou alguns truques de cartas de* Divine *ou um ato acrobático, conforme desejado.*)

Divine: É muito tranquilo aqui.
Sr. Icky: Sim, muito tranquilo...

(*De repente, aparece uma garota vestida com roupas espalhafatosas; ela é muito mundana. É* Ulsa Icky. *Nela se vê um daqueles rostos sem expressão peculiares aos princípios da pintura renascentista italiana.*)

Ulsa: (*Com uma voz rude e mundana*) Ai, poh-í! Estou aqui. Ulsa fez o quê?

SR. ICKY: (*Trêmulo*) Ulsa, minha pequena Ulsa. (*Eles abraçam os torsos um do outro. Ele assume um tom esperançoso.*) Você voltou para ajudar com o arado.
ULSA: (*Carrancuda*) Ai, poh-í; arar é um sóh-coh. Prefiroh naum.

(*Embora seu modo de falar seja carregado e vulgar, o conteúdo de sua fala é doce e claro.*)

DIVINE: (*Conciliador*) Veja só uma coisa, Ulsa. Vamos chegar a um entendimento.

(*Ele caminha até ela com o passo gracioso e preciso que fez dele capitão da equipe de trilha em Cambridge.*)

ULSA: Você ainda diz que seria o Jack?
SR. ICKY: O que ela quer dizer com isso?
DIVINE: (*Gentilmente*) Claro, minha querida, seria o Jack. Não poderia ser o Frank.
SR. ICKY: Frank quem?
ULSA: Mas *seria* o Frank!

(*Pode-se introduzir aqui alguma piadinha picante.*)

SR. ICKY: (*Brincando*) Não é bom brigar... não é bom brigar...
DIVINE: (*Estendendo a mão para acariciar o braço dela com o movimento poderoso que o fez sota-proa da equipe de remo em Oxford*) É melhor você se casar comigo.
ULSA: (*Fazendo pouco caso*) Ora, eles não me deixariam passar pela entrada de serviço da sua casa.
DIVINE: (*Com raiva*) Não deixariam! Mas não tema... você vai entrar pela entrada de uma moça-dama.
ULSA: Que é isso, senhor!
DIVINE: (*Confuso*) Desculpe-me. Entende o que quero dizer?
SR. ICKY: (*Doido para brincar*) Você quer se casar com a minha Ulsazinha? ...
DIVINE: Quero.

Sr. Icky: Algum antecedente criminal?
Divine: Nenhum. Tenho a melhor constituição do mundo...
Ulsa: E o pior estatuto.
Divine: Em Eton, fui membro do Pop; no rugby eu pertencia ao Clube dos Semiabstêmios. Como filho mais novo, fui destinado à força policial...
Sr. Icky: Pule essa parte... Você tem dinheiro?...
Divine: A rodo. Minha ideia é que, todas as manhãs, Ulsa chegue ao centro da cidade em etapas – em dois Rolls Royces. Também tenho um carro de criança e um tanque reformado. Tenho cadeiras na ópera...
Ulsa: (*Carrancuda*) Eu só consigo dormir dentro de uma caixa. E ouvi dizer que lhe deram baixa no clube por mau comportamento.
Sr. Icky: Uma baixa?...
Divine: (*Com desânimo*) Me *deram* baixa.
Ulsa: Por que motivo?
Divine: (*Quase inaudível*) Um dia escondi as bolas do polo de brincadeira.
Sr. Icky: Sua cabeça está em ordem?
Divine: (*Melancólico*) Em bela ordem. Afinal, o que é o brilho? Apenas o tato para semear quando ninguém está olhando e colher quando todos estão.
Sr. Icky: Tome cuidado... Eu não vou casar minha filha com um epigrama...
Divine: (*Mais sóbrio*) Posso garantir ao senhor que sou um simples chavão. Costumo descer ao nível de uma ideia inata.
Ulsa: (*Entediada*) Nada do que você está dizendo importa. Não posso me casar com um homem que pensa que seria Jack. Por que Frank iria...
Divine: (*Interrompendo*) Bobagem!
Ulsa: (*Enfaticamente*) Você é um idiota!
Sr. Icky: Ai, ai, ai!... Não se deve julgar... Caridade, minha garota. O que foi que Nero disse? "Com maldade diante de ninguém, com caridade diante de todos"
Peter: Esse não era o Nero. Era John Drinkwater.
Sr. Icky: Ai... Quem é esse tal de Frank? Quem é esse tal de Jack?

Divine: *(Taciturno)* Gotch.
Ulsa: Dempsey.
Divine: Estávamos discutindo: se eles fossem inimigos mortais e estivessem trancados juntos em uma sala, qual deles sairia vivo? Ora, eu disse que Jack Dempsey levaria um...
Ulsa: *(Com raiva)* Você está louco! Ele não teria a mín...
Divine: *(Rapidamente)* Você venceu.
Ulsa: Então eu te amo de novo.
Sr. Icky: Então vou perder minha filhinha...
Ulsa: Você ainda tem uma casa cheia de crianças.

(CHARLES, *irmão de* ULSA, *sai do chalé. Está vestido como se fosse para o mar; traz um rolo de corda pendurado no ombro e uma âncora pendurada no pescoço.*)

Charles: *(Sem que os veja)* Vou ao mar! Vou ao mar! *(Sua voz é triunfante.)*
Sr. Icky: *(Com tristeza)* Você foi semear há muito tempo.
Charles: Ando lendo *Conrad*.
Peter: *(Com ar sonhador) Conrad*, ah! *A hiena dos mares*, de Henry James.
Charles: Oi?
Peter: A versão que Walter Pater fez de *Robinson Crusoe*.
Charles: *(Para seu poh-í)* Não posso ficar aqui e apodrecer com você. Quero viver minha vida. Quero caçar enguias.
Sr. Icky: Eu estarei aqui... quando você voltar...
Charles: *(Desdenhosamente)* Ora, os vermes começam a salivar só de ouvir o seu nome.

(*Note-se que algumas das personagens não falam há algum tempo. A parte técnica será melhorada se eles puderem interpretar um número animado de saxofone.*)

Sr. Icky: *(Com tristeza)* Esses vales, esses montes, essas colheitadeiras McCormick... nada disso significa alguma coisa para os meus filhos. Entendo.
Charles: *(Com mais gentileza)* Então você vai pensar em mim com carinho, poh-í. Entender é perdoar.

Sr. Icky: Não... não... Nunca perdoamos aqueles que podemos entender... Só podemos perdoar aqueles que nos ferem sem motivo algum.

Charles: (*Impacientemente*) Estou bestialmente farto dessa sua linha de natureza humana. E, de qualquer forma, odeio as horas por aqui.

(*Outros inúmeros filhos do Sr. Icky saem de casa aos tropicões, tropeçam na grama e tropeçam nos canteiros e cambeiros. Eles murmuram "Estamos indo embora" e "Estamos deixando você".*)

Sr. Icky: (*De coração partido*) Todos estão me abandonando. Fui bonzinho demais. De pequenino é que se torce o pepino. Oh, pelas glândulas de um Bismarck.

(*Há uma buzina do lado de fora – provavelmente o chofer de Divine está ficando impaciente por seu patrão.*)

Sr. Icky: (*Tristíssimo*) Eles não amam a terra! Traidores dos Grandes Ensinamentos da Batata! (*Ele toma com paixão um punhado de terra nas mãos e esfrega na cabeça calva. O cabelo brota.*) Oh, Wordsworth, Wordsworth, que sábias palavras!

> Sem movimento, sem força;
> Aqui não sentiu, nem ouviu;
> Seguindo o curso da terra
> A bordo d'um Oldsmobile.

(*Todos gemem e, aos gritos de "Vida" e "Jazz", movem-se lentamente em direção ao guarda-lama do veículo.*)

Charles: Preparar o solo, lógico! Há dez anos, só o que eu tento preparar é minha fuga do solo!

Outra Criança: Os agricultores até podem ser a espinha dorsal do país... mas quem quer ser a espinha dorsal?

Outra Criança: Estou pouco me lixando para quem cultiva a alface do meu país se eu posso comer a salada!

Todos: Vida! Pesquisa psíquica! Jazz!
Sr. Icky: (*Lutando consigo mesmo*) Preciso de excentricidade. É tudo que existe. Não é a vida que conta, mas a excentricidade que você traz para ela...
Todos: Vamos desfilar por toda a Riviera. Temos ingressos para Piccadilly Circus. Vida! Jazz!
Sr. Icky: Esperem. Permitam que eu leia para vocês a Bíblia. Permitam-me abri-la aleatoriamente. Sempre se encontra algo que se relaciona com a situação.
(*Ele encontra uma Bíblia dentro de um dos cambeiros e, abrindo-a aleatoriamente, começa a ler.*)
"Anabe, Estemo, Anim, Gósen, Holom e Gilo. Eram onze cidades com seus povoados. Arabe, Dumá, Esã..."
Charles: (*Cruelmente*) Compre dez fichas e tenha dez chances!
Sr. Icky: (*Tentando novamente*) "'Eis que és formosa, meu amor, eis que és formosa; os teus olhos são como os das pombas entre as tuas tranças; o teu cabelo é como o rebanho de cabras que pastam no monte de Gileade...' Hum! Uma passagem um tanto menor..."
(*Os filhos riem dele de forma grosseira, aos gritos de "Jazz!" e "Toda a vida é essencialmente sugestiva!"*)
Sr. Icky: (*Desanimado*) Não vai funcionar hoje. (*Com esperança*) Talvez esteja úmida. (*Ele apalpa o livro*) Sim, está úmida... Havia água no *dod*... Não vai funcionar.
Todos: Está úmida! Não vai funcionar. Jazz!
Uma das Crianças: Vamos, temos que pegar o trem das seis e meia.

(*Qualquer outra sugestão pode ser inserida aqui.*)

Sr. Icky: Adeus...

(*Todas elas saem. Sr. Icky é deixado sozinho. Ele suspira e caminha até os degraus do chalé, deita-se e fecha os olhos.*)

Vem o crepúsculo, e o palco fica inundado de uma luz como nunca se viu na terra ou no mar. Não há som, exceto a esposa de um pastor de ovelhas ao longe tocando em uma gaita uma ária da Décima Sinfonia *de Beethoven. Grandes mariposas brancas e cinza descem rapidamente e pousam sobre o velho até que ele fica completamente coberto por elas. Mas ele não se mexe.*

A cortina sobe e desce várias vezes para indicar o lapso de vários minutos. Pode-se obter bom efeito cômico se o Sr. Icky *se agarrar à cortina e subir e descer com ela. Vaga-lumes ou fadas em fios também podem ser introduzidos neste ponto.*

Então Peter *aparece, com uma expressão de doçura quase imbecilizada no rosto. Tem alguma coisa na mão e, de vez em quando, olha para ela em êxtase. Depois de uma luta consigo mesmo, ele a coloca sobre o corpo do velho e então se retira silenciosamente.*

As mariposas tagarelam entre si e em seguida fogem, subitamente assustadas. E à medida que a noite avança, ainda reluz ali, pequeno, branco e redondo, exalando um perfume sutil à brisa de West Issacshire, o presente de amor de Peter *– uma bolinha de naftalina.*

(A peça pode terminar neste ponto ou pode continuar indefinidamente.)

JEMMA, A MENINA DA MONTANHA

O TEXTO EM QUESTÃO NÃO TEM QUALQUER PRETENSÃO à "literatura". É só um conto pra gente de sangue quente interessada em um *caso*, não em uma penca de coisas "psicológicas" ou "análises". Rapaz, você vai adorar! Leia aqui, veja no cinema, toque no fonógrafo, passe na máquina de costura.

UMA SELVAGEM

Era noite nas montanhas do Kentucky. Picos selvagens erguidos por toda a parte. As corredeiras da montanha fluíam em grande velocidade de cima a baixo.

Jemina Tantrum estava correnteza abaixo, preparando uísque na destilaria da família.

Jemina era uma típica garota da montanha.

Andava descalça. As mãos eram grandes e fortes e pendiam abaixo dos joelhos. O rosto trazia as marcas do trabalho. Só tinha 16 anos, mas fazia mais de dez que era arrimo do pai e da mãe, os dois velhinhos, fabricando uísque da montanha.

De vez em quando, dava um tempo no trabalho, enchia uma concha do líquido puro e revigorante e o bebia numa só tragada – para depois seguir com seu trabalho com vigor renovado.

Ela botava o centeio no tonel, fazia a debulha nos pés e, em vinte minutos, o produto acabado saía dali.

De repente, um chamado a fez parar enquanto esvaziava uma concha. Ela olhou para cima.

"Ô de casa", dizia a voz. Vinha de um homem chegado da floresta usando umas botas de caça compridas que pareciam dar no pescoço dele.

"Opa", respondeu ela, mal-humorada.

"Você pode me dizer o caminho para a cabana dos Tantrum?"

"'Cê é da gente que mora lá embaixo?"

Ela apontou ao sopé da colina, onde ficava Louisville. Nunca havia estado lá; mas uma vez, antes de ela nascer, seu bisavô, o velho Gore Tantrum, tinha feito uma visita ao povoado na companhia de dois oficiais do xerife e de lá nunca mais voltou. Depois disso, os Tantrums, de geração em geração, aprenderam a temer a civilização.

O homem achou graça. Deu uma risadinha leve, que soava como um retinido – aquela risadinha de quem nasce na Filadélfia. Alguma coisa fez o corpo dela arrepiar. Ela bebeu outra concha de uísque.

"Onde encontro o sr. Tantrum, garotinha?", perguntou ele, não sem gentileza.

Ela levantou o pé e, com o dedão, apontou à floresta.

"Lá na cabana de trás desses pinheiro aí. O velho Tantrum é meu pai."

O homem do povoado agradeceu e se afastou com andar decidido. Era um homem bem vibrante, cheio de juventude e personalidade. Assobiava enquanto andava e cantava e dava cambalhotas e saltos mortais, respirando o ar frio e revigorante das montanhas.

O ar ao redor da destilaria era como vinho.

Jemina Tantrum o admirava em transe. Ninguém como ele havia aparecido em sua vida antes.

Ela se sentou na grama e contou os dedos dos pés. Onze. Tinha aprendido matemática na escola de montanha.

RIXA À MODA DA MONTANHA

Dez anos antes, uma senhora do povoado tinha aberto uma escola na montanha. Jemina não tinha dinheiro, mas pagava a frequência com uísque, levando um balde cheio para a escola toda manhã e deixando-o na mesa da srta. Lafarge. A srta. Lafarge acabou morrendo de *delirium tremens* depois de trabalhar um ano como professora, e a educação de Jemina havia parado.

Do outro lado do rio em que ficava a destilaria, havia outra – a dos Doldrums. Os Doldrums e os Tantrums nunca trocavam visitas. Eles se odiavam.

Cinquenta anos antes, o velho Jem Doldrum e o velho Jem Tantrum tinham tido uma discussão na cabana do Tantrum por causa de uma partida de *slapjack*. Jem Doldrum tinha dado com o rei de copas na cara de Jem Tantrum, e o velho Tantrum, enfurecido, tinha derrubado o velho Doldrum com o nove de ouros. Outros Doldrums e Tantrums chegaram ali, e logo a cabaninha tinha carta voando pra todo lado. Harstrum Doldrum, um dos Doldrums mais jovens, ficou caído no chão, se contorcendo de agonia com um ás de copas entalado na garganta. Jem Tantrum, parado na porta, atravessou todos os naipes, com o rosto luzindo de um ódio demoníaco. A velha Mappy Tantrum estava em cima da mesa jogando uísque quente na cabeça dos Doldrums. O velho Heck Doldrum, com a sorte tendo finalmente minguado, foi empurrado para fora da cabana, lançando golpes à esquerda e à direita com sua carteira de tabaco e reunindo o resto do clã em torno de si. Em seguida, montaram em seus cavalos e retornaram num furioso galope para casa.

Naquela noite, o velho Doldrum e seus filhos, jurando vingança, retornaram, colocaram um despertador na janela dos Tantrums, enfiaram um alfinete na campainha e bateram em retirada.

Uma semana depois, os Tantrums jogaram óleo de fígado de bacalhau na deslilaria dos Doldrums, e assim, ano após ano, a rixa se estendia, ora com uma família sendo aniquilada, ora a outra.

O NASCIMENTO DO AMOR

Todos os dias, a pequena Jemina trabalhava na destilaria do seu lado do rio, e Boscoe Doldrum trabalhava na destilaria do outro.

Às vezes, com o automatismo do ódio herdado, os inimigos jogavam uísque uns nos outros, e Jemina voltava para casa cheirando a uma *table d'hôte* francesa.

Mas agora Jemina andava pensativa demais para olhar para o outro lado do rio.

Que maravilhoso o estranho tinha sido, que roupa curiosa ele usava! À maneira inocente dela, Jemina nunca tinha acreditado na existência de povoados civilizados, e atribuía a crença na existência deles à credulidade do povo da montanha.

Ela deu meia volta para começar a subir na direção da cabana e, ao se virar, sentiu alguma coisa atingir-lhe o pescoço. Era uma esponja, atirada por Boscoe Doldrum – uma esponja embebida em uísque de sua destilaria do outro lado do rio.

"Ei, Boscoe Doldrum", gritou ela com sua voz grave e profunda.

"Ei! Jemina Tantrum. Eita, certei ocê!", respondeu ele.

Ela continuou o caminho para a cabana.

O estranho conversava com seu pai. Ouro havia sido descoberto nas terras dos Tantrum, e o estranho, Edgar Edison, tentava convencer o velho Tantrum a vendê-las por uma ninharia. Faltava estipular a ninharia, e era nisso que ele estava pensando.

Ela se sentou sobre as mãos e o observou.

Como era lindo. Quando falava, os lábios dele se mexiam.

Ela se sentou no fogão e o observou.

De repente, escutou-se um grito de fazer o sangue gelar. Os Tantrums correram para as janelas.

Eram os Doldrums.

Eles amarraram os cavalos nas árvores e se esconderam atrás de arbustos e flores, e logo uma baita rajada de pedras e tijolos bateu contra as janelas, fazendo com que cedessem.

"Pai! pai!", berrou Jemina.

O pai tirou o estilingue da estilingueira da parede e passou a mão com carinho no elástico. Depois marchou em direção a uma brecha na parede. A velha Mappy Tantrum marcou posição no buraco do carvão.

UMA BATALHA NA MONTANHA

O estranho finalmente caiu na realidade. Louco para chegar aos Doldrums, tentou escapar da casa rastejando chaminé acima. Passou-lhe pela cabeça, então, que poderia haver uma passagem debaixo da cama, mas Jemina disse que não havia. Ele procurou passagens debaixo das camas e dos sofás, mas todas as vezes Jemina o puxava e dizia que não havia passagens ali. Furioso de raiva, bateu sucessivas vezes na porta e gritou para o Doldrums. Eles não responderam, nem interromperam a fuzilaria de tijolos e pedras contra a janela. O velho Pappy Tantrum sabia que, tão logo eles conseguissem abrir um rombo na cabana, viriam com tudo para dentro e a luta estaria perdida.

O velho Heck Doldrum, espumando de fúria e escarrando no chão, à direita e à esquerda, liderou o ataque.

As incríveis estilingadas de Pappy Tantrum deixaram também suas marcas. Um disparo perfeito já havia derrubado um Doldrum, enquanto outro, depois de sucessivos e incessantes disparos na região do abdomen, lutava já sem forças.

Mas os Doldrums aproximavam-se cada vez mais da cabana.

"Precisamos correr daqui", gritou o estranho para Jemina. "Vou me sacrificar e levar você embora."

"Não", gritou Pappy Tantrum, com o rosto cheio de fuligem. "Ocê fica e dá um jeito de entrar na briga. Vou levar a Jemina pra longe. Vou levar a Mappy pra longe. Eu mesmo vou me mandar."

O homem do povoado, pálido, trêmulo de raiva, virou-se para Ham Tantrum, que estava na porta disparando incessantemente nos Doldrums que avançavam.

"Você cobrirá a retirada?"

Ham disse que tinha os Tantrums dele para levar para longe, mas que ficaria para ajudar o estranho a cobrir a retirada, se ele fosse capaz de pensar em uma maneira de fazê-lo.

A fumaça não tardou a se infiltrar pelo chão e pelo teto. Shem Doldrum havia se aproximado da cabana e acendido um fósforo numa pausa do velho Japhet Tantrum, quando este se inclinou para longe de uma fresta, e as chamas alcoólicas se elevaram por todos os lados.

O uísque na banheira pegou fogo. As paredes começaram a cair.

Jemina e o homem do povoado se entreolharam.

"Jemina", sussurrou ele.

"Estranho", respondeu ela.

"Vamos morrer juntos", disse ele. "Se tivéssemos vivido, eu a teria levado para a cidade e me casado com você. Forte como você é na bebida, você sem dúvida que ia fazer muito sucesso social."

Ela o acariciou num devaneio momentâneo, contando delicadamente os dedos dos pés consigo mesma. A fumaça ficou mais densa. A perna esquerda dela estava pegando fogo.

Ela havia se transformado em um candeeiro de álcool humano.

Seus lábios se encontraram em um beijo longo e, em seguida, uma parede caiu sobre eles e os apagou.

"COMO UMA SÓ"

Quando os Doldrums atravessaram o anel de chamas, encontraram os dois mortos onde haviam caído, abraçados um ao outro.

O velho Jem Doldrum ficou comovido.

E tirou o chapéu.

Ele o encheu de uísque e bebeu.

"Tão morto", disse ele, lentamente, "se gostava muito, os dois. O acerto tá feito. A gente não pode separar os dois."

Assim, eles os jogaram unidos na correnteza do rio, e as duas espadanas d'água que produziram eram como uma só.

SOBRE O LIVRO

FORMATO
13,5 x 20 cm

MANCHA
23,8 x 39,8 paicas

TIPOLOGIA
Arnhem 10/13,5

PAPEL
Off-white 80 g/m² (miolo)
Cartão Supremo 250 g/m² (capa)

1ª EDIÇÃO EDITORA UNESP: 2021

EQUIPE DE REALIZAÇÃO

EDIÇÃO DE TEXTO
Richard Sanches (copidesque)
Marcelo Porto (revisão)

PROJETO GRÁFICO E CAPA
Marcos Keith Takahashi (Quadratim)

IMAGEM DE CAPA
He was the exotic dancer's most ardent admirer.
Ilustração de Henry Patrick Raleigh,
publicada em *Saturday Evening Post*, 1931

EDITORAÇÃO ELETRÔNICA
Sergio Gzeschnik

ASSISTÊNCIA EDITORIAL
Alberto Bononi
Gabriel Joppert

Coleção Clássicos da Literatura Unesp

Quincas Borba | Machado de Assis

Histórias extraordinárias | Edgar Allan Poe

A relíquia | Eça de Queirós

Contos | Guy de Maupassant

Triste fim de Policarpo Quaresma | Lima Barreto

Eugénie Grandet | Honoré de Balzac

Urupês | Monteiro Lobato

O falecido Mattia Pascal | Luigi Pirandello

Macunaíma | Mário de Andrade

Oliver Twist | Charles Dickens

Memórias de um sargento de milícias | Manuel Antônio de Almeida

Amor de perdição | Camilo Castelo Branco

Iracema | José de Alencar

O Ateneu | Raul Pompeia

O cortiço | Aluísio Azevedo

A velha Nova York | Edith Wharton

O Tartufo * Dom Juan * O doente imaginário | Molière

Contos da era do jazz | F. Scott Fitzgerald

O agente secreto | Joseph Conrad

Os deuses têm sede | Anatole France

Rettec artes gráficas e editora

Rua Xavier Curado, 388 • Ipiranga - SP • 04210 100
Tel.: (11) 2063 7000 • Fax: (11) 2061 8709
rettec@rettec.com.br • www.rettec.com.br